L'enfant du secret

Une cible dans la brume

JOANNA WAYNE

L'enfant du secret

Traduction française de
PHILIPPE DOUMENG

BLACK ROSE

HARLEQUIN

Collection : BLACK ROSE

Titre original :
COWBOY FEVER

Ce roman a déjà été publié en 2013

HARPERCOLLINS FRANCE
83-85, boulevard Vincent-Auriol, 75646 PARIS CEDEX 13
Service Lectrices — Tél. : 01 45 82 47 47 - www.harlequin.fr
ISBN 978-2-2804-5657-9 — ISSN 1950-2753

Composé et édité par HarperCollins France. Achevé d'imprimer en janvier 2021.
par CPI Black Print - Barcelone - Espagne
Dépôt légal : février 2021.

FSC www.fsc.org MIXTE Papier issu de sources responsables FSC® C159065

Pour limiter l'empreinte environnementale de ses livres, HarperCollins France s'engage à n'utiliser que du papier fabriqué à partir de bois provenant de forêts gérées durablement et de manière responsable.

1

Dakota Ledger était de retour au Texas par une journée suffocante. La sueur qui lui coulait dans le dos et mouillait ses aisselles dessinait des auréoles sur la chemise porte-bonheur en coton rouge qu'il portait à chaque compétition. Les odeurs provenant du parc à bétail se mêlaient à celles d'engrais, ce qui rendait écœurant l'air surchauffé.

« Mes ex sont toutes nées au Texas », pleurnichait un chanteur à travers les haut-parleurs grésillants de la sonorisation poussive. En cette torride journée de juin, la manche du championnat de rodéo de taureaux qui se déroulait sous le regard attentif de Dakota portait l'excitation de la foule à son comble.

— J'adore les rodéos de taureaux de San Antonio !

Dakota tourna la tête et vit un jeune cow-boy en tenue de rodéo qui lui souriait de toutes ses dents.

— Qu'y a-t-il de particulier à San Antonio ?

— C'est là que je me suis qualifié !

— Dans ce cas, ça va aller, petit, répondit Dakota.

Ils ne s'étaient jamais rencontrés, mais Dakota avait entendu parler de lui. L'Association nationale des rodéos de taureaux, l'ANRT, dans laquelle le jeune blanc-bec venait d'être admis, l'avait déjà affublé d'un sobriquet, le Cancrelat, en raison de la stupéfiante agilité avec laquelle il évitait les ruades des taureaux en furie. C'était là une qualité indispensable pour prétendre faire de vieux os dans le circuit.

Le Cancrelat essuya ses paumes moites sur son gilet.

— C'est ma première saison dans le circuit de l'ANRT, alors je me sens un peu nerveux.

— Ne t'en fais pas. Quand tu seras sur le dos de la bête, tu auras une montée d'adrénaline qui te fera tout oublier.

— J'y compte bien, dit le Cancrelat en réajustant son Stetson. Un jour, je serai le champion national, tout comme vous, m'sieur, il y a encore deux ans. Il paraît que le gagnant empoche un million de dollars ! Moi, je sais déjà ce que je ferais de cette somme. Et je ne vous parle pas de toutes mes dettes…

— Le rodéo n'est pas une question d'argent.

— Oh ! je le sais ! assura le Cancrelat en traçant du bout de sa botte des cercles dans la poussière. Long et rude est le chemin qui mène aux plus hauts sommets, et rares sont ceux qui y parviennent. Malgré tout, j'espère bien que ce sera un jour mon tour.

— Tout est affaire de persévérance.

— Et de compétences, crut bon d'ajouter le jeune cow-boy.

— De compétences, mais aussi de passion, et surtout de chance, corrigea Dakota. Il faut ressentir de la passion pour ce qu'on fait tout en ayant la chance de rester en vie.

Le Cancrelat acquiesça d'un signe de tête.

— Vous avez déjà été sérieusement blessé ? demanda-t-il après une brève hésitation.

— Je n'ai jamais croisé un cow-boy de rodéo qui n'ait pas été sérieusement blessé. En ce qui me concerne, j'ai eu les côtes enfoncées, le poignet droit cassé à deux reprises, le corps couvert d'hématomes, et je ne compte plus les fois où j'ai été assommé.

— Salut, Dakota ! Tu as l'air en forme !

Dakota se retourna et regarda en direction de la barrière qui séparait les concurrents du public. Un groupe de supporters, exclusivement composé de filles âgées d'une vingtaine d'années, avait escaladé la barrière et s'efforçait d'attirer son attention. Elles se tortillaient en gloussant et lui souriaient de façon suggestive. Par comparaison, et bien qu'il n'ait que vingt-cinq ans, il se trouva relativement mûr pour son âge.

Effleurant de la main le rebord de son Stetson, il leur fit un petit signe amical et leur retourna leur sourire.

— Il est mignon, ton copain ! s'exclama l'une d'elles.

En guise de remerciement, le Cancrelat lui adressa un timide signe de la main en piquant un fard.

— Quelle est votre ville préférée pour le rodéo ? demanda-t-il en reportant son attention sur Dakota.

Certainement pas San Antonio, ni aucun autre endroit dans les cinq cents kilomètres à la ronde, songea Dakota. Mais du diable s'il avait envie de se lancer dans de longues explications ! Repoussant d'une pichenette son Stetson, il soupira.

— Ce n'est pas l'endroit qui compte, c'est de tenir le temps réglementaire.

— Il ne doit pas y avoir la même ambiance au Montana. Regardez combien il y a de jolies filles tout autour de nous ! Tous ces shorts ultracourts, ces petits hauts sexy, et ces peaux bronzées… Je parie qu'on ne trouve pas d'aussi beaux spécimens dans le nord du pays.

— Il y a des jolies filles à chaque compétition, quel que soit le lieu, assura Dakota. L'ambiance y est différente, mais les règles du jeu de la séduction sont partout les mêmes.

Il parlait en connaissance de cause. Il avait vécu ainsi, enchaînant les conquêtes, jusqu'à un certain jour de l'année dernière où, lors d'une épreuve se déroulant à Houston, il avait fait la connaissance d'une ravissante brune après une manche particulièrement disputée. Leur attirance avait été soudaine, irrésistible. Ils avaient passé six jours ensemble, inséparables, puis Dakota avait dû rejoindre son équipe à l'étape suivante. Six jours torrides, merveilleux, inoubliables.

Et puis, fin de l'histoire. Elle s'était chargée d'en rédiger seule la conclusion, sans qu'il ait son mot à dire. Cette séparation s'était révélée plus douloureuse qu'il n'aurait pu le prévoir. Ses prestations s'en ressentirent, faisant chuter son niveau de façon spectaculaire, et ce, jusqu'à la fin de la saison. Il pouvait remercier Viviana — il profita de l'occasion pour lui adresser mentalement quelques amabilités bien senties — de lui avoir fait perdre le titre, sans même lui permettre d'arriver en finale.

Il reporta son attention sur le centre de la piste, à l'endroit précis où, en fin de journée, il aurait à affronter la montagne de muscles qui lui avait été assignée, la veille, par tirage au sort.

« Pas question de te laisser distraire par quoi que

ce soit avant cette échéance cruciale et de risquer de perdre ta concentration ! » s'ordonna-t-il.

Il s'ébroua en jurant intérieurement.

Pour rien au monde il n'aurait dû revenir au Texas ! La chance ne lui avait jamais souri, par ici, et ce n'était aucunement lié à sa rencontre avec Viviana. Bien que lui-même n'y soit absolument pour rien, le nom de Ledger était peu apprécié dans la région.

Près de vingt ans avaient beau s'être écoulés, la mort de sa mère était encore dans tous les esprits. Une histoire sordide : on lui avait tiré dessus, chez elle, dans son ranch situé à moins d'une centaine de kilomètres du lieu où se déroulait aujourd'hui la compétition.

Dakota n'avait que six ans lorsque son père, Troy, avait été condamné pour le meurtre de sa femme.

Fort heureusement, ce sujet n'avait pas été abordé par les médias lorsque, quelques heures plus tôt, il leur avait accordé une interview. Ils s'étaient bornés à prendre des photos de lui, à l'interroger sur les secrets de sa réussite. Il avait alors suspecté les organisateurs de la compétition d'avoir prévenu les journalistes que toute question relative à Troy Ledger serait déplacée et, de fait, proscrite.

Lorsque le Cancrelat reçut le signal lui indiquant qu'il était temps pour lui d'aller vers le couloir de l'enclos, il adressa un sourire goguenard au groupe de filles hystériques avant de se diriger en plastronnant vers le taureau qui l'attendait patiemment.

— Souviens-toi ! lui cria Dakota. C'est entre toi et lui !

Six secondes venaient à peine de s'écouler quand le taureau fit un bond spectaculaire avant de virer brutalement sur la gauche. Le Cancrelat s'envola dans les airs. Par chance, ce fut son chapeau, et non sa tête, qui entra en contact avec les sabots de l'animal lorsqu'il retomba dans un nuage de poussière. Faisant honneur à son surnom, le jeune cow-boy s'éloigna en zigzaguant tandis que Jim Angle s'efforçait d'attirer l'attention de l'animal déchaîné.

Avec son maquillage et sa tenue bariolée, Jim Angle, l'un des plus célèbres clowns de rodéo du circuit national, était de toutes les compétitions. Il avait sauvé la vie de Dakota, à Houston, le jour de sa rencontre avec Viviana.

Il soupira ; le souvenir de ce passé douloureux resurgissait, bien malgré lui.

Des images de Viviana se bousculèrent dans sa tête ; il revit ses cheveux d'un noir profond, ondulés, qui descendaient en cascade jusqu'à ses épaules. Le dessin de ses lèvres sensuelles et charnues, son regard d'une profondeur insondable, le contact de sa peau qui l'avait rendu fou de désir…

Bon sang !

S'il ne parvenait pas à rester concentré, il ne tiendrait jamais les huit secondes nécessaires pour se qualifier. Or, ce soir, il comptait briller et remporter la victoire haut la main afin d'aborder, serein, la finale programmée le lendemain après-midi.

Un vrai battant ne pouvait se reposer sur ses lauriers, d'autant que la compétition devenait plus rude d'année en année.

Il avait tiré au sort une bête d'une race modeste, d'une envergure et d'une force raisonnables. C'était toujours ça de gagné ; le reste ne dépendait que de lui.

Tandis que les autres concurrents observaient leur score sur le panneau d'affichage, il chassa Viviana de ses pensées et s'efforça de rassembler ses idées. Il était le dernier à passer et, de plus, il tenait à impressionner son public. Alors que son tour approchait, il enfila son gant de cuir sur sa main droite, celle qui tenait les rênes, et se fit aider par un de ses collègues pour en ajuster le maintien. Il prit ensuite une poignée de résine, juste assez pour assurer une bonne prise, puis escalada avec détermination le bardage ; c'était maintenant ou jamais.

Saisissant la corde rugueuse d'un geste assuré, il ressentit une brusque montée d'adrénaline en enfourchant l'animal, un taureau pesant au moins sept cents kilos.

Ça promettait d'être une sacrée chevauchée ! songea-t-il, encouragé par les clameurs de ses supporters. Il parvint néanmoins à dompter ses nerfs et à rassembler son courage.

— Hé ! Ledger ! On n'aime pas les meurtriers, par ici ! lança une voix dans la foule.

A l'opposé des cris stridents des filles littéralement hystériques, le ton de cette voix était dur. Tranchant.

A cet instant, la porte de l'enclos s'ouvrit brusquement et ce fut comme si le diable se ruait hors de l'enfer. L'animal, enfin libre, jaillit dans l'arène en se cabrant furieusement, ballottant Dakota tel un pantin désarticulé.

Le taureau fonça droit sur un boudin de protection et le heurta de plein fouet, envoyant Dakota tourbillonner dans les airs. Il retomba lourdement au sol, se réceptionnant sur l'épaule droite, et ressentit une déchirure dans les côtes tandis qu'il se relevait précipitamment et courait se mettre à couvert.

Il n'y avait plus aucun doute : il était bien de retour au pays.

2

— On a une urgence. L'ambulance arrive.

Le Dr Viviana Mancini se tourna vers l'infirmier qui venait de faire cette annonce.

— J'ai bien fait de me servir du café, marmonna-t-elle. J'ai l'impression que je vais en avoir besoin.

— Il y a eu un meurtre, hier soir, poursuivit-il. Ce doit être la pleine lune.

— Pourquoi ai-je accepté de remplacer le Dr Cairn ? demanda-t-elle en soupirant avant de boire une gorgée de son café. Quel est le premier diagnostic ?

— Blessure à la tête par arme à feu. A perdu beaucoup de sang. Fonctions vitales menacées.

Viviana soupira de nouveau. Quitter le service à l'heure prévue et libérer la nourrice était exclu, songea-t-elle.

— D'autres informations ?

— Homme de type caucasien, âgé d'une vingtaine d'années, retrouvé sur le parking d'un bar en centre-ville. Arrivée prévue… d'une minute à l'autre, ajouta-t-il après avoir consulté sa montre.

— Prévenez l'infirmière de service ainsi que le Dr Evans.

— Je m'en occupe.

La présence de Dan Evans, l'un des meilleurs neurochirurgiens du Texas, la rassurait.

— Et faites préparer le bloc, lança-t-elle à l'infirmier qui s'éloignait rapidement.

La fatigue qu'elle ressentait depuis le début de la soirée disparut devant l'urgence de la situation. Ils avaient déjà perdu un patient, aujourd'hui. Avec un peu de chance, ils parviendraient à sauver celui-ci.

— Docteur Mancini ?

Tirée de ses pensées, elle sursauta au son de la voix de l'inspecteur Harry Cortez, surnommé Dirty Harry. Ce surnom ne faisait pas référence au policier incarné par Clint Eastwood, bien que Viviana suspectât Cortez d'employer parfois lui aussi des méthodes radicales, mais à sa chemise toujours maculée des reliquats de son dernier repas.

— Si vous êtes venu au sujet du patient qui a reçu une balle dans la tête, vous allez devoir patienter. Il n'est pas encore arrivé.

Dirty Harry fronça les sourcils.

— Un blessé par balle ?

— Il sera là d'un instant à l'autre, mais ne vous faites aucune illusion ; vous ne pourrez l'interroger que lorsque je vous en donnerai l'autorisation. C'est un hôpital, ici, pas une salle d'interrogatoire.

— Je ne fais que mon travail, docteur, tout comme vous faites le vôtre. Cela étant, je suis venu pour vous parler de Hank Bateman.

Viviana ressentit un profond dégoût à l'évocation de cet homme.

— Nous parlerons de lui plus tard, déclara-t-elle.

En entendant le sifflement caractéristique de la porte

automatique et le grincement des roues de brancard que des infirmiers poussaient en toute hâte dans le bâtiment, elle courut vers la salle des urgences. Le bruit des pas de l'inspecteur résonnant sur le carrelage lui apprit qu'il était sur ses talons.

Comme elle enfilait une paire de gants en latex, la voix de Dirty Harry s'éleva derrière elle.

— Qui t'a tiré dessus, mon gars ? Allez, fais un effort. Donne-moi le nom de cette ordure. Il ne te fera plus aucun mal, j'y veillerai personnellement. Donne-moi juste son nom !

Elle se retourna et adressa à Cortez un regard lourd de reproches. Il eut une mimique de dépit et battit en retraite.

Tandis qu'elle examinait rapidement le jeune homme, Viviana sentit son estomac se nouer. Bien qu'elle soit accoutumée à la situation, la vue de ce crâne fracassé et sanguinolent l'impressionna ; elle ne s'y ferait jamais. Le jeune homme avait peu de chances de s'en sortir. C'était même un miracle qu'il ait tenu jusque-là.

Il toussa et, dans un spasme, vomit un flot de sang mêlé de salive. Ses lèvres ne cessaient de remuer ; il voulait dire quelque chose. Elle se pencha vers lui et tendit l'oreille, mais ses propos, entrecoupés de gargouillements, étaient incompréhensibles.

— Je suis le Dr Mancini, lui dit-elle en aidant l'infirmière à installer le cardiographe. Je vais soulager votre douleur.

— Et moi, je suis le Dr Evans, ajouta le jeune neurochirurgien qui venait de les rejoindre.

Le blessé eut une nouvelle quinte de toux et expulsa de nouveau du sang.

— Shhh… Shel…

Viviana se pencha davantage.

— Essayez-vous de me dire qui vous a tiré dessus ?

Avant qu'il puisse répondre, le « bip » du moniteur de surveillance se transforma en un son continu et lugubre.

— Tu as le choix : soit tu vas aux urgences en ambulance, soit je t'y conduis ! dit Jim Angle.

En haussant les épaules, Dakota ressentit une vive douleur dans le torse.

— Je n'ai pas besoin de médecin. C'est juste une contusion.

— Tu n'en sais rien.

— Je portais mon gilet de protection.

— Tu pourrais quand même t'être esquinté deux ou trois côtes. Butch Cobb lui aussi portait son gilet, à Phoenix.

Butch était une célébrité. Il avait été le meilleur de sa catégorie jusqu'au jour où une mauvaise chute lui avait valu une côte fracturée et un poumon perforé.

— Un sale accident, oui, répondit Dakota.

Il grimaça de douleur en levant le bras pour boire une gorgée d'eau à même la bouteille.

C'était à prévoir, pensa Jim en soupirant.

— Tu dois passer une radio.

— Je dois plutôt tenir huit secondes sur ce fichu taureau.

— Tu n'es pas obligé de jouer les durs à tout prix, Dakota.

— Qui parle de jouer ? Bon, si ça peut te rassurer, vieux sage, j'irai consulter au poste de secours.

— Prends garde à celui que tu appelles « vieux sage » ! Il pourrait bien te balancer sur son épaule comme un sac de patates et t'embarquer de force pour l'hôpital !

— Et pourquoi tu n'irais pas juste récupérer ma corde et mes gants ?

— Ça peut se faire, concéda Jim. A condition que tu me laisses te conduire ensuite aux urgences.

— Il ne me manquait plus que ça ! Un clown de rodéo pour ange gardien !

Dakota, qui se serait volontiers contenté d'une dose d'antalgique, d'un pack de bières et d'une bonne nuit de repos, devait cependant reconnaître que Jim avait raison. Il était prudent de se faire examiner, et le plus tôt serait le mieux.

L'hôpital le plus proche ne se trouvait qu'à une dizaine de minutes de route et, comme il se sentait en état de conduire, il décida d'y faire un saut. Il déboutonna sa chemise porte-bonheur pour éviter que les infirmières ne l'endommagent en la lui retirant. Celle de rechange qu'il avait dans son 4x4 était beaucoup moins précieuse à ses yeux.

Se contorsionner pour l'enlever le fit grincer des dents de douleur ; il avait la sensation d'avoir été piétiné par un troupeau de taureaux en furie.

— Allez, grimpe ! ordonna Jim en lui désignant son véhicule.

Cette fois, il obéit sans protester.

3

— Il faut qu'on parle, docteur Mancini.

Zut ! Il était toujours là, à l'attendre. La migraine de Viviana, apparue comme le blessé par balle rendait son dernier souffle, s'intensifia.

— Faut-il absolument que ce soit ce soir ? J'allais partir.

Dirty Harry confirma d'un hochement de tête.

— C'est important.

« Qu'est-ce qui n'est pas important en ce bas monde ? » se demanda-t-elle, en proie à une soudaine lassitude.

— Il y a une petite salle de réunion au bout du couloir. Pourrions-nous faire vite ? J'ai eu une journée éprouvante et je suis exténuée.

Elle ressentit un brusque sentiment de culpabilité. Il était vraiment déplacé de s'apitoyer sur son sort alors que deux de ses patients avaient perdu la vie.

Cortez la suivit jusqu'à la salle de réunion, une petite pièce meublée de quelques chaises et d'une minuscule table ronde. Viviana s'assit sur l'une des chaises et fixa son interlocuteur.

— La situation est devenue compliquée…, commença-t-il en se grattant le crâne.

Une fine pluie de pellicules se répandit sur le col de sa chemise sombre.

— Ne me dites pas qu'ils ont reporté le procès Bateman ? l'interrompit-elle.

— Non, mais le juge Carter a été dessaisi de l'affaire.

— Pour quelle raison ?

— On a dépisté un cancer à son épouse, et il prend un congé immédiat.

— Ne peut-on nommer un autre juge ?

— C'est déjà fait. Il s'agit du juge Nelson.

— Mary Lester Nelson ?

— Elle-même, marmonna Cortez.

— Vous ne semblez pas enchanté par cette décision.

— Elle a la réputation d'être clémente avec les pourris du genre de Hank Bateman... Excusez mon langage.

— Elle ne va tout de même pas relaxer un tueur d'enfant simplement avec une petite tape sur la tête !

— Non. Elle va le diriger vers les services sociaux, répondit-il avec une pointe de sarcasme. Elle a décrété que ses droits avaient été bafoués lors de son arrestation et elle a déjà fixé le montant de la caution pour sa libération. Je suis sûr qu'à l'heure qu'il est, il se balade librement dans les rues.

— Ne sait-elle pas ce qui s'est passé, il y a trois mois, quand le juge Carter a accepté de le libérer sous caution sous prétexte que les charges n'étaient pas suffisantes ?

— Je suis sûr que l'accusation a prouvé que Bateman risquait de filer tout droit vers la frontière.

— Il l'a déjà fait et a bien failli y parvenir ! s'exclama Viviana. Il était sur le point de passer la frontière quand la patrouille de surveillance l'a arrêté et remis derrière les barreaux. Et malgré ça, le juge Nelson décide de remettre en liberté sous caution ce tueur d'enfant ! Plus je découvre la justice, plus je la trouve injuste.

— Jusqu'à preuve du contraire, Bateman n'est que présumé coupable et son avocat ne cesse de clamer son innocence.

— Mais vous savez comme moi qu'il est tout, sauf innocent ! Il a avoué être resté avec le bébé de sa petite amie le soir où l'enfant a succombé.

— Oui. Quel chic type, hein ? grinça Cortez. Jouer les baby-sitters pour sa copine pendant qu'elle va lui vendre son crack en ville…

— C'est insensé ! répondit Viviana en secouant la tête. La mère de l'enfant n'a rien à voir dans cette histoire ; nous avons les preuves irréfutables de la culpabilité de Hank.

— Jusqu'à ce qu'un avocat de la défense les réduise à néant.

— Ça n'a pas de sens !

Viviana ne parvenait pas à contrôler les effets de son exaspération grandissante.

— Cet enfant présentait des marques sur le ventre et les bras qui ne provenaient certainement pas d'une chute. Cet enfant est mort de maltraitance.

— Calmez-vous ! l'exhorta Cortez. Vous n'avez pas à me convaincre. Les causes de la mort n'étaient pas accidentelles ; je n'émets aucun doute sur vos conclusions suite à l'autopsie. Malheureusement, le verdict des jurés est rarement dicté par la lecture des rapports. Ils se fient à leur instinct, à leur ressenti. Et c'est la raison pour laquelle je compte plus que jamais sur votre témoignage.

— Rien ne m'empêchera de témoigner à ce procès.

— Bien.

— De quoi vouliez-vous me parler ?

— Maintenant que Bateman est en liberté, il y a

de grandes chances qu'il tente d'entrer directement en contact avec vous.

— Pour me dissuader de témoigner ?

Cortez acquiesça d'un signe de tête.

— Ça ne modifiera pas ma décision, inspecteur. Pas plus que ses lettres de menaces ou l'envoi de son frère, ici même, pour m'intimider.

— Le procès s'ouvrira dans une dizaine de jours. Bateman sait que le temps lui est compté. Il est capable de tout.

Le ton de sa voix inquiéta Viviana.

— Vous ne pensez tout de même pas que je suis réellement en danger ?

— Je vous recommande la plus extrême prudence. Si vous l'apercevez rôdant dans les parages ou s'il tente de vous joindre par téléphone, je veux en être aussitôt informé. Je pourrai alors rapporter cette information au juge et, peut-être, faire suspendre sa liberté sous caution. Savoir Bateman derrière les barreaux est notre seule assurance qu'il ne filera pas au Mexique.

Ainsi, Dirty Harry ne s'inquiétait pas tant de sa sécurité que de la liberté de Bateman, pensa-t-elle. Elle était cependant tout aussi déterminée que lui à ce qu'il soit emprisonné. Il ne risquerait plus alors de s'en prendre à un autre petit être innocent.

En tant que mère d'un enfant en bas âge, elle se sentait directement concernée.

— J'ai une petite fille âgée de sept mois. Je ne peux prendre aucun risque.

— Vous ne risquez rien. Je veille.

Cortez sortit sa carte de visite de sa poche de chemise et la posa sur la table.

— Gardez-la toujours avec vous. Si Bateman tente d'entrer en contact avec vous, appelez-moi sur mon portable, dit-il avant de se diriger vers la porte avec un petit salut de la main.

Viviana prit la carte de visite et nota mentalement le numéro personnel de l'inspecteur. Ce fut un jeu d'enfant. Depuis toujours, ses facultés mémorielles avaient été pour elle un atout majeur, notamment durant ses études de médecine, où elles lui avaient permis, alors qu'elle était abattue par la mort de sa mère, de réussir malgré tout son examen.

En quittant l'hôpital, elle repensa au blessé par balle qu'elle n'avait pu sauver.

Il était encore très jeune ; il s'agissait d'un fils, peut-être d'un mari, voire d'un père. Ce soir, il ne rentrerait pas chez lui, et la vie de ses proches ne serait plus jamais comme avant.

Elle avait choisi le service des urgences dans le but de sauver des vies. Le plus souvent, elle y parvenait. Son échec d'aujourd'hui lui donnait l'impression d'avoir anéanti tous ses efforts passés.

Sa voiture était garée sur le parking à une cinquantaine de mètres de l'accès aux urgences. L'endroit était presque désert et plongé dans la pénombre. Une sensation désagréable s'emparant d'elle, elle scruta les alentours. Ce sentiment d'insécurité venait certainement de sa discussion avec Cortez à propos de Hank Bateman. Tout semblait calme.

Arrivée près du coupé noir qu'elle avait acheté la semaine précédente, elle sortit les clés de son sac et déverrouilla les portières. Soudain, elle perçut une présence dans son dos.

— Monte !

Un homme la saisit par le bras en brandissant un revolver. Pétrifiée par la peur, elle allait obéir à l'inconnu lorsque sa conscience s'éveilla et lui intima de réagir.

Qui savait ce qu'il adviendrait d'elle si elle obtempérait ?

Les consignes de son instructeur de self-défence lui revinrent à la mémoire : *Utilisez ce que vous avez sous la main… Prenez l'initiative… Luttez pour votre survie…*

— Monte, salope ! Fais ce que je te dis et je n'aurai pas à utiliser mon flingue.

— Si c'est de l'argent que vous voulez…

Faisant mine de fouiller dans son sac, elle sortit son porte-monnaie et le lança sur le canon de l'arme, le faisant ainsi dévier. En même temps, elle fit passer ses clés entre ses doigts.

L'homme la poussa brutalement, lui faisant heurter le montant de la portière. Elle lança son poing en direction du visage de son agresseur et sentit l'impact du métal entrant en contact avec son œil.

Il hurla de douleur et, d'un mouvement réflexe, lui fit sauter le trousseau de clés de la main. Tandis qu'il portait sa main libre à son visage, Viviana s'élança pour lui échapper.

Elle allait atteindre l'allée menant aux urgences quand son talon se prit dans une fissure du bitume. Son pied sortit de sa chaussure, et elle tomba, se tordant le poignet en tentant d'amortir sa chute.

Le crissement de pneus d'une voiture qui démarrait sur les chapeaux de roues se fit entendre au même moment.

« S'il vous plaît, mon Dieu ! pria-t-elle. Faites que ce soit lui qui s'enfuit ! »

Elle sentit alors quelqu'un lui effleurer l'épaule. Paniquée, elle poussa un hurlement.

L'homme fit un pas en arrière.

— Vous allez bien ?

Cette voix résonna un instant dans son esprit et lui apparut soudain familière. Elle frissonna et, le cœur battant, se releva aussi vite qu'elle le put.

— Je ne voulais pas vous faire peur. J'ai entendu un cri et je vous ai vue traverser le parking en courant, expliqua-t-il.

Les battements de son cœur redoublèrent tandis qu'elle observait l'homme qui se tenait près d'elle. Elle reconnaissait ces yeux noirs au regard intense, ces cheveux épais et décoiffés sous ce Stetson blanc orné d'un galon en tissu indien.

Lui aussi la dévisageait, interdit.

Viviana prit une grande inspiration.

— Dakota…

Ce fut tout ce qu'elle parvint à dire.

4

— Viviana…

Dakota avait murmuré son prénom en la reconnaissant, elle, la femme qui depuis des mois hantait ses pensées. Il chancela, déboussolé par cette rencontre inattendue.

— Qui a lâché le taureau ?

Jim venait de les rejoindre en lançant une de ses répliques favorites, bien ancrée dans le jargon du rodéo. Il était encore affublé de son costume de scène, une sorte de poncho rouge et noir qui couvrait à demi un ample short. Quelques traces de son maquillage, dont il avait tenté tant bien que mal de se débarrasser à l'aide de son foulard poussiéreux, subsistaient autour de ses yeux.

Viviana s'était raidie à son arrivée.

— Qui êtes-vous ? demanda-t-elle, inquiète.

— C'est un ami, répondit Dakota du tac au tac. Nous arrivions aux urgences quand nous avons entendu un cri.

Il se retourna et scruta les environs ; tout était redevenu calme.

— Je m'appelle Jim Angle.

— Et je suis le Dr Mancini.

Tandis que Viviana remettait sa chaussure, Dakota dut lutter contre une soudaine envie de la prendre dans ses bras. Cependant, des mois s'étaient écoulés depuis leur dernière rencontre, et l'attitude distante de la jeune femme l'en dissuada. Sans parler du flot de questions dont Jim allait l'assaillir.

— Que s'est-il passé, exactement ? demanda Dakota.

— Je venais de quitter le service. Quand je suis arrivée à ma voiture, un homme a surgi et pointé une arme sur moi. Il m'a ordonné de monter dans ma voiture.

— Ensuite ? demanda Jim comme elle s'était tue et parcourait du regard le parking désert.

— J'ai fait dévier son arme, je l'ai frappé au visage et je me suis enfuie.

— Vous avez dû lui mettre un sacré coup ! dit Jim. Il a crié comme si vous l'aviez étripé. C'est ce qui a attiré notre attention.

— Je l'ai frappé à l'œil avec mon trousseau de clés.

Jim afficha un sourire narquois.

— Vous êtes une sacrée femme, comme je les aime.

Elle croisa les bras et frissonna. Puis elle regarda de nouveau en direction du parking.

— Ma voiture a disparu. Elle était garée à côté de ce gros 4x4.

— Une voiture, ça se remplace, répondit Dakota.

Elle aurait pu été blessée, voire pire. Si seulement il parvenait à mettre la main sur ce salopard ! songea-t-il.

— Aviez-vous déjà vu ce type ? demanda Jim.

— Jamais. En tout cas, je ne m'en souviens pas. Nous recevons beaucoup de monde, aux urgences.

Un peu en retrait, Dakota s'employait à dompter son émotion. Revoir Viviana de façon si inattendue l'avait totalement pris au dépourvu.

Il se décida à la regarder dans les yeux.

— Est-ce que tout va bien ?

— Ça va, maintenant. Mon agresseur a filé sans insister, mais je constate qu'il a eu ce qu'il voulait : mon argent et ma voiture.

— On a de la chance que je me sois trompé d'entrée et que je sois arrivé par la voie d'accès des ambulances, ajouta Jim.

Dakota observa une nouvelle fois les lieux.

— L'hôpital n'a pas de service de sécurité ?

— Si, mais ils ne peuvent être partout à la fois.

— Tout de même, j'estime qu'ils pourraient accompagner ceux qui quittent le service si tard, surtout quand il s'agit de femmes.

— Je n'avais encore jamais eu le moindre problème. L'hôpital est un lieu a priori sécurisé.

— Il est trop tard pour prévenir la sécurité, dit Jim. Appelez la police. Ils pourront peut-être mettre la main sur votre agresseur avant qu'il ne quitte la ville.

— Mon téléphone est dans mon sac, qui m'a échappé des mains. Il l'a probablement ramassé avant de s'enfuir.

— C'est probable, approuva Dakota. Mais on va tout de même aller jeter un coup d'œil.

— Je m'en charge, proposa Jim en s'éloignant aussitôt.

— Où sont tes clés ? demanda Dakota.

— Je n'en sais rien. Elles sont peut-être tombées dans la voiture ou quelque part pendant que je courais.

L'agresseur pouvait donc être en possession de ses clés et de son sac contenant ses papiers d'identité. Il connaissait à présent son adresse.

Dakota se raidit ; il sortit son portable de sa poche et le tendit à Viviana.

Au lieu de composer le numéro d'urgence de la police, elle appela directement Harry Cortez. Leur conversation fut brève et directe ; Dakota se demanda si leur relation se limitait au seul cadre professionnel.

Jim revenait avec son sac à main lorsqu'elle raccrocha.

— Vous avez de la chance ! J'ai retrouvé votre sac sous une voiture et vos clés à quelques mètres de là. Il a dû bricoler les fils du démarreur.

Elle lui sourit en prenant son sac.

— Merci, Jim. Au moins nous savons qu'il n'a ni mes clés ni mes papiers.

— Qu'y a-t-il dans la boîte à gants ? demanda Dakota.

— Normalement, les papiers de la voiture. Mais, comme je venais juste de l'acheter, ils sont à la maison.

— Et cet ami policier, va-t-il venir ? demanda Dakota comme Viviana lui rendait son portable.

— Dirty Harry n'est pas précisément un ami, mais, oui, il ne va pas tarder à arriver. Il venait juste de quitter l'hôpital.

Dirty Harry ? Ce devait être un dur, songea Dakota. Mais que voulait-elle dire par « pas précisément un ami » ? Depuis quelques instants, un moustique lui bourdonnait aux oreilles. Agacé, il fit un rapide geste de la main pour le chasser et ressentit une vive douleur entre les côtes. Il grimaça, peinant à retrouver son souffle.

— Un problème ? demanda aussitôt Viviana.

— Oh ! ce n'est rien !

Elle secoua la tête, ce qui fit onduler avec grâce sa chevelure noire sous la lumière crue des réverbères.

— Si ce n'était rien, vous ne seriez pas venus à l'hôpital. De quoi s'agit-il ?

— Il a défié un taureau particulièrement belliqueux, et c'est le taureau qui a gagné, répondit Jim à sa place. Ça n'arrive pourtant pas souvent. Vous avez devant vous l'un des meilleurs cow-boys de rodéo au monde ; sa ceinture et son trophée le prouvent.

Lorsque le regard de Dakota croisa celui de Viviana, il vit se refléter la lune dans ses yeux et sentit ses forces l'abandonner.

— Tu es toujours dans le circuit ? demanda-t-elle d'une voix douce.

— Que veux-tu ? J'ai ça dans le sang… Et toi, tu voles toujours au secours des malades et des éclopés ?

— J'ai ça dans le sang, moi aussi. Te voilà donc de nouveau dans le rôle de l'éclopé.

— Eh oui, admit-il en feignant une indifférence qu'il était loin d'éprouver. On peut dire qu'on se retrouve au commencement de notre histoire.

— Pas tout à fait, Dakota.

C'était stupéfiant comme son nom sonnait différemment lorsque Viviana le prononçait. Plus doux, plus chaud… Plus sensuel.

Se balançant sur les talons de ses bottes, Jim leva les sourcils de surprise.

— J'ai loupé un épisode ? Vous vous connaissez, tous les deux ?

— On est de vieux amis, répondit Dakota.

— Bon sang ! Pourquoi ne m'en as-tu rien dit ?

— Parce que je n'en ai pas encore eu le temps, Jim.

— De quoi souffres-tu ? demanda Viviana, le médecin en elle reprenant le dessus.

Elle avait donc décidé de se comporter avec lui comme si rien ne s'était passé entre eux… Dakota se dit qu'il ferait peut-être bien de l'imiter.

Il voulut prendre une grande inspiration mais se plia en deux de douleur.

— J'ai reçu les sabots d'un taureau dans les côtes. Dieu merci, je portais ma veste de protection. Je vais sûrement m'en tirer avec quelques beaux bleus. En fait, si je suis là, c'est surtout pour rassurer Jim.

— Tu as l'air sérieusement blessé. Je vais te faire passer une radio et peut-être une IRM. Donne-moi ton téléphone que je prévienne le service et demande un fauteuil roulant.

— Pas besoin de fauteuil roulant. J'ai couru jusqu'à toi pour te venir en aide, tu l'as oublié ?

— Laisse-toi faire, Dakota, ordonna-t-elle en lui prenant son portable des mains. Tu ne serais pas venu à l'hôpital si tu ne souffrais pas le martyre et n'étais pas inquiet pour ta santé.

— Voilà qui est bien parlé ! s'exclama Jim. Elle te connaît bien, Dakota.

Une fourgonnette surmontée d'un gyrophare rouge s'engagea sur le parking alors qu'elle appelait ses collègues.

— C'est la sécurité, annonça-t-elle après avoir raccroché.

Elle fit de grands signes en direction de la fourgonnette.

— Je vais les informer de la situation, poursuivit-elle. Et une infirmière va venir pour t'accompagner aux urgences.

Viviana rejoignit les agents de sécurité pour leur dire que sa voiture avait été volée et qu'elle avait déjà averti le commissariat de San Antonio. Pendant ce temps, Dakota vit arriver une infirmière qui le conduisit dans le bâtiment.

Une fois installé dans l'un des box d'examen, il dut répondre aux questions d'usage et concéda que, sur une échelle de un à dix, il ressentait une douleur de niveau huit.

Une injection de morphine fit rapidement effet, ramenant sa souffrance à un degré supportable, tout en le plongeant dans un état second qui ramena ses pensées vers Viviana. Dire qu'elle aurait pu être tuée, ce soir !

Elle était en danger.

Il se maudit d'être dans cet état. Non seulement il ne pouvait être d'aucun secours à Viviana, mais il se trouvait dans l'incapacité de disputer la prochaine manche du championnat.

Quelques heures plus tard, Viviana prit connaissance des résultats des examens pratiqués sur Dakota. Les ligaments de son épaule droite étant partiellement luxés, sa convalescence allait être longue et douloureuse.

De larges ecchymoses marquaient également son thorax le long des côtes, mais aucune fracture n'était à déplorer. Cela, grâce à la veste de protection qu'il s'était engagé à porter, dix-huit mois plus tôt, lorsqu'elle l'avait recueilli pour la première fois. Malgré tout, ses côtes meurtries rendaient sa respiration entrecoupée et limitaient ses mouvements.

Viviana s'interrogea : qu'est-ce qu'un cow-boy de rodéo pouvait bien attendre de la vie ?

Elle ne pouvait concevoir son exaltation pour le danger, cette façon de pousser son corps jusqu'à ses limites, ces risques qu'il prenait uniquement dans le but de ressentir une montée d'adrénaline suivie de quelques instants de gloire.

Quoi qu'il en soit, il avait fait ses choix et semblait se contenter de cette vie faite d'errance et de sensations fortes. Il était cow-boy dans l'âme, et avait choisi sa destinée. A aucun moment de sa vie l'idée de se ranger ne l'avait effleuré. D'ailleurs, il n'avait jamais prétendu changer.

Betsy, l'infirmière responsable de lui, s'approcha de Viviana.

— Ce cow-boy du box 5 est séduisant, mais c'est une vraie tête de mule. Il refuse toute nouvelle injection de morphine sous prétexte qu'il veut être en mesure de conduire. Il refuse aussi de porter une attelle et dit qu'il est hors de question de passer la nuit à l'hôpital.

— Je vais lui parler. Merci, Betsy.

Viviana se prépara à se retrouver seule en présence de Dakota et, son dossier bien assujetti sous le bras, gagna le box 5 d'un pas décidé.

Lorsqu'il la vit entrer, Dakota fit un effort pour se relever et grimaça de douleur.

— Alors ? Le verdict ?

Il l'écouta avec attention lui faire part de ses conclusions, tout en restant de marbre. Il en avait vu d'autres.

— Tu as beaucoup de chance, assura-t-elle. Tu aurais pu te fracturer les côtes et te disloquer l'épaule.

— Il faut croire que je suis né sous une bonne étoile.

— En médecine, on ne prend aucun risque, pas plus qu'on ne compte sur la chance. Je vais te garder cette nuit en observation.

— Sachant que je ne pourrai fermer l'œil de la nuit et que je serai réveillé à 6 heures du matin avec un petit déjeuner froid ?

— Sachant que le pneumologue passera te voir tôt dans la matinée.

— Je connais la chanson : exercices respiratoires afin de s'assurer que je ne développe pas de pneumonie.

— C'est la procédure.

Il inspira profondément dans le but de lui démontrer qu'il avait déjà pratiqué les exercices en question.

— Je vois que tu maîtrises le sujet, dit-elle en secouant la tête de dépit.

— J'ai consulté un très bon médecin, par le passé. Elle m'a donné des tas de conseils que je n'ai pas oubliés.

Il lui adressa un regard lourd de sous-entendus.

Dans l'espace confiné du box, Viviana se sentit soudain nerveuse. Elle n'avait jamais su lui tenir tête. Leur relation avait semblé un étrange mélange de feu et de glace, de complicité et d'incompréhension, de passion et de...

Séparation. Non. Il était hors de question de revivre l'expérience. Surtout pas en cette période mouvementée de son existence.

— Tu dois mettre temporairement la compétition de côté et prendre du repos. Tu devras appliquer de la glace sur tes contusions, plusieurs fois par jour, et je te recommande de porter une attelle pour soulager ton bras.

— Bien. Je te promets de suivre ces recommandations à la lettre.

Viviana soupira, sans illusions. Elle avait fait son devoir en lui communiquant son avis médical, tout en sachant qu'il n'en tiendrait aucun compte.

— A propos, et ta voiture ? demanda Dakota. La police l'a retrouvée ?

— Pas encore.

— Comment vas-tu rentrer ?

— En fait, j'habite maintenant dans une maison, pas très loin de l'hôpital.

— Seule ?

La brusquerie de la question la surprit. Décidément, il ne changerait jamais.

— Non, Dakota. Je ne vis pas seule.

— Tu ne portes pas d'alliance.

— Je ne suis pas mariée.

— Je vais te raccompagner, puisque c'est à cause de moi que tu es restée si tard.

— Tu n'es pas venu avec ta voiture.

— Un copain a amené mon pick-up à l'hôpital. Jim l'a ensuite reconduit à son hôtel.

— Il n'est pas conseillé de conduire dans ton état.

— L'hôtel n'est qu'à quelques kilomètres, et la morphine a calmé la douleur. Je me sens bien. En tout cas, j'ai l'esprit clair.

— Tu es blessé, et tu devrais laisser ton épaule au repos.

Il la regarda avec malice.

— Je suis gaucher.

Il se redressa pour s'asseoir sur le lit d'examen en tirant le drap pour se couvrir.

— Je promets de te ramener chez toi en toute sécurité, ajouta-t-il en souriant.

Pour l'heure, sa sécurité était le cadet de ses soucis. Viviana s'inquiétait surtout à l'idée de se trouver avec lui dans l'intimité de son pick-up, et de respirer l'odeur de son corps.

— Je parle d'un trajet en voiture, Viviana. Je ne cherche pas à te faire des avances.

Elle hésita un instant.

— D'accord, Dakota. Ça me fait plaisir.

Mais, cette fois, il ne passerait pas la nuit chez elle, se promit-elle.

Dakota mit le contact, et le moteur de son pick-up flambant neuf se mit à ronronner docilement. En même temps, une chanson country emplit l'habitacle.

Viviana baissa le volume et posa à ses pieds la sacoche contenant son ordinateur portable.

— Joli modèle, fit-elle.

— Merci.

— Je croyais que tu adorais ton vieux pick-up.

— Le pauvre était au bout du rouleau.

— J'aime celui-ci, dit-elle en promenant la main sur le revêtement de cuir du tableau de bord.

— Moi aussi. Il m'a tout de suite plu.

Un silence pesant s'installa entre eux. Dakota se tenait sur ses gardes, luttant contre son désir de se rapprocher d'elle. Sa présence à son côté ne faisait que raviver le souvenir douloureux de leur relation.

Il démarra et quitta le parking.

— L'inspecteur t'a-t-il parlé d'autres agressions à main armée dans les environs ?

— Il paraît que les vols de voiture sont en recrudescence, mais il n'est rien arrivé de semblable dans la région depuis des années.

— Il suffit d'un pauvre type qui tourne mal.

— Apparemment. Continue tout droit, puis tourne à gauche au prochain feu.

— Il t'arrive souvent de travailler aussi tard ? demanda-t-il en engageant son pick-up dans l'avenue déserte.

— Habituellement, je prends mon service à 23 heures pour terminer à 7 heures du matin.

— Et ce soir ?

— J'ai remplacé une collègue qui avait des places pour le concert de Michael Bublé.

— Elle te remplace demain ?

— Non. J'ai trois jours de repos. Les urgences n'ont

pas les mêmes horaires ni le même planning que les autres services.

— Je suppose que tout nouveau médecin doit se taper les heures de nuit quand il débute.

— Pas forcément. En ce qui me concerne, c'est un choix. Ce rythme de travail avec trois jours de repos par semaine me convient.

Il saisit le fond de sa pensée ; cet emploi du temps lui permettait de retrouver chaque soir son compagnon. L'imaginer se blottissant dans les bras d'un autre homme lui fut soudain insupportable, malgré le côté « normal » de la situation. Pourquoi serait-elle restée seule ? Qu'elle puisse souhaiter partager sa vie avec un homme était légitime. Cependant, cet homme n'était pas lui.

— Prends la prochaine à droite, dit-elle. Ensuite, ce sera à quatre pâtés de maisons plus loin.

Il suivit ses consignes et gara enfin son pick-up devant un pavillon aux fondations en pierre dont les murs étaient partiellement habillés de bois. Une haie de buissons fleuris masquait une large baie vitrée. Cette demeure était d'un standing nettement supérieur à celui du petit appartement de Houston dans lequel elle l'avait reçu, dix-huit mois plus tôt.

Avait-elle gardé son mobilier d'alors, en particulier le canapé sur lequel elle lui avait prodigué un massage pour détendre ses muscles endoloris ? Au souvenir de la suite des événements, une bouffée de chaleur l'envahit.

— Merci de…

— Sois prudente…

Ils s'étaient exprimés en même temps, se coupant mutuellement la parole.

Elle eut un petit rire nerveux.

— Ça m'a fait plaisir de te revoir, Dakota.

— Tout le plaisir est pour moi, répondit-il en se penchant vers elle avec l'intention de l'embrasser et conscient qu'il allait commettre une énorme erreur.

Avant qu'il n'ait pu le faire, elle descendit rapidement du pick-up. Dakota descendit à son tour et contourna le véhicule.

— Ne te sens pas obligé de me raccompagner, Dakota. Tu es souffrant, et je suis exténuée.

Il se remit au volant et la regarda s'éloigner en songeant avec amertume à la manière dont s'était terminée leur relation. Viviana avait conscience que sa vie était toute tracée et qu'il n'y avait pas de place pour un cow-boy de rodéo.

La voyant atteindre le perron, il lui fit un appel de phares. Elle lui répondit par un petit signe de la main, mit sa clé dans la serrure et entra rapidement en refermant la lourde porte de bois derrière elle.

Il resta là un moment, seul avec ses pensées, puis démarra et prit la direction de son hôtel.

Il avait parcouru près d'un kilomètre lorsqu'il remarqua que Viviana avait oublié son ordinateur portable. Elle allait certainement en avoir besoin dès le lendemain matin, aussi décida-t-il de le lui ramener tout de suite. Il valait mieux éviter qu'un cow-boy, de surcroît blessé, se présente à sa porte aux premières lueurs du jour.

En arrivant près de la maison, il remarqua du mouvement dans la haie fleurie. Il arrêta son pick-up et scruta les environs plongés dans l'obscurité. L'éclairage de sécurité ne s'était pas déclenché.

Il avait vu quelque chose bouger dans les buissons, il en était certain. Il ouvrit la portière et descendit prudemment de son véhicule. Un homme sortit soudain de l'abri de la haie et s'enfuit en courant vers l'arrière de la maison. Dakota s'élança à sa poursuite mais ressentit aussitôt une vive douleur dans la poitrine.

Luttant pour contrôler sa respiration, il parvint à l'arrière de la maison juste à temps pour voir l'homme grimper sur une branche basse d'un arbre et sauter par-dessus la clôture du voisin. Le temps qu'il se hisse à son tour sur la branche, l'homme avait disparu.

Il se laissa retomber sur le sol et s'appuya contre l'arbre, le souffle court. Bon sang ! Sans cette douleur dans les côtes, il aurait facilement pu le rattraper. Il devait néanmoins se féliciter de s'être rendu à l'hôpital, ce soir, car il avait retrouvé Viviana et l'avait sauvée. Son agresseur, en la forçant à prendre le volant, voulait l'enlever. Si l'homme qui venait de s'enfuir était celui qui l'avait agressée sur le parking, cela prouvait qu'elle courait un réel danger.

Il retourna à son pick-up pour récupérer l'ordinateur, puis se dirigea vers la maison baignée par la pâle clarté de la lune. Soit l'éclairage du jardin était en panne, soit il avait été saboté. Dakota se sentit nerveux en appuyant sur la sonnette.

Quelques instants plus tard, la lumière de l'entrée s'alluma et Viviana entrebâilla la porte.

— Tu as oublié ton ordinateur dans mon pick-up.

Elle ouvrit davantage la porte et, s'approchant, lui ôta une brindille des cheveux.

— Tu es essoufflé. Où étais-tu ?

— Il y avait un homme dans ton jardin.

— Quoi ? fit-elle, interloquée.

— En revenant, j'ai aperçu un homme dans les buissons. Je l'ai poursuivi, mais il m'a semé.

— C'est l'homme qui a volé ma voiture, dit-elle d'une voix tremblante.

— C'est aussi ce que je pense.

Viviana devint livide ; elle prit une grande inspiration.

— Je ne voulais pas t'entraîner dans cette histoire, déplora-t-elle.

— Je dirais plutôt que je m'y suis volontairement jeté.

— C'est vrai. Veux-tu entrer un instant pendant que je préviens la police ?

— Qu'est-ce que va penser ton petit ami ?

— Il n'y a pas de petit ami.

Ainsi, la personne avec laquelle elle vivait ne pouvait être qu'un ou une amie. Soulagé plus qu'il ne l'aurait pensé, Dakota accepta son invitation. Après s'être essuyé les pieds pour débarrasser ses bottes de la terre du jardin, il entra.

Pour la seconde fois, ce soir, Dakota surgissait pile au bon moment pour la sauver. Viviana prit soin de verrouiller la porte d'entrée.

Elle se préparait depuis toujours à croiser de nouveau le chemin de Dakota. Longtemps, elle avait tenté de se convaincre qu'elle pourrait alors soutenir son regard et lui expliquer la situation sans la moindre émotion. Mais ce soir, sur le parking de l'hôpital, à la seconde même où elle avait reconnu sa voix, elle avait compris que ce ne serait pas si simple.

— Appelle tout de suite la police ou ton ami l'inspecteur, lui conseilla Dakota. Le type pourrait être encore dans les parages et plus tôt ils interviendront, plus ils auront de chances de l'appréhender.

— Je m'en occupe, mais baisse la voix, s'il te plaît, et suis-moi dans la cuisine.

— Pourquoi chuchotes-tu ?

— Il y a quelqu'un qui dort à l'étage. Il y a de la glace dans le congélateur, dit-elle en lui tendant une serviette propre qu'elle préleva dans le buffet. Sers-t'en pour emballer la glace et l'appliquer sur ton épaule.

— Je préférerais un petit verre de bourbon.

Tout en composant le numéro d'urgence de la police, elle ouvrit le placard qui contenait sa maigre réserve d'alcools, et en sortit une bouteille et un verre qu'elle posa sur la table. Elle fut tentée de rappeler l'inspecteur Cortez, mais se ravisa, jugeant inopportun de le déranger une nouvelle fois à cette heure tardive. De toute façon, à ce stade des choses, il ne lui serait pas d'un grand secours.

L'opératrice du service des appels d'urgence prit note de ses déclarations.

— Etes-vous sûre que tout danger est écarté ? demanda-t-elle.

— Je n'en suis pas certaine, mais je crois que l'individu s'est enfui.

— Restez en ligne le temps que je prévienne une patrouille.

Viviana reporta son regard sur Dakota qui sirotait le bourbon qu'il s'était servi.

— Un officier de police sera sur place dans moins d'une demi-heure, annonça l'opératrice. En attendant, ne sortez pas de chez vous et enfermez-vous. Si la situation évolue ou si vous vous sentez en danger, rappelez le 911.

— Avez-vous informé la patrouille qu'il s'agit certainement du même homme qui m'a agressée, plus tôt dans la soirée ?

— Je leur ai fait un rapport complet, assura l'opératrice.

— Merci.

Il ne lui restait plus qu'à patienter.

Elle profiterait de l'occasion pour réfléchir à la façon de composer avec la présence de Dakota.

5

Ses côtes ne lui laissant pas de répit, Dakota prit un tube d'aspirine de la poche de sa chemise et en versa plusieurs comprimés dans sa main.

— L'alcool et les médicaments ne font pas bon ménage, lui fit remarquer Viviana.

— Chez moi, ça donne de bons résultats, répondit-il en les avalant avec une gorgée de bourbon. Aurais-tu une lampe de poche ? J'aimerais inspecter la baie vitrée depuis l'extérieur.

— Sais-tu qu'il est presque 3 heures du matin ?

— Je veux aller voir par moi-même avant l'arrivée de la police.

— On nous a demandé de ne pas sortir et de verrouiller toutes les issues.

— Et c'est ce que tu vas faire. Tu me donnes ta torche ou je vais prendre la mienne dans mon pick-up ?

Tandis qu'elle cherchait dans les tiroirs, Dakota prit un long couteau de cuisine sur le plan de travail.

— Il ne pouvait pas voir grand-chose depuis l'extérieur, expliqua Viviana en lui tendant une petite torche en métal chromé. Quand les stores sont baissés, on ne peut apercevoir que le couloir, en se plaçant devant la porte d'entrée.

— C'est toujours bon à savoir.

— Je préférerais que tu restes là, Dakota. L'homme est armé et peut-être encore dans les parages.

— J'aimerais bien, mais il y a peu de chances.

— Qu'est-ce qui te fait penser ça ?

— Il a filé chaque fois que je suis intervenu. Il n'utilisera son arme qu'en cas d'absolue nécessité ; il ne cherche pas l'affrontement.

— Comment en sais-tu autant sur le comportement des malfaiteurs ?

— J'ai vu tous les épisodes de *24 Heures chrono*, répliqua-t-il avec un petit sourire avant de sortir.

La nuit était parfaitement calme lorsque Dakota se faufila au milieu des buissons, là où il avait vu l'agresseur.

Ainsi que Viviana l'avait annoncé, les stores baissés ne laissaient rien voir de l'intérieur de la maison. L'homme ne pouvait être un simple voyeur, d'autant que la moustiquaire protégeant la baie vitrée avait été arrachée.

Il dirigea le faisceau de la lampe de l'autre côté de la haie et constata que la moustiquaire gisait à l'écart, dans les buissons. Ramenant le faisceau sur la baie vitrée, il vit sur l'encadrement des traces attestant que l'homme avait tenté d'en forcer l'ouverture.

Il n'y avait plus aucun doute ; c'était bien le même homme que sur le parking, et il en avait après Viviana. Songer à ce qui serait arrivé s'il n'était revenu juste à temps lui fit froid dans le dos.

Lorsqu'il revint à la porte d'entrée, Viviana se tenait sur le seuil, à l'attendre.

— La maison est-elle équipée d'un système d'alarme ? demanda-t-il.

— Oui, et il était en service. Si quelqu'un s'était introduit dans la maison, il se serait aussitôt déclenché.

— En théorie, mais les cambrioleurs savent les neutraliser. Je vais m'assurer qu'il est toujours actif.

— Le détecteur de mouvements n'a pas réagi quand tu es sorti dans le jardin, fit-elle remarquer.

— Je m'en suis rendu compte. On a dû arracher la cellule de détection et la jeter dans les buissons.

Avant que Dakota ait pu vérifier le bon fonctionnement de la centrale d'alarme, un employé de la compagnie de surveillance joignit Viviana sur son portable pour l'informer qu'il avait reçu un appel automatique sur sa ligne fixe.

Elle l'assura que tout allait bien, suite à quoi il lui promit d'envoyer un technicien dès le lendemain matin.

— Que se serait-il passé si tu n'étais pas revenu, Dakota ? demanda-t-elle en frissonnant. Je serais sous la menace d'un individu armé, chez moi.

Il lui passa le bras autour des épaules.

— Je suis revenu. Je suis là, près de toi, et je n'irai nulle part.

Elle se laissa tomber sur le canapé en soupirant.

Quelques minutes plus tard, des sirènes retentirent dans le quartier tandis que les lueurs des gyrophares se faufilaient dans le salon par les interstices des stores. Puis le silence revint.

Dakota accompagna Viviana quand elle alla vers la porte d'entrée. Chacun de ses pas lui rappelait qu'il n'était pas en condition physique pour affronter un réel danger.

Deux policiers en uniforme exhibèrent leurs badges et se présentèrent avant de les suivre dans le salon. Ils prirent place dans deux larges fauteuils et commencèrent leur interrogatoire. Dakota laissa tout d'abord Viviana leur exposer les faits, puis, questionné à son tour, il dut concéder qu'il n'avait pu voir distinctement l'homme dans l'obscurité.

Jusque-là, rien de ce qui venait d'être dit n'était nouveau pour Dakota, qui se fit plus attentif lorsque le plus jeune des deux policiers, Greg Simmons, se mit à poser des questions plus directes.

— Quelqu'un aurait-il des raisons de vous en vouloir, mademoiselle Mancini ?

Viviana se mit à tripoter nerveusement le petit cœur en or qu'elle portait autour du cou.

— Oui, et j'en ai d'ailleurs parlé à l'inspecteur Cortez, un peu plus tôt dans la soirée. Je pense qu'il se mettra sur l'affaire dès demain matin, mais…

— Harry Cortez ? De la brigade criminelle ? l'interrompit Simmons.

Elle acquiesça d'un hochement de tête.

— Comment êtes-vous entrée en contact avec lui ?

— Il est sur une affaire à laquelle je suis mêlée.

L'autre policier fronça les sourcils.

— Quelle affaire ?

— L'affaire Compton. C'est moi qui ai admis Leslie Compton aux urgences, le soir de son décès. L'affaire sera portée en justice d'ici à dix jours. Je suis le principal témoin de l'accusation.

Le policier eut un signe de tête entendu.

— Contre Hank Bateman.

— Oui, mais ce n'est pas lui qui a volé ma voiture. Vous pensez bien que je l'aurais reconnu. Si vous voulez en apprendre davantage, je vous suggère de contacter l'inspecteur Cortez.

— Nous nous assurerons qu'il prendra connaissance de notre rapport.

— Très bien. Je vous ai tout dit. Il serait judicieux que vous inspectiez les environs au cas où l'homme qui a tenté de s'introduire chez moi serait toujours là.

— Bien sûr, mademoiselle. Nous allons faire le tour du quartier. Enfermez-vous chez vous et, s'il y a le moindre problème, appelez le 911. Je vais laisser un policier en faction devant votre porte pour le reste de la nuit.

— Je vous remercie.

De son côté, Dakota tentait d'analyser les informations qu'il venait de recueillir. Viviana devait bientôt témoigner contre un homme connu des services de police. Ça laissait présager du pire.

Après avoir raccompagné les policiers, elle le rejoignit dans le salon et s'installa sur le canapé. Se massant les tempes, elle se mit à réfléchir, une expression soucieuse sur le visage.

— Il faut qu'on parle, déclara-t-elle.

Le ton de sa voix ne laissait rien présager de bon.

— A propos de ce Compton ?

— Non. Cette histoire est bien trop compliquée pour qu'on l'aborde au beau milieu de la nuit. Il faut qu'on parle de nous.

Le sujet n'était guère plus plaisant, songea Dakota.

— Quoi que tu aies à dire à propos de nous, tu as déjà attendu dix-huit mois. Nous ne sommes plus à quelques heures près. Je propose, si tu es d'accord, que nous allions nous coucher.

— Tu ne peux pas rester ici. Je n'ai même pas un lit à te proposer.

Il tapota le canapé du plat de la main.

— Il fera très bien l'affaire. Ne t'inquiète pas, j'ai le sommeil léger et, d'ailleurs, je ne crois pas qu'il se passera grand-chose cette nuit.

— Tu n'es pas obligé de rester.

— Je reste.

— Dans ce cas, allons dormir.

Bien qu'elle ne semblât pas enchantée de lui offrir l'hospitalité, elle lui parut tout de même soulagée. Etait-ce de se savoir protégée ou de remettre à plus tard leur conversation ?

Elle quitta le salon et revint au bout de quelques minutes avec une paire de draps, un oreiller et un pack de glace. La tension entre eux s'intensifia nettement. Se contenter d'un simple « bonne nuit » de la part de la femme avec laquelle il avait vécu sa plus belle aventure sexuelle était une véritable torture.

Malgré l'inconfort de la situation, ils s'en sortirent plutôt bien. Ils se souhaitèrent une bonne nuit et, tandis que Viviana montait l'escalier pour gagner sa chambre, il contempla le balancement suggestif de ses hanches.

Encore quelques heures plus tôt, il n'avait qu'une chose en tête : chevaucher son taureau et gagner sa qualification. A présent, ses pensées étaient accaparées par Viviana. La situation se compliquait.

Il avait, de plus, la certitude que ça n'allait pas s'arranger avec le temps.

Dakota, dont les pieds dépassaient du canapé, ne parvenait pas à trouver une position confortable. Une sourde migraine commençait à pulser dans son crâne ; il avait du mal à respirer, et tous ses muscles étaient douloureux.

Incapable de trouver le sommeil, il passa mentalement en revue les événements de la soirée. Arriver au moment où Viviana était agressée relevait de la pure coïncidence, mais qu'en était-il du reste de l'histoire ? S'agissait-il d'une agression préméditée ? L'homme qui lui avait volé sa voiture, sur le parking de l'hôpital, était-il venu chez elle pour finir la besogne ?

Si tel était le cas, Hank Bateman était-il mêlé à tout ça ? Pour se faire une opinion, il fallait qu'il prenne connaissance du dossier Compton.

Il décida qu'il appellerait son frère, Wyatt. Prendre conseil auprès d'un enquêteur de la brigade criminelle était judicieux, et Wyatt était l'un des plus brillants. Cependant, entrer en contact avec lui après tant d'années comportait son lot de complications.

Deux de ses frères vivaient aux alentours de Mustang Run : Dylan au ranch familial de Willow Creek avec leur père, et Sean à Bandera, une bourgade éloignée d'une dizaine de kilomètres. Tyler, pour sa part, prévoyait de revenir au ranch lorsqu'il aurait terminé son service militaire alors que Julie, son épouse, s'y était déjà installée.

Dylan, Tyler et Sean avaient tiré un trait sur le passé et rejoint leur père, Troy Ledger, qu'ils considéraient comme un homme persécuté et un saint.

Dakota ne partageait pas leur point de vue. Il ne lui avait pas pardonné, et trop de temps s'était écoulé pour lui permettre de revoir son jugement.

Il ressentit une douleur au ventre en s'étirant et en eut le souffle coupé. Il n'avait pas eu aussi mal depuis… le jour où il avait rencontré Viviana. Ou était-ce plutôt depuis le soir où ils s'étaient séparés, alors qu'il devait reprendre la route au volant de son vieux pick-up vers de nouvelles aventures ?

Décidément, tout était prétexte à souffrance, dans sa vie.

Avec un peu de repos, son corps cesserait bientôt de le torturer, mais il avait conscience qu'il lui serait impossible de terminer la compétition.

Un bruit de pas dans l'escalier réveilla Viviana. Elle jeta un coup d'œil au réveil et y vit 7:00. En temps normal, c'était l'heure à laquelle elle terminait son tour de garde à l'hôpital. Comme à son habitude, Claire devait descendre dans la cuisine pour préparer le café.

Or la nounou allait se trouver nez à nez avec un cow-boy endormi sur le canapé, et elle risquait de ne pas apprécier la surprise.

Viviana sauta du lit et enfila son peignoir en satin crème. Mieux valait les rejoindre sans perdre de temps pour éviter que Dakota ne l'informe des événements survenus dans la nuit. Claire, ainsi que Briana, avait dormi tranquillement jusqu'au petit matin et ne s'était aperçue de rien.

Cette femme d'une cinquantaine d'années était en excellente condition physique, à part un petit problème d'audition. Ne portant pas ses appareils la nuit, elle posait son moniteur de surveillance sur sa table de chevet et en augmentait le volume de façon à être réveillée par le moindre gémissement de Briana.

Quittant sa chambre, Viviana fit halte devant celle de sa fille. Elle entrouvrit doucement la porte et la vit, dormant paisiblement dans son berceau.

Une bonne odeur de café chaud commençait à se répandre. Viviana remit de l'ordre dans ses cheveux du bout des doigts, resserra la ceinture de son peignoir et se dirigea vers l'escalier.

Elle sentit soudain les battements de son cœur s'accélérer en imaginant Dakota en train de préparer le café dans sa cuisine, pieds nus, la chevelure en désordre, portant juste son boxer… ou, pourquoi pas, rien du tout. Le souvenir de leurs étreintes passionnées provoqua en elle un frisson délicieux tandis qu'elle descendait les marches.

Arrivée en bas, elle marqua une pause, ses doigts se crispant sur la rampe tandis qu'elle percevait des bribes de conversation.

— Rappelez-moi votre nom ?

— Dakota Ledger.

— Et vous êtes un ami de Viviana ?

— En effet.

Viviana se hâta vers la cuisine avant qu'ils n'en viennent à évoquer des sujets peut-être plus embarrassants.

Elle découvrit Dakota pieds nus, torse nu, mais portant heureusement un jean.

— Je vois que vous avez fait connaissance, dit-elle.

— Oui, et il a de la chance que je ne lui aie pas mis un coup de couteau. Je ne m'attendais pas à trouver un cow-boy dans la maison !

— Je suis désolée de ne pas vous avoir prévenue, Claire, mais sa visite n'était pas prévue. Je suis tombée sur lui aux urgences et, ma foi, il lui était impossible de rentrer seul chez lui. Alors j'ai pensé lui offrir l'hospitalité pour la nuit au cas où ses douleurs se réveilleraient.

Elle ne voulait pas se lancer dans une longue explication des événements de la veille. Claire n'aurait pas manqué de l'assaillir de questions et de lui prodiguer un interminable flot de conseils.

Claire remarqua alors les ecchymoses sur le torse et l'épaule de Dakota.

— Vous avez eu un accident ?

— On peut dire ça. J'ai été éjecté d'un taureau.

— Oh !

— Je suis cow-boy de rodéo.

— Mmm…

Son grognement témoignait non seulement du peu d'intérêt qu'elle accordait à cette discipline sportive, mais aussi de ses doutes quant à la façon dont le cow-boy avait passé la nuit.

Viviana prit des tasses dans le placard au-dessus de la machine à café.

— Merci d'être restée cette nuit, Claire.

— Vous savez que vous pouvez toujours compter sur moi.

— Et je vous en suis reconnaissante. Je n'ai plus besoin de vous, aujourd'hui, et vous avez certainement des tas de choses à faire.

C'était la façon la plus polie de lui signifier son congé.

— Je n'ai rien de prévu. Je peux rester, si vous le voulez.

— Non, merci. Je saurai me débrouiller.

— Eh bien, dans ce cas, j'attrape mon sac et je me sauve. Je serai de retour mercredi soir, comme prévu.

— Vous êtes la gouvernante ? demanda Dakota.

— Non, jeune homme. Je suis la nourrice de Briana ; je m'occupe d'elle depuis sa naissance. Viviana affirme qu'elle n'a confiance en personne d'autre pour veiller sur elle.

— Viviana a un enfant ?

Stupéfait, il écarquilla les yeux.

— Oui, Briana. De qui d'autre pensiez-vous que je parlais ?

— Je voulais juste m'en assurer.

Il resta immobile, comme pétrifié, dévisageant Viviana sans pouvoir dire un mot, jusqu'à ce que Claire soit partie.

— Tu ne m'as jamais dit que tu avais un bébé, commença-t-il sur un ton de reproche.

— Tu ne me l'as jamais demandé.

Elle remplit deux tasses de café et lui en tendit une.

— Tu le prends sans sucre, n'est-ce pas ?

— Oublie le café ; quel âge a ton bébé ?

— Sept mois.

— Sept mois… Tu étais déjà enceinte quand nous nous sommes rencontrés ?

Viviana n'avait pas prévu que leurs retrouvailles se dérouleraient ainsi, pas plus qu'elle n'était parvenue à décider de quelle manière elle l'informerait de la naissance de Briana. Elle ignorait également comment il réagirait. Son attitude commençait à l'agacer.

— Tu ne m'as pas demandé si je voyais un autre homme, à l'époque. Mais, pour tout te dire, je n'étais pas encore enceinte, Dakota. Je me suis rendu compte que je l'étais après ton départ.

— Tu n'es pas en train de me dire que…

— Si. Tu as une adorable petite fille qui se nomme Briana. Oh ! tu n'es pas obligé de me croire sur parole ! Tu peux faire procéder à un test de paternité, si ça peut te rassurer. Mais je n'ai fréquenté aucun autre homme pendant les mois qui ont précédé et suivi notre rencontre.

A cet instant, Briana commença à geindre. Certes, elle était adorable, mais d'une ponctualité terrifiante.

Viviana monta l'escalier pour aller la chercher, laissant Dakota bouche bée, seul avec ses pensées. Il était grand temps que Briana fasse la connaissance de son cow-boy de père.

6

Dakota était sous le choc. Ce devait être une erreur. Ça ne pouvait arriver ! Pas à lui. Il n'avait aucune idée de la façon dont se comportait un père. Comment aurait-il pu en être autrement ? Il n'avait jamais eu de modèle.

Lorsque Viviana revint dans la cuisine en portant un petit enfant tout souriant sur sa hanche, Dakota se débattait avec un flot de pensées contradictoires. Il se détourna en fermant les yeux.

Viviana vint vers lui.

— Voilà Briana. Briana, voilà ton papa. Regarde-la bien, Dakota. Elle a tes yeux et ton sourire.

Il se retourna lentement et son cœur fit un bond dans sa poitrine.

Briana le regarda de ses grands yeux ourlés de longs cils.

— Ba, ba, ba !

Dakota vacilla. Ainsi, c'était donc son enfant, bien qu'il ne se reconnaisse pas en elle. Il voyait plutôt Viviana. Elle avait les cheveux noirs, bouclés dès la racine, un joli petit nez légèrement retroussé, et des joues toutes roses.

— Elle est si petite !

— Pas tant que ça, assura Viviana. Sa courbe de croissance est normale. Elle est en bonne santé.

Il recula d'un pas lorsque Viviana lui tendit sa fille.

— Tu n'as pas à avoir peur d'elle, Dakota. Elle ne va pas te mordre, bien qu'elle fasse sa première dent.

— Elle fait sa première dent ?

Abasourdi, il ne sut que répéter bêtement ses mots ; savait-il qu'un bébé avait si jeune des dents ?

— As-tu déjà pris un bébé dans tes bras ?

— Pas que je me souvienne, répondit-il en se laissant choir sur une chaise. Pourquoi as-tu attendu aussi longtemps pour m'annoncer que j'étais père ?

— Dis-moi comment j'étais supposée le faire. En t'envoyant une carte postale ?

— J'ai un portable.

— Dont le numéro est sur liste rouge.

Il marmonna entre ses dents. Suite aux appels répétés d'une bimbo romantique qui lui courait après, il avait changé d'opérateur et, de fait, de numéro.

— Mon numéro a changé environ trois mois après notre séparation.

— C'est le temps qu'il m'a fallu pour découvrir que j'étais enceinte. J'étais interne aux urgences à l'époque, tu te souviens ? Je travaillais tellement que je rentrais chez moi pour m'écrouler de sommeil. Je n'ai pas remarqué tout de suite que je n'avais plus mes règles.

Il se souvenait de ses longs tours de garde à l'hôpital. Elle venait de se voir accorder une pause de quatre jours lorsqu'ils s'étaient rencontrés. Ils avaient passé chaque seconde de ce précieux temps ensemble. Ensuite, elle avait repris son rythme infernal, se levant au petit matin pour se jeter dans une interminable journée. Bien qu'exténuée, le soir, elle avait encore trouvé l'énergie de se jeter dans ses bras pour faire l'amour.

Après quoi il avait dû la quitter pour se rendre à l'étape

suivante de la compétition. Viviana, face à cette décision de sa part, avait alors décrété que cette séparation serait définitive. Leurs vies étaient par trop différentes ; ils ne formeraient jamais un vrai couple.

Cela, il avait dû le reconnaître ; il ne s'était jamais imaginé dans le rôle d'époux attentionné. Il avait compris aussi qu'il n'était pas pour autant prêt à l'oublier totalement.

Et voilà qu'ils étaient les parents d'une petite fille, et ça le déstabilisait complètement.

— On ne peut pas dire que je n'ai pas tenté de te joindre, Dakota, mais tu n'as pas d'adresse fixe.

— Je suis tout de même joignable. Tu aurais pu me contacter par l'intermédiaire de l'Association nationale des rodéos de taureaux. Ils m'auraient informé de ton appel.

— Je ne savais même pas qu'il existait une association et, franchement, je n'ai pas vu l'intérêt de te courir après pour te prévenir.

— Qu'est-ce que tu insinues ?

Tout à coup, Briana se mit à pleurnicher. Ils allèrent dans le salon où Viviana se mit en quête d'une place confortable où y déposer sa fille. Puis elle sortit un matelas de jeux de sous le canapé et l'y installa avec ses jouets.

Briana roula sur elle-même et se mit à quatre pattes. Contre toute attente, au lieu d'avancer, elle se mit à se balancer d'avant en arrière en babillant.

Dakota était hypnotisé par son comportement. Il observa ses petits bras et ses petites jambes potelés, et sourit à la façon drôle dont elle remuait. Il gardait néanmoins ses distances.

— Regarde la situation en face, reprit Viviana comme si la conversation n'avait pas été interrompue. Tu es paniqué. La présence de Briana pourrait te faire perdre tes repères et reconsidérer tes choix dans la vie. Et nous savons tous deux que tu voues ta vie au rodéo.

— Comme tu voues la tienne à ta carrière.

Viviana trouva sa remarque déplacée et quelque peu désagréable — elle se dévouait corps et âme au bonheur de sa fille. Toutefois, elle était consciente de se montrer injuste. Alors qu'elle avait eu le temps de se préparer tranquillement à devenir mère, il venait de découvrir brutalement sa paternité.

Sa réaction aurait-elle été différente s'il l'avait su plus tôt ? était en train de se demander Dakota au même moment. Il était bien conscient de ses propres limites. Les gènes d'un vagabond, une réputation de tête de mule, et un nom déconsidéré, c'était tout ce qu'il avait à offrir à sa fille.

— Quel est le nom de famille de Briana ?

— Briana Marie Ledger. Marie, c'est en souvenir de ma mère.

« Et Ledger, un nom maudit », songea-t-il.

— Rassure-toi, je n'attends rien de toi, Dakota. Je suis tout à fait capable d'élever Briana seule, et il en sera ainsi tant que tu ne seras pas prêt à te joindre à nous. Je ne tolérerai pas qu'un homme vienne perturber l'équilibre de ma fille pour la simple raison qu'elle porte son nom.

La question pour Dakota était surtout de savoir ce que sa présence dans leur vie pouvait leur apporter. A part de l'argent, il ne voyait pas ce qu'il pourrait offrir à sa fille. Le titre de champion national lui en avait fait gagner suffisamment pour tenir quelques années.

— Je t'aiderai financièrement ; je ferai en sorte qu'elle ne manque de rien.

Viviana le regarda droit dans les yeux.

— Ne t'en fais pas, Dakota, je subviendrai à ses besoins sans ton aide.

Elle prit sa fille et la tint serrée dans ses bras.

— Je serai à l'étage pour le restant de la matinée. Préviens-moi quand tu partiras, que je vienne fermer à clé derrière toi.

— Je ne vais pas partir tout de suite. Je dois changer toutes les serrures.

— Je peux faire appel à un serrurier.

Agacé par leur échange et tourmenté par son épaule douloureuse, il se sentit perdre patience.

— Serait-ce trop te demander que de me laisser te donner un coup de main ?

— Fais comme tu veux.

Viviana lui tourna le dos, le laissant avec la certitude que sa vie venait de prendre une nouvelle direction.

Bien que souffrant le martyre à chacun de ses mouvements, Dakota ne pouvait se contraindre à rester tranquillement assis. Son nouveau statut de père le tarabustait.

Pas question d'abandonner Viviana et Briana tant qu'il ne serait pas assuré de leur sécurité. Changer les serrures allait aussi lui permettre de s'occuper l'esprit. Alors qu'il faisait le tour de la maison pour voir combien il y en avait, son portable sonna.

Le cadran affichait le numéro de Jim.

— Salut, Jim. Je voulais justement te parler.

— Je parie que tu veux que je vienne te sauver d'une infirmière revêche.

— Non, je ne suis plus à l'hôpital.

— Prêt à enfourcher le taureau ?

— Pas encore.

— Comment te sens-tu ?

— Un peu faiblard, admit Dakota, mais je me remets. Je n'ai rien de cassé.

— C'est une bonne nouvelle. Je ferai un saut à ton hôtel pour t'amener un bon petit déjeuner.

— Je ne suis pas à l'hôtel.

— Mais où es-tu, alors ?

— J'ai passé la nuit chez Viviana Mancini, ou du moins ce qui restait de la nuit quand l'hôpital m'a enfin laissé sortir.

— Tu ne crois pas que c'est un peu prématuré, dans ton état ? A moins que tu n'aies retrouvé toutes tes forces ? plaisanta Jim.

— Ce n'est pas ce que tu crois, Jim. C'est une longue histoire. Je te raconterai plus tard. Pour l'instant, pourrais-tu m'accorder une faveur ?

— Tout ce que tu voudras, à condition que je puisse être de retour à temps pour la manche de ce soir.

— Promis.

Dakota lui demanda de passer à la quincaillerie pour acheter certains outils et des serrures.

Le travail fut accompli en l'espace d'une heure avec l'aide précieuse de Jim qui, pour sa part, était en pleine possession de ses moyens.

Jim venait juste de partir lorsqu'un employé de la compagnie de sécurité arriva pour inspecter le système d'alarme. Son diagnostic confirma les soupçons de Dakota ; la centrale avait été mise hors service par quelqu'un qui s'y connaissait.

Viviana était descendue pour l'occasion. Lorsque le

technicien eut tout remis en état de marche et pris congé, elle remonta à l'étage sans dire un mot.

Dakota n'attendait pas de remerciements pour les efforts qu'il faisait afin d'assurer sa sécurité, mais il avait espéré que la tension entre eux se relâcherait.

Rassuré par la réparation de l'alarme et la pose des nouvelles serrures, il s'apprêtait à partir quand la sonnette retentit de nouveau. Avant qu'il ait pu identifier le visiteur, Viviana avait dévalé les marches et se dirigeait vers la porte.

— C'est l'inspecteur Cortez, lui dit-elle.

— Comment le sais-tu ?

— Il vient juste de m'appeler sur mon portable pour m'informer qu'il passait.

Le type qu'elle fit entrer ne ferait jamais la couverture de *Vogue*, songea Dakota.

Cortez devait friser la cinquantaine et présentait une forte surcharge pondérale. Il portait une barbe de trois jours, et sa chemise, d'un bleu passé, était, çà et là, mouchetée de ce qui semblait être de la confiture.

Il sortit un mouchoir de sa poche de pantalon pour éponger son front luisant de sueur.

— J'ai appris que vous aviez composé le 911 cette nuit, dit-il en guise de bonjour.

— L'homme qui m'a volé ma voiture a aussi tenté de pénétrer chez moi, expliqua Viviana.

— Vous l'avez vu ?

— Moi, non. Mais Dakota l'a aperçu.

Prenant seulement conscience de sa présence, Cortez se tourna vers Dakota.

— C'est vous, Dakota ?

— C'est bien moi.

Cortez fouilla dans sa poche et en sortit une photographie qu'il lui tendit.

— Vous le reconnaissez ?

— C'est Hank Bateman ?

— Ce n'est pas la photo la plus réussie de lui, mais, oui, il s'agit bien de Hank Bateman. Est-ce lui qui a tenté d'entrer par effraction ?

— Non. Il a un visage particulier, et je suis sûr que j'aurais remarqué ce tatouage dans son cou.

— Vous pouvez me décrire l'homme que vous avez aperçu ?

— Non. Il faisait nuit, et il était caché dans les buissons. Il s'est enfui quand je me suis approché. Je l'ai poursuivi, mais il m'a échappé.

— Il vous a tiré dessus ?

— Dieu merci, non.

— Il était armé ?

— Je n'en sais rien.

— Voulez-vous vous asseoir, inspecteur ? demanda Viviana en le guidant vers le salon. J'ai moi aussi quelques questions à vous poser.

— Je m'y attendais, marmonna-t-il.

Cortez se laissa tomber dans l'un des fauteuils faisant face au canapé.

— Je peux vous offrir une tasse de café ? proposa Viviana.

— Il fait trop chaud pour du café. Et dire que nous ne sommes qu'en juin… Je préférerais un verre d'eau glacée, s'il vous plaît.

— Je vais vous chercher ça.

Il croisa les jambes avec nonchalance.

— Vous avez un nom, Dakota ? Ou bien c'est Dakota tout court ?

— Dakota Ledger. Et je n'ai aucune raison de vous mentir.

— Ledger…

L'inspecteur fronça les sourcils un instant.

— Je savais que votre visage m'était familier. Vous êtes ce champion de rodéo tout juste arrivé en ville pour la compétition. J'ai vu votre photo dans les journaux, ce matin.

— Ce doit être moi.

— Dakota Ledger.

Cortez avait répété le nom, le faisant rouler dans sa bouche.

— J'ai entendu dire que votre célèbre père était installé à Mustang Run.

— Ça, ce n'était sûrement pas dans les journaux.

— Non, mais je suis de nature curieuse. Votre nom a réveillé des souvenirs dans ma mémoire. Combien d'enfants avait votre mère quand elle a été tuée… six ?

— Quelque chose comme ça.

— Comment avez-vous fait la connaissance du Dr Mancini ?

« En quoi est-ce que ça vous regarde ? » faillit demander Dakota.

— Suis-je soupçonné de quoi que ce soit ?

— Pas que je sache. En tout cas, pas encore.

Viviana revint avec un verre d'eau que l'inspecteur vida aux deux tiers d'un trait.

— Pourquoi ne pas me raconter en détail ce qui s'est passé la nuit dernière, docteur Mancini ? Je verrai ensuite si je peux répondre à vos questions.

Viviana soupira. Elle commença par lui présenter Dakota, et l'inspecteur lui apprit qu'ils avaient déjà fait connaissance. Elle raconta ensuite toute l'histoire sans que Cortez l'interrompe.

Dakota songea qu'il avait déjà dû en prendre connaissance par les rapports de ses collègues et qu'il cherchait à recouper ses affirmations.

— Vous m'avez dit que Bateman tenterait le tout pour le tout, dit Viviana. Envoyer un complice armé me harceler chez moi en est bien la preuve.

— Je suis juste surpris qu'il confie le sale boulot à un tiers alors qu'il a été libéré sous caution. Et je suis tout aussi surpris qu'il n'ait pas tenté de vous décourager de témoigner. Il n'est pas du genre à tourner autour du pot.

— Pensez-vous, malgré tout, qu'il soit responsable du vol de ma voiture et de la tentative d'effraction ?

— Pour le moment, il ne faut pas mélanger les deux affaires, mais je saurai bientôt si c'est lui qui tire les ficelles. Vous pouvez compter sur moi.

— Je n'ai pas d'autre solution que de compter sur vous.

L'inspecteur se pencha en avant et fixa Dakota d'un air inquisiteur.

— Ne devriez-vous pas être en train de vous préparer pour la manche de ce soir, Ledger ?

— Je fiche la paix aux taureaux, ce soir.

Cortez haussa les sourcils, mais ne fit aucun commentaire. Puis, s'adressant à Viviana :

— Je suis sur une affaire concernant un commerçant qui s'est fait braquer trois fois au cours des quatre dernières semaines. Une présentation de suspects est prévue pour cet après-midi. J'aimerais que vous y assistiez, au cas où vous reconnaîtriez l'un d'eux. Certains sont des anciens acolytes de Bateman ; peut-être a-t-il chargé l'un d'eux de vous intimider.

— J'ai donné congé à ma nourrice, mais je vais tout de même lui demander de surveiller Briana. Dites-moi juste où et à quelle heure aura lieu cette confrontation.

— Elle est prévue dans une annexe du poste de police, à 14 h 30. Voici l'adresse, dit-il en sortant de sa poche une carte de visite qu'il lui tendit. En attendant, enfermez-vous et prévenez-moi si Bateman venait à se manifester. Je ne rêve que d'une chose : qu'il me donne une bonne raison de le remettre derrière les barreaux.

Cortez termina son verre d'eau et se leva.

En se levant à son tour, Dakota ressentit une douleur aiguë dans la poitrine. Il avait lui aussi des questions à poser.

— Un type qui parvient à débrancher une centrale d'alarme est-il capable, selon vous, de démarrer une voiture sans la clé de contact ?

Indécis, Cortez se gratta le crâne.

— A quoi pensez-vous ?

— L'homme qui attendait Viviana sur le parking était armé ; vous ne trouvez pas que c'est un peu exagéré pour voler une voiture ? A moins qu'il n'ait eu autre chose en tête…

— Annoncez la couleur, Ledger.

— Il projetait certainement de l'enlever. Partant du principe que c'était Hank Bateman, ça lui aurait donné tout le temps d'effrayer Viviana pour la dissuader de témoigner.

— Je vais vous dire une bonne chose, Ledger : occupez-vous de vos taureaux et laissez-moi m'occuper de l'enquête.

— Très bien, fit Dakota. Mais vous pourriez éventuellement prendre Bateman en filature, et ce, vingt-quatre heures sur vingt-quatre. Ça vous permettrait de découvrir ce qu'il manigance et peut-être de remonter jusqu'au type qui a volé la voiture de Viviana.

Pour toute réponse, Cortez lui adressa un sourire moqueur avant de se diriger vers l'entrée, accompagné de Viviana.

— A propos, dit-elle, avez-vous identifié le jeune homme décédé aux urgences, hier soir ?

— Oui. Il s'appelle Kevin Lucas.

— Etait-il marié ?

— Divorcé. Heureusement sans enfants.

— Avez-vous découvert qui l'a abattu ?

— Aucun suspect pour le moment. Pas de mobile non plus.

— Juste avant de mourir, il a tenté de me dire quelque chose.

— Vous ne m'en avez pas parlé, hier soir.

— Je n'y ai pas pensé sur le moment, et je doute que ça vous soit très utile. Ses propos étaient incompréhensibles, et le peu qu'il est parvenu à articuler ressemblait à « shel… ». Il n'a pas eu le temps d'en dire plus.

— Ça ne nous apprend pas grand-chose, en effet. Mais, ne vous inquiétez pas, je finirai par mettre la main sur son assassin, tout comme sur celui qui vous a agressée et qui a volé votre voiture. Ce n'est qu'une question de temps.

Dakota apprécia l'engagement de Cortez. Cependant, si l'inspecteur ne parvenait pas à tenir Bateman éloigné de Viviana, il s'en chargerait personnellement, même si pour cela il devait la mettre devant le fait accompli.

Après avoir raccompagné Cortez, Viviana, suivie de Dakota, se rendit dans la cuisine.

— Je dois retourner à mon hôtel pour me changer, dit-il alors qu'elle lui tournait le dos.

— Fais comme bon te semble.

— Il n'est pas question que je vous laisse seules à la maison. Vous m'accompagnez.

— Tu n'es pas en position de force, Dakota.

Passablement irrité par son comportement, il alla vers elle et, la prenant par les épaules, la fit se retourner.

— Fiche-moi la paix ! ordonna-t-elle.

— Pas avant que tu aies entendu ce que j'ai à te dire.

— Non, Dakota. C'est toi qui vas m'écouter ! Le seul lien existant entre nous est notre fille, Briana, et tu as été clair sur ce point : tu ne veux pas d'un enfant dans ta vie.

— Je n'ai jamais dit ça. Elle est ma fille, que je le veuille ou non, et tu es sa mère. J'ai le devoir de veiller sur vous, et sache que je ne me défilerai pas. Mais dans l'immédiat, j'ai vraiment besoin de me doucher et de me changer, sinon je vais finir par ressembler à Dirty Harry.

Bien qu'il ait relâché son étreinte, Viviana ne s'écarta pas de lui.

— Tu ne ressembleras jamais à Cortez.

C'était la première fois depuis dix-huit mois qu'elle lui souriait. Il sentit fondre ses résolutions et comprit aussitôt qu'il n'avait aucune chance de lui tenir tête.

L'hôtel de Dakota était plus chic que Viviana ne l'aurait pensé. Dans sa chambre flottaient des senteurs de cuir et d'eau de toilette. Elle remarqua une série de chemises de cow-boy fraîchement repassées ainsi qu'une pile de jeans soigneusement pliés dans la penderie entrouverte.

Lorsque Dakota se retira dans la salle de bains, elle se mit à faire les cent pas dans la spacieuse chambre en s'efforçant d'ignorer le bruit de l'eau coulant dans la douche. Imaginer son corps musclé, nu et couvert de gouttelettes scintillantes eut néanmoins raison de sa volonté. Avant de le rencontrer, elle ne s'était jamais douchée en compagnie d'un homme. Elle avait ressenti un tel plaisir lorsque ses mains avaient parcouru de mille caresses son corps ruisselant d'eau…

Elle sentit son pouls s'accélérer à ce souvenir torride. Six jours durant, il y avait presque un an et demi de cela, elle s'était abandonnée aux moindres désirs de Dakota, sans aucune retenue ni préjugé. Ils s'étaient préparé des brunchs qu'ils avaient pris nus, au lit, et avaient fait l'amour dans chaque pièce de son appartement. Y compris dans l'entrée. Ils s'étaient aimés devant la cheminée, avaient taché ses plus beaux draps avec de la crème au chocolat, ri de tout et n'importe quoi, souri béatement à la vie.

Elle avait vécu ces quelques jours comme un enchantement, découvrant des sensations nouvelles comme une adolescente découvrant l'amour. Ils ne s'étaient préoccupés de rien, pas même de se raconter leurs vies. Si elle ne savait quasiment rien de lui, il n'en savait guère plus sur elle. Ce qu'elle avait appris lui suffisait amplement.

Dakota était à la recherche de sensations fortes ; elle, de stabilité.

Il errait d'hôtel en hôtel, se trouvant chaque semaine dans une ville différente, ne restant jamais plus de quelques jours au même endroit. Elle était en quête d'une existence tranquille, rassurante, dans la même ville, la même maison, le même lit. Il n'y avait aucune place dans sa vie pour l'imprévu, l'improvisation.

La porte de la salle de bains s'ouvrit sur Dakota, ce qui la tira de ses pensées. Ses cheveux mouillés lui tombaient jusqu'aux épaules, et il avait négligemment entouré ses hanches d'une serviette. Il sentait bon le propre ; il était à croquer.

Elle se détourna tandis qu'il prenait des vêtements dans la penderie.

— Tu n'as pas à être gênée, Viviana. Il n'y a rien que tu n'aies déjà vu.

— La situation était différente, alors.

— C'est vrai. Tu ne te comportais pas comme si j'avais la peste.

— Je ne cherche pas à t'éviter. C'est juste que…

— Que quoi, Viviana ? Je n'ai pas changé tant que ça en dix-huit mois. J'étais déjà un cow-boy de rodéo, quand tu m'as connu.

A point nommé, le téléphone de Viviana se mit à sonner ; elle prit l'appel, trop heureuse de couper court à cette conversation qui ne les mènerait assurément nulle part, sauf, peut-être, à la discorde.

— Allô ? Docteur Mancini ?

— Oui. Qui est à l'appareil ?

— Melody Hollister, du cabinet du procureur, l'assistante de Nick Jefferson. Nous nous sommes parlé plusieurs fois à propos de l'affaire Compton, mais cela fait déjà un petit moment.

— Oui, je me souviens. Ne me dites surtout pas que le procès est reporté ! J'ai hâte d'en finir avec cette histoire.

— Ne vous inquiétez pas, l'audience est toujours prévue pour la semaine prochaine. Savez-vous qu'un nouveau juge a été nommé ?

— Oui. L'inspecteur Cortez m'en a informée. Est-ce un problème ?

— Je ne suis pas habilitée à commenter cette décision, docteur Mancini. Notre rôle se borne à prouver que Hank Bateman a intentionnellement provoqué la mort de Leslie Compton.

— Comment peut-il prétendre avoir ignoré que secouer ainsi un bébé le tuerait ?

— Il le prétend pourtant… Nous avons convoqué un psychologue qui viendra témoigner de sa santé mentale. Les questions que vous posera M. Jefferson concerneront l'état dans lequel se trouvait l'enfant lorsque vous l'avez admise aux urgences.

— Très bien.

— Il y a cependant un souci…

Viviana, dont la main se crispa sur le téléphone, sentit son estomac se nouer.

— A propos de Hank Bateman ?

— Non. A propos de Karen Compton, la mère de l'enfant.

En proie à un sentiment de frustration, Viviana se mit à trembler.

— Bateman l'a menacée, n'est-ce pas ? Et elle a décidé de ne pas témoigner.

— Pas à notre connaissance. Mais le problème, c'est que nous ne parvenons pas à la joindre. Elle ne s'est pas présentée à son travail depuis plus d'une semaine, et les membres de sa famille n'ont aucune nouvelle d'elle.

— Croyez-vous qu'il soit responsable de sa disparition ?

— C'est possible, répondit Melody. Cependant, il ne faut pas oublier qu'elle a la déplorable manie de s'évaporer dans la nature avec des dealers, parfois pour de longues périodes. Elle ne rentre alors chez elle que lorsqu'ils cessent de l'approvisionner en drogue. Cela, d'après les voisins.

— C'est à ça qu'elle était occupée pendant que Bateman tuait son enfant ? demanda Viviana, atterrée. Quel gâchis !

— Eh oui… Et j'aimerais pouvoir vous dire que c'est la première affaire de ce genre que je traite, mais c'est malheureusement courant dans le milieu des drogués.

Viviana ne put s'empêcher de faire le rapprochement avec Briana, un petit être sans défense, vulnérable et si fragile. Elle se félicita d'avoir décidé de la déposer chez Claire, cet après-midi, plutôt que d'avoir demandé à la nourrice de venir chez elle. Bien qu'elle rechignât à l'admettre, elle n'était pas rassurée à l'idée de les y laisser seules en l'absence de Dakota.

— Je témoignerai, promit-elle. Vous pouvez compter sur moi. Leslie Compton était un bébé innocent. Personne n'avait le droit de lui ôter la vie.

Pendant que Viviana conversait avec Melody Hollister, Dakota s'était habillé et préparé pour le départ. Lui jetant un regard à la dérobée, Viviana revit le cow-boy charismatique qui avait ravi son cœur.

— Mauvaises nouvelles ? demanda-t-il quand elle eut raccroché.

— Je te raconterai en chemin.

— Alors, en route !

Il glissa sa trousse de toilette dans son sac qu'il jeta sur son épaule, puis attrapa ce qui semblait être un sac de linge sale.

Viviana y vit un mauvais présage.

— Tu quittes l'hôtel ?

— Pour quelque temps. Il n'est pas envisageable que toi et Briana restiez seules jusqu'au procès ; tu vas devoir me supporter chez toi.

— Le procès ne s'ouvre que dans une semaine, fit-elle remarquer. Et qu'en est-il de ta compétition ?

— Elle peut attendre.

Il lui passa la main dans le dos pour l'inviter à sortir de la chambre. Viviana trouva ce geste amical, protecteur, et follement séduisant.

Elle se retrouvait dans la même situation que dix-huit mois plus tôt : irrésistiblement attirée par lui et prête à en assumer les conséquences. Commettrait-elle indéfiniment les mêmes erreurs ?

7

— Tu m'avais dit que le Dr Mancini n'avait pas de petit ami.

— Elle n'en avait pas, je te le jure. Je l'ai surveillée pendant plus d'une semaine. Elle a toujours été seule et elle se contentait de faire le trajet entre chez elle et l'hôpital. Et, tout d'un coup, voilà ce cow-boy qui sort de nulle part.

— Tu as laissé ce foutu cow-boy interférer dans nos plans. Pourquoi tu n'es pas intervenu ? Tu ne vois donc pas les enjeux ?

— Si, si, je t'assure. On a juste pris un peu de retard, mais je vais m'en occuper. Tu peux compter sur moi.

— Apparemment, non.

— Ne dis pas ça. On forme une équipe.

— J'espère que le problème sera bientôt réglé. Nous n'avons plus beaucoup de temps devant nous.

8

Troy Ledger rinçait son assiette sous un filet d'eau en mâchant la dernière bouchée de son sandwich. Il était presque 2 heures de l'après-midi, mais il n'avait pas pris la peine de déjeuner correctement. Il s'était levé très tôt et avait travaillé toute la matinée sur le toit de son garde-manger. En ce mois de juin, la température avait atteint des sommets.

Il prit son verre de thé glacé et gagna le salon d'un pas lourd. Sans aucun signe annonciateur, une immense sensation de solitude s'était soudain abattue sur lui.

Durant les premières semaines après sa sortie de prison, il avait ressenti cela chaque fois qu'il était entré dans cette pièce, celle dans laquelle Hélène avait été assassinée. Deux balles dans la tête, une en pleine poitrine. Trois tirs à bout portant.

Il l'avait trouvée gisant sur le tapis, sa magnifique chevelure brune raide de sang coagulé, le regard vide, le corps déjà froid. Il était en retard pour le déjeuner, tout comme aujourd'hui. S'il était rentré à l'heure, elle serait peut-être encore en vie, ne cessait-il de se dire.

Ressassant ce douloureux souvenir, il ferma les yeux et prit une profonde inspiration afin de recouvrer son calme.

Un an s'était écoulé depuis sa libération sans qu'il ait

pu trouver le moindre indice concernant le meurtrier. Le monstre qui lui avait ravi sa femme, la mère de ses cinq fils, était toujours en cavale… à moins qu'il ne soit en prison pour un autre crime. Mais cette éventualité ne lui offrait qu'une piètre consolation.

La maison était à présent désespérément vide, bien que souvent, la nuit, les murs semblassent vibrer de la présence d'Hélène. Il lui arrivait d'entendre l'écho de son rire ou de sa voix fredonnant une douce comptine à l'un de ses fils. Cela se produisait les nuits où, souffrant de ne pouvoir la prendre dans ses bras, il se laissait envahir par le souvenir de sa beauté et sentait alors son cœur se dessécher de son absence.

Un poids lui fit courber les épaules tandis qu'il se dirigeait vers la bibliothèque afin de contempler, une fois de plus, les photographies d'Hélène, ce que Ruthanne, leur voisine, considérait comme une marque de dévotion un peu désuète. Pour Troy, il s'agissait d'un vibrant hommage à la femme qu'il avait passionnément aimée.

Il prit une photographie d'Hélène tenant Dakota dans ses bras devant la maison. Dakota n'avait que quelques mois, à cette époque.

Lorsqu'elle avait appris qu'elle était une nouvelle fois enceinte, Hélène s'était mise à prier le ciel de lui donner une fille. Parvenue à cinq mois de grossesse, elle avait eu des saignements alarmants, et Troy l'avait immédiatement conduite à l'hôpital. Son état était resté inquiétant pendant plusieurs jours, puis avait fini par s'améliorer.

Elle n'avait plus alors été préoccupée que d'une chose : que le bébé qui se développait en elle naisse en bonne santé. Dakota lui donna pleine satisfaction sur ce point. Bien que plus petit que ses frères à la naissance, il était en parfaite santé et plein de vigueur ; il ne pleurait pour ainsi dire jamais. Hélène l'appelait son petit ange et assurait que ce serait son dernier enfant. Elle avait versé un torrent de larmes le jour où elle avait dû se séparer de lui alors qu'il entrait en maternelle.

La photo toujours en main, Troy alla dans leur chambre, et ouvrit les baies vitrées donnant sur le petit jardin d'Hélène, que sa belle-fille Colette entretenait désormais.

Il s'installa sur le banc en fer forgé et se perdit dans la contemplation des abeilles butinant le massif de fleurs et de deux colibris allant boire, chacun à leur tour en un ballet improvisé, dans la coupelle d'eau sucrée mise là à leur intention. Troy déposa la photo à côté de lui, s'adossa, et ferma les yeux.

« Je t'ai abandonnée, Hélène. Je t'ai abandonnée de tant de façons ! Je ne me suis pas suffisamment battu pour éviter la prison ; j'étais ravagé de chagrin. J'étais innocent et j'ai eu la naïveté de croire que je serais considéré comme tel, puisqu'il n'y avait rien pour prouver le contraire.

Je n'ai pas été là pour les enfants. Dakota est une tête de mule, tout comme je l'étais à son âge. Je doute qu'il revienne un jour à la maison et m'offre la possibilité de montrer que je ne suis pas le monstre qu'il pense. »

— Je me doutais que je te trouverais là !

Il sursauta en entendant cette voix et rouvrit les yeux.

— Ruthanne ! On ne t'a jamais appris à sonner avant d'entrer chez les gens ?

— J'ai sonné, mais tu n'as pas répondu. Comme ta camionnette est garée devant la maison, je me suis dit que tu devais être là.

Elle vint vers lui, ses talons claquant sur les dalles de

pierre de l'allée. Sa jupe noire moulait avantageusement ses hanches, et son chemisier vert émeraude rehaussait le vert sombre de ses yeux. Troy la trouvait plus que désirable, compte tenu de son âge. Dommage qu'elle soit si barbante.

Elle s'assit dans l'un des fauteuils de jardin et croisa les jambes, découvrant ses cuisses de façon presque indécente.

— Il est grand temps de cesser de pleurer une femme qui est morte il y a dix-neuf ans !

— J'ai autre chose à faire, bougonna-t-il. Je dois m'occuper de mon ranch.

— Tu devrais sortir, de temps en temps. Les Stevenson donnent une soirée le week-end prochain pour récolter des fonds pour leur gendre qui entre à l'école d'agriculture. Tu devrais y aller.

— Je n'y suis pas invité.

— Tu pourrais m'accompagner.

— Je suis occupé.

— A quoi ?

— Je ne sais pas encore.

— Tu es une tête de mule, Troy Ledger ! De toute façon, je ne suis pas venue pour te réciter la liste de tes défauts. Je voulais savoir si tu as lu les journaux d'Austin, ce matin.

— Non. J'aurais dû ?

— On y parle de Dakota, dans la rubrique des faits divers.

Il se redressa, soudain intéressé.

— Et que dit-on ?

— Il y a une compétition de rodéo de taureaux cette

semaine à San Antonio, et les meilleurs cow-boys du pays vont y participer. Dakota y est cité.

Ainsi, Dakota était venu à San Antonio sans prendre la peine de lui téléphoner, encore moins de lui rendre visite. Troy tâcha de masquer son trouble.

— Que disent-ils précisément à propos de lui ?

— Qu'il était le champion national, il y a deux ans.

— Ça, je le savais déjà. Mon petit-fils Joey et moi l'avons vu sur le câble, il y a quelque mois. Depuis, on s'est organisés pour le revoir chaque fois qu'il est passé à la télé.

— Il s'est blessé, hier soir. L'article relate qu'il a fait une chute et qu'il a reçu une ruade en pleine poitrine.

Troy sentit son estomac se nouer.

— C'est sérieux ?

— Assez pour l'envoyer aux urgences. Au moment de la rédaction de l'article, on ne savait pas s'il pourrait participer à la manche prévue ce soir. J'ai pensé que tu voudrais peut-être l'appeler pour prendre de ses nouvelles. A moins que tu n'en aies déjà.

— Non, je n'en ai pas.

Troy ne savait pas comment entrer en contact avec son propre fils, mais s'interdit de l'avouer.

Wyatt saurait peut-être où le joindre, ou il était possible que Dylan ou Sean aient son numéro de portable.

Troy se demanda quelle serait la réaction de Dakota en le voyant débarquer à son hôtel sans prévenir.

— Le journal est dans ma voiture, si tu souhaites le lire, proposa Ruthanne.

— Volontiers.

— Il y a aussi un article très intéressant sur mon ex.

— Puis-je me permettre de te demander de quelle

façon notre illustre sénateur Riley Foley s'est encore distingué ?

— Un de ses collègues sénateurs a demandé le divorce pour un adultère impliquant Riley.

— Un nouveau scandale bien graveleux en perspective.

— Riley a toujours été compromis dans ce genre d'histoires. Ni lui ni ton ami Able Drake n'ont jamais su garder leur braguette fermée.

— Tu ne peux pas comparer Able et Riley.

— Je ne vais pas m'en priver. Tu n'as jamais su voir ce qui se passait juste sous tes yeux ; mais, moi, je ne suis pas aveugle.

— Qu'est-ce que tu sous-entends ?

— A toi de le découvrir.

Elle s'approcha de lui et lui caressa la joue du bout de son ongle.

— Tiens-moi au courant de ce que tu apprendras sur Dakota. Et, si tu es en manque de présence féminine, tu sais où me trouver.

— Je m'en souviendrai.

Il accompagna Ruthanne jusqu'à sa voiture pour récupérer le journal. Si Dakota était gravement blessé, il trouverait vaille que vaille un moyen de le voir. Que Dakota le veuille ou non, il était son père.

— Quelle perte de temps ! s'exclama Viviana en quittant l'annexe du poste de police avec Dakota. En tout cas, en ce qui concerne mon affaire. Ce quincaillier a eu plus de chance que moi.

— Dommage qu'on n'ait pas retrouvé ta voiture. On pourrait peut-être y relever des empreintes, dit Dakota.

— Quand je pense qu'on voulait m'enlever…

Dakota lui ouvrit la porte de son pick-up et attendit qu'elle soit installée pour le contourner et se mettre au volant.

— Je meurs de faim, déclara-t-il. Que dirais-tu d'aller déjeuner, bien qu'il soit un peu tard ?

— Je ne suis pas sûre de pouvoir avaler grand-chose. J'ai perdu l'appétit, depuis que j'ai vu cette arme braquée sur moi. Je te tiendrai compagnie.

Bien que sa fille soit a priori en sécurité auprès de Claire, Viviana voulut d'abord prendre des nouvelles de Briana.

Elle sortit son téléphone de son sac, et l'appareil se mit à sonner alors qu'elle s'apprêtait à composer le numéro de la nourrice. L'écran affichait « appel inconnu ».

— J'espère que c'est pour m'annoncer qu'on a retrouvé ma voiture, dit-elle en décrochant.

— Docteur Mancini ? demanda une voix de femme mal assurée.

— Oui, mais je ne suis pas de service. En cas d'urgence, veuillez composer le 911.

— Ce n'est pas une urgence, du moins pas comme vous l'entendez. Il faut que je vous voie. C'est important.

— Qui est à l'appareil ?

— Shelby Lucas. Vous ne me connaissez pas, mais vous avez reçu mon frère aux urgences, hier soir.

— Vous êtes la sœur de Kevin Lucas ?

— Oui.

Shelby. Shelby Lucas. Cela donnait un sens aux dernières paroles du jeune homme agonisant.

— Je suis sincèrement désolée de ne pas avoir pu le sauver, mais c'était trop tard.

— Je le sais. C'est ce que m'a dit la police.

— Si vous voulez avoir accès à son dossier, c'est possible en vous adressant au service des archives de l'hôpital.

— Merci, mais je dois vraiment vous parler en tête à tête. Pouvons-nous nous rencontrer quelque part ?

— Je ne suis pas à l'hôpital et je n'ai pas grand-chose à ajouter, à part que la balle a traversé le périmètre crânien et causé des dommages neurologiques irréversibles.

— Je ne vous appelle pas au sujet de Kevin.

— Je ne comprends pas…

— C'est à propos de Hank Bateman, dit-elle en baissant la voix au point que Viviana douta d'avoir bien entendu.

— Hank Bateman ?

— Oui.

Viviana rencontra le regard inquisiteur de Dakota qui était en train d'engager le pick-up sur le parking d'un restaurant de grillades proche du poste de police.

— Que savez-vous à propos de Hank ? demanda Viviana.

— Je vous en dirai plus, mais pas au téléphone. Je vous rappellerai. Je dois vous laisser.

— Attendez ! Je suis en pause-déjeuner avec un ami ; vous pouvez peut-être nous rejoindre au restaurant.

— Je veux vous voir en privé.

— Je suis désolée, mais ce n'est pas possible. Vous pourrez parler en toute confiance en présence de mon ami. Il est au courant de la situation et de mes démêlés avec Bateman.

— Dans quel restaurant êtes-vous ? murmura Shelby, comme si elle avait peur que quelqu'un surprenne la conversation.

Viviana lui communiqua l'adresse du restaurant et lui

décrivit l'endroit, ainsi que la tenue qu'elle portait afin de s'assurer qu'elle la reconnaîtrait.

Elle entendit une voix masculine, puis un déclic annonçant que la communication était coupée. Elle eut alors la certitude que Shelby Lucas ne viendrait pas.

Elle entra son numéro dans la mémoire de son portable ; la moindre information au sujet de Hank Bateman pouvait s'avérer précieuse dans la perspective du procès.

En ce début d'après-midi, le restaurant était calme. Seul un couple bavardait à une table au fond de la salle. Viviana tenta de se souvenir des goûts de Dakota tout en doutant qu'ils aient jamais partagé un vrai repas durant les six jours qu'ils avaient passés ensemble. Elle était alors trop occupée par les caresses de Dakota pour songer à s'alimenter.

Cet épisode s'était déroulé en février, alors qu'une vague de froid s'abattait sur la région. Pendant ces six jours, ils n'avaient pas mis le nez dehors, se contentant de grignoter des biscuits accompagnés de fromage afin de recouvrer un peu d'énergie. Un matin, après avoir fait l'amour toute la nuit, ils s'étaient préparé des crêpes. A cette occasion, Dakota avait renversé de la farine qui s'était déposée sur la toison brune de son torse, tels des flocons de neige.

Elle eut soudain envie de manger des crêpes, mais cette option ne figurait pas au menu ; elle se rabattit sur une salade au poulet fumé. Dakota, quant à lui, commanda un pavé de bœuf saignant accompagné de pommes de terre au four et d'un assortiment de légumes frais.

Viviana avait à peine touché à son plat, et Dakota était à la moitié du sien, quand une jeune femme très mince, au look grunge, entra dans le restaurant. Les yeux masqués par d'énormes lunettes noires, elle portait un short en jean ultracourt et une chemise blanche bien trop grande pour elle. Son ventre arrondi annonçait une grossesse déjà bien avancée.

— Dix contre un que c'est elle que nous attendons, dit Dakota.

— Je suis de ton avis. Ce n'est pas le genre de cliente auquel on s'attend dans ce quartier.

Viviana lui fit signe, et Shelby, baissant la tête, traversa la salle d'un pas rapide pour les rejoindre. Elle tenait un mouchoir en lambeaux à la main.

— Vous devez être Shelby, dit Viviana en lui indiquant la chaise face à la sienne d'un mouvement de la main.

— Oui, et vous êtes le docteur Mancini ; je vous ai reconnue car je vous ai vue sur la photo qu'a Hank, répondit Shelby d'une voix tremblante en s'asseyant.

— Hank Bateman se promène avec une photo de moi ?

— Pas exactement… il l'a dans ses affaires.

Ce n'était pas rassurant, pensa Viviana. Elle soupira.

— Je pensais qu'il avait autre chose à faire de son temps.

— Il ne veut pas retourner en prison.

Il fallait y penser avant de maltraiter Leslie Compton, se dit Viviana. Elle garda toutefois cette réflexion pour elle ; mieux valait éviter d'accroître l'anxiété évidente de Shelby, du moins tant qu'elle n'aurait pas exposé le motif de sa visite.

Aussi reprit-elle la conversation sur un ton détaché.

— Vous avez trouvé facilement le restaurant ?

— Aucun problème. Je connais cet endroit. Je suis sortie avec un des cuisiniers, il y a deux ans.

— Le Dr Mancini m'a expliqué le cas de votre frère,

dit Dakota, s'invitant dans la conversation. Je suis sincèrement désolé. Vous devez traverser une période difficile.

— Oui, c'est très dur. Kevin avait de gros problèmes de drogue, vous savez. Il adorait planer. Mais il n'a jamais fait de mal à personne. Il ne méritait pas de mourir comme ça.

— Vous n'avez aucune idée de qui l'a tué ?

Shelby le dévisagea, soudain sur la défensive.

— Vous êtes qui ? Un flic, un avocat ?

— Juste un cow-boy.

— Vous parlez comme un flic. De toute façon, je ne suis pas venue pour parler de Kevin.

— Alors, parlez-moi de Hank Bateman, intervint Viviana. Comment l'avez-vous connu ?

— On sort ensemble.

Disons plutôt qu'elle succède à Karen Compton, pensa Viviana.

— Depuis quand ?

— Depuis que Karen l'a largué.

— Etait-il enfermé, durant cette période ?

— Oui. On se voyait au parloir. Ses copains ont veillé sur moi pendant qu'il purgeait sa peine.

« Veillé sur moi » devait certainement se traduire par « m'ont fourni ma dose quotidienne ». A peine âgée de vingt ans, elle était déjà dans un sale état : amaigrie, instable et, de surcroît, paranoïaque.

— Qu'avez-vous à me dire à propos de Hank ?

— Il n'a pas tué cet enfant. Il n'était même pas chez lui, ce soir-là.

— C'est lui qui l'a amenée à l'hôpital, lui rappela Viviana.

— Je sais. Mais c'est parce qu'il l'a trouvée dans cet état en rentrant chez lui.

Soit Shelby était extrêmement naïve, soit elle mentait, songea Viviana. A moins que la présence de Hank lui ait ravagé les neurones.

— Ça regarde désormais la police, Shelby. Je ne peux m'exprimer que sur l'état dans lequel j'ai reçu Leslie Compton.

La serveuse vint demander à Shelby si elle désirait passer une commande.

— Je ne prends rien, merci.

— Vous êtes sûre ? demanda Dakota. Ça vous ferait du bien de manger un peu. Je vous invite.

— Non. Je ne peux rien avaler, depuis la mort de Kevin. Un soda sans sucre fera l'affaire.

La serveuse prit note et déposa une serviette en papier devant Shelby.

Nerveusement, elle commença à la tortiller entre ses doigts, sans remarquer que ses deux interlocuteurs l'observaient avec compassion.

— Ne témoignez pas contre Hank, docteur Mancini, je vous en prie. Dites au procureur que vous avez changé d'avis.

— C'est Hank qui vous envoie ?

— Non. Il n'aimerait pas apprendre que je vous ai parlé. Ne lui dites rien. S'il vous plaît.

— Avez-vous aussi demandé à Karen Compton de ne pas témoigner ? Est-ce pour ça qu'elle a quitté la ville ?

— Non. J'ai pensé…

Elle secoua la tête et baissa les yeux.

— Je ne savais pas qu'elle avait quitté la ville. Je ne l'ai pas vue depuis des mois.

— Mais vous la connaissez.

— On était amies, avant. On ne se voit plus depuis que Hank et moi on est ensemble.

— Peut-être n'a-t-elle plus envie de fréquenter l'homme qui a tué son enfant, suggéra Viviana. Vous feriez mieux de vous trouver un autre compagnon, par la même occasion. Que feriez-vous s'il lui prenait l'envie de maltraiter votre bébé ?

Shelby frissonna.

— Il ne ferait pas de mal à son propre enfant. Il n'est pas comme ça. S'il vous plaît, dites au procureur que vous avez changé d'avis, et ils annuleront certainement les charges contre lui.

— Je ne peux pas, Shelby. Je dois témoigner. Je dois dire la vérité, ce dont j'ai été témoin. Rien ni personne ne me fera changer d'avis.

— Prenez le temps d'y repenser… et souvenez-vous que je vous implore de ne pas témoigner. Je dois me sauver, maintenant. Ne parlez à personne de cette entrevue, et surtout pas à l'inspecteur Cortez.

— Vous le connaissez ?

— Oui, il est passé ce matin m'apprendre la mort de Kevin. Il a essayé de faire porter le chapeau à Hank, mais je sais que mon homme n'a rien à voir avec cette histoire.

— Qu'est-ce qui vous en rend si sûre ?

— Il a passé la soirée avec moi.

— A quelle heure avez-vous reçu la visite de l'inspecteur Cortez ?

— Vers 8 heures, ce matin.

Il connaissait donc l'existence de Shelby et l'avait vue avant de venir chez elle, songea Viviana, alors qu'il avait prétendu ne pas savoir ce que Kevin Lucas cherchait à dire en murmurant : « Shel… ».

Alors que Cortez avait eu jusque-là toute sa confiance, cette révélation sema un doute quant à son intégrité dans l'esprit de Viviana.

— L'inspecteur vous a-t-il dit s'il avait un suspect pour l'assassinat de votre frère ?

— Non. Mais je sais qu'il voulait m'annoncer lui-même la mort de Kevin parce qu'il m'avait déjà interrogée pour une affaire à laquelle Hank était mêlé.

Lorsque la serveuse amena sa boisson, Shelby, qui s'était déjà levée pour partir, n'y prêta aucune attention.

— C'est une épave, dit Dakota en l'observant qui traversait le restaurant en zigzaguant, butant dans les chaises sur son passage.

— Je ne saurais dire si c'est de moi ou de Hank qu'elle a peur.

— Elle a surtout peur pour toi, répondit Dakota.

— Comment ça ?

— Une intuition. Tu n'as jamais envisagé de te rétracter ?

— Et ainsi offrir la liberté à Hank Bateman ? Je ne pourrais jamais me pardonner une telle lâcheté.

— Je t'approuve mais, s'il est réellement ton agresseur, c'est un dangereux maniaque.

Dakota marqua une pause puis poursuivit.

— Sachant que tu vas devoir me supporter toute la semaine, ne penses-tu pas qu'on devrait faire des efforts pour redevenir amis ?

— Nous n'avons jamais été amis, Dakota. Nous avons juste été attirés l'un par l'autre, à tel point que nous sommes devenus amants à la seconde même où nos regards se sont croisés.

— Ne pourrait-on essayer ?

— Ça risque de ne pas être facile.

— Nous pouvons au moins faire un effort, faire preuve de plus de tolérance l'un envers l'autre, ce qui implique qu'il n'est plus question de t'enfermer des heures dans ta chambre comme si j'avais la peste. Nous avons un enfant ensemble. On devrait pouvoir communiquer...

Viviana l'observa un bref instant, une lueur espiègle dans l'œil.

— Marché conclu, fit-elle.

Ainsi, pendant huit jours, elle allait vivre le supplice de côtoyer Dakota nuit et jour sans pouvoir poser les mains sur lui ; le savoir sous la douche sans le rejoindre ; dormir sous le même toit sans se pelotonner dans ses bras.

Huit jours de tourment consistant à veiller sur Briana tout en évitant soigneusement de tomber amoureuse, de nouveau, du mauvais homme.

Le procès à venir se trouva soudain relégué au bas de la liste de ses soucis.

Le soleil approchait de l'horizon lorsqu'ils passèrent récupérer Briana chez Claire, puis firent quelques courses à la supérette avant de rentrer chez Viviana. Bien que Dakota ne se soit pas plaint, elle devina qu'il souffrait en silence. Il massait constamment son épaule droite, et elle l'avait vu grimacer lorsque le véhicule avait tressauté sur une irrégularité de la route. Il lui était impossible de prendre une grande inspiration sans exhaler, malgré lui, un petit gémissement de douleur.

— J'ai des antalgiques à la maison, dit-elle comme ils s'engageaient dans l'allée. Deux comprimés et au lit.

— Je ne suis plus cantonné au canapé ?

— Tu peux prendre la chambre de Claire, mais je dois changer les draps, avant.

— C'est là ta meilleure proposition ?

— Dakota, ne commence pas à…

— Je sais, je sais, l'interrompit-il. Je voulais juste détendre l'atmosphère, après cette rude journée. Toi aussi, tu dois te détendre. J'ai promis de veiller sur toi et je tiendrai promesse.

Il coupa le contact et descendit du pick-up.

L'argument de Dakota était pertinent, devait admettre Viviana. Pourquoi n'arrivait-elle pas à se détendre et à accepter de bon cœur sa protection ? Elle était pleinement consciente que c'était elle qui avait provoqué leur rupture. En l'abandonnant, Dakota n'avait fait que respecter sa décision. Et c'était elle, enfin, qui n'avait su trouver le courage de l'informer de sa paternité.

Malgré cela, elle ne parvenait pas à se laisser aller en sa présence, à rire de ses plaisanteries au sujet de leur sexualité. Le souvenir de leur relation était encore trop présent dans son esprit ; leur mutuelle attraction, trop forte.

Elle descendit à son tour du véhicule et ouvrit la portière arrière afin de détacher Briana de son siège.

— Laisse-moi t'aider, proposa-t-il.

— Tu ne devrais rien porter, dans ton état.

— Briana ne pèse pas plus lourd que ces packs de glace que tu apposes à tout bout de champ sur mon épaule.

— Bon, si tu y tiens. Je porterai les courses.

— Zut ! Je les avais oubliées…

— Ne t'inquiète pas, je peux m'en occuper. J'ai l'habitude. Fais attention à ne pas soulever Briana avec ton bras droit.

— Bien, docteur.

Après avoir passé les anses des sacs de courses à son bras, Viviana attendit que Dakota ait extrait Briana de son siège. La petite se contorsionna en signe de protestation avant de poser gentiment la tête sur l'épaule de son père et d'afficher un sourire béat tandis qu'il la portait vers la maison.

Briana ne tarderait pas à aimer son père, mais serait-ce réciproque ? s'interrogea Viviana avec inquiétude. Lui offrirait-il amour et attention ou de simples promesses sans lendemain ? Allait-elle grandir avec le sentiment confus qu'elle pouvait être responsable de l'indifférence de son père ?

Elle sortit de sa poche son nouveau trousseau de clés et se dépêcha d'ouvrir la porte. Au moment où elle allait entrer, elle remarqua une poupée abandonnée dans l'allée, près du massif de roses. Non seulement elle n'appartenait pas à Briana, mais Viviana était sûre qu'elle ne se trouvait pas là lorsqu'ils étaient sortis, dans la matinée.

Avec une sourde appréhension, elle retourna sur ses pas et saisit le jouet du bout des doigts. En l'examinant, elle vit que l'arrière de la tête de la poupée était enfoncé. Un liquide rouge simulant du sang s'étalait jusque sur la petite robe rouge à carreaux.

C'était là l'œuvre d'un détraqué. Dégoûtée, Viviana s'apprêtait à la laisser tomber lorsqu'elle remarqua un morceau de papier glissé dans sa petite culotte en coton.

Elle le prit et le déplia, les mains tremblantes.

Puis elle sentit le sol se dérober sous ses pieds.

9

Lorsque Dakota voulut prendre les affaires de toilette de Briana, le sac, qui n'était pas correctement fermé, laissa échapper deux flacons qui disparurent sous la voiture. La petite fille se mit alors à battre des mains tout en se tortillant dans ses bras.

— Tu trouves ça drôle, hein ? Tu as bien envie de ramper sous la voiture pour les récupérer, petite chipie.

— Da, di, da-da !

— Chanter ne changera rien, princesse. Je te surveille de près, petite demoiselle Briana.

Elle lui sourit en lui enfonçant son minuscule index dans la joue. Il goûta toute la magie de l'instant. Pour la première fois, il tenait sa fille dans ses bras. Pas à la naissance, comme la plupart des autres pères, mais à l'âge de sept mois et dotée d'une personnalité déjà bien marquée.

Briana était un être à part entière. Elle avait des besoins, des envies, des attentes. Saurait-il être le père qu'elle méritait ?

« Tu es l'enfant de ton père, Dakota. Persiste à nier cette vérité, et le mal pourrait bien s'abattre sur toi, tout comme il s'est abattu sur ton père. »

Il grimaça au souvenir de l'avertissement de son oncle.

Soudain, il y eut un son mat, accompagné d'un bruit de verre cassé ; Dakota leva la tête et vit Viviana affalée dans l'allée, une bonne partie de leurs achats répandue autour d'elle. Le pot de confiture de mûres s'était brisé, projetant des taches sombres sur les dalles de pierre. Deux oranges roulaient dans sa direction.

Il se précipita à son secours et s'agenouilla près d'elle pendant que Briana, un peu surprise, s'accrochait à son cou.

— Viviana ! Que s'est-il passé ? Réponds-moi !

Elle le regarda en clignant des yeux, visiblement paniquée.

— Dakota…

— Je suis là. Tu as eu un malaise ? Tu es blessée ?

Son visage reprenait peu à peu des couleurs.

— Non. Je n'en peux plus de cette affaire Bateman, dit-elle dans un soupir en levant sa main qui tenait toujours la poupée et le morceau de papier.

— C'est à cause de cette poupée ?

Du diable s'il y voyait un quelconque lien avec Hank Bateman !

— Lis le mot…

Briana se mit à pleurer et tendit les bras vers sa mère.

— Je la prends, dit Viviana.

— D'accord, mais ne tente pas de te relever avec elle. Prends garde aux morceaux de verre.

Dakota lui tendit Briana et lut le mot avec attention.

« Témoignez, et la petite subira le même sort que la poupée. »

Viviana avait raison ; cette fois, Hank Bateman était allé beaucoup trop loin.

— Briana dort à poings fermés, annonça Viviana en entrant dans la cuisine. Elle était morte de fatigue. Pouvons-nous parler ?

— Bien sûr.

« Tant que ce n'est pas à propos de notre relation », ajouta Dakota pour lui-même.

Il leva les yeux du verre de bière bien fraîche qu'il dégustait, tranquillement attablé.

Viviana venait de dire ses premiers mots depuis le départ de Dirty Harry. Il était venu pour examiner la poupée et l'avait emportée, ainsi que le billet. Aussitôt après l'avoir raccompagné à la porte, Viviana était montée se réfugier à l'étage avec Briana, non, cette fois, pour éviter son charmant cow-boy, mais parce qu'il lui fallait un peu de temps pour se calmer et se reprendre.

Dakota avait mis à profit ce petit moment de solitude pour réfléchir aux moyens de contrer Hank Bateman. Une idée lui était tout naturellement venue : lui fracasser le crâne comme l'avait été celui de la poupée, et cette option le tentait de plus en plus.

— Tu veux une bière ? lui demanda-t-il. Ou quelque chose de plus fort ?

— Une bière ira très bien, répondit-elle en s'asseyant en face de lui.

Il alla chercher deux canettes dans le réfrigérateur et en déposa une devant Viviana.

— J'ai pris une décision…, commença-t-elle.

Le ton de sa voix ne présageant rien de bon, Dakota préféra ne pas se rasseoir et s'appuya au plan de travail.

— Je t'écoute.

— Nous partons.

Il ne s'attendait pas à cette annonce.

— Et ton travail ?

— J'ai des congés en retard, et je peux les prendre quand je le souhaite. De toute façon, il faut que je parte. Briana est toute ma vie ; je dois la protéger, à n'importe quel prix.

— As-tu une idée d'où aller ?

— Oui, dit-elle avant de boire une gorgée de bière. La sœur de mon père vit dans une petite ville près de San Antonio. C'est très tranquille.

— Vous êtes proches, toutes les deux ?

— Plus qu'avec aucun autre membre de la famille. Elle m'a apporté son soutien lorsque ma mère est décédée, s'est occupée des obsèques, et a même tenu à régler tous les frais. Elle disait que je devais garder le peu d'argent que ma mère m'avait laissé pour mes études.

— Je comprends que tu penses à elle dans un moment aussi délicat.

— Après son divorce, elle a coupé les ponts avec la famille de mon père. Apparemment, il en a fait autant. Tante Abby n'a plus eu de ses nouvelles pendant des années. Elle pensait même qu'il avait déménagé pour s'installer à Mexico.

— Tu veux dire que, toi non plus, tu n'as plus de nouvelles depuis tout ce temps ?

— Les premières années, je recevais une carte de vœux, c'est tout. Ensuite, il n'a même plus pris la peine de m'écrire.

Décidément, tous deux étaient confrontés à de graves problèmes familiaux. Dakota soupira.

— Sait-elle pourquoi tu débarques chez elle ?

— Je lui ai tout raconté ; c'était la moindre des politesses. Elle a proposé de venir me chercher, mais je lui ai répondu que tu te chargerais de me conduire chez elle. Cela dit, ce n'est pas une obligation. Mon assurance m'offre la possibilité de bénéficier gratuitement d'un véhicule.

— Je pensais qu'il était convenu que je pouvais te protéger ici.

— Ça, c'était avant l'incident de la poupée. Ne crois pas que je prenne ta proposition à la légère, Dakota, mais c'est de loin la meilleure solution, pour tous les deux.

— Tu aurais pu me demander mon avis.

— Ça n'aurait fait que compliquer les choses. La maison de tante Abby est petite, mais elle a une chambre pour Briana et moi. Elle a même un voisin dont le fils est trop grand pour son berceau ; elle va le lui emprunter pour Briana.

Ainsi, c'était ça, son plan, songea Dakota. L'abandonner pour se tourner vers sa tante. Son sang ne fit qu'un tour ; Viviana pouvait bien faire ce qu'elle voulait de sa vie, mais Briana était sa fille à lui aussi, et il avait son mot à dire sur son devenir.

— Si ta tante Abby n'a qu'un lit à t'offrir, prie le ciel pour qu'il soit double.

Elle le dévisagea.

— Dakota, le fait que j'aille me réfugier chez tante Abby sous-entend que tu n'es plus contraint de veiller sur nous.

— Je ne me sens pas contraint, j'ai fait ce choix en connaissance de cause. Et ta tante a beau être la personne la plus merveilleuse de la terre, elle ne fait pas le poids face à Hank Bateman.

— Elle n'aura pas à l'affronter. Il ne me cherchera jamais là-bas. Personne ne connaît mes liens avec tante Abby. De plus, je me souviens que tu m'as dit, quand nous nous sommes rencontrés, que tu craignais de perdre ta maîtrise en restant trop longtemps éloigné de la compétition.

— Il n'est question que d'une semaine. L'issue de son procès étant incertaine, Bateman va essayer à tout prix de t'empêcher de témoigner.

— Tu tiens vraiment à nous accompagner ?

Dakota ne chercha pas à cacher son agacement.

— As-tu un homme dans ta vie, Viviana ? C'est pour ça que tu cherches par tous les moyens à te débarrasser de moi ?

— Non. Je t'ai déjà dit qu'il n'y a personne. Quand trouverais-je du temps à consacrer à un homme, quand bien même j'en éprouverais l'envie ? Je te le demande.

— Quel est le nom de cette charmante bourgade où réside tante Abby ?

— Mustang Run.

Dakota en laissa tomber sa canette. Viviana se leva d'un bond et alla à l'évier prendre un rouleau d'essuie-tout.

— Ça ne va pas ?

— Non, ça ne va pas du tout, marmonna-t-il en ramassant la canette qu'il posa sur le plan de travail. Ton plan n'est pas réalisable. Tu peux faire une croix sur Mustang Run. Nous n'irons pas là-bas, décréta-t-il en lui prenant des mains le rouleau avant d'entreprendre d'éponger la bière qui s'était répandue sur le carrelage.

— Pourquoi ? Qu'as-tu contre Mustang Run ? Tante Abby dit que c'est une petite ville charmante. Le shérif est un de ses meilleurs amis, et il lui a assuré que je pourrai compter sur son aide, en toutes circonstances.

— Le mieux pour disparaître, c'est une grande ville, répondit-il. On peut aller à Dallas par la route, ou prendre un vol pour Chicago, ou New York. Je couvrirai les frais. Ça nous ferait une respiration, un peu comme des vacances.

Selon son programme, s'il décidait brusquement de rejoindre la compétition ou s'il se lassait de jouer les papas protecteurs et les laissait en plan, Briana et elle se retrouveraient livrées à elles-mêmes dans une grande ville inconnue. Non, merci, songea Viviana. Cette option n'était pas envisageable. Puis elle pensa à la curieuse manière dont il avait réagi lorsqu'elle avait mentionné Mustang Run.

— Donne-moi une bonne raison d'éviter Mustang Run, dit-elle.

Il prit une grande inspiration.

— Troy.

Elle l'interrogea du regard.

— Tu m'as demandé une bonne raison ; je viens de te la donner. Troy.

— Qui est Troy ?

— Troy Ledger, mon tristement célèbre père. Tu dois être la seule personne au Texas à ne pas avoir entendu parler de lui.

Viviana était certaine qu'il n'avait jamais fait allusion à aucun membre de sa famille. Ils s'étaient jetés dans les bras l'un de l'autre aussitôt après leur rencontre. Entre la sauce au chocolat, la crème fouettée et les nombreux jeux sexuels auxquels ils s'étaient adonnés avec passion, ils s'étaient abandonnés à ces nouvelles expériences en négligeant les présentations, pourtant indispensables à toute relation équilibrée.

— Quelle est la cause de cette réputation ?

— Il a été condamné à la prison à perpétuité. Il est sorti au bout de dix-sept ans.

— Suite à quelle accusation ?

— Le meurtre de ma mère.

Viviana reçut cette révélation de plein fouet.

— Je n'en savais rien ; je suis désolée.

— Tu n'as pas à l'être. C'était il y a très longtemps.

La douleur était cependant encore présente.

— Tu veux en parler ? demanda-t-elle, très émue.

— Pas spécialement.

— As-tu vu ton père ? As-tu eu de ses nouvelles récemment ?

— Non. La dernière fois que je l'ai vu, c'était au procès, et je venais d'avoir sept ans. Je ne l'avais pas revu depuis le jour du meurtre de ma mère. Je suis toujours sans nouvelles de lui et m'en porte très bien. Je ne quémande pas la pitié des gens, pas plus que je ne cherche à rencontrer Troy Ledger.

— Il n'est plus en prison ?

— Il a été libéré l'an dernier. Il est retourné vivre à Mustang Run, dans notre maison — celle où ma mère a été tuée.

— Tu devrais retourner à Mustang Run, Dakota, et revoir ton père. Ça vous permettrait de vous retrouver.

— Je ne cherche aucun rapprochement, et je te prie de ne pas te prendre pour ma psy.

Ignorant son sarcasme, elle poursuivit :

— Il y a d'autres membres de ta famille à Mustang Run ?

— Mon frère Dylan et sa femme vivent au ranch de Willow Creek avec mon père, bien qu'ils possèdent leur propre résidence. Mon frère Tyler est en service en

Afghanistan, mais sa fiancée, Julie, est installée sur les terres du ranch dans une maison provisoire que Troy, Dylan et Sean leur ont construite.

— Qui est Sean ?

— Un autre de mes frères. Il murmure à l'oreille des chevaux. Il a épousé la psychologue qui suivait mon père en prison et acheté un haras non loin de Bandera.

— Mais… combien de frères as-tu ?

— Quatre. Wyatt est inspecteur au service des homicides à Atlanta. Lui et moi sommes les seuls à ne pas avoir souscrit à la réunification de la « merveilleuse famille Ledger ».

Viviana se demanda alors si Wyatt était aussi amer que Dakota, et pour quelle raison leurs frères avaient, eux, pardonné.

— Tante Abby tient un snack en centre-ville qui est fréquenté par tous les habitants de la région. Elle connaît sûrement ton père ou tes frères.

— C'est certain. Dylan a épousé la fille du shérif !

Dakota prit son air le plus sérieux.

— Sachant que je suis du périple, je te demande, Viviana, de choisir une autre destination que Mustang Run.

— C'est impossible, Dakota. Tout est arrangé. Je me sentirai en sécurité, là-bas, tout en étant proche de San Antonio au cas où le procureur souhaiterait me voir. Par ailleurs, si ma présence était nécessaire à l'hôpital, en cas d'affluence inhabituelle ou de catastrophe naturelle, je pourrais confier Briana à Abby et y retourner travailler. Même y dormir, si nécessaire.

Dakota ne put qu'admettre en son for intérieur la pertinence de son point de vue. De plus, elle semblait mue par une sorte d'intuition qu'ils devaient se réfugier à Mustang Run.

— Certains de tes frères ayant renoué les liens avec ton père, admets que tu pourrais passer lui dire bonjour, Dakota. Rentrer chez soi est souvent salutaire.

— Je n'ai pas de chez-moi.

Sur ce, il sortit de la cuisine, la plantant là.

Viviana était en train de découvrir une nouvelle facette de la personnalité de Dakota. Derrière son épaisse carapace, il se révélait bien plus vulnérable qu'il ne voulait le laisser paraître.

En peu de temps, la donne entre eux avait changé. Des liens, différents de ceux nés de leur attirance physique, se tissaient. Elle sut alors qu'ils ne revivraient jamais, ensemble, une aventure purement basée sur le plaisir charnel.

Cela ne leur interdisait pas pour autant de faire évoluer leur relation de façon positive.

Mais, en cet instant précis, elle en doutait.

Allongé sur le lit qu'occupait habituellement Claire, Dakota s'étira en bâillant. Bien qu'incomparablement mieux installé que sur le canapé, il ne parvenait pas à se détendre.

Il était pourtant dur à la douleur ; cela faisait partie du métier, et il y avait des jours plus difficiles que d'autres. Mais, aujourd'hui, il souffrait réellement. Une fois de plus, il remercia le ciel d'avoir pensé à mettre sa veste de protection avant d'enfourcher ce satané taureau.

Ce n'était pas tant son corps endolori qui le tourmentait, mais la somme des derniers événements ; rencontrer Viviana par hasard et découvrir qu'elle était en danger, apprendre qu'il était le père d'une adorable petite fille âgée de sept mois…

Son sang. L'héritage des Ledger.

« Tu es maudit, Dakota. Le sang de ton meurtrier de père coule dans tes veines. »

De nouveau, la voix de son oncle résonnait dans sa tête. Alors qu'il n'avait que six ans, cette voix, déjà, le terrorisait. Par la suite, il avait eu l'occasion d'apprendre ce qu'était réellement la terreur.

Son téléphone se mit à sonner sur le plateau de bois de la table de chevet. Il l'attrapa vivement, avant que le bruit aigrelet ne réveille Briana.

— Ouaip.

— Salut, Dakota. C'est Dylan.

Dakota sentit son sang se glacer ; Dylan ne pouvait pas être informé de leur venue à Mustang Run !

— Salut, Dylan. Quoi de neuf ?

— On a appris que tu as fait une mauvaise chute et que ça t'a valu un passage aux urgences.

— Les nouvelles vont vite, surtout les mauvaises.

— En effet. On parle de toi dans les journaux du matin.

— Les chroniqueurs sportifs doivent être en manque d'inspiration.

— Comment te sens-tu ?

— J'ai quelques côtes douloureuses et une luxation de l'épaule. Rien de bien méchant.

— Bien. Papa a lu l'article et s'est inquiété.

Evidemment…

— Tu peux lui dire que je vais bien. Je prends quelques jours de repos avant de me remettre en selle.

— Pourquoi ne profites-tu pas de ta présence dans la région pour passer au ranch ? J'aimerais beaucoup que tu voies les transformations que nous avons faites. Nous avons aussi deux juments qui ont pouliné le mois dernier.

— Ce serait avec plaisir, mais je ne dois pas m'éloigner de l'hôpital cette semaine, au cas où il y aurait des complications.

— C'est à cause de ta santé ou de papa ?

Il comprit que mentir ne servirait à rien.

— Tu sais ce que je pense de lui.

— La rancune est une charge lourde à porter sur le chemin de la vie, Dakota.

— Arrête tes sermons !

— D'accord, mais je pense que tu fais une erreur en ne donnant pas une autre chance à papa.

— Ce ne sera pas la première.

— Sinon, que dirais-tu de m'inviter à déjeuner ? Je peux venir par la route. On est frères, après tout. On devrait pouvoir se parler franchement.

— Une prochaine fois. J'ai des affaires importantes en cours.

— Eh bien, si tu changes d'avis, je serais ravi de te voir. Nous tous, d'ailleurs.

— Je t'appellerai, si je change d'avis.

Autant s'attendre à ce qu'il pleuve des grenouilles, songea-t-il en raccrochant, car du diable s'il comptait renouer avec sa famille.

Dakota avait entré son pick-up dans le garage afin d'en faciliter le chargement et, au cas où quelqu'un les observerait de loin, de dissimuler leurs préparatifs de départ. Personne ne devait savoir qu'ils s'apprêtaient à quitter la ville.

Il mit tout d'abord son sac dans le coffre, se félicitant

d'avoir pu, la veille au soir, profiter de la machine de Viviana pour laver et sécher ses quelques vêtements, y compris sa chemise rouge porte-bonheur.

Il déposa ensuite la glacière contenant le repas et les biberons de Briana sur le siège arrière avant de charger deux énormes valises dans le coffre.

— Je t'avais dit de me laisser faire ! protesta Viviana en le rejoignant, chargée d'un sac supplémentaire.

— Je me suis servi de mon bras gauche.

— Laisse-moi passer, car j'ai bien l'intention de mettre celui-ci moi-même dans le coffre.

— Tu as prévu de te changer dix fois par jour ou quoi ?

— Moi, non, mais c'est souvent le cas pour Briana. J'ai encore à prendre son lait, ses petits pots, ses couches, ses jouets et ses…

— Parpaings, l'interrompit-il, excédé. Je suis sûr que ce sac est bourré de parpaings.

— Ce sont des livres que je me suis promis de lire. Je n'ai pas pu en terminer un seul depuis que Briana est née. Une semaine d'isolement devrait me le permettre. Et mes haltères sont là, dans cette valise. Je veux garder la ligne et vais profiter de l'occasion pour me remettre à la gym pendant que tante Abby surveillera Briana.

Avec ou sans gym, Viviana avait conservé une silhouette superbe. Certes, ses courbes étaient un peu plus voluptueuses que lorsqu'ils s'étaient connus, mais ça lui allait plutôt bien. Il aurait parié que ses seins, eux aussi, avaient dû s'arrondir. Il en aurait le cœur net en…

L'image de son corps nu s'immisça dans ses pensées. Il s'ébroua ; laisser son esprit vagabonder dans cette direction risquait de lui ôter toute concentration au volant.

— Je vais faire le tour de la maison pour m'assurer

que tout est bien fermé et que l'électricité est coupée, reprit Viviana. Ensuite, je sortirai Briana de son parc et nous pourrons partir. Ah ! Il ne faut pas que j'oublie d'emporter son parc… ni son trotteur ! Ça me sauve la vie quand je ne sais plus comment l'occuper.

— A ce rythme-là, il vaudrait peut-être mieux que je loue un camping-car.

S'adossant au pick-up, Viviana le dévisagea, l'air irrité.

— Tu es sûr de vouloir être du voyage ? Il est encore temps de changer d'avis.

— Je ne suis pas fou de joie à l'idée de passer une semaine à Mustang Run, mais ce qui est dit est dit. Je serai à tes côtés jusqu'à la clôture du procès.

— Je ne voudrais surtout pas que tu penses que…

Elle hésita à poursuivre.

— Que ça m'autorise à te sauter dessus ? demanda Dakota.

— Ce n'est pas ainsi que je me serais exprimée.

— Moi, je préfère être direct. Je n'entends pas me rouler dans les blés avec toi en guise de remerciement, Viviana. Si, et seulement si, nous refaisons l'amour ensemble, ce sera d'un commun accord. Nous avons vécu des moments inoubliables ; une simple partie de jambes en l'air gâcherait tout.

— Tu es pour le moins direct, c'est un fait.

Quelques minutes plus tard, alors qu'ils venaient de boucler leur ceinture et sortaient du garage, une berline arriva, leur bloquant la route.

— Le retour de l'inspecteur Harry ! plaisanta Dakota. Tu l'as prévenu de notre départ ?

— Non, mais je vais le faire maintenant. J'avais prévu de l'appeler en route.

— Puisqu'il ne sait rien de tes intentions, je doute qu'il soit simplement venu te souhaiter bon voyage.

Ils descendirent du pick-up et allèrent à sa rencontre. Cortez s'adressa directement à Dakota :

— Je vois que vous êtes toujours dans les parages.

Dakota garda pour lui le fond de sa pensée qu'il n'aurait pu qu'exprimer en termes crus.

— Ça vous pose un problème ? se borna-t-il à répliquer.

— Pas tant que vous vous tenez à carreau.

— Avez-vous retrouvé ma voiture ? demanda Viviana.

— Oui. Ça, c'est la bonne nouvelle. Maintenant, passons à la mauvaise.

10

— Votre voiture est fichue, déclara Cortez. De son campement, un pêcheur a vu de la fumée qui s'élevait au-dessus d'un chemin à une dizaine de kilomètres à l'ouest de la ville. Il a d'abord pensé qu'il s'agissait d'une décharge qui brûlait ses déchets mais il est tout de même allé jeter un coup d'œil et a découvert votre voiture en proie aux flammes.

— Comment pouvez-vous être sûr qu'il s'agit de ma voiture ?

— Par le numéro de châssis.

Viviana sentit les larmes lui piquer les yeux ; la situation lui échappait totalement.

— J'adorais cette voiture, se lamenta-t-elle. J'ai cherché pendant des semaines le bon modèle dans la couleur que je souhaitais. Je n'avais même pas commencé à la payer ! C'était la première voiture neuve que je m'offrais.

— J'imagine qu'il est impossible d'y relever la moindre empreinte ? avança Dakota.

L'inspecteur se contenta d'acquiescer d'un hochement de tête.

Sanglée dans son siège auto, Briana commençait à geindre. Si l'attente devait se prolonger, elle allait certainement se mettre à hurler. Viviana ressentait d'ailleurs la même impatience.

— Pourquoi voler une voiture pour la brûler ? Si Hank Bateman cherche ainsi à m'effrayer, qu'il sache que ça me fait exactement l'effet inverse. Je suis plus déterminée que jamais à l'envoyer derrière les barreaux, là où les tordus de son espèce sont à leur place.

— Il n'y a aucune preuve qu'il soit derrière tout ça. Il n'a certainement pas mis le feu au véhicule lui-même.

— Comment pouvez-vous en être si sûr ? demanda Dakota.

— Nous le filons. Votre voiture a été incendiée hier, dans la soirée, alors que Bateman n'a pas mis les pieds hors de chez lui depuis hier après-midi.

— A quelle heure avez-vous commencé la filature ?

— Vers 15 heures.

Cela lui avait toutefois laissé le temps de déposer la poupée devant la porte de Viviana et de rentrer chez lui avant la mise en place de la surveillance.

Cortez grimaça.

— Il y a autre chose…

— C'était trop beau ! s'exclama Viviana avec un soupir de frustration.

— Il y avait quelqu'un sur le siège avant.

Elle ferma les yeux, luttant de toutes ses forces contre l'image qui s'insinuait dans son esprit. En tant que médecin urgentiste, elle ne comptait plus les victimes d'accidents horribles qu'elle avait accueillies dans son service. L'idée d'un corps calciné n'en était pas pour autant moins difficile à soutenir.

Dakota la prit par la taille.

— On sait de qui il s'agit ? demanda-t-il.

— Pas encore. Ça va nous prendre plusieurs jours. Le légiste devra consulter le fichier dentaire national.

— Homme ou femme, la victime ?

— Homme. Le légiste ne peut pour le moment en dire plus.

— Je doute qu'il soit volontairement monté dans la voiture après y avoir mis le feu.

— En effet, admit Cortez. On en saura plus avec l'autopsie.

— Ça n'a pas de sens ! intervint Viviana. Les mois s'écoulent sans qu'il ne se passe rien et, tout à coup, tout me tombe dessus.

— On découvrira le fin mot de l'histoire, assura Cortez. En attendant, je vais affecter un policier à votre protection. Vous n'avez plus le choix ; c'est ça ou vous placer en lieu sûr, ce qui pourrait s'avérer complexe avec un enfant en bas âge. Remarquez, ça peut s'envisager. A vrai dire, mon patron risque bien de l'ordonner.

— Elle a déjà une protection, dit Dakota avant que Viviana puisse répondre.

— Vous ? Un cow-boy de rodéo ?

— Oui, moi.

— Regardez la vérité en face, Ledger. Il faut un professionnel pour veiller sur Mlle Mancini.

— J'apprécie votre offre, répondit Viviana, mais je reste avec Dakota.

Cortez afficha une expression qui en disait long sur ce qu'il pensait, à savoir qu'elle commettait une grave erreur et mettait en danger la vie de sa fille.

Cependant, du point de vue de Viviana, Dakota avait fait ses preuves. Il lui avait sauvé la vie à deux reprises. Si elle n'était pas parvenue à échapper à son agresseur sur le parking, elle occuperait à présent la place du cadavre carbonisé. Et, si Dakota n'était pas intervenu chez elle au bon moment, l'homme se serait introduit dans la maison, et alors Briana, Claire et elle auraient été à sa merci.

— Appelez-moi si vous changez d'avis, lança Cortez en tournant les talons.

Elle se mit à trembler. Dakota resserra tendrement son étreinte autour de sa taille et la tint ainsi jusqu'à ce qu'elle recouvre peu à peu la maîtrise d'elle-même.

Après avoir goûté la volupté de ses caresses, elle découvrait à quel point elle se sentait en sécurité dans ses bras.

L'horloge de la mairie indiquait 13 heures quand Dakota se gara dans le centre-ville de Mustang Run. L'ambiance générale leur donna la sensation d'avoir remonté le temps pour revenir au siècle dernier. Bien que de jolies boutiques, quelques antiquaires, un Palais de la crème glacée, une boulangerie et, bien évidemment, le snack de tante Abby aient remplacé les saloons et écuries d'antan, le tout avait un côté suranné qui ne manquait pas de charme.

— Juste à l'heure pour le déjeuner ! s'exclama Viviana.

Dakota coupa le contact et jeta un coup d'œil vers le petit restaurant en descendant du pick-up.

— Je vois qu'on propose des plats faits maison et de des tartes. Ça me va très bien.

Il avait décidé de considérer l'escapade à Mustang Run de façon positive, tout en sachant qu'un événement imprévu viendrait immanquablement le contrarier.

Après être descendue à son tour, Viviana sortit Briana de son siège et le rejoignit à l'arrière du véhicule.

— Mademoiselle a besoin d'un petit brin de toilette, annonça-t-elle. Pourrais-tu me passer le sac à langer, s'il te plaît ?

Il prit le sac dans le coffre et la suivit vers le restaurant en verrouillant les portières. La quiétude de cette petite ville aurait pu l'en dispenser, mais il ne voulait prendre aucun risque.

Une petite cloche fixée au-dessus de la porte tinta à leur entrée. Ils furent accueillis par les odeurs de cuisine, le brouhaha des conversations des clients et le bruit de la vaisselle remuée en cuisine.

Au comptoir se côtoyaient les employés en costume et les fermiers en salopette, avec tous devant eux des assiettes copieusement garnies. Par moments, certains piochaient dans une pile de meringues disposée à leur intention.

— Si la cuisine de ta tante Abby tient ses promesses, je sens que je vais prendre quelques kilos, déclara Dakota.

— L'odeur que je respire est loin d'être appétissante, répliqua Viviana en désignant le postérieur de sa fille. J'ai faim et je meurs de soif. Pendant que je vais changer Briana, tu veux bien nous installer à cette table, près de la fenêtre ? Et, si tu parviens à attirer l'attention de la serveuse, commande-moi, s'il te plaît un soda light.

— Je m'en occupe. Quand allons-nous rencontrer la célèbre tante Abby ?

— Elle doit être en cuisine. J'irai la voir après avoir changé Briana.

Dakota s'installa à la table indiquée et concentra son attention sur le ballet des serveuses déposant leurs plats devant les clients impatients. Le poulet aux pommes de terre et gombos semblait délicieux, tout comme cet énorme steak nappé de sauce au vin accompagné de haricots rouges et d'une salade de tomates. Il en avait l'eau à la bouche…

Puis il se mit à observer les hommes assis au comptoir. Ainsi qu'il s'y attendait, aucun d'eux ne lui sembla familier. Ce devait être réciproque, songea-t-il. Il avait beaucoup changé, depuis son départ de Mustang Run. En se faisant discret, il pourrait passer la semaine sans qu'un membre de sa famille n'apprenne qu'il était dans les parages.

Une serveuse portant un plat de poisson-chat braisé accompagné de frites dorées s'arrêta un instant près de sa table et lui sourit.

— Je reviens tout de suite, lui dit-elle. Les plats du jour sont affichés sur le tableau au-dessus du comptoir. Je vous apporte le menu.

Dakota la suivit des yeux tandis qu'elle se dirigeait vers un client occupé à lire son journal, à l'angle opposé de la salle.

L'homme leva la tête comme elle déposait son plat devant lui et, croisant le regard de Dakota, se mit à le fixer intensément.

Dakota se sentit pâlir en même temps que la panique s'emparait de lui, le ramenant à la tragique époque de ses sept ans. Il resta pétrifié en voyant Troy Ledger se lever et venir vers lui.

Aucun doute possible, il s'agissait bien de son père. Dylan lui avait envoyé par SMS une photographie récente de lui, entouré de trois de ses fils, les trois qui avaient pardonné. Quand bien même il n'aurait pas reçu cette photo, Dakota l'aurait à coup sûr reconnu. Les garçons Ledger avaient les mêmes traits que leur père.

Lorsque Troy lui tendit la main, Dakota se leva.

— Tu es bien la dernière personne que je m'attendais à rencontrer ici.

Il en allait de même pour Dakota, qui garda le silence.

— Un court instant, j'ai douté de mes yeux, poursuivit Troy d'une voix empreinte d'émotion.

Dakota déglutit avec peine.

— Oui, ça arrive, marmonna-t-il faute de mieux.

— Je suis heureux que tu aies changé d'avis et accepté de nous rendre visite.

— En fait, je ne suis pas vraiment là pour ça.

Troy accusa le coup.

— Je suis à Mustang Run pour affaires, poursuivit Dakota.

— De quel genre ?

— Personnelles.

— Je vois. Tu veux dire que tu ne comptais pas nous prévenir de ta présence ?

— Je n'étais pas certain d'avoir le temps de passer vous voir.

Ce n'était pas totalement mensonger.

Visiblement gêné, Troy toucha du bout des doigts la cicatrice qui lui barrait la joue droite.

— Je dois donc me féliciter de t'avoir rencontré par hasard.

Drôle d'endroit pour des retrouvailles… Dakota n'avait aucune idée de ce que son père attendait de lui et, de toute façon, il n'aurait pu lui donner satisfaction. La douleur dans son épaule se réveillant tout à coup, il se massa en grimaçant.

— On dirait que tu as des soucis avec ton bras. Les

journaux racontent que tu as fait une mauvaise chute il y a quelques jours, dit Troy pour changer de sujet.

— Les journalistes ont tendance à exagérer.

Heureusement pour Dakota, une femme d'âge mûr portant un tablier s'approcha alors d'eux en arborant un grand sourire.

— Que Dieu soit loué ! Dis-moi que je ne rêve pas, Troy Ledger. C'est bien Dakota que nous avons là !

Elle s'essuya les mains sur son tablier et s'avança, les bras tendus, vers Dakota.

Avant qu'il ait eu le temps de réagir, elle l'enlaça avec chaleur, puis recula d'un pas pour le regarder de la tête aux pieds.

— Tu ressembles tellement à ton père lorsqu'il avait ton âge !

— Tu dis ça de tous mes fils, répondit Troy d'un air satisfait.

— C'est la vérité. Je suis Abby, poursuivit-elle en s'adressant à Dakota. Je sais que tu ne te souviens pas de moi, mais moi, je me souviens très bien de toi. Un jour, à l'église, tu m'as lancé une boulette de papier, petit coquin. Comme tu as grandi ! Tu es un grand champion de rodéo, à ce qu'on m'a dit. Hélène serait fière de ses fils.

— Tante Abby ?

— Ta, da, ti…

Portant Briana dans ses bras, Viviana venait de les rejoindre.

Ce que Dakota avait le plus redouté était en train d'arriver, là, sous ses yeux. Il soupira ; les dés étaient lancés.

Troy luttait pour contenir son émotion d'avoir retrouvé son fils. Dakota était bien là, tout près de lui. Ce n'était plus le petit garçon qui l'avait tant amusé avec ses cabrioles ou qui faisait pleurer Hélène de tendresse lorsqu'il lui offrait un bouquet de fleurs cueillies au fond du jardin accompagné d'un tendre bisou.

C'était un homme, à présent. Troy aurait voulu lui dire tant de choses, mais il savait que ce serait peine perdue. L'expression de rancœur affichée par Dakota était sans équivoque.

Et Abby qui continuait à bavarder, ne lui laissant aucune chance de questionner ce fils qu'il n'avait pas vu depuis près de dix-huit ans !

— Tante Abby, tu connais Dakota ?

Troy reporta son regard sur Viviana. Elle ressemblait à ces mannequins qui font la une des magazines de mode. Un teint mat et une peau impeccable, une chevelure brune tombant en cascade sur ses épaules, de grands cils recourbés encadrant des yeux magnifiques.

— Je le connais depuis sa naissance, répondit Abby. J'ai grandi avec sa mère, depuis l'école primaire jusqu'à l'université. Et j'ai rencontré Troy lorsqu'il est venu s'installer en ville pour nous ravir Hélène. Ils ont ensuite tous deux disparu de ma vie pendant de longues années.

— Vous êtes donc Troy Ledger, dit Viviana, un peu intimidée.

Depuis qu'il avait été reconnu coupable de meurtre, il s'était habitué à cette réaction de la part des gens qu'il croisait.

— Oui, je suis Troy Ledger.

— Viviana Mancini. Ravie de faire votre connaissance.

Sa réserve avait fait place à un sourire chaleureux.

Abby s'amusa quelques instants avec Briana avant de s'adresser à sa nièce.

— Raconte-moi comment tu as rencontré Dakota.

— C'est l'ami dont je t'ai parlé au téléphone et qui devait m'accompagner.

— Mon Dieu ! Comme le monde est petit ! Je n'aurais jamais pensé que Dakota pouvait être l'ami en question.

Troy jeta un coup d'œil aux mains de Viviana et remarqua qu'elle ne portait pas d'alliance, ce qui, à notre époque, ne signifiait pas grand-chose. Il espérait néanmoins que la présence de Dakota à Mustang Run n'était pas motivée par un rendez-vous galant avec une femme mariée, qui plus est mère d'un enfant en bas âge.

— Je dois vous laisser, j'ai du travail en cuisine, annonça Abby. Prenez le temps de déjeuner tranquillement. Ensuite, je vous conduirai à la maison pour que vous vous y installiez.

Elle caressa affectueusement la joue de Briana.

— Et vous, Mlle Briana Mancini, vous irez faire une bonne sieste afin d'être en forme pour jouer avec votre grand-tante, ce soir, quand elle rentrera à la maison.

Viviana fixa Troy droit dans les yeux.

— En fait, elle se nomme Briana Marie Ledger.

Ebranlé par cette révélation, Troy resta sans voix. Il regarda Dakota, mais ce dernier dévisageait Viviana comme si elle venait de commettre une impardonnable trahison. Troy reporta son attention sur l'enfant aux cheveux bouclés. Il y avait bien une ressemblance…

— Briana serait ma petite-fille ? demanda-t-il enfin.

Un couple attablé non loin d'eux se retourna, l'air surpris. Troy les ignora superbement.

Dakota accepta enfin de croiser le regard de son père.

— Oui. C'est ma fille.

— Ça, c'est une nouvelle ! s'exclama Abby. Ma petite-nièce est une Ledger. Nous sommes pour ainsi dire parents, maintenant, ajouta-t-elle en donnant un coup de coude amical à Troy.

— On dirait bien, répondit-il.

Troy se sentait tout léger. Amusé, il regarda de nouveau Briana qui babillait dans les bras de sa mère. Une vague de tendresse le submergea.

— Puisque tu es venue avec Dakota, pourquoi vous entasser dans ma petite maison ? reprit Abby. Je suis heureuse de vous recevoir, là n'est pas la question, mais Troy a un beau ranch à Willow Creek. Vous auriez, en plus, trois cow-boys pour vous protéger de cet assassin de San Antonio.

Troy fronça les sourcils.

— Un assassin ?

A présent, tout le monde dans le restaurant les observait à la dérobée.

— Je propose que nous poursuivions cette conversation en cuisine, ajouta Abby.

— Quiconque voudrait s'en prendre à ma petite-fille ferait mieux de rédiger son testament, déclara Troy d'un ton menaçant.

Viviana était consciente d'avoir agi un peu légèrement. Elle aurait dû se sentir coupable, ne serait-ce que vis-à-vis de cet inconnu retrouvé carbonisé dans sa voiture. Hank Bateman pouvait ne pas avoir lui-même provoqué l'incendie, il n'en était pas moins le commanditaire. C'était bien là le comportement d'un homme suffisamment dérangé pour tuer un enfant sans défense.

Dakota était fort, courageux et déterminé à les protéger, Briana et elle, mais il était seul. Or elle se sentirait nettement plus en sécurité entourée de quatre Ledger.

D'autres éléments venaient étayer son raisonnement. Elle devait reconnaître qu'elle avait apprécié Troy à la seconde même où elle s'était trouvée en sa présence. Il en allait de même pour Briana, et les bébés avaient une bonne intuition. Dakota pouvait bien renier son père, Briana aurait un jour besoin de la présence d'un grand-père, ce que son père à elle ne pourrait jamais être.

— C'est encore loin ? demanda-t-elle.

— Encore cinq kilomètres, répondit Dakota, les mains crispées sur le volant.

— Vas-tu me faire la tête tout le temps que durera notre séjour au ranch ?

— Ne me dis pas que tu t'inquiètes de mon humeur, maintenant.

— Nous installer au ranch est une sage décision, Dakota, et tu le sais. Nous aurons chacun notre chambre, et Briana aura la sienne. Nous serons totalement isolés, et personne ne saura que nous sommes là, cela au cas où Bateman enverrait ses hommes inspecter les environs.

— Et je vais devoir errer dans la maison où ma mère a été tuée. Joli programme.

Viviana s'était tant préoccupée de sa sécurité et de celle de Briana qu'elle avait négligé cet aspect de la situation. Elle se sentit coupable, prête à reconsidérer sa décision jugée soudain pour le moins impulsive.

— Je suis désolée, Dakota. Si tu veux, nous pouvons faire demi-tour et aller chez tante Abby. C'était notre accord, à l'origine. Je n'ai aucun droit de t'imposer cette situation.

Dakota repoussa son Stetson d'une pichenette.

— Tu as fait le bon choix. Le ranch est plus approprié à notre séjour et, de toute façon, j'aurais dû me retrouver face à mon père tôt ou tard, ne serait-ce que pour couper court aux jérémiades de mes frères. Autant que ce soit maintenant.

— Tu devrais lui laisser une chance. Il est déjà arrivé que des innocents soient condamnés à tort ; peut-être ton père dit-il la vérité.

— Il est parvenu à convaincre Dylan, Tyler et Sean qu'il n'était pas coupable.

— Et ils le connaissent bien mieux que toi, lui rappela-t-elle.

— D'accord, j'admets qu'il puisse être innocent. Tu es soulagée, à présent ?

— Si tu le penses vraiment, alors je ne vois pas pourquoi tu rechignes tant à l'idée de renouer le contact avec lui.

— Il n'a pas besoin de moi, et je n'ai pas besoin de lui. C'est ainsi.

— Tu fais erreur, Dakota.

Dakota engagea son pick-up sur un chemin de terre et s'arrêta peu après devant une barrière métallique. Sur un écriteau portant la mention « Bienvenue à Willow Creek », un grand corbeau noir semblait monter la garde. Il se mit à croasser bruyamment, comme pour intimer à Viviana l'ordre de demeurer hors de la propriété.

Elle frissonna ; aurait-elle eu tort de vouloir venir à Willow Creek ? Le mal qui avait investi cette maison, le jour où Hélène avait été sauvagement tuée, planait-il toujours sur les Ledger ?

La voilà qui devenait superstitieuse ! Les forces du

mal rôdant autour d'une famille pour s'emparer de leurs âmes n'existaient que dans les films, s'admonesta-t-elle.

Hank Bateman était la seule incarnation du mal dont elle dût se méfier, et il était fort improbable qu'il se montre dans les parages. Dans le cas contraire, les Ledger sauraient s'occuper de lui. A dire vrai, elle estimait même Dakota capable de le maîtriser de son seul bras valide.

Quoi qu'il en soit, il était inutile de prendre des risques. Pourquoi mettre leur vie en danger alors que des renforts se trouvaient à disposition dans le ranch qu'il se refusait à considérer comme son foyer ?

— Voici la chambre d'amis, annonça Troy. C'est Hélène qui a décoré cette aile de la maison. La chambre principale se trouve de l'autre côté du jardin, l'endroit qu'elle préférait. Dakota avait l'habitude d'y jouer avec ses petites voitures et de remuer la terre. Il prétendait que ça la fertilisait.

La maison n'évoquait à Dakota que des bribes de souvenirs, soit qu'il ait été trop jeune au moment de l'assassinat de sa mère, soit que son inconscient ait délibérément occulté ce tragique épisode de son enfance. Il regagna le hall d'entrée d'un pas lourd.

Viviana, quant à elle, semblait fascinée par l'histoire de la demeure.

Il fit un temps les cent pas dans l'entrée puis s'arrêta devant une porte close. Sans vraiment réfléchir, il l'ouvrit et pénétra dans la pièce. Un flot de souvenirs remonta alors de sa mémoire. Il se trouvait dans sa chambre, et le lit près de la fenêtre était son lit. Il reconnut le bureau de bois de pin dans le tiroir duquel il cachait ses trouvailles. Il y avait même, un jour, enfermé une petite couleuvre vivante.

Il promena les doigts sur le panneau arrière de l'armoire jusqu'à trouver une légère cavité. Il l'avait creusée avec le couteau de poche de Wyatt alors qu'ils n'étaient que des gamins turbulents.

En le surprenant le couteau en main, Wyatt l'avait averti qu'il aurait de gros problèmes si leur mère venait à découvrir qu'il jouait avec des couteaux et abîmait le mobilier. Wyatt ne l'avait cependant jamais dénoncé.

Il lui sembla étrange de se rappeler un événement aussi insignifiant alors qu'il lui était impossible de repenser au meurtre de sa mère. Il se souvenait bien de ses traits, mais seulement très confusément de sa personnalité.

Sa grand-mère s'était assurée qu'il ne l'oublie pas. Elle lui avait donné un album contenant des photos de lui avec sa mère afin qu'elle demeure à jamais à ses côtés. Pendant des années, il avait dormi avec cet album caché sous son oreiller.

Dakota sentit autre chose derrière le meuble. Il éprouva un élancement dans les côtes lorsqu'il voulut écarter l'armoire du mur. Cette douleur lui fut étrangement agréable, le forçant à s'extraire de ses pensées pour se concentrer sur l'instant présent.

Il ne s'agissait en fait que d'un livre, *Mike Mulligan et sa lanterne magique*. Ce n'était qu'un livre pour enfants, mais il fit remonter dans son esprit de doux souvenirs.

Sa mère le lui avait lu tant et tant de fois ! Elle avait tenté de lui proposer d'autres lectures, mais il n'avait jamais rien voulu savoir. Il ne devait pas avoir plus de trois ans, à l'époque.

Une mère attentionnée qui vous lit des histoires ; des

frères qui jouent avec vous et sont là pour vous protéger ; un ranch immense à explorer ; des chevaux à monter ; un père qui vous enseigne des astuces de garçon, voilà la vie qui aurait été la sienne si sa mère avait vécu.

Son cœur se serra, et la sensation remonta jusqu'à son épaule sous forme de désagréables picotements. L'émotion ne faisait qu'accroître la tension logée de ses muscles endoloris. Chevaucher un taureau serait moins pénible que d'affronter tous ces souvenirs, pensa-t-il.

Il rabattit son Stetson sur ses yeux, sortit de la chambre et se dirigea vers la porte de service de la cuisine. Il avait besoin d'espace pour reprendre sa respiration et d'un peu de solitude pour réfléchir.

Troy serra le dernier boulon et rassembla ses outils.

— Voilà. Le berceau est prêt à accueillir Briana. C'est une bonne chose qu'Abby ait pu le dégoter, car je n'en ai plus un seul au grenier. On s'est débarrassés de celui de Dakota quand il a grandi ; nous estimions avoir assez d'enfants.

— Dakota a beaucoup de questions à vous poser, dit Viviana comme pour excuser son départ précipité.

— C'est son droit, répondit Troy. Je réagirais probablement de la même façon, à sa place. Ne l'influencez pas ; il viendra à moi quand il sera prêt… s'il l'est un jour.

— D'accord.

Elle sortit de petits draps de son sac et commença à faire le lit.

— Elle sera bien installée.

— Louella a eu cinq petits-enfants. Elle a certainement acheté ce berceau quand le dernier est né.

— Je suis bien contente qu'elle ne l'utilise plus.

— Que diriez-vous d'une tasse de café ? Je vais en préparer.

— Je ne suis pas une grande consommatrice de café, à part mon bol du matin, mais je vous accompagnerai avec un soda light.

— Avec plaisir. Eve, la femme de Sean, en boit toute la journée.

— J'installe Briana et je vous retrouve dans la cuisine.

Tandis que Troy allait faire du café, Viviana regagna sa chambre. La pièce était confortable et offrait une vue imprenable sur le jardin et les terres alentour. Briana dormait paisiblement dans son couffin. Peut-être se savait-elle en sécurité dans le ranch de son grand-père ? Viviana commençait elle aussi à se détendre.

Lorsqu'elle rejoignit Troy dans la cuisine, elle remarqua que son soda était ouvert et l'attendait sur la table. Elle savait qu'elle consommait beaucoup trop de sodas, une habitude qu'elle avait prise durant ses études de médecine. Elle était presque parvenue à se sevrer lorsque Hank Bateman avait surgi dans sa vie, provoquant la rechute.

Troy lui fit signe de s'asseoir puis se servit une tasse de café avant de s'attabler à son tour. Viviana se sentait un peu mal à l'aise après la conversation qu'ils avaient commencée dans la chambre, quelques minutes plus tôt.

— Arrêtez-moi si vous trouvez que je me mêle de ce qui ne me regarde pas, mais j'ai la certitude que Dakota ne souhaite pas uniquement vous parler du meurtre de sa mère.

— C'est tant mieux, parce que je n'ai pas tué Hélène. Je suis innocent dans cette affaire, Viviana.

Le ton de sa voix la fit tiquer.

— Dans quelle autre affaire seriez-vous coupable ?

— Je suis coupable de lâcheté.

— Je ne vous suis pas…

— Coupable de ne pas avoir lutté avec assez de détermination pour prouver mon innocence. Je crois que je me fichais complètement de ce qui pouvait m'arriver. J'aimais tellement Hélène que, lorsque je l'ai perdue, j'ai eu l'impression que j'allais mourir de chagrin. Mes enfants auraient dû représenter une raison suffisante de me battre pour ma liberté, mais je ne pouvais tout simplement pas me résoudre à l'idée de vivre sans elle.

— Vous vous êtes laissé accuser de meurtre sans opposer la moindre défense ?

— Je ne sais pas si je serais parvenu à démontrer mon innocence, mais oui, pour faire court, je ne me suis pas battu pour ma liberté. J'étais si déprimé que je n'ai même pas engagé d'avocat. J'ai juste déclaré à la justice que j'étais fou de rage que le véritable assassin d'Hélène soit libre.

— Dakota prétend n'avoir reçu aucune nouvelle de vous pendant son enfance.

— Quand j'ai enfin pu dominer ma rancœur et surmonter ma dépression, j'ai tenté d'entrer en contact avec mes garçons. Les parents d'Hélène ont alors engagé une procédure visant à démontrer qu'ils étaient terrorisés par ma présence et que j'exerçais sur eux une influence néfaste. A vrai dire, j'étais convaincu qu'ils étaient mieux loin de moi. J'étais emprisonné à vie, je n'avais rien à leur offrir. Les laisser vivre en paix était la meilleure attitude à adopter.

Bien que Briana ne soit âgée que de sept mois, Viviana ne pouvait imaginer son existence sans nouvelles de sa fille, sans savoir comment elle se portait, si son cœur battait de joie ou de tristesse.

— Je ne peux défaire ce qui est fait, soupira Troy. Dakota est un homme, maintenant. C'est à lui de décider s'il veut de moi dans sa vie, ainsi que l'ont fait ses frères. Je n'ai pas d'autre choix que d'accepter sa décision.

Il fit une pause et but une gorgée de café avant de poursuivre.

— Changeons de sujet et parlons de choses sur lesquelles nous avons prise. Racontez-moi, par exemple, cette histoire d'assassin de San Antonio.

Viviana résuma la situation du mieux qu'elle le put, sans omettre le moindre détail.

— Hank Bateman…

Troy fronça les sourcils.

— Ce nom me dit quelque chose…

— Peut-être l'avez-vous déjà croisé ? Allez-vous parfois à San Antonio ?

— Je n'y suis pas allé depuis… ma sortie de prison. Voilà pourquoi son nom m'est familier.

— Etait-il en prison avec vous ?

— Non, mais il y avait un Georges Bateman. Un grand gaillard, fourbe comme un serpent. Au cours d'une bagarre, il a tué un autre type à mains nues. Il a prétendu qu'il s'agissait de légitime défense. Personne n'a été assez courageux pour oser le contredire.

— Intimidation de témoin. C'est bien le genre de Hank, mais vous dites que votre codétenu se prénommait Georges.

Troy acquiesça d'un hochement de tête.

— Il m'a cependant parlé de son frère, et je suis

presque sûr qu'il s'appelait Hank. Je sais que Georges était originaire de San Antonio.

— Il est toujours en prison ?

— Non. Il a été libéré sur parole environ deux ans avant moi. Je peux toujours me renseigner, tâcher de récolter des informations à son sujet. Cela dit, je ne vois pas comment ces informations pourraient vous être utiles, mais on ne sait jamais.

Un bruit de pas se fit entendre, et Viviana se retourna pour voir Dakota entrer dans la cuisine. Il ôta son Stetson.

— Je dérange ?

— Pas du tout, assura Troy. On ne faisait que bavarder.

— Troy a monté le berceau, expliqua Viviana.

— Merci. Je venais justement pour m'en occuper.

— Pas de souci, dit Troy. En fait, c'était plutôt amusant. C'est la première fois qu'un bébé se trouve sous mon toit depuis ta naissance.

— Briana n'est là que pour une semaine, lui rappela Dakota.

— Pour cette fois, corrigea Viviana. Elle reviendra bientôt voir son grand-père.

Elle jugeait injustes les ressentiments que Dakota nourrissait à l'égard de son père et, surtout, disproportionnés. Pour sa part, le peu qu'elle connaissait de Troy la charmait.

— Quand vais-je rencontrer le reste de la famille ? demanda-t-elle.

— Demain soir, répondit Troy. Nous aurons un dîner en famille. D'après Eve, la mère de Joey, le petit est impatient de rencontrer son oncle Dakota, le champion de rodéo. Elle serait surprise s'il parvenait à fermer l'œil de la nuit.

— Je n'ai jamais entendu parler de Joey, s'étonna Dakota.

— C'est le beau-fils de Sean. Il a sept ans, et c'est une boule d'énergie. Il va venir avec Sparky, son chien. Il l'emmène partout avec lui, sauf à l'église et à l'école.

— J'ai hâte de faire sa connaissance.

— Il y a du café dans la cafetière et des jus de fruits et de la bière dans le réfrigérateur, proposa Troy à son fils.

— Merci.

Dakota prit une bière, mais ne vint pas les rejoindre à table. Il alla se camper devant la fenêtre et se perdit dans la contemplation du paysage ensoleillé, comme s'il cherchait à sortir de nouveau.

— Es-tu passé voir Dylan ? lui demanda Viviana.

— Non, j'ai juste marché un peu. J'avais besoin d'air frais.

Consciente de la tension entre les deux hommes, Viviana termina son soda. « Peut-être les hommes ont-ils besoin de solitude plus souvent que les femmes », songea-t-elle.

— Je vais déballer mes affaires avant que Briana ne se réveille. Merci pour le soda, Troy.

— De rien. Et faites comme chez vous, Viviana.

— C'est très gentil, merci.

Un lourd silence s'installa dans la cuisine lorsqu'elle en sortit. Au moins le père et le fils se trouvaient-ils réunis dans la même pièce, se dit-elle. Il y avait un certain progrès.

Alors qu'elle rangeait ses affaires, elle repensa à sa conversation avec Troy. En admettant que Hank Bateman se soit bien gardé de faire lui-même le sale boulot, il se pouvait qu'il en ait chargé son frère Georges.

Elle prit son portable dans son sac pour appeler Dirty Harry. Il saurait si Hank avait un frère et si ledit frère avait séjourné en prison. Sa messagerie l'informa qu'elle avait reçu trois appels depuis son départ de San Antonio.

Le premier provenait justement de l'inspecteur.

— Bateman est toujours sous surveillance. La plupart du temps, il traîne avec sa copine. Aucun comportement singulier à noter. Une brigade surveille votre maison vingt-quatre heures sur vingt-quatre. Rien à signaler.

Dirty Harry n'était peut-être pas l'homme le plus intègre, mais il paraissait prendre la situation à cœur. Après une année ponctuée de démarches administratives et de reports d'audience incessants, le procès semblait enfin devoir se dérouler bientôt.

Le deuxième message était de Betsy, une infirmière du service des urgences. Elle ne comprenait pas pourquoi Viviana avait pris ses congés de façon aussi précipitée. Allait-elle bien ? Y avait-il un souci avec Briana ?

Viviana se promit de lui envoyer un SMS un peu plus tard, lorsqu'elle aurait fini de s'installer. Elle ne lui dirait pas où elle se trouvait ni qu'elle était en compagnie du « séduisant » cow-boy qui avait refusé ses injections de morphine.

Le dernier message avait été laissé par le procureur général. Nick Jefferson était porteur de mauvaises nouvelles.

La situation virait au cauchemar.

11

Dakota prit le téléphone que Viviana, pâle comme un linge, lui tendait.

— C'est un message du procureur général, annonça-t-elle.

Dakota écouta le message avec attention.

— Bonjour. C'est Nick Jefferson. Je voulais vous informer personnellement, avant que vous ne l'appreniez par la presse, Viviana. Harry Cortez a été blessé par balle il y a quelques minutes, en quittant une scène de crime. Il est au bloc opératoire à l'heure qu'il est, mais il a très peu de chances de s'en sortir. Rien n'indique que ça ait un rapport avec l'affaire Compton, mais je vais faire une demande de protection de témoin pour vous et Briana jusqu'à la date du procès. Rappelez-moi dès que vous aurez écouté ce message.

Viviana se laissa tomber sur le lit.

— C'est insensé ! Pourquoi s'en prendre à l'inspecteur Cortez ? Je ne vois pas en quoi ça sert les intérêts de Bateman.

— Le travail de Cortez consiste à envoyer les criminels derrière les barreaux. Il a dû se faire quelques ennemis, au cours de sa carrière.

— Je peux passer quelques coups de fil pour savoir

dans quel hôpital il a été admis. Entre médecins, on se communique assez facilement ce genre d'information.

— Il faut surtout que tu rappelles le procureur. Sait-il que tu es à Mustang Run ?

— Non. Et, à vrai dire, je suis surprise de le voir soudain si concerné par ma sécurité. Jusqu'à présent, il n'a jamais daigné me joindre en prévision du procès. J'étais en contact avec son assistante.

— Il tient à ce que l'affaire soit effectivement portée devant le tribunal la semaine prochaine, et à ce que son principal témoin ne lui fasse pas défaut.

— Personne ne souhaite plus que moi que cette affaire soit jugée. Mais j'étais loin d'imaginer qu'envoyer un meurtrier en prison s'avérerait si compliqué.

Troy lui dirait certainement qu'il était plus simple d'y envoyer un innocent, songea Dakota. Quant à lui, il comprenait aisément le mélange de frustration et de peur qu'éprouvait Viviana. Lui-même se sentait au cœur de la tempête, dans cette affaire, et il se devait de lui poser une question, bien qu'il sût d'avance sa réponse.

— As-tu l'intention d'accepter les mesures de protection que te propose le procureur ?

Elle riva son regard au sien.

— Tu veux me laisser tomber ?

— Non. Je veux que vous restiez ici avec moi.

— Alors, pourquoi demander ?

Parce que les raisons qui le poussaient à veiller sur elles n'étaient pas toutes dénuées d'arrière-pensées.

— Je veux juste que tu te sentes en sécurité.

Viviana se leva et lui passa un bras autour de la taille avec tendresse.

— Je ne me suis jamais sentie plus en sécurité de toute ma vie.

Dakota la serra alors contre lui. Il sentit les battements de son cœur contre sa poitrine, et respira les doux effluves de son parfum en se remémorant le goût sucré de ses lèvres.

Exclue de ce moment d'intimité, Briana se manifesta soudain ; ses hurlements emplirent la maison.

A contrecœur, Dakota relâcha son étreinte.

— La sieste est officiellement terminée, annonça Viviana.

Elle s'éloigna rapidement, le laissant seul avec son désir inassouvi… et la pensée qu'il fallait absolument découvrir qui avait tiré sur Dirty Harry. Il allait harceler les services de police de San Antonio et informer ses frères que la situation venait d'évoluer.

Le samedi matin, vers 8 heures, deux des frères de Dakota et son père se retrouvèrent dans la nouvelle bâtisse attenante au ranch.

Située dans le prolongement de la maison de Dylan, elle se composait de deux pièces. L'une faisait office de bureau, sommairement équipé d'un bureau, de deux chaises et d'un lit de camp.

L'autre, plus spacieuse, était meublée d'une table rectangulaire en métal, d'une série de chaises dépareillées, comme récupérées dans différentes brocantes, et d'une étagère couverte d'un grand choix de livres traitant de l'élevage du bétail.

Une immense carte du domaine couvrait la presque totalité du mur ouest. En attendant que Sean arrive, Dylan en avait expliqué l'intérêt à Dakota. La carte partageait le domaine en quatre sections, respectivement nommées Est, Ouest, Nord et Sud, et portant chacune un numéro. De petites épingles munies de drapeaux de différentes couleurs y étaient piquées, renseignant à tout moment sur la localisation du bétail.

Le ranch de Willow Creek était bien plus imposant que Dakota n'en avait gardé le souvenir. En d'autres circonstances, il aurait apprécié de suivre un exposé complet de ses activités ; en ce jour particulier, son attention était concentrée sur les moyens à déployer pour contrer quiconque viendrait rôder dans les parages.

Si Bateman était responsable de l'attentat contre Cortez, cela prouvait qu'il était désormais prêt à tout pour que le procès n'ait pas lieu.

Sean arriva enfin et, après s'être salués et avoir demandé des nouvelles de leurs familles respectives, tous prirent place autour de la table et entrèrent aussitôt dans le vif du sujet.

— J'ai une vue d'ensemble de la situation, commença Sean, mais j'aimerais qu'on me l'explique en détail.

Dakota lui raconta toute l'histoire, sans omettre aucun détail, si ce n'est que le fait d'être avec Viviana, sans être vraiment avec elle, le rendait fou.

Sean avait tiré un carnet de sa poche de chemise et pris des notes.

— Tu as donc appris, il y a seulement quelques jours, que tu avais un enfant.

— Eh oui. Ça fait un drôle d'effet, je l'avoue. Viviana avait décidé de mettre fin à notre relation pour se consacrer à ses études, et moi, j'étais tout le temps sur la route.

— Nous ne sommes pas ici pour débattre de la façon dont Dakota mène sa vie, coupa Troy. Bien que Viviana et Briana soient venues au ranch en tant qu'étrangères à la famille, notre devoir est de les protéger.

— C'est évident, concéda Sean. Où sont-elles, en ce moment ?

— A la maison, avec Colette, répondit Dakota, heureux que l'épouse de Dylan tienne compagnie à Viviana.

— Tu es sûr qu'elle ne va pas accepter la proposition de protection du procureur ? demanda Dylan à son tour.

— Elle dit qu'elle préfère rester au ranch, avec nous.

— C'est, à mon sens, une bonne décision, déclara Dylan. J'ai pris sur moi de parler au père de Colette, hier soir. Il dit que, lorsque le gouvernement offre une protection officielle, c'est qu'il est convaincu que la personne court un réel danger.

Dakota connaissait Glenn McGuire qui était déjà shérif lorsque sa mère avait été assassinée. Au final, son enquête s'était soldée par l'arrestation de Troy. Si Troy voyait un inconvénient à ce que Glenn ait été informé de l'affaire qui les occupait, il n'en montra rien.

— Quel est le point de vue de Glenn sur la situation ? demanda Sean.

— Il nous conseille d'engager Daniel Riker.

— Quelles sont ses qualifications ? s'enquit Troy.

— Il a pris sa retraite l'année dernière après dix ans de coopération avec les services de police de Dallas. Il était auparavant dans les forces d'intervention de Garland. Il a gagné de nombreux concours de tir de précision face aux meilleurs éléments de la brigade.

— Et pourquoi pas Trent Fontaine ? suggéra Sean.

Ce nom était étranger à Dakota.

— Qui est-ce ? demanda-t-il.

Troy porta machinalement la main à la cicatrice qui lui barrait la joue.

— Trent est un Texas Ranger qui m'a aidé à rechercher le meurtrier de ta mère. Je l'ai d'ailleurs appelé, hier soir.

— C'est un homme bien, ajouta Dylan. A-t-il un point de vue sur la situation ?

— Il a dit : « Malheur à celui qui s'en prendra aux Ledger ! »

— Plutôt direct, fit Dylan. N'a-t-il rien ajouté ?

— Il nous conseille de surveiller nos arrières et de nous méfier d'une visite surprise des Bateman. On peut le joindre à tout moment, si nécessaire.

— Serait-il intéressé par un contrat de garde du corps à Willow Creek ? questionna Sean.

— Il est actuellement à la frontière mexicaine, sous contrat avec une société privée chargée de lutter contre les trafiquants de drogue qui cherchent à s'emparer des terres de la région afin de développer leur commerce.

— Ce qui l'exclut de notre projet, déclara Sean.

— Je pense qu'on devrait faire appel à un professionnel pour superviser notre plan de protection, proposa Dakota. Mais, quoi qu'il advienne, c'est à moi qu'il reviendra de prendre toutes les décisions.

— Ça va sans dire, approuva Troy. Viviana est la mère de ton enfant.

— Nous, on ne fait qu'avancer des idées, reprit Dylan, alors que cette affaire te touche directement. On peut encore passer des heures à disserter dans le vide, mais il vaudrait mieux que tu nous dises ce que tu attends de nous. Nous sommes avec toi, quoi qu'il arrive.

— J'y suis très sensible, mais j'aimerais tout de

même connaître votre opinion sur le fait d'embaucher ou non Riker.

Dakota, surpris par sa propre demande, devait reconnaître qu'il avait réellement besoin de leurs conseils.

Il était un cow-boy solitaire. Au fil des ans, il s'était bien fait quelques amis, mais il les voyait de loin en loin, se gardant bien de s'ouvrir à eux, ne cherchant pas non plus à les connaître mieux. Il ne se fiait à personne.

En se jetant dans les bras de Viviana, il s'était brisé le cœur et avait manqué l'occasion de redevenir champion national. Voilà où le menaient ses sentiments.

Il en était néanmoins né une petite fille magnifique.

— Mon avis est de rester en famille et de gérer la situation entre nous, dit Dylan. Nous ferons appel au shérif si nous avons besoin d'un coup de main.

Dakota se tourna vers Sean.

— Quel est ton avis ?

A cet instant, une grosse araignée toute velue eut la mauvaise idée de s'approcher du pied de Sean. D'un mouvement rageur, il l'écrasa sous le talon de sa botte.

— Voici ce que je préconise…

Il releva le pied et, du bout pointu de sa botte, envoya l'arachnide valdinguer à l'autre bout de la pièce.

— Si jamais ce tueur d'enfant venait à s'aventurer par ici, poursuivit-il, je l'écraserais de la même façon que j'ai écrasé cette araignée. Aucun doute là-dessus. Et je n'ai besoin de personne qui me vienne me dire comment m'y prendre.

Tous regardèrent alors Troy pour avoir son avis. Dakota aurait souhaité pouvoir s'en passer mais, de par son long séjour en prison, il en savait davantage sur le genre humain que tous ses fils réunis.

— Je vous suis, dit-il. Mais je vais vous donner un conseil. Ne sous-estimez jamais un ennemi, surtout lorsqu'il est acculé. Un homme se battra avec l'énergie du désespoir pour éviter la prison, surtout lorsqu'il y est déjà allé.

D'après ce que son oncle avait dit à Dakota, Troy était loin de s'être battu avec l'énergie du désespoir. Mais il savait aussi que son oncle avait une façon toute personnelle de relater les choses.

— D'accord, dit Dakota, mais j'aimerais avoir la coopération de quelques policiers hors service. Ils devront surveiller les environs du ranch et suivre Viviana dans tous ses déplacements, et ce, vingt-quatre heures sur vingt-quatre, sept jours sur sept. Je les paierai de ma poche.

Sean approuva d'un signe de tête.

— Je peux t'en trouver au commissariat d'Austin, si tu veux. J'ai rendu service au commissaire en soignant leurs chevaux.

— D'accord, je te confie cette tâche, dit Dakota. J'aimerais les voir en faction dès demain matin. C'est faisable ?

— Je t'informerai si ça pose problème.

En moins d'une heure, le plan d'action fut dressé. Julie irait s'installer chez Sean et Eve pour quelques jours. Colette serait en permanence soit en compagnie de Dylan, soit avec un couple de fermiers de leurs amis. Dakota ne laisserait jamais Viviana et Briana seules sans en informer Troy, qui devrait alors le remplacer auprès d'elles.

Ce programme permettait à Troy et Dylan de continuer à s'occuper du fonctionnement du ranch, sachant qu'ils avaient toutefois tenu à être prévenus par téléphone de tout événement anormal.

Dakota était conscient que ses frères s'étaient mobilisés pour lui venir en aide. D'où lui venait alors cette étrange sensation de solitude ? Pendant des années, il avait tout fait pour rejeter cette famille. Inverser la situation lui apparaissait maintenant comme une tâche insurmontable.

— Moi aussi, quand je serai grand, je monterai les taureaux, oncle Dakota.

— Ce n'est pas toujours facile. Les taureaux peuvent faire mal.

Dakota sourit à son neveu aux cheveux blonds comme les blés qui ne le quittait pas d'une semelle depuis son arrivée au ranch, l'admirant comme s'il était un superhéros de bande dessinée. Cette fois, il avait accompagné Dakota pour vider la poubelle, dans la cour derrière la cuisine.

— Je m'entraîne pour le rodéo, tu sais, mais papa ne veut pas que je monte autre chose que des poneys. C'est pour les bébés, les poneys !

— C'est un excellent début. Ça développe tes réflexes et t'apprend à diriger correctement ta monture, à l'emmener là où tu veux aller.

— Mon père sait tout sur les chevaux. Il murmure à leur oreille, chuchota-t-il par mimétisme.

— Je le sais. Ça demande beaucoup de talent.

— Il dit que les chevaux lui parlent. C'est juste qu'ils ne disent pas des mots, comme nous. Il dit aussi qu'ils parlent à tout le monde, mais que beaucoup de gens ne les écoutent pas.

Sean vint les rejoindre dans la cour.

— Quitte à parler chevaux, pourquoi ne pas aller

faire un tour aux écuries ? Tu pourras montrer à oncle Dakota les deux poulains nés le mois dernier.

— Cette balade me fera du bien, approuva Dakota qui n'avait pas mis le nez hors de la maison de tout l'après-midi. Donnez-moi une minute que j'aille voir si Viviana a besoin d'aide avec Briana.

Il la trouva dans le salon, occupée à disposer une nappe en coton blanc sur la table en chêne massif.

— Où est Briana ?

— Dans les bras de ses nombreuses tantes, qui sont d'ailleurs en train de la gâter au-delà du raisonnable. Elle est pour le moment avec Colette. Elles sont dans le jardin, en train de faire un bouquet pour le dîner.

Un sentiment désagréable s'insinua en lui.

— Un grand-père, des tantes, le cousin Joey… Tu as vite fait d'adopter la famille !

— Briana est ta fille, et nous nous trouvons dans ta famille. Ça fait partie d'un tout. De plus, j'étais fille unique. J'adore la chaleur et la solidarité qui émanent d'une famille unie, et particulièrement de la tienne.

— Ne t'y habitue tout de même pas trop.

— Ne t'inquiète pas. Je n'ai aucun projet te concernant.

A présent, elle l'irritait passablement.

— Sean me propose d'aller visiter les écuries.

— Bonne idée, dit-elle en lui faisant signe de la tête de déguerpir.

Il eut vite fait de rejoindre Sean, et tous deux, avec Joey à leurs basques, traversèrent le pré les séparant de la bâtisse où résonnaient, par intermittence, les hennissements des chevaux dans leurs box. Dakota n'avait aucun souvenir de l'ancien bâtiment, mais Dylan lui avait expliqué qu'ils en avaient pratiquement doublé la surface après son mariage avec Colette. Elle adorait s'occuper des chevaux, les soigner et les entraîner, et avait beaucoup appris au contact de Sean.

Joey, son chien Sparky le devançant, les dépassa en courant.

— Ton beau-fils a l'air de t'adorer, remarqua Dakota. Il m'a dit que tu étais le plus grand chuchoteur à l'oreille des chevaux.

— J'ai l'impression que je n'arriverai jamais à me débarrasser de ce terme de « chuchoteur », bien que j'aie tout fait pour. On pourrait croire que j'exerce un talent magique sur les animaux, alors que je travaille de façon purement rationnelle, sans aucun sortilège.

— « Chuchoteur », plaisanta Dakota. L'appellation en elle-même n'a rien de rationnel.

— De toute façon, murmurer à l'oreille des chevaux est moins fascinant que de chevaucher des taureaux.

— Moins dangereux pour les bijoux de famille, aussi, s'esclaffa Dakota.

— Tu l'as dit. Mais les taureaux ne sont pas les seuls à craindre ; un cheval sauvage a déjà failli me priver de ma virilité.

Dakota sourit.

— Et tu n'as pas envie que ça t'arrive, surtout avec une femme comme Eve à la maison, hein ?

— Elle est fantastique, acquiesça Sean. Je n'étais pas préparé à passer devant M. le maire, mais j'ai rencontré Eve et j'ai craqué. Je me suis retrouvé à ses pieds, mordant la poussière. Moi, Sean Ledger !

— Tu donnes l'impression d'être vraiment heureux.

— J'ai beaucoup de chance, ce qui n'implique pas qu'Eve et moi soyons toujours d'accord sur tout…

Sean observa une pause.

— Ce n'est pas pour changer de sujet, mais as-tu des nouvelles de l'inspecteur Cortez ?

— Viviana a appelé l'hôpital. Il est toujours dans le coma, dans un état critique. On en saura plus dans les douze heures à venir.

— Aucune information sur l'homme qui lui a tiré dessus ?

— Rien d'officiel et, de toute façon, Cortez est probablement trop touché pour se souvenir de quoi que ce soit. Un de ses collègues, Gordon Miles, a été désigné pour reprendre ses affaires en cours, y compris le cas de Viviana.

— Mais la date d'audience est maintenue ?

Dakota acquiesça d'un hochement de tête.

— La sélection du jury débute vendredi.

Joey atteignit les écuries et disparut à l'intérieur, accueilli par les hennissements des chevaux et le bruit de leurs sabots raclant le sol, comme pour saluer son arrivée.

— Joey adore les chevaux et est très à l'aise avec eux, expliqua Sean.

— C'est de famille. J'ai, moi aussi, ce don. C'est juste votre facilité à vous rapprocher de Troy qui me surprend. En admettant qu'il n'ait pas tué maman, il nous a complètement laissés tomber. Et ça, tu le sais.

La colère l'avait gagné sans prévenir, mais il ne regrettait pas pour autant de s'être exprimé avec sincérité.

— Il a tout de même essayé de renouer le contact, mais les grands-parents ont contré ses efforts par une procédure judiciaire, répondit Sean. Ils sont même allés jusqu'à faire une fausse lettre de Wyatt attestant qu'aucun d'entre nous ne voulait le revoir.

— Ce dont je me souviens, c'est que j'avais tout juste six ans et que personne ne s'est inquiété de moi.

— Comment peux-tu dire ça ? Tu es le seul à être revenu à la maison avec grand-mère !

— Qui a rapidement sombré dans la dépression.

— Il paraît qu'elle était déjà malade. Ensuite, tu es allé vivre dans le Montana chez l'oncle Larry.

— Génial ! Ce cher bon vieux Larry ! lança Dakota d'une voix dans laquelle perçait le sarcasme.

— J'ai l'impression que ça n'a pas dû être la fête tous les jours…

Dakota ne répondit pas.

— Personne ne savait, reprit Sean.

— Personne n'a cherché à savoir ! rétorqua Dakota.

— Je suis désolé.

— Tu n'es pas responsable. Je te demande juste de comprendre que je ne peux pas, du jour au lendemain, considérer Troy comme le respectable patriarche du clan Ledger.

— Personne ne le présente ainsi, Dakota. Papa n'est pas un saint. Il n'est qu'un homme, mais il aimait sincèrement maman. A présent, il fait ce qu'il peut. Pour moi, ça suffit amplement.

— Je n'ai peut-être pas reçu le gène du pardon.

— Donne-toi du temps. La venue de Viviana et de ta fille te fera changer ta façon de voir la vie.

— Tu sais bien que Viviana et moi ne sommes pas vraiment ensemble.

— Ah bon ? Alors qu'elle te fait suffisamment confiance pour te confier sa vie plutôt que de se mettre sous la protection de l'Etat ? Alors que tu es là pour veiller sur elles au lieu de courir après le titre national ?

— C'est temporaire.

— Moi, tout ce que je dis, c'est : Ne desselle pas ton cheval tant que tu ne seras pas parvenu à le monter.

— Un conseil de chuchoteur ?

— Un conseil de frère.

Joey apparut à l'entrée de l'écurie.

— Alors, vous venez ? cria-t-il, tout excité.

— Oui. Je disais à ton oncle comme tu es un grand cavalier, dit Sean en passant son bras autour des épaules de Dakota. Ne sois pas si dur avec Troy, poursuivit-il à voix basse. Tu es un Ledger. Tu feras ce qui est bon pour Viviana et Briana.

Pour Dakota, être un Ledger n'avait jamais été une bénédiction, et il doutait qu'il en soit un jour autrement.

Viviana rejoignit Eve et Julie sur le perron devant la maison.

— Briana est morte de fatigue et dort à poings fermés. Je pense que tous ces événements l'ont achevée.

— Elle est adorable, dit Julie. Je suis impatiente que Tyler revienne d'Afghanistan et qu'on fonde une vraie famille.

Viviana alla s'asseoir près d'elle, sur la marche supérieure.

— Quand sera-t-il démobilisé ?

— Il a encore neuf mois à effectuer, mais il se pourrait qu'il ait une permission entre-temps. J'ai hâte qu'il rentre enfin !

Julie devait vivre avec la peur de perdre Tyler alors qu'il combattait pour son pays, songea Viviana. Jour après jour, elle se levait le matin et se couchait le soir avec l'appréhension rivée au cœur. Malgré cela, ses beaux yeux bleus s'illuminaient de joie lorsqu'elle parlait de lui.

Colette les rejoignit à son tour avec un plateau dans les mains.

— Et voilà le dessert ! annonça-t-elle. Des sablés, de la part d'Eve. Ceux au citron sont de moi ; ils sont tout chauds.

Eve, qui était installée dans la balancelle, lui jeta un coup d'œil amusé.

— La soirée serait-elle trop avancée pour ton incontournable tasse de café du soir ?

— Je fais des efforts pour consommer moins de caféine, mais il y en a une cafetière pleine dans la cuisine, si tu veux.

— Non, je suis bien avec ma limonade, répondit Eve.

Elle se leva pour aider sa belle-sœur à distribuer les boissons disposées sur la petite table près d'elle et les gâteaux avant que toutes deux prennent place dans la balancelle.

Viviana s'amusait de la facilité et du plaisir manifeste avec lesquels les trois belles-sœurs se retrouvaient, alors qu'elles étaient de personnalité et d'apparence si différentes.

Colette, l'épouse de Dylan, était très sympathique, quoique réservée. Elle avait adopté le style de vie du ranch avec un naturel déconcertant, surtout lorsqu'elle murmurait à l'oreille des chevaux. Ses cheveux bouclés d'un blond vénitien tombaient en cascade sur ses épaules, et sa robe blanche sans manches découvrait ses membres délicats. Elle semblait consciente de sa beauté, tout à fait sûre d'elle.

Eve était plus calme, presque timide, s'exprimant toujours à voix basse. Du moins, était-ce l'idée que

Viviana s'était faite d'elle au premier contact. Ses cheveux châtain foncé étaient coupés au carré, et les pointes suivaient la ligne de son menton. Elle ne se privait pas d'afficher son amour pour Sean et s'occupait de Joey en mère attentionnée.

Julie était une blonde pétillante, débordante d'énergie. Le rire facile, l'esprit gai. Folle amoureuse de son soldat de fiancé.

— N'est-ce pas merveilleux, quand les hommes font la vaisselle ? lança Colette. Ça nous laisse le temps de cancaner.

— Où veux-tu en venir ? A la femme de ménage de Troy ? demanda Eve. Tout ce que je sais, c'est qu'elle travaillait merveilleusement bien, et qu'elle est partie du jour au lendemain.

— C'est à cause de la rumeur qui dit que la maison est hantée, dit Julie. Une femme lui a raconté qu'elle avait vu une silhouette drapée de blanc à la fenêtre, une nuit, et la pauvre fille s'est sentie mal. Elle a pris ses jambes à son cou.

— Cette histoire circule depuis la mort d'Hélène, reprit Eve. Il est incroyable qu'elle soit encore d'actualité alors que la maison est de nouveau habitée.

Heureusement, Viviana ne croyait pas aux fantômes.

Julie entoura ses jambes de ses bras et s'appuya contre la rambarde de l'escalier.

— A la une de nos commérages, le voisin de Troy, le sénateur Riley Foley, qui a encore fait parler de lui.

— Une nouvelle conquête ?

— Oui. Et, comme toujours, l'élue était mariée et deux fois plus jeune que lui.

— L'une de vous a-t-elle déjà rencontré le sénateur ?

— Moi. Plusieurs fois, répondit Colette. J'ai fait partie de son électorat pendant des années.

— A quoi ressemble-t-il ?

— Il a du charme, mais n'est pas spécialement beau.

— J'ai l'impression que son ex-femme a des vues sur Troy, dit Eve en plissant les yeux.

— Tu ne crois pas si bien dire, ajouta Julie. Vous auriez dû voir la robe qu'elle portait pour venir ici, la semaine dernière ! On peut dire qu'elle laissait peu de place à l'imagination tant elle était courte. Cela dit, je ne la juge pas. Elle est très attirante, et Troy serait une belle proie s'il ne se consacrait pas exclusivement à la recherche du meurtrier d'Hélène.

— Sean n'aime pas Ruthanne, reprit Eve. Il ne m'a jamais dit pourquoi, mais je le sens bien à sa façon de prononcer son nom.

— Assez parlé de Ruthanne Foley ! intervint Colette. Viviana va finir par penser que nous sommes des langues de vipère.

— Mais non, pas du tout ! protesta Viviana.

Elle se rendait compte qu'elles faisaient de leur mieux pour détourner son esprit des problèmes qui la hantaient, et leur en était reconnaissante. Bien évidemment, cela ne donnait pas le résultat escompté. Comment aurait-elle pu oublier la menace qui pesait sur Briana et elle ?

Ainsi, les jeunes femmes passèrent d'un sujet à l'autre pendant encore une demi-heure, commençant par l'implication d'Eve dans un organisme chargé de trouver des familles adoptives pour des enfants en détresse, pour en arriver à l'annonce par Colette des agrandissements qu'elle et Dylan avaient décidé de réaliser dans leur maison.

— Vous venez d'ajouter une aile pour y loger le bureau

de Dylan, fit remarquer Eve. Vous n'en avez pas marre, de tous ces chantiers ?

— Non. L'idée de s'agrandir me plaît.

— Tout ça juste pour vous deux ?

— On ne sera pas toujours deux…

Julie se leva d'un bond et alla vers sa belle-sœur.

— Toi, tu es enceinte, n'est-ce pas ?

Colette se passa la main sur le ventre.

— Ça se voit ?

— A ton avis ? répliqua Julie. Non seulement tu es resplendissante, mais tu arrêtes la caféine et tu agrandis ta maison. C'est comme si tu portais un écriteau autour du cou.

Colette rougit et afficha un sourire embarrassé.

— C'est bon… Puisque vous voulez savoir, oui, je suis enceinte.

Julie poussa un cri de joie et enlaça Colette avec chaleur.

— Je suis tellement heureuse pour toi !

— Dylan le sait ? demanda Eve en prenant Colette dans ses bras à son tour.

— Oui, et il est tout excité. On avait prévu de vous l'annoncer ce week-end, pendant le dîner, mais il a jugé préférable d'attendre que la situation de Viviana soit réglée. Maintenant, ce n'est plus un secret et ce n'est pas plus mal. De toute façon, je n'aurais pas pu tenir une journée de plus sans rien dire.

— J'ai semé la zizanie dans vos vies, s'excusa Viviana qui s'était levée pour les rejoindre. J'ai vraiment été égoïste de ne penser qu'à…

— Allons, l'interrompit Colette en l'enlaçant. Nous sommes toutes arrivées dans la famille d'une curieuse façon. Je commence à croire que la seule voie pour gagner le cœur d'un Ledger est de faire en sorte de se retrouver sous sa protection.

— Le côté macho du cow-boy solitaire..., fit remarquer Julie. Ce n'est qu'une bande de durs qui ne savent exprimer leurs sentiments que lorsqu'ils se sentent utiles.

Ce n'avait pas été le cas avec Dakota, songea Viviana. Il avait affiché sa passion dès le premier jour. Par la suite, il était devenu père, et le danger s'était abattu sur sa toute nouvelle famille. Néanmoins, il n'y avait eu aucun signe d'amour ni d'cngagement de sa part.

— Dakota est vraiment protecteur, finit-elle par admettre pour clore la discussion.

Leur bavardage se poursuivit jusqu'à l'arrivée de Sean venu prévenir sa femme qu'il était temps de partir. Julie les accompagna ; elle allait passer quelques jours en leur compagnie dans leur haras de Bandera.

— Tu es très calme, dit Colette à Viviana quand elles se retrouvèrent seules. Y a-t-il un sujet dont tu aimerais parler ?

— Non. Je suis juste fatiguée. Ces derniers jours ont été éprouvants.

— Je n'en doute pas. On ne t'a pas effrayée, j'espère, avec nos histoires de maison hantée ?

— Non. Je ne crois pas aux fantômes, ni aux esprits.

— De toute façon, il n'y a rien à craindre. Le fantôme d'Hélène est parfois un peu gênant, voire effrayant, mais il n'est pas méchant.

Viviana tiqua ; Colette donnait pourtant l'impression d'être raisonnable et cultivée. Que lui arrivait-il ?

— Es-tu en train de me dire que tu crois que le fantôme d'Hélène se promène la nuit dans les couloirs ?

— Non, non. Ne fais pas attention à ce que je raconte. J'ai parfois l'imagination un peu débordante.

Viviana devait faire face à suffisamment de soucis pour ne pas devoir en plus composer avec l'arrivée d'un fantôme. Après avoir souhaité une bonne nuit à Colette, elle regagna l'intérieur de la maison. Comme Dylan, Troy et Dakota étaient toujours dans la cuisine, manifestement en grande conversation, elle décida de ne pas les déranger.

Etrangement, ses pensées n'étaient pas totalement axées sur le procès à venir ni sur Hank Bateman.

Elle songeait au meurtre d'Hélène Ledger tandis qu'elle traversait le hall pour se rendre à sa chambre, juste en face de celle qu'Hélène avait partagée avec Troy, il y avait très longtemps de cela.

Entraînée par le puissant courant de la rivière Guadalupe, Viviana allait de plus en plus vite, dépassant les gens sur la rive qui lui faisaient de grands signes pour l'encourager à tenter de s'approcher de la berge.

La température de l'eau, élevée au début, s'était progressivement refroidie au point de la glacer jusqu'aux os…

Viviana se réveilla en sursaut et remonta sur elle l'édredon qui avait glissé vers le bas du lit pendant son sommeil agité.

Le souvenir de son cauchemar la fit frissonner. Quand bien même une porte serait restée ouverte, il ne pouvait faire si froid dans la maison, à moins que quelqu'un n'ait poussé la climatisation à son maximum.

Elle décida d'aller voir Briana.

Lorsqu'elle voulut se redresser, elle se sentit comme plaquée au lit.

Puis une voix rauque chuchota dans l'obscurité :

— Moi aussi, un jour, j'ai été maman…

12

Des rubans de soie blanche scintillèrent dans la pénombre, juste au-dessus de Viviana. Son cœur battait si fort qu'il lui semblait en entendre l'écho se répercuter entre les murs de la chambre.

— Tu devrais avoir très peur.

— Qui êtes-vous ? demanda Viviana d'une voix tremblante.

— Une mère. Les enfants ont toujours besoin de leur mère.

— C'est vous, Hélène ?

Les rubans ondulèrent puis se rassemblèrent pour former une silhouette féminine.

— Personne n'a pris soin de mon bébé. Personne ne l'a protégé.

— Dakota est un homme à présent, Hélène. Il est là. Il est rentré chez lui.

— Non.

La silhouette s'estompa, et les rubans devenus flamboyants s'agitèrent en crépitant d'étincelles.

— Dakota est perdu, poursuivit Hélène. Retrouvez-le, Viviana. Retrouvez-le et ramenez-le à la maison !

— Mais il est à la maison, Hélène. Il est endormi dans sa chambre.

— Non. Il s'est égaré quelque part dans le Montana. Blessé, apeuré. Briana et vous devez le sauver.

— Briana n'est qu'un bébé, Hélène. Dakota est fort et sait se défendre. Il nous a sauvé la vie.

— N'abandonnez pas Dakota, Viviana, sinon il sera à jamais perdu.

Ces mots n'avaient aucun sens pour Viviana, et la température de la chambre continuait de baisser. Elle sentait son cœur comme pris dans une épaisse couche de glace.

— Est-ce Troy qui vous a tuée, Hélène ? Est-ce pour cela que vous ne pouvez pas trouver le repos éternel ?

Les rubans lancèrent de nouvelles étincelles.

— Dites-moi tout, Hélène, et celui qui vous a tuée paiera.

— L'amour ne peut pas tuer, mais il peut détruire. Ne détruisez pas mon fils.

Il y eut alors un intense flash lumineux. Les rubans se consumèrent dans une ultime gerbe d'étincelles qui s'abattirent en pluie sur elle.

Viviana poussa un cri de frayeur. Puis, d'un coup, la chambre retomba dans l'obscurité et le silence.

Elle eut soudain la sensation que la température était maintenant anormalement élevée.

L'espace d'un instant, elle imagina la maison en proie à un incendie et, par réflexe, sauta du lit. Dès que ses pieds touchèrent le sol, la chaleur se dissipa. La température ambiante redevint normale en une fraction de seconde.

Seul son cœur lui donnait encore l'impression de brûler dans sa poitrine.

Il ne pouvait s'agir que d'un cauchemar, certes d'une réalité saisissante, mais provoqué par la conversation de la soirée à propos de fantômes, d'esprits maléfiques et autres sortilèges.

Sa chemise de nuit, moite de transpiration, lui collant à la peau, Viviana l'ôta et la laissa tomber sur le parquet et prit la robe de chambre qu'elle avait suspendue à l'un des montants du lit.

Après l'avoir enfilée, elle se baissa pour ramasser la chemise de nuit et remarqua alors les longs rubans blancs de l'encolure.

Un frisson la parcourut. Aurait-elle eu des visions ?

« N'abandonnez pas Dakota, sinon il sera à jamais perdu. »

Comment pourrait-elle abandonner Dakota alors qu'il la fuyait continuellement ?

Sur la pointe des pieds, elle sortit dans le couloir et se dirigea vers la chambre de Briana dont la porte était entrouverte. Elle eut un sursaut d'horreur en apercevant une silhouette près du berceau.

— J'ai cru entendre Briana crier, mais elle s'est rendormie.

Dakota. Ce n'était que lui. Elle prit une grande inspiration afin de recouvrer son calme.

— Je n'ai rien entendu, dit-elle dans un souffle. Je me suis réveillée, alors je suis venue voir comment elle allait.

— Elle dort toujours comme ça, avec ses petites fesses en l'air ?

— Souvent.

Ils demeurèrent un long moment silencieux, observant cette enfant qui semblait, à ce jour, représenter le seul lien les unissant.

— M'as-tu détesté quand tu as découvert que tu étais enceinte ?

— Je ne t'ai jamais détesté, Dakota.

— Tu as pourtant décidé de m'exclure de ta vie.

— Sachant que tu ne serais jamais totalement à moi, je ne pouvais pas me laisser aller à t'aimer.

— J'étais à toi.

— Une semaine. Mais tu as été très clair dès le premier jour sur ta passion du rodéo, et…

— Et sur le fait que je ne restais jamais bien longtemps dans la même ville, conclut-il dans un murmure. C'était mon style de vie depuis que j'avais quitté la maison, à seize ans.

Il se pencha sur le berceau et caressa tendrement les petites boucles brunes et soyeuses de sa fille.

— Tu as eu raison de te séparer de moi, poursuivit-il. Je n'avais rien à vous offrir. Je ne vous aurais pas rendues heureuses.

« N'abandonnez pas Dakota, sinon il sera à jamais perdu. »

— Je suis convaincue que tu as beaucoup à nous offrir, bien plus que tu ne le penses. Nous pourrions tout reprendre depuis le début, Dakota, cette fois en tant qu'amis, et laisser le temps faire son œuvre.

— Je ne suis pas sûr de pouvoir me satisfaire de ton amitié, avoua-t-il.

Il s'approcha tout près d'elle, si près qu'elle pouvait sentir sa respiration contre sa peau. Si près qu'elle pouvait presque goûter ses lèvres.

Elle sentit son cœur se mettre à battre plus vite. Perdant toute retenue, elle ferma les yeux et lui tendit ses lèvres.

Hélas ! le baiser ne vint pas.

Lorsque, dépitée, elle rouvrit les yeux, Dakota regardait l'écran de son portable.

— Heureusement qu'il est sur vibreur, chuchota-t-il. Je suis désolé, mais je dois prendre cet appel.

— Vas-y.

Elle le suivit dans le couloir et, à contrecœur, le regarda regagner sa chambre. Avait-il réellement reçu un appel ou avait-il simulé afin de lui échapper ?

Après tout, elle s'en moquait, tenta-t-elle de se convaincre.

Pour résumer, elle n'avait eu aucune vision fantomatique, et Dakota n'était pas perdu dans le néant. Il était exactement ce qu'il était : sexy en diable et suffisamment courageux pour affronter n'importe quel danger… mais pas pour s'engager dans une relation amoureuse.

Couchée de bonne heure, Briana se réveilla peu après 6 heures du matin. Viviana s'extirpa du lit avec difficulté, enfila sa robe de chambre et se précipita dans la chambre de sa fille avant que cette dernière ne réveille toute la maison. Troy avait grand besoin de repos ; quant à Dakota, vu la façon dont il avait évité leur baiser, Viviana n'entendait pas l'approcher de sitôt.

— Bonjour, mon petit ange. Tu as bien dormi, cette nuit. Le climat du ranch semble bien te convenir. Ou peut-être préfères-tu voir maman plutôt que Claire à ton réveil ?

Briana se mit à donner des coups de pied dans le vide avant de rouler sur elle-même et de se mettre à quatre pattes, comme pour aider Viviana à la sortir de son berceau.

— On va d'abord te changer. Ensuite, nous irons prendre notre petit déjeuner.

Briana se mit à gazouiller, à balbutier des sons dont Viviana attendait désespérément qu'ils forment le mot « maman ». Ce n'était plus qu'une question de jours, se répétait-elle.

L'encolure du pyjama de Briana était toute mouillée ; elle faisait ses premières dents et salivait beaucoup. Viviana la débarbouilla et l'habilla d'une jolie robe fleurie.

— Voilà, tu es prête. Tu es belle comme un cœur, prête à conquérir le monde.

Tranquillement assis à la table de la cuisine, Troy sirotait son café en parcourant les journaux du matin tout juste livrés.

— Bonjour, Viviana. Vous êtes bien matinale, dit-il comme elles entraient.

— Bonjour, Troy. Je pourrais en dire autant de vous.

— Oh ! vous savez, les éleveurs ont l'habitude de se lever tôt !

— Nous sommes dimanche.

— Le bétail s'en moque. Mais, à vrai dire, c'est Dakota qui m'a réveillé un peu plus tôt que de coutume.

— Ne me dites pas qu'il s'occupe des bêtes !

— Non. Il est parti pour San Antonio il y a une demi-heure. Il ne vous a pas prévenue ?

— Non.

Viviana éprouva une sourde appréhension. Briana, quant à elle, se mit à gigoter en ronchonnant ; Viviana la fit passer d'une hanche à l'autre.

— Pour quelle raison est-il allé à San Antonio ?

— Il a reçu un appel d'un ami, un gars du rodéo, qui avait besoin de lui pour régler un problème.

Peut-être était-ce à la suite de ce coup de fil qu'il avait

reçu en pleine nuit ? Ce devait être diablement important pour qu'il parte au lever du jour.

Il n'avait certainement pas pris cette décision à la légère. Se pouvait-il qu'il les ait abandonnées pour reprendre la compétition ? se demanda-t-elle. Non, il ne ferait pas une chose pareille.

— Da, pa, da, pa…

Viviana regarda Briana en fronçant les sourcils.

« Je ne te conseille pas de dire papa avant de dire maman, petite chipie ! Sinon, je te vends au plus offrant. »

Elle sortit du placard le bol de sa fille, ses couverts et son paquet de céréales.

Troy se leva pour l'aider.

— Viens avec papy pendant que maman prépare ton petit déjeuner, dit-il en tendant les bras.

A la grande surprise de Viviana, Briana n'hésita pas une seconde et se jeta dans les bras de son grand-père.

— Dakota a-t-il dit le nom de cet ami ? demanda-t-elle.

— Non. Il m'a juste demandé de veiller sur vous deux en son absence.

Troy leur tint compagnie pendant que Viviana faisait manger sa fille.

— Je ne sais pas si je choisis le bon moment pour aborder le sujet, mais j'ai reçu un appel de mon fils Wyatt, hier soir, après que vous êtes allés vous coucher. Il est parvenu à dénicher des informations sur Georges Bateman.

— De quel ordre ?

— Premièrement, il est bien le frère de Hank Bateman accusé du meurtre de Leslie Compton.

— Nous avons désormais la preuve que c'est une lignée de criminels. Qu'a-t-il découvert d'autre ?

— Georges était dans la même prison que moi. Il a été condamné pour le braquage à main armée d'une supérette de quartier. Commettre un vol ne lui suffisant pas, il a ligoté le couple de gérants et les a torturés pendant des heures avant de leur loger à chacun une balle dans le ventre. Ensuite, il a mis le feu au local et les a laissés brûler vifs.

— Quelle horreur ! s'exclama Viviana. Ces deux meurtres auraient dû valoir à ce malade la prison à perpétuité. Comment se fait-il qu'il soit libre ?

— En fait, ses deux victimes sont parvenues à s'échapper et ont survécu. Il a donc été jugé pour agression à main armée, et non pour meurtre. Il a été condamné à vingt ans de réclusion et en a purgé dix. C'est ainsi que fonctionne le système, ajouta Troy après une pause.

— Il semble que le feu soit l'arme préférée des Bateman. Quand je pense que Hank a incendié ma voiture pour y laisser se consumer un cadavre… Il est complètement cinglé, et son frère ne vaut pas mieux.

Elle remua la tête pour chasser de son esprit l'image des deux frères unis dans le mal.

— Dakota est-il au courant ?

— Il sait tout. Je lui ai fait part de ces informations tout à l'heure, juste avant son départ. J'aimerais que vous m'en disiez plus sur le meurtre de cet enfant.

— Hank Bateman nous a amené une petite fille aux urgences, vers 1 heure du matin.

— Où était la mère ?

— Elle travaillait. C'est une prostituée. Bien sûr, Bateman ne nous l'a pas dit sur le moment, mais Cortez l'a vite découvert en consultant les fichiers. Elle avait déjà été arrêtée plusieurs fois pour racolage sur la voie publique.

— La fillette était encore en vie lorsqu'elle est arrivée ?

— Oui, mais inconsciente. Bateman a prétendu qu'elle était tombée du lit en dormant. J'ai tout de suite su, d'après l'ampleur de l'hémorragie et la taille des ecchymoses, qu'il mentait. J'ai prévenu les services de police qui ont aussitôt mis Cortez sur l'affaire. L'autopsie a confirmé mon diagnostic : traumatisme crânien à la suite de coups.

— Comment Bateman a-t-il réagi ?

— Il était très nerveux, voire paniqué. Certainement plus pour lui que pour l'enfant.

— Pourtant, il s'agissait bien de son enfant.

— Oui. Le test ADN a démontré que Leslie Compton était sa fille, mais Karen et lui n'étaient pas mariés.

— Sont-ils toujours ensemble ? demanda Troy, que l'affaire intéressait manifestement.

— Non.

— La mère témoignera-t-elle contre lui ?

— C'était l'intention première, mais Karen Compton a disparu. Le procureur est convaincu qu'elle s'est réfugiée chez un de ses dealers.

— Ce doit être de cette façon que Bateman la tient.

— Vous pensez que c'est lui qui l'a rendue dépendante ?

— C'est probable. C'était peut-être le sort qu'il vous réservait en tentant de vous enlever.

— Sans l'intervention de Dakota, il aurait réussi son coup.

— Dakota est un type bien, Viviana. Je sais que vous avez des problèmes de communication, vous et lui, mais il sera un bon père pour Briana. Il lui faut juste un peu de temps pour se faire à cette idée.

— Je regrette, aujourd'hui, de ne pas avoir trouvé le moyen de l'informer de la naissance de sa fille.

— La vie est souvent pavée de regrets, Viviana. Ne perdez pas votre temps à vous demander ce qui aurait pu ou aurait dû être fait. Suivez les conseils d'un homme qui a gâché vingt longues années de sa vie. Le temps est notre bien le plus précieux.

Etait-elle prise dans cette spirale ? se demanda Viviana. Etait-elle en train de gâcher le présent, de détruire son avenir ?

« N'abandonnez pas Dakota… »

Cet avertissement émanait-il de sa propre conscience qui en serait réduite à utiliser des subterfuges pour se faire entendre ?

Appuyé contre l'encadrement de la porte de la chambre d'hôtel de Jim Angle, Dakota fulminait.

— Pourquoi ne m'as-tu pas dit, quand tu m'as appelé cette nuit, que tu t'étais fait agresser ?

— Parce que, à ce moment-là, ils s'étaient contentés de m'intimider au téléphone et me sommaient de révéler votre cachette, expliqua Jim en s'épongeant la bouche avec une serviette de toilette. Ils sont revenus finir le boulot ce matin.

— Il y a combien de temps ?

— Tu les as manqués de dix minutes. Si tu avais roulé un peu plus vite, on se serait bien amusés.

— J'imagine qu'ils ne t'ont pas dit leurs noms.

— Non, mais l'un d'eux s'est présenté par un sacré direct du droit.

— Tu peux me les décrire ?

— Mines patibulaires et lunettes noires.

— Des signes particuliers ? Des tatouages ? Des cicatrices ?

— L'un d'eux avait un coquard. J'ai juste eu le temps de le remarquer avant de recevoir un formidable crochet qui m'a envoyé au tapis. C'était le même type qui m'avait parlé au téléphone dans la nuit. J'ai reconnu sa voix. L'autre salopard, celui qui me ceinturait, n'a pas ouvert la bouche.

— Que voulaient-ils, exactement ?

— Je te l'ai dit. Ils ont insisté pour que je leur dise où vous vous cachez sous peine de finir entre quatre planches.

— Et ?

— Est-ce que j'ai l'air d'une balance ? demanda Jim, légèrement piqué.

— Tu as l'air d'être passé sous une moissonneuse-batteuse.

— Toi, tu as l'air d'avoir repris du poil de la bête.

— Je suis suffisamment en forme pour m'occuper des salauds qui t'ont tabassé.

— Ce n'est pas de ton ressort.

— C'est toi qui le dis !

Dakota prit son portable et composa le numéro de l'inspecteur Gordon Miles. Il n'apprit pas grand-chose de ce dernier, mais acquit une certitude : Hank Bateman ne se trouvait pas chez son frère, sinon Miles l'aurait déjà arrêté. L'appartement de Georges avait été le premier endroit où la police était allée le chercher après qu'il eut échappé à la filature.

Dakota appela ensuite Wyatt.

— On est dimanche ; je suis de repos. Prends deux aspirines et rappelle-moi demain matin.

— Désolé, grand frère, mais c'est urgent.

— Ah, c'est toi, Dakota. Qu'est-ce qui t'arrive ?

— Il me faut l'adresse de Georges Bateman. Tu peux me la trouver ?

— Je viens de la communiquer à papa, il y a quelques minutes. Vous devriez communiquer un peu plus, vous deux.

— Je ne suis plus au ranch, mais il m'a fait part des dernières informations sur Bateman avant mon départ.

— Très bien. Ne quitte pas.

Dakota paticnta quelques instants. Le pauvre Jim l'observait de biais, les lèvres tuméfiées et la bouche ensanglantée par la perte d'une incisive.

— Désolé, dit Wyatt en revenant au téléphone. J'ai eu du mal à mettre la main dessus, dans le bazar de mes dossiers. Mais je l'ai trouvée.

Dakota nota l'adresse sur une feuille de papier à en-tête de l'hôtel.

— Rassure-moi. Tu ne comptes pas rendre visite seul à Bateman ?

— De toute façon, tu n'en sauras rien.

— Appelle la police.

— C'est déjà fait. Ils ont d'autres chats à fouetter.

— Alors, vas-y avec du renfort. Des amis ou la famille.

— J'irai avec mes deux meilleurs potes, Smith et Wesson. Je veux juste avoir une petite conversation en privé avec ce type.

— Prends garde, Dakota, et reste en vie. C'est la seule façon de triompher des criminels.

— Je m'en souviendrai.

Jim, qui avait enlevé sa chemise tachée de sang pendant que Dakota s'entretenait avec son frère, tentait d'en enfiler une propre en grimaçant de douleur à cause de ses muscles endoloris.

— Si tu comptes aller dire un mot à Georges Bateman, je t'accompagne.

— Dans cet état ?

— T'inquiète.

— O.K. Allons-y.

Depuis la fenêtre de son appartement, Georges Bateman regarda Dakota Ledger descendre de son pick-up. La drogue coulant dans ses veines allait lui rendre la tâche facile.

Il saisit son arme et visa la tête. A cette distance, il lui serait facile de lui loger une balle juste entre les deux yeux. Le voir mort, gisant à ses pieds, serait un réel plaisir, mais rien comparé à celui que lui procurerait la façon dont il se débarrasserait du corps.

Il s'imagina déposant sa dépouille dans le lit du Dr Mancini. Quel beau cadeau de bienvenue ! La prochaine fois que l'on conseillerait à cette salope de se mêler de ses affaires, elle saurait à quoi s'en tenir.

Dès que le cow-boy mettrait le pied chez lui, Georges pourrait lui tirer dessus. Légitime défense face à une intrusion dans une propriété privée. Même s'il était pris, aucun juge ne pourrait contester cet état de fait.

Mais il ne serait pas pris. Il était bien trop malin pour ça.

Il avait fait du racket et du meurtre une activité bien organisée et lucrative.

13

Dakota s'arrêta trois fois avant d'arriver au domicile de Georges Bateman. La première fois aux urgences de l'hôpital de San Antonio, où il laissa Jim, pestant et furieux, devant l'entrée des urgences.

Le deuxième arrêt eut lieu devant un Walmart, où il acheta un anorak léger. Le dernier fut pour se rendre chez un prêteur sur gages où il fit l'acquisition d'un holster se mariant à la perfection avec sa chemise rouge et qu'il dissimula sous son anorak qui le faisait déjà transpirer abondamment.

L'appartement de Bateman se trouvait au premier étage d'un petit immeuble de quatre logements, à droite en haut de l'escalier. Les fenêtres de la partie gauche de l'immeuble étaient toutes occultées, et son aspect général donnait l'impression d'avoir été récemment incendié. Dakota se demanda si les autres locataires étaient conscients de la sombre personnalité de leur voisin.

En ce milieu de matinée, il n'y avait personne en vue, à l'exception de deux gamins d'une dizaine d'années qui s'amusaient à dévaler la rue sur leurs bicyclettes en se lançant des défis acrobatiques. Il devrait veiller à ce qu'ils ne reçoivent pas une balle perdue dans le cas où sa discussion avec Bateman viendrait à mal tourner.

Bien que Hank ne soit théoriquement pas là, quelqu'un se trouvait bien dans l'appartement. Dakota avait vu bouger le rideau en arrivant au volant de son pick-up.

Il sonna et attendit. La porte s'ouvrit sur Shelby Lucas, la sœur du jeune homme tué d'une balle dans la tête. Dakota ne s'attendait pas à la trouver là, le visage tuméfié et l'œil droit à demi fermé et cerclé de violet.

Elle jeta un regard inquiet derrière elle.

— Entrez, proposa-t-elle en s'effaçant.

Dakota s'exécuta, mais sentit aussitôt le piège ; son arme jaillit dans son poing. Trop tard. Celui qui devait être Georges Bateman le tenait déjà en joue.

— Si j'avais su que ce serait un duel dans les règles, je me serais habillé pour la circonstance, grinça-t-il.

— Je doute que tu fasses quoi que ce soit dans les règles, répliqua Dakota. Si Jim Angle n'avait pas été pris en traître, il se serait mieux défendu.

— Désolé, Ledger, mais je ne connais aucun Jim Angle.

— Je suppose que tu ne connais pas non plus le Dr Viviana Mancini ?

— J'ai entendu parler d'elle. C'est cette salope qui veut faire enfermer mon frère pour un crime qu'il n'a pas commis.

— Ce sera au jury de décider. Le procès aura bien lieu, dans cinq jours maintenant, et le Dr Mancini y témoignera.

— « Le Dr Mancini »... C'est une façon plutôt formelle de nommer la nana avec qui tu t'envoies en l'air. Vous autres, cow-boys de rodéo, vous me faites marrer ; vous faites les malins alors que vous puez le purin à plein nez.

— Nous avons aussi le doigt sensible sur la détente.

— Vide ton sac, Ledger. Tu commences à me barber.

— Hank doit se rendre pour que le procès ait lieu.

— Tu t'adresses à la mauvaise personne, Ledger. Je ne suis pas le secrétaire de mon frère.

— Alors, laisse-moi présenter les choses autrement. Je te tiendrai pour responsable si le procès ne s'ouvre pas comme prévu. Et, si Hank ou qui que ce soit tentait de nouveau d'intimider le Dr Mancini ou sa fille, je ne lui laisserais pas le temps de faire sa prière avant de lui faire la peau.

— T'as fini, Ledger ?

— Pour le moment.

Comme Dakota reculait prudemment, il aperçut une lueur mauvaise dans les yeux de Bateman et sut qu'il allait tirer. Il fit feu le premier. Bateman poussa un cri et lâcha son arme.

Shelby poussa un hurlement tandis que Bateman crachait un chapelet d'injures en soutenant son bras ensanglanté.

— Fous le camp de chez moi, espèce de fils de meurtrier !

D'un coup de pied, Dakota envoya l'arme valdinguer sous le canapé.

— Laisse mon père en dehors de tout ça.

— Et pourquoi donc, pauvre abruti ? En prison, Troy s'est vanté devant tout le monde d'avoir fait son affaire à ta mère, une putain qui s'apprêtait à le plaquer pour un autre homme. Il n'est pas du genre à laisser partir sa femme sans rien faire.

Une rage folle s'empara de Dakota. Il avait une telle envie de descendre ce type que son doigt en tremblait sur la détente.

Au moindre geste déplacé, ce salopard irait brûler en enfer. Prenant une grande inspiration, il se força au calme et fit passer son arme dans sa main droite. Puis il lança de toutes ses forces son poing au visage de son adversaire.

Il y eut un craquement sinistre, et Bateman recula, sonné. Il reprit cependant vite ses esprits et se rua sur lui. Le direct au plexus qu'il lui assena causa à Dakota une douleur telle qu'il en eut le souffle coupé.

Bateman profita de cet avantage pour tenter de le désarmer. Un coup partit dans la mêlée, et la balle alla se ficher dans le mur du salon.

Une deuxième balle siffla un instant plus tard aux oreilles de Bateman, mais elle ne provenait pas de l'arme de Dakota.

Les deux hommes se retournèrent d'un même élan. Shelby avait ramassé l'arme de Bateman.

— Jette ton arme, Georges ! ordonna-t-elle à Bateman qui était parvenu à s'emparer du pistolet de Dakota. Il y a déjà eu trop de morts. Beaucoup trop.

— Ne te mêle pas de ça, Shelby.

— Non. Je compte jusqu'à cinq. Si, à cinq, tu n'as pas jeté ton arme, je jure de te tuer.

— Tu n'en as pas les tripes, répondit-il avec dédain.

— Un… Deux…

Dakota vit à son regard que la timide et peureuse jeune femme était à bout de nerfs.

— Trois…

— Lâche ça, Shelby, dit Bateman, une pointe de doute dans la voix. Tu ne tireras jamais, on le sait tous les deux.

— Quatre…

Il fit un mouvement dans sa direction. Aussitôt, Shelby tira. Le projectile passa à quelques centimètres de son torse et l'atteignit au bras. Cette blessure, loin d'être fatale, lui fit tout de même pousser un cri de douleur. Il fonça vers la porte.

En proie à une crise de nerfs, Shelby se laissa tomber par terre et se recroquevilla sur elle-même en hurlant.

Dakota voulut se lancer à la poursuite de Bateman puis se ravisa. Après tout, il lui avait dit ce qu'il avait à lui dire. S'il le rattrapait, il le tuerait et commettrait ainsi un meurtre de sang-froid.

Avec préméditation, qui plus est — tout comme Troy avait tué sa femme.

Dakota ne pouvait léguer un crime de plus à Briana.

Il replaça son arme dans son holster et s'agenouilla auprès de Shelby, pour la calmer.

— Ça va aller, Shelby. Vous avez bien fait de tirer sur Georges. Il aurait pu nous tuer tous les deux. Vous n'irez pas en prison pour ça, même Hank comprendra.

— Hank a tué le bébé, bégaya-t-elle entre ses sanglots. J'ai menti en prétendant le contraire. Je voulais sauver sa peau, et maintenant il se fiche de moi. C'est tout ce que j'ai gagné comme remerciements.

— Vous étiez présente quand il a tué Leslie Compton ? Est-ce que vous témoignerez que vous l'avez vu commettre ce meurtre ?

— Je n'y étais pas, mais Hank me l'a avoué. La petite n'arrêtait pas de pleurer, alors il l'a secouée un peu. Et puis il a perdu les pédales et a continué à la secouer jusqu'à ce qu'elle se taise enfin.

Dakota lui passa un bras amical autour des épaules.

— Vous ne pouvez plus continuer à le couvrir, Shelby.

— Je sais, dit-elle en reniflant.

— Il faut dire à la police que Hank vous a avoué le meurtre de Leslie Compton.

— La police ne me croira pas.

— Le jury vous croira.

Shelby s'était un peu calmée. Dakota appela l'inspecteur Gordon Miles.

— Je pense que vous devriez venir me retrouver au domicile de Georges Bateman. J'ai peut-être un nouveau témoin dans l'affaire Leslie Compton.

Viviana s'inquiétait de l'absence prolongée de Dakota. Depuis qu'ils s'étaient retrouvés sur le parking de l'hôpital, il était en permanence resté à son côté. Que cachait ce départ précipité ? Il ne l'avait informée ni du motif ni de la durée de son absence.

Elle s'allongea sur le lit près de Briana, mais même sa fille ne parvenait pas à détourner ses pensées de Dakota.

Le bruit d'un véhicule se garant devant la maison fit s'emballer son pouls. Elle prit Briana dans ses bras et se dirigea rapidement vers l'entrée. Malheureusement, ce n'étaient que Colette et Dylan, les bras chargés de plats et gamelles en tout genre.

— Nous avons apporté le déjeuner ! annonça gaiement Colette.

— Il y en a pour une semaine, commenta Troy qui les avait rejoints.

— Ou seulement pour une poignée d'hommes affamés, corrigea Colette en clignant de l'œil.

— Pour l'instant, nous ne sommes que deux hommes affamés.

— Où est Dakota ? demanda Colette après avoir salué Viviana et déposé un bisou sur la joue de Briana.

— Il est allé à San Antonio pour affaires, répondit Troy.

Pas plus que Viviana, Dylan ne pouvait se satisfaire de cette réponse vague.

— Quelles affaires ?

— Il ne me l'a pas dit, mais j'ai le sentiment que c'était important.

— Il aurait dû nous en parler. L'un de nous aurait dû l'accompagner. Nous sommes ensemble sur le coup ou pas ? Depuis quand est-il parti ?

— Ça va bientôt faire six heures.

Ils gagnèrent la cuisine afin de déposer les plats, suivis de Troy et de Viviana qui portait toujours Briana.

— Dakota n'est pas habitué à cette ambiance familiale, reprit Troy. Laisse-lui le temps. Apprendre à faire confiance aux autres est un travail de longue haleine. Tu as oublié quels étaient nos rapports quand je suis sorti de prison ?

— C'était différent. Dakota aurait dû appeler.

— Il était prévu qu'il m'appelle au plus tard six heures après son départ, expliqua Troy. Je reconnais qu'il a du retard.

Viviana déposa Briana dans sa chaise afin d'aider Colette à faire le service. Au menu, un plat de macaronis en gratin accompagné de salade et d'ailes de poulet frites. Elle allait enfin s'asseoir pour savourer son repas lorsque la porte d'entrée émit un grincement en s'ouvrant.

Viviana sortit vivement de la cuisine et eut tout juste le temps de voir Dakota qui filait vers sa chambre sans lui adresser le moindre regard.

— C'est Dakota, annonça-t-elle en revenant sur ses pas. Colette, pourrais-tu surveiller Briana quelques instants ?

— Bien entendu. Mais reviens vite ; les macaronis vont refroidir.

— Ne t'inquiète pas. J'en ai pour une minute.

Dakota venait de jeter son arme sur le lit lorsque Viviana le rejoignit dans sa chambre. Elle se raidit.

— Où étais-tu ?

— J'ai réglé des problèmes.

— A coups de revolver ?

— C'est exactement ça. Inutile de prendre cet air horrifié, je n'ai tué personne. Du moins, pas encore.

Elle se laissa tomber sur le lit en poussant un soupir.

— Si c'est en rapport avec le procès, je suis en droit de savoir.

— Il y a beaucoup de choses que tu es en droit de savoir, et il est temps que tu saches tout.

Bouche bée, Viviana écouta Dakota lui raconter son escapade de la matinée. Il avait maîtrisé, seul, un repris de justice, bien que ce dernier ait été armé et susceptible de faire feu sur lui sans la moindre hésitation. Décidément, il ne s'avouait jamais vaincu et ne connaissait pas la peur.

Son courage n'avait d'égale que sa détermination. C'était un homme qui, pour protéger les êtres chers à son cœur, ne se contentait pas de préparer sa défense, mais allait au-devant de l'ennemi sans hésiter.

Elle frissonna.

— Tu aurais pu être tué !

— J'aurais aussi pu me reposer tranquillement pendant que ces deux ordures tabassaient mes amis et tentaient, par tous les moyens, de t'empêcher de témoigner. Ça n'a peut-être pas servi à grand-chose, mais au moins leur ai-je clairement signifié que je n'allais pas les laisser s'en prendre aux miens sans réagir.

— Ce que tu as fait est très courageux, Dakota. Tu

t'es mobilisé pour ton ami, pour Briana et moi, et tu as donné à Shelby Lucas le courage d'affronter le père de son enfant.

— Je pense plutôt que c'est Hank, en se montrant sous son vrai jour, qui l'a poussée à prendre cette décision.

— Elle n'aurait jamais trouvé le courage d'agir si tu n'avais pas tiré le premier sur Georges. Tu lui as ainsi démontré que ni lui ni Hank n'étaient invincibles.

— Tu es en train de me glorifier alors que je n'ai fait que mon devoir.

Viviana refoula les larmes qui lui piquaient les yeux. Elle se leva et lui jeta les bras autour du cou.

— Tu es un vrai héros, Dakota. Mon héros.

Elle déposa un petit baiser sur ses lèvres et, cette fois, il ne tenta pas de lui échapper.

Lorsqu'il prit brutalement possession de sa bouche offerte, mêlant leurs langues avec avidité, elle sentit une vague de chaleur l'envahir et s'abandonna à lui. Se délectant de ce baiser, ils unirent leur souffle et s'enlacèrent avec passion. La douceur et le goût légèrement salé de ses lèvres, la pression de son désir viril contre son ventre enflammé firent chavirer Viviana.

Il enfouit ses doigts dans ses cheveux, jouant avec ses boucles soyeuses, puis ses mains descendirent le long de son dos, jusqu'à sa taille, et se faufilèrent sous l'élastique de sa culotte.

Il l'attira davantage à lui, écrasant son bassin contre son membre en érection. A la puissance avec laquelle son cœur s'était emballé, Viviana eut l'impression qu'elle allait défaillir sous ses délicieux attouchements.

Bien que consciente qu'ils se trouvaient dans la maison familiale, au beau milieu de la journée, Viviana se trouva soudain incapable de résister au feu qui la consumait. D'un geste rapide, elle ôta son T-shirt et dégrafa son soutien-gorge, libérant ainsi ses seins.

Dakota s'en empara à pleines mains et se mit à les embrasser, à jouer avec les mamelons du bout de la langue, les faisant s'ériger tels deux boutons de rose prêts à éclore.

Viviana ne put retenir un gémissement de plaisir.

— Prends-moi, Dakota. J'attends cet instant depuis si longtemps ! Depuis toujours, même quand je tentais de me convaincre que je pouvais me passer de toi.

Dakota recula tout à coup, comme s'il venait de se brûler.

— Je ne peux pas, Viviana… Dieu sait à quel point j'ai envie de toi, mais je ne peux pas te faire ça.

Ce refus soudain fit à Viviana l'effet d'un coup de couteau en plein cœur.

— Tu risques ta vie pour moi, mais tu ne peux pas me faire l'amour. Aurais-tu peur ? Peur de découvrir que tu tiens à moi plus que tu ne le penses ?

Dakota secoua la tête, dépité.

— Ça n'a rien à voir avec nous.

— Avec quoi, alors, Dakota ? C'est le moment d'être direct, comme tu prétends l'être toujours, parce que je ne comprends pas ce que tu attends de moi. Je pensais que c'était le sexe, sans engagement ni sentiments. Et, maintenant que je fais le premier pas, tu te défiles.

— Je suis le fils de Troy Ledger, Viviana.

— C'est ça, ton excuse ? Je ne marche pas. Dylan, Tyler et Sean sont aussi les fils de Troy, et ça ne les empêche pas de mener une vie normale. Ils ont peut-être à supporter quelques sarcasmes de temps à autre, mais ils sont assez forts pour y faire face. Je suis sûre que tu en es capable, toi aussi.

— Nous n'avons pas la même relation avec Troy. J'ai eu envie de tuer Georges Bateman, aujourd'hui, et pas en état de légitime défense. J'étais sous l'effet de la rage. Quand il a traité ma mère de putain et prétendu que mon père s'était glorifié de son crime en prison, j'ai failli appuyer sur la détente.

— Mais tu ne l'as pas fait, Dakota. Tu as su te contrôler et tu as bien fait de le cogner.

— Je pourrais un jour céder à la rage ou au désespoir, tout comme Troy. Lui aussi a dû tenter de se maîtriser avant de laisser exploser sa colère et d'appuyer à trois reprises sur la détente, laissant ma mère gisant dans une mare de sang.

— Ça, tu n'en sais rien. Tu ne vas pas croire un criminel plutôt que ton propre père !

— S'il n'avait pas été coupable du meurtre de notre mère, pourquoi Troy aurait-il décidé de nous abandonner ? Il n'avait rien à nous offrir, tout comme je n'ai rien à offrir à Briana.

— C'est de cette façon que tu justifies l'abandon de ta fille ? Parce que Troy t'aurait transmis des gènes meurtriers ?

S'en voulant amèrement d'avoir mis son corps, ainsi que son âme, à nu devant ce cow-boy obstiné, Viviana se rhabilla hâtivement.

— Je te croyais courageux, Dakota. J'ai considéré que t'en prendre à un meurtrier dans le but de nous protéger était une preuve de ta bravoure. En fait, tu as choisi la facilité. C'est comme tes fichus rodéos… Tu aimes prendre des risques tant que ça ne t'oblige pas à t'impliquer sentimentalement.

— Je suis impliqué sentimentalement, et ce, depuis que je t'ai rencontrée.

— Alors, sois un homme, Dakota ! Un vrai. Parle avec ton père et enterrez le passé. Fais-le pour toi. Pour Briana. Pour nous.

« N'abandonnez pas Dakota, sinon il sera à jamais perdu. »

Viviana s'y efforçait, mais Dakota lui échappait inexorablement.

14

Hank Bateman n'en pouvait plus de couvrir les agissements de son frère. Il fallait toujours que Georges joue au dur et sème systématiquement la pagaille.

C'était surtout son incapacité à fermer sa grande gueule qui les avait menés là. Hank avait encore quelques détails à régler avant de couper les ponts avec ce frère encombrant et de le laisser se dépatouiller avec ses problèmes.

Son plan était prêt ; il avait même en sa possession une carte routière indiquant les voies menant au ranch de Willow Creek.

Grâce aux notes figurant sur le calepin qu'il avait volé à l'inspecteur Cortez, il savait qu'il y trouverait le Dr Mancini. Mais il devenait urgent d'agir ; l'étau se resserrait sur lui et Georges, et le temps jouait en sa défaveur.

Plus que quelques jours avant de commencer une nouvelle vie. Karen et lui seraient enfin réunis. Elle avait besoin de sa présence, et le lui avait démontré comme aucune autre femme ne l'avait jamais fait. A coup sûr, on les rechercherait dans tout le Mexique, mais sans jamais les retrouver, et pour cause : il avait déjà réservé et payé leurs billets d'avion pour la Suisse. Les faux papiers étaient presque prêts.

Ne restait plus qu'un obstacle, ce bon Dr Mancini. Il se préparait à lui infliger une mort lente et douloureuse, le genre d'exécution dont il s'était toujours délecté.

15

Dakota passa l'après-midi à l'ombre d'un grand chêne, à sculpter un bout de bois avec son couteau de poche. Ça le ramenait à l'époque où il vivait dans le Montana.

Ses sculptures n'avaient rien de figuratif. Il s'agissait de formes abstraites, taillées selon l'humeur, pour le plaisir de sentir la lame s'enfoncer dans la matière et de permettre à son esprit de s'évader de ses sombres pensées.

Peut-être cette habitude était-elle née avec les inscriptions qu'il avait gravées, enfant, dans les montants de leur armoire à l'aide du couteau chapardé à Wyatt. Il se demandait quelle part de son enfance avait contribué à faire de lui un homme, bien qu'il n'ait que peu de souvenirs de cette époque lointaine.

En cet instant, sa lame faisait furieusement voler des copeaux de bois, mais ses pensées ne s'apaisaient pas pour autant. Viviana avait probablement raison ; il fallait qu'il ait une discussion avec son père.

Certaines choses devaient être dites, des choses vraisemblablement douloureuses à exprimer ou à entendre — un ensemble de questions et de doutes qui le tourmentaient depuis son plus jeune âge.

Il se décida à les affronter et se mit à la recherche de

Troy qu'il trouva dans son atelier, occupé à fabriquer ce qui semblait être un cheval à bascule de bois.

— Tu as une minute à m'accorder ? demanda-t-il à son père.

— Tout le temps que tu voudras.

Troy posa ses outils et se tourna vers lui.

— J'ai le sentiment que cette discussion fermente depuis fort longtemps.

— A peu près dix-neuf ans, répondit Dakota en dessinant négligemment du bout de l'index des cercles dans la couche de sciure recouvrant l'établi.

— Je répondrai à toutes tes questions.

— Raconte-moi comment tu as rencontré maman.

— Ce n'est pas compliqué. Je travaillais comme sellier dans un ranch de Black Spur pour payer mes frais d'inscription à la compétition de rodéo. Je chevauchais les taureaux, tout comme toi, mais pas avec autant de succès.

Troy marqua une courte pause, et s'épongea le front du revers de la main avant de poursuivre.

— Je ne suis pas originaire de Mustang Run, mais je m'étais lié d'amitié avec le shérif McGuire, qui n'était pas encore en poste à cette époque. Glenn était alors à l'université et parlait sans cesse de cette jolie fille avec laquelle il sortait. Finalement, il a décidé un jour de me la présenter.

— Et c'était maman ?

Troy acquiesça d'un petit hochement de tête, et un sourire tendre se dessina sur ses lèvres.

— A l'instant où je l'ai vue, j'ai su qu'elle était la femme de ma vie. Ses parents ont été contre notre mariage dès le commencement de notre relation. Ils évoluaient dans la bourgeoisie de Boston, et étaient mortifiés à l'idée que leur belle Hélène puisse épouser un cow-boy sans le sou.

— Où as-tu trouvé l'argent pour le ranch de Willow Creek ? demanda Dakota, vivement intéressé.

— Ta mère et moi avons travaillé dur jusqu'à la naissance de Wyatt. En se serrant la ceinture, on a pu épargner. Able Drake, un très bon ami, m'a prêté le reste.

— Vous étiez heureux avant que ne débutent les problèmes ?

— Quels problèmes ? s'enquit Troy avec surprise.

— Ceux qui ont failli vous séparer.

— Rien ne nous a jamais séparés. Notre amour n'a jamais connu la moindre faiblesse, depuis notre rencontre jusqu'au jour de sa mort. La veille de son assassinat, nous avons dansé en écoutant la radio jusqu'à minuit passé. J'ai encore la sensation de son corps dans mes bras.

Troy se détourna, mais Dakota eut le temps de voir que son regard s'était embué de larmes. S'il simulait son amour pour sa femme, il s'y prenait diablement bien, songea-t-il.

— J'aimais ta mère de toute mon âme. Je ne sais pas exactement ce que tu crois, Dakota, mais je ne présenterai pas d'excuses pour quelque chose que je n'ai pas fait. Il n'y a pas un recoin de cette maison dans lequel nous n'ayons pas fait l'amour et conçu nos enfants. Je ne laisserai personne ternir sa mémoire avec des suppositions ou des mensonges.

Troy venait de marquer un point, Dakota devait l'admettre. Cependant, ses ressentiments à l'égard de son père, alimentés par tant d'années de solitude, n'allaient pas s'effacer aussi facilement. De nombreuses questions lui brûlaient encore les lèvres.

— J'avais six ans, j'étais un gamin. Pourquoi ne t'es-tu jamais inquiété de savoir si j'allais bien ? Ne penses-tu pas que c'était ton devoir ?

— De quoi parles-tu, Dakota ? Tu veux dire que tu as été maltraité par ton oncle ? s'inquiéta soudain Troy.

— Il est un peu tard pour s'en soucier, non ? Je me suis longtemps demandé si tu percevais bien le fait que j'étais ton fils, et non un colis dont on pouvait se débarrasser en l'expédiant à un membre de la famille à qui personne ne parlait jamais.

— As-tu été maltraité ? insista Troy.

— Laisse tomber, papa. Je suis un homme, maintenant, et l'oncle Larry est six pieds sous terre. Je n'ai plus besoin de tuteur. J'aimerais juste entendre ta version des faits.

Troy caressa machinalement la cicatrice de sa joue en soupirant.

— Il ne s'est pas passé un jour sans que je pense à toi, Dakota. Je n'étais pas aussi proche de vous que votre mère, je le reconnais. J'ai travaillé dur sur le ranch, bien souvent du lever au coucher du soleil, afin de nous maintenir à flot. Elle a passé beaucoup de temps avec vous.

— Donc, quand maman est morte, tu nous as tout simplement envoyés vivre chez ses parents. N'avais-tu pas ton mot à dire sur la façon de nous élever ? Pourquoi n'as-tu pas lutté pour que tes cinq fils ne soient pas séparés, isolés les uns des autres, livrés à eux-mêmes ?

— Je ne pouvais pas. Vos grands-parents ont été désignés comme tuteurs par la justice. Je pense que, dès le début, ils avaient prévu de vous garder tous ensemble.

— Qu'est-ce qui te fait penser ça ?

— Ils ne cessaient de harceler Hélène pour qu'elle me quitte et aille s'installer chez eux avec vous. Ils prétendaient subvenir à vos besoins mieux que moi. Quand ta mère est morte, ta grand-mère ne l'a pas supporté et la douleur l'a emportée.

— Maman allait-elle te quitter ?

— Pour rentrer à Boston ? Jamais de la vie ! Déjà qu'elle était entrée à l'université pour échapper à la domination de sa mère… Hélène était d'une beauté incomparable. Ta grand-mère avait décidé de lui faire épouser un bon parti, ce qui leur aurait permis de s'élever encore plus socialement.

Troy fourra les mains dans les poches de sa salopette d'un air fataliste.

— Hélène ne voulait plus entendre parler de Boston. Elle adorait la vie au ranch. Elle m'aimait ! Et, plus que tout, elle vous aimait, vous, ses garçons. Vous étiez le centre de sa vie, particulièrement toi, Dakota. Tu étais « son bébé », ajouta Troy en souriant. Combien de fois t'ai-je enlevé de ses bras afin de te soustraire à ses incessantes caresses !

Cela résumait bien la situation. Dakota en déduisit que sa mère ne se serait jamais séparée de lui. Mais on l'avait assassinée. Peu importait la façon dont Troy dépeignait les faits ; oncle Larry avait été le seul membre de la famille à tolérer ce gamin chouchouté au-delà du raisonnable. En fait, il avait été jeté aux lions.

— Je t'ai abandonné, Dakota. Je ne commettrais pas la même erreur, aujourd'hui. Malheureusement, ce qui est fait est fait, et le passé est le passé. La seule chose que je puisse faire pour ramener la paix dans notre famille est de retrouver l'assassin de ta mère. Et je jure de ne jamais abandonner.

— Je pense que tout est dit…, conclut Dakota après un long silence.

Cette conversation ne modifiait en rien le passé ni le présent mais, étrangement, elle apporta à Dakota une certaine satisfaction, même si déposer sa colère aux pieds de son père n'était pas la solution miracle qu'il avait longtemps imaginée.

Troy reprit ses outils et se remit à sa tâche.

— Je fabrique un jouet pour Briana. Je sais qu'elle est encore trop petite pour l'utiliser, mais le jour viendra où elle le pourra. Il est trop tard pour rejouer mon rôle de père vis-à-vis de mes fils, mais j'entends bien être le meilleur grand-père qui soit. Je ferai de mon mieux. Je veux savourer chaque seconde passée avec ma petite-fille.

Il marqua une pause et jeta un coup d'œil à son fils.

— Je suis sûr que Viviana va adorer ce jouet, reprit-il. Tu as commis des erreurs par le passé, mais tu as à présent l'opportunité d'être un parent responsable. Alors lance-toi, et ne laisse pas passer cette chance. Et dis-toi bien que, si tu venais à perdre Viviana, je ne me gênerais pas pour te traiter d'imbécile.

C'était là le conseil le plus avisé que Troy lui ait jamais donné.

— Vous ne pouvez savoir combien cet appel m'est pénible, docteur Mancini, mais je suis désolée de vous rappeler que le procès ne peut avoir lieu sans le principal suspect. Hank Bateman reste introuvable. De toute façon, l'audience a été déprogrammée et renvoyée à une date indéterminée.

Dès qu'elle eut terminé sa discussion avec Melody

Hollister, Viviana se laissa tomber sur son lit. Il ne lui en fallait pas davantage pour être anéantie.

Les menaces, l'agression à main armée, la tentative d'intrusion chez elle, la poupée au crâne fracassé : elle avait enduré tout cela pour rien !

Ses yeux s'emplirent de larmes d'amertume. Elle devait coûte que coûte reprendre le contrôle de sa vie.

En proie à un vif sentiment de culpabilité, elle en vint à regretter d'être venue à Willow Creek et d'avoir appris à Dakota qu'il avait une fille. Il était trop tourmenté par son passé pour pouvoir les aimer.

En ce qui concernait son propre passé, elle n'avait pas grand-chose à lui envier. Ainsi, tous deux formaient une belle paire, attirés l'un par l'autre au point que c'en était magique, et si incapables de vivre pleinement leur bonheur que c'en était désespérant.

Elle chassa ces pensées de son esprit et, Briana dans les bras, partit à la recherche de Dakota. Il était temps qu'elles rentrent chez elles. Seules. Il pourrait reprendre le championnat et aller affronter ses taureaux. Briana et elle n'avaient aucun intérêt à s'attacher à lui.

Lorsque Dakota la retrouva enfin, assise sur une botte de foin derrière les écuries et chantonnant une comptine à Briana, il commençait à sérieusement s'inquiéter de son absence.

Insensible aux larmes qui emplissaient les yeux de sa maman, Briana suçait tranquillement son pouce tout en jouant avec son trousseau de clés en plastique. Bien que conscient de l'avoir blessée en la repoussant, Dakota ne s'attendait cependant pas à ce qu'elle réagisse ainsi.

Se préparant à être repoussé à son tour, ce qu'il méritait bien, il vint s'asseoir auprès d'elle.

— Je peux me joindre à toi ?

— Ne viens pas me faire la morale.

— Je ne me le permettrais pas.

— Tu peux rester, alors.

Il lui passa tendrement le bras autour des épaules.

— J'ai toujours cru qu'il me détestait…, commença Viviana. Mais tu sais quoi ? Ce n'était pas le cas. Pour cela, il aurait fallu que je compte pour lui, alors que je n'existais même pas à ses yeux.

— Tu parles de quelqu'un que je connais ? demanda Dakota, interloqué.

— Je parle de mon père. Ma pauvre mère cumulait deux emplois pour boucler les fins de mois. Il n'a jamais travaillé plus de deux semaines d'affilée. On avait tout juste de quoi payer le loyer, c'est la raison pour laquelle nous avons dû déménager si souvent. Connais-tu la honte d'être exproprié et de voir ses affaires jetées à la rue, sous les regards méprisants des voisins ?

— Non, je n'ai jamais connu cette situation.

Et quand bien même, il ne se serait pas lancé dans une espèce de duel visant à déterminer qui avait le plus souffert, convaincu qu'il était de gagner haut la main.

— On ne savait jamais s'il allait rentrer à la maison le soir. Et un beau jour, il a disparu. Et pas n'importe quel jour, figure-toi, ajouta-t-elle, les larmes roulant sur ses joues. Il est parti le jour où l'on a découvert le cancer de maman.

A tout bien pesé, peut-être ne gagnerait-il pas aussi facilement que ça, songea Dakota.

Comme Briana commençait à s'agiter, il ôta sa chemise

et la déposa sur l'herbe à leurs pieds avant d'y installer la petite fille.

Elle roula aussitôt sur le ventre et se mit à quatre pattes.

— Ba, ba, ga, ba !

— Ravi de te faire plaisir, lui répondit Dakota. Qu'est-ce qui te fait penser à tout ça ? demanda-t-il à Viviana. As-tu récemment eu des nouvelles de ton père ?

Viviana se prit le visage entre les mains et se laissa aller contre lui pendant quelques instants en sanglotant. Puis elle se ressaisit et sécha ses larmes du revers de la main.

— Je ne sais pas comment j'en suis arrivée là… Je ne peux pas m'empêcher de comparer mon père au tien, et ta famille à la mienne.

— C'est pour ça que tu te mets dans cet état ?

— C'est la première fois que je pleure depuis la mort de ma mère ; je pense que j'ai tout simplement craqué.

Sachant qu'elle n'était pas du genre à s'apitoyer sur elle-même, Dakota pressentit autre chose et insista.

— Qu'est-ce qui ne va pas, Viviana ?

Elle prit une grande inspiration et soupira.

— Le procès est repoussé à une date indéterminée. Pas de suspect, pas de procès. Hank Bateman est libre. Libre de commettre d'autres meurtres, libre de faire pression sur les témoins. Personne n'osera jamais témoigner contre lui.

Dakota sentit son estomac se contracter. Le matin même, il avait failli perdre son sang-froid et tuer Georges Bateman ; à présent, il regrettait presque de ne pas l'avoir fait.

En s'inscrivant comme témoin dans cette affaire, Viviana voulait bien faire. Dirty Harry s'était fait descendre. Kevin Lucas avait été assassiné. Elle-même avait été agressée, et on avait incendié sa voiture neuve…

Ces événements étaient tous liés à Hank Bateman. La police l'avait laissé s'échapper. Le procès avait été reporté, avec la même insouciance que lorsqu'il s'agissait d'annuler un match de base-ball à cause de la pluie.

— Non, pas cette fois, dit-il à voix haute.

— On ne peut rien y faire.

— N'en sois pas si sûre. Je suis prêt à parier que Georges Bateman sait où se cache son frère, et je sais où trouver Georges.

— Tu ne vas tout de même pas retourner le voir ? C'est trop dangereux. C'est le travail de la police.

— Alors, je vais leur donner un coup de main.

Tandis qu'ils regagnaient la maison, Dakota mit au point son plan d'action. Cette fois, il n'interviendrait pas seul. Il décida d'appeler Wyatt.

Ses frères étaient tous courageux, habiles et décidés à lui venir en aide, mais Wyatt était le seul à combiner ces qualités avec son expérience d'inspecteur à la brigade criminelle.

Dakota était doté, pour sa part, d'une détermination hors du commun ; comment leur collaboration pourrait-elle échouer ?

Wyatt rappela Dakota vers 20 heures. Ce dernier était tranquillement installé sur le perron et sirotait un verre de bourbon sous le ronronnement soporifique du ventilateur.

— Désolé de te rappeler si tard, mais j'ai passé la journée sur une scène de crime et je n'ai pu consulter ma messagerie qu'à l'instant. Les criminels de cet Etat deviennent chaque jour plus dangereux.

— Tout en parvenant de plus en plus facilement à s'en sortir, ajouta Dakota.

— Pas si la police fait correctement son travail. Quelles sont les dernières nouvelles à propos de Viviana ?

— Hank Bateman a échappé à la surveillance. Le procès a donc été reporté.

— C'est ce que j'ai craint en apprenant que le juge l'avait relâché contre une caution dérisoire. C'est totalement insensé. A moins que…

— A quoi penses-tu ?

— Laisse tomber ; j'ai souvent tendance à penser au pire. Viviana et sa fille vont donc rentrer à San Antonio ?

— Tu crois que tout danger est écarté ?

— A priori, mais on ne sait jamais. Hank Bateman pourrait penser qu'il a un compte à régler avec Viviana, et son frère est peut-être dans le même état d'esprit envers toi. Tu connais la chanson.

— Pour tout dire, pas vraiment. Les méchants, dans ma vie, ce sont les taureaux, pas les humains.

— Et c'est mieux ainsi. Laisse la police s'occuper des Bateman.

— Je serais plus tranquille si au moins un des deux était derrière les barreaux. J'ai envie de partir seul à la recherche de Hank.

— C'est une très mauvaise idée.

— Ne ferais-tu pas de même si Viviana était la mère de ta fille ?

— C'est une question délicate… Je suis flic.

— Réponds.

— Tu veux la vérité ?

— Oui.

— Sans hésiter un instant.

— C'est bien ce que je pensais. Je suis ouvert à tout conseil qui me permettrait de l'arrêter, et j'ai pensé que tu es la personne la plus expérimentée du Texas dans ce domaine.

— Laisse-moi la nuit pour y réfléchir. Je te rappelle demain matin.

— J'y compte bien.

— Ne relâche pas ta surveillance pour autant ; les Bateman ont peut-être découvert votre cachette.

— J'aimerais assez que Hank se montre ici, répondit Dakota. Cela m'éviterait de lui courir après.

— Leçon numéro un : Ne dors que d'un œil et avec ton arme chargée à portée de main. Ne sous-estime jamais ton ennemi.

— Bien compris. Que dit la leçon deux ?

— Ne dors que d'un œil et avec ton arme chargée à portée de main. Ne sous-estime jamais ton ennemi.

— O.K. A demain, Wyatt.

Dakota finit son verre et resta là, le regard perdu dans le vague. La nuit était tranquille, et un amoncellement de nuages venus du sud cachait la lune et la voie lactée. Un hululement s'éleva d'un arbre tout proche, un bruissement se fit entendre dans les hautes herbes le long du chemin de terre, un coyote hurla dans la nuit… Rien d'inhabituel ou d'alarmant. Dakota eut tout de même un étrange pressentiment et rentra en refermant soigneusement à clé derrière lui. Il ne dormirait que d'un œil… si toutefois il y parvenait.

Le vent s'était levé, soulevant des tourbillons de poussière qui asséchaient les poumons de Viviana et lui piquaient les yeux. Elle tentait de retrouver le chemin de la maison, mais cette poussière était si épaisse qu'elle l'empêchait de se repérer.

Elle trébucha et tomba à genoux sur le sol, heurtant l'arête aiguë d'un objet. Du sang lui jaillit au visage et inonda le couvercle de l'objet, un coffret de bois, de taille réduite. Un cercueil. Un cercueil d'enfant !

Elle en souleva le couvercle et découvrit Leslie Compton qui la regardait d'un œil accusateur.

Le vent se calma aussitôt, et la poussière retomba au sol sous forme d'une pluie de sang.

La température chuta.

Viviana ouvrit les yeux. Aucune trace de sable, de poussière ou de sang, mais des étoffes blanches, telles des voiles, flottant au plafond. Une odeur de fleurs des champs s'insinua dans la pièce.

Le fantôme était de retour mais, cette fois, Viviana ne s'en effraya pas.

— Je comprends que vous soyez inquiète pour Dakota, Hélène. Je le suis aussi. Je l'aime autant que vous, mais je ne peux atteindre son cœur.

Les étoffes formèrent les traits du visage d'Hélène.

— Le temps file. Le danger approche.

— Qui est en danger ? Dakota ? Briana ? Moi ? Vous devez me prévenir, Hélène. Vous devez m'aider à nous sauver.

— Suivez votre cœur, très chère. Suivez votre intuition.

Une chaleur suffocante envahit tout à coup la chambre ; Viviana repoussa les draps et se leva d'un bond.

Pieds nus, elle traversa le couloir et gagna la porte de la chambre de Dakota devant laquelle elle hésita un instant avant d'entrer.

— Viviana ? s'exclama-t-il en s'asseyant dans son lit. Quelque chose ne va pas ?

— Oui, et il est temps d'y remédier.

Elle déboutonna sa chemise de nuit, la laissa glisser le long de son corps, et resta debout devant lui, nue et offerte pendant quelques secondes.

Puis elle se glissa entre les draps, et Dakota l'accueillit cette fois à bras ouverts.

L'esprit assailli de mille questions, Dakota ne sut d'abord quelle attitude adopter. Viviana les chassa en lui déposant un baiser sur les lèvres.

Alors, il oublia tout ce qui n'était pas son désir pour elle. Il se mit à l'embrasser ardemment, unissant leurs lèvres et leurs corps dans une étreinte passionnée.

Elle réagit à ses attentions avec une totale impudeur, enfouissant les doigts dans ses cheveux et lui rendant ses baisers avec frénésie. Ils s'embrassèrent jusqu'à en perdre le souffle.

Il la voulait sienne sans retenue aucune, mais dut se contraindre à refréner ses ardeurs. Il déposa de petits baisers sur sa bouche, ses paupières, le bout de son nez, puis la fit rouler sur le dos afin d'explorer chaque parcelle de son corps parfait.

Se débarrassant rapidement de son caleçon, il couvrit la gorge de Viviana de petits baisers et descendit jusqu'à ses seins. Elle glissa la main entre leurs corps et, se saisissant de son membre érigé, s'en servit pour caresser sa chaude intimité.

— Tu ne m'aides pas à freiner la cadence, murmura-t-il.

— Alors, laisse-toi aller. Prends-moi comme la dernière fois, comme si tu ne pouvais jamais te rassasier de moi.

— Jamais je ne me rassasierai de toi. Je n'ai pas eu d'autre aventure depuis qu'on s'est connus.

— Moi non plus. On peut donc se passer de protection.

— Et si tu tombais enceinte ?

— Je prends la pilule. Je me suis permis de rêver qu'un jour tu reviendrais avec l'envie que nous vivions tous les trois, ensemble.

Il voulut s'écarter d'elle.

— Je ne peux te promettre que…

Elle le retint et le fit taire d'un baiser.

— Je ne pense pas à l'avenir, ce soir. Je veux juste vivre le moment présent.

— J'ai besoin de toi, concéda-t-il. Plus que tu ne peux l'imaginer.

Submergé par une violente bouffée de désir, Dakota sentit qu'il ne pouvait plus se retenir. Il se souleva légèrement, laissant Viviana le guider en elle, et s'enfonça lentement dans sa chaleur. Son cerveau lui sembla voler en éclats comme il se mettait à la posséder sauvagement, le cœur battant à tout rompre, et Viviana le rejoignit dans un orgasme déchaîné.

Il la tint serrée contre lui tandis que les vagues de leur plaisir refluaient doucement. Alors qu'il pensait qu'elle s'était endormie, elle se remit à onduler imperceptiblement des hanches. Elle l'embrassa sur le torse, puis sur le ventre en jouant avec sa langue dans son nombril.

— Tu te souviens de la nuit où on a ruiné mes draps avec de la crème chantilly et du chocolat ?

— J'en avais jusque dans l'oreille, ajouta Dakota en souriant.

— Et moi dans les cheveux, plaisanta Viviana. J'ai

dû prendre trois douches successives et utiliser presque tout un flacon de shampooing pour m'en débarrasser.

— Oui, je m'en souviens. J'y ai même participé. Ce fut la plus belle douche de ma vie.

Il sentit le désir renaître en lui et se pencha vers Viviana pour l'embrasser.

Une détonation claqua alors dans le silence de la nuit, le ramenant brutalement à la réalité.

16

Dakota sauta du lit et enfila son jean en toute hâte.

— Enferme-toi dans la chambre de Briana ! ordonna-t-il en attrapant son arme.

Il y eut d'autres détonations et un bruit de verre brisé à l'extrémité de la maison. Il s'élança pourtant au-devant du danger sans la moindre hésitation.

Lorsqu'il arriva dans la cuisine, un homme gisait sur le sol, face contre terre, dans une mare de sang. Troy était penché sur lui, cherchant à prendre son pouls. Un pistolet était posé à côté de lui, sur une chaise.

— Deux hommes se sont introduits dans la maison, expliqua Troy. L'autre salopard s'est enfui.

Il avait du sang sur la manche de sa chemise et sur la main.

— Tu es blessé, remarqua Dakota.

— Ce n'est qu'une blessure superficielle.

— Je vais appeler les secours.

— C'est trop tard. Le type est mort.

— Je les appelle pour toi, alors. Remarque, Viviana est médecin. Surveille-les bien pendant qu'elle soignera ton bras.

— Prends le fusil de chasse, proposa Troy. Il est chargé et t'offrira une plus grande précision à distance.

Dakota échangea son arme contre le fusil et s'élança à la poursuite du complice. Il vit un pick-up surgir de derrière les écuries, cahoter sur les irrégularités du terrain et chercher à rejoindre la piste.

Il tira une première fois, sans l'atteindre.

Le 4x4 de Dylan arriva à sa droite au même instant et s'arrêta à sa hauteur.

— Monte !

— Comment es-tu arrivé si vite ?

— J'ai entendu un véhicule approcher et je n'ai pas vu ses phares. J'ai appelé les gardes ; pas de réponse. Alors j'ai décidé de vérifier par moi-même. J'ai entendu un coup de feu et je t'ai aperçu.

Dylan lui avait délivré ces informations aussi vite qu'il conduisait. Peu à peu, il gagnait du terrain sur le pick-up du fugitif.

Dakota baissa sa vitre et sortit le canon de son fusil. Il n'avait jamais tiré depuis un véhicule en marche et s'appliqua à bien viser. La première balle ricocha sur le coffre arrière avec un claquement métallique. Le pick-up bifurqua soudain hors de la route et fila à travers champs.

— Vise les pneus ! cria Dylan.

— C'est ce que je fais !

Dakota enchaîna trois tirs rapprochés. Le dernier atteignit finalement la roue arrière droite.

Le pick-up se mit à zigzaguer sans pour autant ralentir sa course. Dakota rechargea son arme et fit feu de nouveau. Cette fois, il toucha le pneu arrière gauche.

Après une ultime embardée, le conducteur parvint à stopper son véhicule.

— Garde tes munitions, il est à notre merci.

— Et il nous le faut vivant, ajouta Dakota. L'autre est mort.

— Il avait un complice ?

— Celui qui a tiré sur Troy. Ne t'inquiète pas, il n'a qu'une blessure superficielle. Viviana s'occupe de lui.

L'homme s'extirpa de son pick-up et se mit à courir vers une rangée de châtaigniers bordant le champ. Dakota, en s'élançant à sa poursuite, ressentit de nouveau la vive douleur qui lui déchirait la poitrine au moindre mouvement brusque. Il respirait difficilement, par à-coups, mais la nécessité de rattraper l'homme décupla ses forces.

Il lui plongea dans les jambes, le plaquant à la manière des rugbymen et le faisant s'étaler au sol avant qu'il n'atteigne le rideau d'arbres. L'homme roula sur lui-même en brandissant un revolver.

Dylan arriva juste à temps pour le lui faire sauter des mains d'un formidable coup de pied.

La faible clarté de la lune permit à Dakota de voir qu'il ne s'agissait pas de Hank Bateman. Il tordit le bras de l'inconnu dans le dos.

— Parle !

— Lâchez-moi ! J'ai des droits !

— Bien sûr. Que penses-tu de celui-ci ? demanda Dakota en lui enfonçant le canon de son fusil entre les omoplates. Tu as le droit de parler, sinon je te loge une balle en pleine tête.

— Ça devait pas se passer comme ça ! geignit l'homme.

— Ah non ? Et de quelle façon ça devait se passer, alors ?

— On m'a juré que tout le monde dormirait. On devait se faufiler à l'intérieur et enlever le docteur et sa fille.

— Qui t'a engagé ?

— J'ai dit tout ce que je sais. Je dirai aucun nom, je suis pas fou !

Dakota accentua la pression de son arme.

— Qui t'envoie ?

L'homme ne répondit pas. Dylan lui colla le canon de son arme contre la tempe.

— Laisse-moi m'occuper de celui-là, dit-il.

— Avec plaisir. Fais-lui sauter la cervelle, lança Dakota en faisant mine de retourner au 4x4 en laissant l'inconnu aux prises avec Dylan.

— D'accord, d'accord, balbutia l'homme. C'est Hank Bateman qui m'a engagé.

— Tu es un de ses amis ?

— Hank n'a pas d'amis.

— Comment le connais-tu ?

— J'ai une dette envers lui.

— Pour de la drogue ?

— Allez donc lui demander.

— Je n'attends que ça. Où je peux le trouver ?

— Vous l'auriez trouvé si vous m'aviez pas poursuivi. Il a certainement dû régler ses affaires et doit être loin, maintenant.

Bon sang ! Hank était dans le coin, et il avait manqué sa chance de l'épingler, songea Dakota avec colère. Au lieu d'être sur le qui-vive, il était au lit, dans les bras de Viviana.

« Ne sous-estime jamais ton ennemi. »

Il avait oublié ce premier commandement de la survie !

Les gardes n'avaient pas répondu aux appels de Dylan ; ils ne s'étaient pas montrés au premier coup de feu.

Peut-être Hank s'était-il occupé d'eux.

Dylan sortit son portable et composa un numéro.

— Qui appelles-tu ? demanda Dakota.

— Mon beau-père. Je pense que nous avons besoin d'un bon coup de main de la part de la police locale.

— Je suis de ton avis.

L'appel de Dylan ne dura pas plus d'une minute.

— McGuire et trois de ses adjoints sont déjà en route pour le ranch, annonça-t-il.

— Où était-il ? Il attendait ton coup de fil, prêt à intervenir ?

— Colette l'a appelé dès que j'ai quitté la maison. Il faisait sa ronde dans les parages avec une nouvelle recrue. Il en a rameuté deux de plus qui se trouvaient sur une scène de cambriolage, à Hutchens Road.

La cavalerie débarquait… après la bataille.

Ces renforts n'étaient pas expérimentés mais pourraient cependant s'avérer utiles. Hank pouvait se trouver n'importe où sur le ranch, en train de préparer son prochain assaut.

Mais pourquoi déployer tant d'énergie et prendre tant de risques pour faire taire le témoin d'un procès qui n'aura pas lieu ? se demanda Dakota.

Quelles que soient ses motivations, Hank Bateman devait être coûte que coûte maîtrisé.

Dakota le visualisait tel un taureau qu'il devait terrasser. La moindre erreur de sa part pouvait coûter la vie à Viviana.

Un parfum de café chaud s'échappait de la cafetière que venaient frapper les tout premiers rayons du soleil levant. Dakota était attablé dans la cuisine quand il reçut un appel de Wyatt.

— Dylan vient de me téléphoner. Il dit que papa a

reçu une balle, hier soir. On est revenus à l'époque du Far West ?

— Il y a un mort dans le tableau. Les choses ont empiré à vitesse grand V, depuis notre conversation.

— Je pensais avoir compté trois morts, suite au compte rendu de Dylan.

— Le garde qui a reçu le coup de couteau dans le ventre est à l'hôpital, mais va s'en sortir. Celui dont on a tranché la gorge est mort sur place. Et le type sur lequel papa a tiré s'est vidé de son sang.

— Sale façon de mourir.

— Pas plus que de se faire trancher la gorge, rétorqua Dakota.

— Comment va papa ?

— On a dû lui faire une douzaine de points de suture sur le bras, ce qui ajoutera une nouvelle cicatrice à sa collection, mais il va bien. Il veut rentrer à la maison.

— Ça se comprend ; il a un médecin à domicile.

— Un médecin au bout du rouleau. Viviana se sent responsable de ce qui s'est passé et s'en veut d'être venue se réfugier au ranch.

— Si elle n'était pas venue, elle serait morte à l'heure qu'il est.

— Ça ne fait aucun doute. Je suis malade à l'idée de ce que Hank aurait fait d'elle et de Briana si son complice était parvenu à les enlever.

— Heureusement, papa se trouvait dans la cuisine quand ils ont tenté de pénétrer dans la maison. Du moins, c'est ce qu'on m'a dit.

— C'est ainsi que papa raconte les faits, confirma Dakota. Il s'est réveillé en entendant du bruit. Il a pensé que l'un de nous était entré dans sa chambre mais, quand il a allumé, il a vu que la pièce était vide. Il est allé dans la cuisine pour boire un verre d'eau et a aperçu une ombre.

— Il paraît qu'il lui a tiré dessus avec son fusil ?

— Oui. En voyant cette ombre, il est allé prendre son fusil dans l'armurerie et est venu se poster pour attendre le type. Il n'a vu son complice que lorsque ce dernier s'est enfui.

— C'est le type que Dylan et toi avez rattrapé ?

— Exactement. Il a avoué que Hank était derrière tout ça. As-tu des informations quant à sa cachette ?

— J'ai fait des recherches. J'espère que tu ne prévois pas d'affronter les deux frères en même temps, Dakota.

— Je n'ai pas vraiment le choix.

— Si. Fais-moi plaisir ; prends un peu de recul. Les choses rentreront dans l'ordre d'elles-mêmes.

— Qu'est-ce qui te fait penser ça ?

— Je ne devrais pas te le dire, alors garde-le pour toi. Les deux Bateman font l'objet d'une enquête fédérale ; leur arrestation ne devrait plus tarder.

— Tout comme elle pourrait ne pas avoir lieu, s'ils venaient à prendre la tangente.

— Tu as raison. Je te livre, là, le meilleur scénario.

— Dis-moi, reprit Dakota. Comment le cas de Leslie Compton est-il devenu une affaire fédérale ?

— A la base, ils enquêtaient déjà sur les deux frères pour d'autres raisons. Les Bateman vont se retrouver prochainement hors circuit, nettoyés pour de bon, et je ne pense pas que tu aies envie de faire partie de la grande lessive.

— Je ne veux pas non plus que Viviana et Briana en fassent partie.

— Alors, tâche de la persuader de rester au ranch quelques jours de plus.

— Tu ne m'as pas dit pourquoi les fédéraux étaient après eux.

— Je n'ai pas le droit de divulguer ces informations. Je t'en ai déjà dit plus que je suis autorisé à le faire. Ils sont dans le pétrin jusqu'au cou, crois-moi. Viviana n'est qu'un détail à leurs yeux, et tout prendra fin avec leur arrestation. Alors, sois patient.

— Merci du conseil.

— Ça veut dire que tu vas le suivre ?

— Je vais y réfléchir.

— Ne te fourre pas dans une situation qui me forcerait à débarquer au ranch, Dakota.

— Pourquoi pas ? La bande serait au complet.

— La terrible vengeance des fils de Troy Ledger, plaisanta Wyatt.

— On dirait le titre d'un film.

— Tâchons de le conclure par un happy end.

— Je n'imagine pas d'autre fin.

Viviana plaça la pile de ses sous-vêtements dans sa valise. Briana s'approcha en rampant et se mit à les éparpiller sur le lit.

— Je sais que tu ne veux pas quitter le ranch, petite chérie, mais nous n'avons pas le choix. Maman a des soucis, beaucoup de soucis.

— Ma-ma, ma-ma.

— Ça y est ! Tu l'as dit ! Juste le jour où j'en avais le plus besoin !

Viviana la prit dans ses bras et se mit à la câliner.

Dakota apparut dans l'encadrement de la porte.

— J'ai bien entendu crier, ici ?

— Briana vient de dire « maman » pour la première fois ! Vas-y, chérie, redis-le : *Mama. Mama.*

— Ba, ga, pou.

— Enfin, elle l'a prononcé deux fois, ce qui veut dire que ce n'était pas par accident, dit-elle pour se rassurer.

— Je te crois, répondit Dakota en entrant dans la chambre. Pourquoi fais-tu ta valise ? Tu t'en vas ?

— Il faut que je m'éloigne d'ici.

— Où vas-tu ?

— En Californie.

— Ce n'est pas seulement un autre Etat, c'est un autre monde par rapport au Texas, commenta-t-il.

— J'apprécie tout ce que tu as fait pour nous, Dakota, mais je ne peux pas continuer à vivre dans le danger permanent, pas plus que je n'ai le droit de l'imposer à ta famille.

— C'était ton idée de venir ici.

— C'est exact, et ce n'était prévu que pour une semaine au maximum. Maintenant, cette histoire ressemble à un cauchemar sans fin.

— Quand avais-tu prévu de m'informer de ta décision ?

— Après avoir fait mes bagages. Une voiture passe me prendre à 11 heures, et j'ai un vol direct d'Austin à Los Angeles à 14 h 30.

— Tu sais où habiter à Los Angeles ?

— Une amie de l'école de médecine vit là-bas. Elle m'a dit que l'hôpital recherchait des médecins urgentistes et que je n'aurai pas de mal à obtenir un emploi. Nous pouvons loger chez elle en attendant que je trouve un appartement.

— Je ne peux pas te blâmer de ne plus vouloir de moi

comme garde du corps. J'ai lamentablement échoué, je le reconnais, mais ne penses-tu pas que plaquer ton travail est un peu exagéré ?

— Tu n'as pas échoué ; Briana et moi sommes sauves. C'est juste qu'assurer notre protection est devenu trop compliqué et surtout dangereux pour ta famille.

— Aucun d'eux ne souhaite te voir partir.

— Ils devraient, pourtant. Deux hommes sont déjà morts, et un autre n'est pas sûr de s'en sortir. Ton père est à l'hôpital. Imagine que Hank ait tranché la gorge de Dylan ou de Colette ! Tu penses que je pourrais vivre en paix avec moi-même avec ça sur la conscience ?

Il lui prit la main.

— Ecoute, Viviana, j'admets que notre plan n'a pas fonctionné, mais nous en établirons un autre.

— Tes taureaux t'attendent.

— Trois jours. Donne-moi trois jours de plus pour me permettre d'échafauder une nouvelle stratégie. Si je n'y parviens pas d'ici là, eh bien, il sera toujours temps d'aller à Los Angeles, argumenta-t-il en se penchant pour l'embrasser tendrement.

Briana en profita pour lui attraper le nez, ce qui rendit l'opération difficile et grotesque. Il se sentit néanmoins transporté au contact de ce baiser.

Le portable de Viviana se mit à sonner.

— C'est Shelby Lucas, dit-elle en consultant l'écran.

— Je m'occupe de Briana pendant que tu lui parles. Mets le haut-parleur pour que j'entende ce qu'elle raconte.

Briana ne l'entendait pas ainsi ; elle serra de toutes ses forces ses petits bras autour du cou de sa mère quand cette dernière voulut la transférer dans les bras de Dakota. Il parvint néanmoins à la charmer rapidement, et elle vint à lui avec un sourire.

Viviana s'assit sur le lit et activa le haut-parleur de son portable.

— Allô ?

— Bonjour. C'est Shelby Lucas. Nous nous sommes vues au restaurant.

— Oui, je me souviens très bien. Vous êtes la petite amie de Hank Bateman.

— J'étais sa petite amie.

— Vous avez rompu depuis notre conversation ?

— Il m'a larguée pour cette traînée de Karen Compton.

— La mère de Leslie ?

— Oui. J'ai découvert qu'il continuait à la voir en cachette depuis sa sortie de prison.

Karen ne pouvait pas être retournée auprès de l'homme qui avait tué son enfant ! se dit Viviana. Néanmoins, dans le monde dépravé dans lequel évoluait Hank Bateman, tout était possible ; rien n'aurait dû la surprendre.

— Pourquoi m'appelez-vous, Shelby ?

— J'ai surpris une conversation entre les deux frères. Hank veut vous tuer, vous et votre enfant. Trop de gens sont morts, déjà. Je voulais vous prévenir.

— Pour quelle raison voudrait-il me tuer ?

— Pour se venger, parce que vous avez prévenu la police et affirmé qu'il avait assassiné Leslie Compton.

— Je n'ai fait que relater les causes du décès. C'est la police qui a fait le lien avec Hank, argumenta Viviana.

— Peu importe. J'ai pensé que vous aimeriez savoir où il se cache.

Dakota s'approcha de Viviana en lui indiquant par

gestes ses instructions : la mettre en confiance et la faire parler.

— Je vous écoute.

— Il est dans une maison abandonnée dans les bois, près de la rivière. Je ne peux pas vous expliquer exactement comment vous y rendre, mais je peux vous y conduire. Vous devriez amener votre cow-boy avec vous. Il n'a peur de rien, pas même de Georges. C'est un bon tireur, en plus.

— Pourquoi ne donnez-vous pas cette information à la police ?

— Je ne balance pas aux flics. Si je vous montre la cachette de Hank, vous devrez me promettre de ne pas avertir la police.

— Vous avez des problèmes avec la police ?

— C'est plutôt elle qui a des problèmes avec moi.

— Vous avez peur d'être arrêtée ?

— Oui. Pour vol et usage de chèques, et aussi vol à la tire. Des trucs comme ça. Rien de bien méchant. Si je vous préviens, c'est parce que je veux vous aider, docteur Mancini. Mais c'est aussi parce que j'ai un besoin urgent d'argent.

— Vous vous attendez à recevoir de l'argent en échange de l'information concernant la cachette de Hank ?

— Mille dollars en coupures de vingt. Ça me permettra de rentrer chez moi, dans le Mississippi. Je veux que vous veniez avec votre cow-boy, même si vous ne nous accompagnez pas pour le coincer. Il faut que je sois sûre de votre implication. Je vous fais confiance pour ne pas prévenir la police.

Dakota approuva d'un signe de tête, bien que la proposition de la jeune femme sente le piège à plein nez.

— On peut se retrouver au même restaurant que la dernière fois, proposa Shelby. Vous pouvez y être pour 15 heures ?

— Je n'ai pas encore donné mon accord.

— Très bien. Mais, si vous voulez mettre la main sur Hank avant qu'il ne vous tue, venez avec l'argent à 15 heures. Je serai garée devant l'entrée. Vous n'aurez pas à entrer dans le restaurant, ce sera plus discret. Si vous ne venez pas, tant pis. Je quitterai la ville avec ou sans argent. Je ne peux plus supporter la présence des Bateman.

Shelby raccrocha avant que Viviana ait pu lui faire part de sa décision.

— Je serai là, dit Dakota comme si Shelby pouvait l'entendre.

— Je n'ai pas confiance, déclara Viviana. C'est soit un piège, soit une façon de nous extorquer de l'argent.

— Ce n'est peut-être pas un piège. Je ne vais pas t'apprendre ce dont une femme trompée est capable.

— Elle se contenterait d'un millier de dollars pour assouvir sa vengeance ?

— Je m'assurerai qu'elle ne me fait pas de coup tordu, mais j'ai quelques détails à régler au préalable. Je vais demander au shérif de venir avec ses adjoints veiller sur toi et Briana. Il est prêt à nous aider.

— Pas si vite, répliqua Viviana. Si tu es décidé à rencontrer Shelby, je t'accompagne. Colette, Dylan et le shérif peuvent très bien surveiller Briana.

— Non. Tu as dit toi-même que ça pouvait être un piège.

— Je suis la seule en qui Shelby ait confiance, Dakota.

Je vais demander à Colette de s'occuper de Briana en notre absence.

— Tu ne viens pas avec moi, Viviana. Un point c'est tout.

— C'est soit le rendez-vous avec Shelby, soit le vol pour Los Angeles. C'est toi qui vois.

— On ne t'a jamais dit que tu étais une vraie tête de mule ?

— De nombreuses fois, et merci du compliment.

Il l'embrassa. Avec tendresse, doucement, et de façon plus suggestive que jamais.

— Sois prête pour 13 heures.

Il lui tendit sa fille et sortit de la chambre sans lui adresser un regard.

Une quinzaine de minutes avant d'arriver au restaurant, Dakota passa un dernier coup de fil à l'inspecteur Gordon Miles afin de s'assurer que tout était en place.

— Tout est prêt, lui confirma Miles. Je suis garé de l'autre côté de la rue dans une voiture banalisée. Vous ne me remarquerez pas, mais je vous file de près.

— Et en ce qui concerne la protection de Viviana ?

— Le sergent Blake ne la perdra pas de vue. Il se tient prêt, habillé en civil, dans un autre véhicule banalisé, juste en face du restaurant.

— Comment Viviana le reconnaîtra-t-elle ?

— Il conduit une Ford Escort bleu marine, et porte un jean et un polo bleu clair. Il viendra se garer devant l'entrée, descendra de son véhicule et placera une sacoche noire sur le siège arrière. Ce sera le signal attestant que la situation est sous contrôle. Ensuite, ils iront chez Viviana et attendront que vous veniez la chercher.

— Vous devriez avoir, entre-temps, arrêté Hank, avança Dakota.

— Si tout marche comme prévu.

Dakota s'arrêta à un feu rouge ; le restaurant était en vue.

— Avez-vous des nouvelles de Harry Cortez ?

— Oui, de bonnes nouvelles. Il est sorti du coma et a prononcé aujourd'hui ses premières paroles.

— Sait-il qui lui a tiré dessus ?

— Oui. Devinez ?

— Hank Bateman, répondit Dakota sans hésiter.

— Bravo. J'espère pouvoir lui rendre visite ce soir à l'hôpital pour lui apprendre que Bateman est sous les verrous, et pour de bon, cette fois. Il serait encore plus heureux d'apprendre que nous l'avons abattu en état de légitime défense.

Le feu passant au vert, Dakota engagea son véhicule dans l'avenue.

— On ne connaît toujours pas l'identité du cadavre carbonisé dans la voiture de Viviana ?

— Si. Il se nomme Ronnie Pellor, expliqua Gordon. C'était un indicateur de la brigade des stups, tout comme Kevin Lucas. Ils ont certainement été démasqués et exécutés.

Voilà pourquoi Cortez prétendait ne pas connaître Kevin ni sa sœur quand Viviana lui avait appris qu'avant de mourir il avait murmuré « shel… ».

Dakota, pour sa part, découvrait le véritable rôle que le jeune homme avait tenu dans cette affaire.

— J'entre dans le parking du restaurant, annonça-t-il.

— Je vous vois.

— Shelby est garée juste devant l'entrée, comme elle l'avait promis.

— Dans la Jeep rouge ?

— C'est ça.

— Je me doutais que c'était elle.

— J'ai l'impression qu'elle a de nouveaux hématomes sur le visage, reprit Dakota, bien que ce soit difficile d'en être sûr, vu la distance qui nous sépare.

— Elle a menacé Georges Bateman avec un revolver, l'autre jour, déclara Miles Gordon. Il n'allait certainement pas lui offrir un bouquet de roses en guise de remerciements. A présent, n'oubliez pas : assurez-vous qu'il n'y a personne sur la banquette arrière ni dans le coffre avant de monter dans son véhicule et de lui donner l'argent. Gardez votre arme à portée de main, juste au cas où.

— Bien compris. Rendez-vous à la petite maison dans la prairie, plaisanta Dakota.

— Espérons que nous y trouverons Hank !

Shelby roulait à tombeau ouvert, à plus de vingt kilomètres à l'heure au-dessus de la vitesse autorisée, coupant les lignes blanches et manquant même une fois de percuter un semi-remorque venant en sens inverse. Elle changeait de station de radio dès qu'une chanson se terminait jusqu'à fixer son choix sur une station de rock métal, au grand dam de Dakota.

— Vous êtes bien tendue, fit-il remarquer en se calant sur son siège.

Ses doutes quant à l'éventualité d'un traquenard ne faisaient que se confirmer au fil des minutes.

— Vous ne seriez pas nerveux, vous, si vous étiez en train de traquer Hank Bateman ?

— Probablement. C'est lui qui a fait ces marques sur votre visage ?

— Vous reconnaissez sa touche artistique ?

— Je m'en suis douté, répondit-il en jetant un regard par sa vitre. Comment avez-vous découvert la cache de Hank ? reprit-il aussitôt.

— Ça ne regarde que moi.

Mouais. Dakota ne doutait pas qu'on le menait directement dans un piège mais, cette fois, il avait pris ses précautions et ne se laisserait pas surprendre par les frères Bateman. Tout bien pesé, il espérait secrètement qu'ils commettraient une erreur. Il pourrait alors agir en état de légitime défense.

Une vingtaine de minutes après avoir quitté le parking du restaurant, Shelby stoppa sur une route déserte, à la lisière d'un petit bois. Aucune trace de l'inspecteur Miles dans les environs.

Dakota devint nerveux.

— Je ne vois aucune maison.

— On a pris par-derrière. Vous ne pouvez pas la voir d'ici, mais elle est à dix minutes de marche à travers le bois. Restez à gauche des arbres. Vous ne pouvez pas la manquer.

— Il était question que vous m'accompagniez.

— Non. Je reste dans la voiture. Dès que je vous vois revenir, je démarre le moteur et on file à toute vitesse.

Dakota chercha du regard un indice attestant de la présence de Gordon Miles. Il aurait déjà dû être là.

— Vous y allez ou quoi ? demanda Shelby avec impatience.

— Je réfléchis…

Il baissa sa vitre. L'air était chaud et humide. Une

bande de corbeaux se mit à croasser depuis les branches d'un vieux chêne tarabiscoté. Comme pour apporter une touche de poésie à cette ambiance lugubre, un papillon multicolore voltigea un instant devant le pare-brise avant de disparaître comme il était venu.

Un bruit de moteur ressemblant à celui d'une moto qui approchait se fit alors entendre. La main sur la crosse de son arme, Dakota descendit de voiture.

Malgré sa détermination, il se sentait soudain incertain. Son instinct, qu'il avait l'habitude de suivre, semblait tout à coup lui faire défaut.

— Salut, Ledger !

Georges Bateman, qui venait d'apparaître entre les arbres, sortit à découvert, le tenant en joue.

— Tu ne peux plus te passer de moi, on dirait.

Avant que Dakota puisse répondre, une détonation claqua, provoquant l'envol de la bande de corbeaux. Bateman laissa tomber son arme, et fut aussitôt assailli et maîtrisé par une dizaine d'hommes de la brigade spéciale d'intervention, surgis d'on ne savait où.

Une minute plus tard, une voiture arriva à toute allure et s'arrêta dans un crissement de pneus. L'inspecteur Miles en descendit.

— Beau travail, Ledger.

— Merci. A présent, quelqu'un pourrait-il m'expliquer ce qui se passe ici ?

Entre-temps, Shelby, affolée, avait remis le contact et s'éloignait dans un rugissement de moteur.

— Laissez-la partir ! cria Miles à ses hommes. Ce n'est que du menu fretin. On la retrouvera sans mal quand on voudra.

Deux hélicoptères atterrirent à proximité de l'orée

du bois tandis que Miles et Dakota échangeaient une poignée de main virile.

— Il s'agit d'une opération que préparent les fédéraux depuis des mois, expliqua Miles en faisant de grands signes aux passagers de l'hélicoptère. Ils sont parvenus à prouver la participation des Bateman à une bonne douzaine de meurtres au cours des deux dernières années. C'est la raison pour laquelle le juge a relâché Hank sous caution à quelques jours du procès. Il manquait à la justice des éléments pour le coincer pour de bon.

— Et Georges ?

— C'est un exécutant. Il fait ce qu'on lui dit, mais il n'est pas aussi impliqué que son frère. Jusqu'à son arrestation pour le meurtre de Leslie Compton, Hank évoluait dans l'un des cartels de drogue les plus puissants du pays.

— Et il a tout fichu en l'air en tuant l'enfant de sa copine ? Ce n'est pas très malin.

— Il était sûr de ne pas aller en prison.

— Parce que son frère et lui se seraient fait un plaisir d'intimider les témoins…, conclut Dakota. Mais je ne vois pas en quoi ma présence vous était nécessaire.

— Les fédéraux recherchaient activement Hank depuis deux jours. Chaque fois qu'ils pensaient le tenir, il leur échappait. Vous avez proposé votre collaboration ; les fédéraux ont décidé de vous inclure dans l'opération.

— Personne dans la maison ! cria un jeune sergent en sortant du petit bois. Pas de trace de Hank.

Gordon Miles égrena un long chapelet d'injures.

— Il nous a encore filé entre les doigts ! s'exclama-t-il en se dirigeant vers ses hommes.

Dakota s'adossa à la voiture de Miles. Tout ça pour manquer Hank Bateman ! Où pouvait-il bien se cacher ?

Une sourde appréhension l'envahit brusquement ; il tira son portable de sa poche et appela Viviana.

Pas de réponse.

Il fit une nouvelle tentative, laissant sonner jusqu'au déclenchement de sa messagerie.

Ce n'était pas dans ses habitudes de ne pas décrocher, surtout lorsqu'elle le savait en danger.

Il parcourut l'endroit des yeux, à la recherche de l'inspecteur, mais Miles était hors de vue.

Bon sang ! Il n'y avait pas de temps à perdre !

Sans hésiter, Dakota ouvrit la portière du véhicule banalisé. Les clés étaient sur le contact. Il n'en attendait pas moins.

Viviana servit une tasse de café au sergent Blake.

— Vous pouvez allumer la télé si vous le souhaitez, proposa-t-elle. Ou vous pouvez aussi aller la regarder dans le salon.

— Je vous remercie, mais je préfère rester concentré sur mon travail.

— Dois-je rester avec vous ou puis-je monter dans ma chambre ?

— Vous êtes chez vous. J'ai inspecté chaque pièce, chaque placard. J'ai fait le tour de la maison. Vous ne craignez rien.

— Dans ce cas, je vais aller m'allonger un peu en attendant Dakota. J'ai très mal dormi cette nuit.

— Faites comme bon vous semble. Je suis là, dans la cuisine, au cas vous auriez besoin de moi.

— N'hésitez pas à vous resservir du café.

— Merci, madame.

Trop énervée pour se reposer, Viviana tournait et se retournait sur son lit. Bien que Dakota et l'inspecteur Miles lui aient assuré que tout se passerait bien, elle se sentait mal à l'aise. Surtout après les événements de la veille.

En l'espace de quelques minutes, deux hommes avaient perdu la vie et Troy avait été blessé.

Il fallait que tout cela finisse au plus vite ; elle n'en pouvait plus.

Consciente qu'elle ne parviendrait pas à se détendre, elle se leva en soupirant et alla dans la salle de bains s'humecter le visage. Quand elle ferma le robinet, elle entendit un bruit étrange, comme si le sergent Blake avait laissé tomber quelque chose. Sur la pointe des pieds, elle se dirigea vers l'escalier et tenta de voir ce qui se passait au rez-de-chaussée.

— Tout va bien ?

Un silence de mort régnait dans la maison.

— Sergent Blake ?

L'écho de sa voix lui revint, décuplant son inquiétude. Il fallait qu'elle se calme. Le policier était certainement aux toilettes.

Elle descendit lentement l'escalier, et s'arrêta un instant sur la dernière marche.

— Sergent Blake ? Vous êtes dans la cuisine ?

Elle entendit, cette fois, comme des murmures.

La télévision. Il devait s'être ravisé et l'avoir allumée, le volume réglé très bas afin de ne pas la déranger. Elle traversa le hall et entra dans la cuisine.

Le sergent était là où elle l'avait laissé, bien assis sur sa chaise.

Mais il avait les mains liées dans le dos et les yeux

révulsés, comme s'il était drogué… ou mort. Un couteau à la lame ensanglantée était posé devant lui sur la table, et son avant-bras portait une large entaille. Du sang maculait son uniforme.

17

Littéralement paralysée par la peur, Viviana sentit son cœur s'emballer. Hank Bateman était entré dans la maison ! Il se trouvait là, non loin d'elle, et il n'était pas seul. Elle avait perçu deux voix distinctes, masculine et féminine. Et ils avaient dû l'entendre lorsqu'elle avait appelé le policier.

Il s'était caché, jouant perversement au chat et à la souris, se réjouissant certainement de sa terreur lorsqu'elle avait découvert le sergent Blake inanimé dans la cuisine.

Elle vérifia son pouls ; il était faible mais, Dieu merci, le policier vivait encore. Sur la pointe de pieds, elle alla prendre un grand couteau près de l'évier.

— Je sais que vous êtes là, Hank ! Je sais que vous m'observez.

Aucune réponse.

Le couteau bien en main, elle se dirigea prudemment vers la porte de la cuisine donnant sur l'extérieur. Si elle parvenait à sortir de la maison, elle pourrait s'enfuir et chercher de l'aide.

Alors qu'elle posait la main sur la poignée, elle sentit un objet pointu lui piquer la nuque.

— Il est trop tôt pour nous quitter, docteur Mancini. La fête ne fait que commencer.

Il avait soudain jailli dans son dos, sans un bruit, ce qui laissait penser qu'il se cachait dans la buanderie. Mais depuis combien de temps ? Elle était absolument sûre que le sergent Blake avait inspecté cette pièce à leur arrivée.

Hank lui saisit le poignet.

— Il vaut mieux que je récupère ce couteau avant que vous ne vous blessiez, ce qui gâcherait mon plaisir.

Viviana projeta son bras armé en arrière, espérant lui donner un violent coup de coude. En gagnant du temps, ainsi qu'elle l'avait fait avec son agresseur sur le parking de l'hôpital, elle avait une chance de s'en tirer.

Mais Hank était trop fort pour elle. Il ne lâcha pas prise et lui tordit le bras jusqu'à ce qu'elle laisse tomber le couteau avec un cri de douleur.

— Comment êtes-vous entré ? demanda-t-elle entre ses dents.

Il s'amusait à promener l'extrémité de sa lame le long de son cou, lui marquant la peau d'égratignures où perlaient des gouttelettes de sang.

— Forcer une serrure n'a rien de compliqué quand on sait s'y prendre. Mais, cette fois, je suis passé par le vasistas de la cuisine, expliqua-t-il.

— Je ne vous crois pas. Le sergent Blake vous aurait vu.

— C'est pourquoi je suis venu tôt. Sachant que Shelby ne vous retrouverait que vers 15 heures, j'avais tout le temps de préparer mon coup.

Il lui livrait son plan tranquillement, sûr de lui. Elle en déduisit que Dakota s'était certainement jeté dans un piège et eut un haut-le-cœur.

— C'est vous qui avez entraîné Shelby, n'est-ce pas ?

— Eh oui. Il est presque trop facile de manipuler cette gamine apeurée.

— Elle est amoureuse de vous.

— Elle est enceinte de mon frère. Ils font une belle paire, tous les deux ! s'esclaffa-t-il.

Puis il redevint sérieux et poursuivit :

— Karen, viens ici. Le docteur a besoin qu'on l'aide à se déshabiller avant de passer sur la table d'opération.

— Si vous posez les mains sur moi, Dakota Ledger et ses frères ne vous le pardonneront jamais. Ils vous arracheront le cœur, Hank.

— A condition qu'ils me retrouvent, répliqua-t-il en l'entraînant vers la table.

Karen fit alors son entrée.

— Enlève-lui sa robe que je puisse admirer le spectacle, reprit-il. Je déciderai ensuite par où commencer.

Il recula d'un pas, relâchant enfin son étreinte. Mais il était encore trop près pour qu'elle puisse tenter quoi que ce soit.

« Réfléchis ! s'admonesta-t-elle. Tu dois trouver une solution, vite ! »

Les mains tremblantes, Karen défit le premier bouton de la robe de Viviana en la regardant droit dans les yeux. Hank prétendait que Shelby était facilement influençable ; peut-être Karen l'était-elle aussi.

Viviana se pencha légèrement pour lui murmurer discrètement à l'oreille :

— Comment pouvez-vous rester avec l'homme qui a tué votre enfant ?

Karen, dont le tremblement s'accentua, eut du mal à ôter le deuxième bouton.

— Votre petite fille est morte, poursuivit Viviana. Elle vous a quittée à jamais. Hank en est le seul responsable.

Brusquement, Karen recula, abandonnant sa tâche.

— Assez ! Fais-la taire, Hank !

— On ne parle plus de cette enfant, toubib, sinon je passe directement aux réjouissances.

— Espèce de tueur d'enfant ! marmonna Viviana.

— Hank n'a pas tué mon bébé ! s'exclama alors Karen. C'est faux. Cessez de raconter des mensonges ! C'est moi qui l'ai tuée — moi, sa propre mère ! Elle n'arrêtait pas de pleurer, pleurer, pleurer… Tout le temps. Le jour, la nuit. Elle pleurait. Maintenant, elle ne pleure plus.

Tremblant de tous ses membres, elle se laissa tomber sur le carrelage de la cuisine et éclata en sanglots.

Hank lui donna un coup de pied dans le ventre.

— J'aurais dû te laisser aller en taule pour avoir tué cette gosse ! Comme ça, je ne serais pas obligé de supporter continuellement tes jérémiades.

De la lame de son couteau, il trancha un à un les boutons de la robe de Viviana qui s'ouvrit, découvrant son corps. Puis, d'un geste habile, il coupa les bretelles de son soutien-gorge.

— Vous vous sentez un homme, là ?

— Je suis un homme. Ferme-la !

— Pourquoi devrais-je vous obéir alors que vous comptez me tuer ? Vous êtes un monstre, Bateman, une bête féroce ! Comment peut-on être si cruel ? Si vil ?

Il se mit à titiller le bout de ses seins avec la lame.

— Je vais te le dire, chérie… Il suffit d'avoir un père alcoolique qui te bat chaque soir en rentrant complètement soûl à la maison. Et, si tu commets l'erreur de crier, il cogne plus fort encore. Si tu pleures, il te brûle avec sa cigarette jusqu'à ce que la douleur devienne intolérable.

Profitant qu'il s'expliquait, Viviana recula lentement le long de la table, approchant du couteau ensanglanté qu'il avait utilisé contre le sergent Blake. Elle s'en saisit vivement et le lança dans la direction de Bateman. La lame se ficha dans sa poitrine et il fit quelques pas en arrière en titubant.

Viviana le contourna et s'élança vers la porte, mais il la saisit au passage, le couteau toujours planté dans son torse.

— Ne la tue pas ! supplia Karen. Elle a tout fait pour sauver notre enfant.

— Tu dis encore un mot, et je te tue, toi aussi !

Il frappa Viviana qui s'effondra au sol puis, s'agenouillant près d'elle, il la maintint clouée par terre tandis qu'il arrachait le couteau de sa poitrine et le posait sur sa gorge.

Une seule entaille dans la carotide, et elle se viderait de son sang.

Non ! Elle ne voulait pas mourir ! Elle voulait vivre. Pour avoir la joie d'élever Briana. Pour connaître enfin l'amour dans les bras de Dakota.

Elle ferma les yeux, ses pensées dirigées vers son enfant et l'homme qu'elle aimait, et attendit le coup fatal.

18

« Réponds, Viviana ! Je t'en prie, réponds et dis-moi que tout va bien ! Dis-moi que tu es tranquillement installée dans ta cuisine, un soda à la main, et en train de raconter au sergent Blake des anecdotes du service des urgences ! » priait intérieurement Dakota.

Comme les autres fois, il tomba sur sa messagerie. Il ne prit pas la peine de lui laisser un message.

Alors qu'il pensait maîtriser la situation, il avait commis une grave erreur en sous-estimant l'ennemi.

Pour ne pas risquer d'attirer l'attention, il se gara à une certaine distance de la maison de Viviana. Puis, veillant à ne pas se faire remarquer, il coupa par le jardin des voisins et s'approcha en se dissimulant derrière les buissons. Il fallait la jouer fine ; pas question de se jeter dans la bagarre à l'aveugle au risque de recevoir une balle sans avoir pu sauver Viviana.

Il se posta d'abord devant la baie vitrée du salon en se dissimulant derrière le tronc d'un arbre. Personne dans le salon. Se glissant furtivement d'un abri à l'autre, il gagna l'arrière de la maison et jeta un coup d'œil par la fenêtre de la cuisine.

La première chose qu'il vit fut le policier assis sur sa chaise, baignant dans son sang, la tête renversée.

Son cœur fit un bond lorsqu'il aperçut Viviana. Elle était au sol, les yeux clos, et Hank Bateman lui appliquait un couteau sur la gorge.

A cet instant, comme averti de sa présence, Bateman leva la tête. En le voyant, il partit d'un rire démoniaque. Dakota sentit son sang se glacer dans ses veines, et une envie de meurtre lui fit voir rouge. Il ne pouvait cependant lui laisser libre cours ; la vie de Viviana était en jeu.

— Je suis heureux que tu arrives au bon moment pour la regarder mourir, Ledger. Tu fais le moindre mouvement, et je la tue.

Karen, qui jusque-là était restée recroquevillée dans son coin, se leva et alla vers Bateman, un couteau plaqué contre sa propre gorge.

— Je mourrai avec vous, Viviana. J'ai tué mon enfant, je ne mérite pas de vivre.

Comme Bateman se relevait pour lui prendre le couteau des mains, Viviana en profita pour lui échapper.

Dakota entra alors en action. Il arracha la moustiquaire d'un geste brusque et poussa la fenêtre entrouverte du canon de son arme.

Son regard croisa celui de Bateman une fraction de seconde avant qu'il n'appuie sur la détente.

Une balle entre les deux yeux, Hank tomba à la renverse, mort avant même de toucher terre.

Le cœur battant à tout rompre, Dakota enjamba la fenêtre et se précipita vers Viviana.

La prenant dans ses bras, il la serra fort contre lui.

— Jamais je n'aurais dû te laisser, dit-il. Ni laisser quelqu'un d'autre que moi veiller sur toi.

— Tu es là, maintenant, Dakota. Tu es là, et tu n'as jamais été aussi beau à mes yeux, murmura-t-elle.

— Ensuite ? demanda Colette.

Viviana but une gorgée de son soda. La famille était réunie autour du couple qu'elle formait avec Dakota.

— L'inspecteur Miles est arrivé sur les lieux. En voyant Dakota filer avec sa voiture, il a compris qu'il devait se passer quelque chose chez moi.

Colette était sidérée par tous ces rebondissements.

— Comme il n'arrivait pas à joindre le sergent Blake, il m'a appelé, ajouta Dakota. Il a demandé des renforts mais, le temps qu'ils arrivent à la maison, une ambulance avait déjà emporté Blake et Bateman. Il ne lui restait plus qu'à procéder à l'arrestation de Karen en tant que complice de Hank.

— Et aussi pour le meurtre de son enfant, compléta Viviana. Cela étant, je me demande quelle peine pourrait être pire que celle qu'elle s'est infligée en commettant ce geste horrible.

— Comment savez-vous que c'est elle qui a tué son enfant, et non Bateman ? demanda Troy.

— Elle me l'a avoué juste avant qu'il ne lui fiche un coup de pied dans le ventre et que n'apparaisse mon héros.

— Je ne comprends pas pourquoi Bateman, bien qu'étant un criminel notoire, a endossé le meurtre de Leslie Compton à la place de sa mère, dit Troy.

— Peut-être l'aimait-il vraiment, à sa façon, suggéra Colette.

— Si ça, c'est de l'amour, s'exclama Dylan, que Dieu m'en garde !

— Je suis de ton avis, dit Viviana en soupirant. Maintenant, je vais vous demander de m'excuser. Tous ces événements m'ont épuisée, et je dois aller voir Briana avant de me coucher.

Viviana prit une longue douche bien chaude et se prépara pour la nuit avant de passer un moment avec sa fille, remerciant le ciel qu'elles soient toutes deux saines et sauves.

Hélène Ledger avait elle aussi, en son temps, affronté un meurtrier dans cette même demeure. Malheureusement, elle n'avait pas eu la chance de pouvoir serrer ses enfants dans ses bras après le drame.

Rien d'étonnant à ce que son esprit hante les lieux, tant elle devait s'inquiéter pour ses garçons.

Lorsque Viviana regagna sa chambre, Dakota était là, immobile devant la fenêtre donnant sur ce jardinet que sa mère aimait tant.

— Je suis soulagé que tout ça soit fini, dit-il sans se retourner. Je ne veux plus jamais revivre l'angoisse de te voir avec un couteau sur la gorge.

— J'ai eu très peur, moi aussi. Je ne me sentais pas prête à mourir, pas de cette façon. Dorénavant, je vais vivre pleinement ma vie, mais je ne peux m'empêcher de ressentir de la peine en songeant à la façon dont Hank Bateman a grandi. Comment peut-on être battu chaque jour par son père, la personne censée vous protéger ?

— Je ne me pose pas la question ; je l'ai vécu.

Viviana frissonna à l'intonation triste de sa voix.

— Tu ressens le besoin d'en parler ?

— J'ai pensé, un temps, que ça me ferait du bien. J'ai cru que jeter mes souffrances au visage des membres de ma famille apaiserait mes rancœurs, et les punirait de m'avoir abandonné entre les mains de l'oncle Larry. J'avais tort.

— Qu'est-ce qui t'a fait changer d'avis ?

— Toi. Le fait de te retrouver, de devenir père, de revoir ma famille. Quand ma mère est morte, notre vie a basculé, et nous ne retrouverons jamais ce que nous avons perdu. En ce qui me concerne, j'ai souffert de grandir dans l'insécurité et la peur.

— Mon pauvre chéri… Ton enfance a dû être bien malheureuse.

— Seul le rodéo m'a donné la force de continuer. C'était la seule façon que j'avais de m'échapper. Ça m'a donné un but dans la vie.

— Je comprends maintenant ce que ça représente exactement pour toi.

— Il m'arrive de penser que cette passion m'a évité de tourner mal. J'aurais pu finir comme Hank Bateman.

— Ou peut-être est-ce l'amour de ta mère durant tes six premières années qui t'a sauvé.

Dakota se retourna et la prit dans ses bras.

— J'ai bien réfléchi, ces derniers jours, et j'ai pris certaines résolutions, Viviana.

— Ce doit être le stress, suggéra-t-elle prudemment. Tu devrais attendre d'être sûr de tes sentiments avant de les annoncer.

— Je suis sûr de moi, maintenant. Je veux que nous formions une vraie famille, toi, moi et Briana. Je veux entendre les carillons de l'église, inviter tous nos amis, partager avec eux notre pièce montée, danser sous la pleine lune dans tes bras, s'enflamma-t-il. Je suis prêt à foncer. A condition que tu veuilles de moi…

Viviana le regarda, une lueur coquine dans les yeux.

— Et le rodéo ?

— Si c'est le prix à payer pour former une famille unie, je laisserai tomber.

— Surtout pas. Moi aussi, j'ai bien réfléchi ces derniers jours et j'ai aussi pris certaines résolutions. Tu peux continuer le rodéo. Seul l'amour nous permettra d'atteindre le bonheur, mais je suis partante pour ce mariage que tu as proposé, ajouta-t-elle en lui adressant son plus beau sourire.

— Tout ce que tu voudras. Tant que nous sommes assurés d'avoir du chocolat et de la crème fouettée pour notre nuit de noces, précisa-t-il en riant.

Viviana, qui vivait là le plus beau moment de toute son existence, l'embrassa avec passion.

Puis, Dakota l'ayant relâchée, elle colla son front à la vitre et promena son regard sur le petit jardin si joliment fleuri, le jardin d'Hélène.

« N'abandonnez pas Dakota, sinon il sera à jamais perdu. »

— Il est là, Hélène, à mes côtés, murmura-t-elle. Allez en paix. Mais sachez que ce n'est pas moi qui l'ai sauvé, c'est l'amour. L'amour nous a tous sauvés.

— Tu as dit quelque chose ?

— J'ai dit : Allons nous coucher. Je ne peux plus attendre d'être dans tes bras. Ce soir, demain, et pour toujours.

ELLE JAMES

Une cible dans la brume

Traduction française de
HERVE PERNETTE

BLACK ROSE

HARLEQUIN

Titre original :
CHRISTMAS AT THUNDER HORSE RANCH

Ce roman a déjà été publié en 2015.

1

Temps calme, survol des grandes plaines, nuages en approche : tout était enregistré.

Dante finit de lire sa fiche de préparation de vol puis leva les yeux. On annonçait de la neige sur le Dakota du Nord.

C'était un drôle de mois de décembre. D'habitude, les premiers flocons tombaient à Thanksgiving et le manteau blanc tenait jusqu'en avril. Cette année, il avait neigé à Halloween mais les flocons avaient vite fondu et le sol n'était toujours pas gelé.

Cependant, là, le thermomètre était bas et les nuages s'amoncelaient rapidement. Une bonne couche recouvrirait probablement le secteur. Les enfants de Grand Forks seraient tout excités. Les vacances allaient débuter et, au bout du compte, ils auraient leur Noël blanc.

A cette idée, Dante ne put retenir un sourire.

Il était à une cinquantaine de kilomètres de sa base et survolait la frontière entre le Canada et les Etats-Unis. En tant qu'agent de surveillance des frontières, il était en mission. On avait signalé un possible franchissement illégal de la frontière. Un fermier avait affirmé avoir vu une motoneige en provenance du Canada traverser un de ses champs.

Il s'agissait certainement de quelqu'un qui faisait une balade et qui avait franchi la frontière sans s'en apercevoir. Mais Dante devait s'en assurer.

A priori, ce n'était pas une mission dangereuse. Il n'y avait rien de commun entre ce qui se passait à la frontière avec le Canada et celle avec le Mexique. La plupart du temps, quand il sortait en hélicoptère, il pouvait profiter du paysage et parfois observer un élan ou même un ours.

Chris Biacowski, son habituel copilote, avait dû garder le lit à cause de la grippe.

Mais voler seul ne le dérangeait pas. En général, il aimait le calme et la solitude. Sauf quand il se mettait à ruminer le passé et à imaginer ce que sa vie aurait pu être si les événements avaient pris un tour différent.

Trois ans auparavant, il faisait partie de l'armée et était en mission à l'étranger. Il était fiancé à Samantha Olson, elle aussi militaire. Elle avait le grade de capitaine et était stationnée dans une autre base. Chaque fois qu'il avait une permission, il allait la voir. Ils envisageaient de se marier et réfléchissaient à leur prochaine demande d'affectation.

Hélas, le destin avait frappé : lors d'une sortie, Samantha avait été victime d'un grave accident de la route. Trois des quatre personnes qui avaient pris place dans le véhicule militaire étaient mortes sur le coup. Samantha avait été transportée à l'hôpital mais elle avait perdu trop de sang et n'avait pas survécu non plus.

Depuis, il ne cessait de repenser au fil des événements. Le jour du drame, il était en permission, mais il avait préféré rester auprès d'un de ses hommes blessé qui devait subir une intervention chirurgicale. Il voulait s'assurer que tout se passerait bien. Si, au lieu de cela il était allé rejoindre Samantha, aurait-elle participé à cette sortie fatale ?

Cela faisait trois ans jour pour jour qu'elle était morte. Comme Chris était malade, il n'avait pas eu d'autre choix qu'assurer la mission mais, de toute façon, il était mieux là que chez lui, à se battre contre ses souvenirs.

Il avait passé ces trois années rongé par le remords, à regretter de ne pouvoir remonter le temps. Comment aller de l'avant quand l'absence de Samantha le faisait tant souffrir ?

Il n'y avait que dans les airs qu'il se sentait mieux : tout près du paradis, et donc de Samantha.

Alors qu'il approchait de la zone où l'intrusion avait été signalée, un mouvement au sol attira son attention. Une forme sombre émergeait d'un bosquet. Un homme sur une motoneige. Le véhicule s'arrêta au milieu d'un champ et l'homme mit pied à terre.

Dante descendit et décrivit des cercles pour déterminer ce que l'individu faisait. Au moment où il plaçait son micro pour se mettre en liaison avec sa base, l'homme défit à l'arrière de sa motoneige ce qui ressemblait à un tuyau. Il adapta un autre appareil dessus.

Soudain, Dante comprit et son sang se glaça. Il tira sèchement sur son levier de commandes pour remonter le plus vite possible. Mais il était trop tard.

L'homme au sol lança une roquette.

Dante vira sur la gauche mais la roquette toucha la queue de l'appareil. Celui-ci se mit à vaciller de droite à gauche. Dante fit de son mieux pour le maintenir stable mais le rotor arrière avait certainement été détruit. Il devait atterrir au plus vite et réussir à maintenir l'hélicoptère droit. Sinon, les pales risquaient de toucher le sol en premier et ce serait la catastrophe.

Il descendait très vite, et les secousses rendaient ses mouvements difficiles. Il parvint à couper les moteurs alors qu'il n'était plus qu'à une dizaine de mètres d'altitude, mais l'appareil n'était pas suffisamment droit. Une pale toucha le sol, se brisa et en percuta une autre. Dante fut maintenu en place par son harnais. Il leva une main pour se protéger les yeux des fragments des pales brisées qui frappaient le cockpit. Finalement, l'hélicoptère bascula de côté et s'immobilisa.

Suspendu par son harnais, Dante chercha son micro : pouvait-il signaler sa chute ? Non, la radio ne produisait plus aucun son.

Il se débarrassa de ses écouteurs. Le vent froid lui frappa le visage à travers les vitres brisées et une odeur de carburant lui titilla désagréablement les narines.

En fond, un bruit de moteur approchait. Le type qui lui avait tiré dessus venait-il finir le travail ?

Il gigota pour détacher les sangles de son harnais et parvint à s'en défaire. Son épaule gauche le faisait souffrir mais il serra les dents, tenta d'ouvrir la porte côté passager. Il réussit à la pousser. Malheureusement, elle se rabattit avec force et faillit lui écraser les doigts en se refermant. Il la repoussa moins brusquement, et, cette fois, elle resta ouverte.

Il se redressa puis passa la tête dehors. Mais il n'eut pas le temps de faire le point sur la situation : une balle fusa tout près de lui et se logea dans le fuselage de l'appareil.

Il se baissa. Une motoneige était garée à une centaine de mètres. Le conducteur se tenait en appui sur le guidon, un fusil entre les mains. Dante déglutit. Il était pris au piège : s'il bougeait, il serait à découvert, s'il restait dans l'appareil, une balle le ferait exploser.

Dans sa vision périphérique, une étincelle se transforma soudain en flamme orange. En quelques secondes, l'hélicoptère se retrouva derrière un mur de feu.

Malgré le crépitement des flammes, le moteur de la motoneige résonna de nouveau au loin.

Combien de temps pouvait-il encore rester là sans bouger ? La chaleur des flammes le brûlait déjà au visage. Il fallait qu'il sorte, coûte que coûte.

Il se redressa et se glissa à l'extérieur du mieux possible, malgré son épaule douloureuse. Il tomba dans une flaque de carburant et, très vite, le feu fut après lui. Il ne pouvait pas l'étouffer. Il roula sur le dos pour s'éloigner puis descendit rapidement la fermeture de sa combinaison pour s'en extirper.

Une balle siffla encore une fois tout près de lui. Ne portant plus que ses sous-vêtements thermiques, il rampa dans la neige pour ne pas constituer une cible facile.

Mais il n'avait rien pour se défendre. Comment allait-il s'en sortir ?

Emma avait passé la matinée emmitouflée dans ses épais vêtements. Il faisait de plus en plus froid. Trois jours plus tôt, il était tombé vingt centimètres de neige et, cette fois, même si le sol n'était pas encore gelé, les flocons allaient tenir, d'autant plus qu'une nouvelle tempête était annoncée pour la soirée.

Mais elle ne voulait pas laisser tomber : elle était tout près du but, elle le sentait. Et plus elle attendait, plus le sol risquait de geler et de devenir aussi dur que du béton.

Les fouilles avaient commencé à l'été. Elle était

arrivée en même temps que l'équipe de paléontologues et d'étudiants, et avait planté sa tente à proximité du site. Le succès avait été au rendez-vous : des vertèbres puis la mâchoire inférieure d'un tyrannosaure rex.

Mais à la reprise des cours de l'université du Dakota du Nord, tout le monde avait quitté les lieux. Sauf elle. Elle venait tous les week-ends pour trouver le crâne. Elle y tenait plus que tout. Et lorsque les vacances d'hiver avaient commencé et qu'elle n'avait plus eu de cours à donner, elle était revenue avec sa caravane, pour démonter sa tente et continuer les recherches. Elle avait seulement besoin d'encore un petit peu de temps pour le trouver. Si la météo le lui permettait…

Certains doutaient que, cette année, il y ait de la neige à Noël, mais pas elle. A vingt-six ans, elle avait toujours vécu dans le Dakota du Nord et, aussi loin qu'elle se souvienne, la neige n'avait jamais fait défaut pour les fêtes de fin d'année. Et la tempête annoncée ne lui laissait que quelques heures.

Elle était absorbée par son travail quand, soudain, le vrombissement d'un hélicoptère lui fit lever la tête et consulter sa montre. Il était plus tard qu'elle ne le pensait et le jour allait bientôt décliner.

A regret, elle lâcha son outil puis remit en place la bâche sur la zone de fouilles. Le ciel commençait à se couvrir, la lumière baisserait d'autant plus vite.

Le bruit des pales attira de nouveau son attention et elle observa le ciel. A quelques centaines de mètres, un hélicoptère décrivait des cercles au-dessus d'une prairie.

D'où elle était, à cause du relief, elle ne comprenait pas ce qui provoquait l'attitude de l'hélico, mais en tout cas, il s'agissait d'un appareil du service de surveillance des frontières.

Ce service disposait d'une base à Grand Forks et elle connaissait d'ailleurs Dante Thunder Horse, l'un des pilotes, car il avait assisté à quelques cours du soir à l'université. Un natif américain, très séduisant, qu'elle avait tout de suite remarqué quand il avait traversé le campus de sa démarche souple et assurée.

Durant un trimestre, il avait assisté à son cours d'anthropologie. De temps en temps, ils discutaient même à la sortie de l'amphithéâtre et, un jour, il avait fini par lui proposer d'aller prendre un café. Malgré sa timidité avec les hommes, elle avait trouvé le courage d'accepter. Ils avaient passé un très bon moment et s'étaient bien entendus.

Ensuite, plus rien. Il ne lui avait pas proposé de reprendre un café avec lui et, une fois le trimestre terminé, elle ne l'avait plus revu. Elle en avait conçu un peu de déception mais c'était à la fin du printemps et, après, elle avait été très occupée tout l'été par le chantier de fouilles et n'avait pas eu le temps d'y repenser.

De toute façon, les relations avec la gente masculine n'avaient jamais été son fort, la plus longue qu'elle ait connue ayant duré deux mois. Elle était tellement timide que les hommes perdaient patience avec elle.

Etait-ce justement Dante qui pilotait cet hélicoptère ? Ç'aurait été un sacré hasard mais le site de fouilles se situait non loin de la frontière avec le Canada. Un appareil du service de surveillance des frontières pouvait tout à fait patrouiller dans le secteur.

Après quelques secondes, elle tourna les talons pour rejoindre sa tente. Mais un sifflement soudain suivi d'une explosion la firent sursauter. L'hélicoptère tournoya sur lui-même, puis chuta rapidement. Un panache de fumée s'échappait de sa queue. Il continua à descendre jusqu'à sortir de son champ de vision. Un choc sourd résonna.

Elle fut horrifiée. L'hélicoptère s'était certainement écrasé. Ils étaient en pleine campagne et des secours ne pourraient pas arriver sur place plus rapidement qu'elle.

Aussi, elle oublia sa tente et se précipita vers l'arrière de sa caravane où elle avait fixé sa motoneige. Elle l'avait emportée au cas où les chemins deviendraient trop impraticables pour qu'elle puisse accéder au site avec sa camionnette. Mais, finalement, elle n'en avait pas eu besoin.

Elle détacha l'engin, le chevaucha et pria pour pouvoir démarrer. Elle pressa le starter. Le moteur toussa quelques secondes puis se coupa. Elle le relança et, cette fois, il se mit en route. Sans attendre, elle prit la direction du lieu de l'accident. A mesure qu'elle approchait, des flammes se détachaient sur le ciel et un panache de fumée y montait.

Le cœur battant, elle progressa aussi vite que possible.

Quand elle atteignit le sommet de la colline qui dominait la prairie où était tombé l'engin, elle redouta le pire : l'hélicoptère était couché sur le flanc et cerné par les flammes.

Elle se lança dans la pente. Avec un peu de chance, le pilote avait pu s'extirper du cockpit. Du moins, elle l'espérait.

Tandis qu'elle approchait, une autre motoneige se dirigea vers l'hélicoptère. *Tant mieux*, se dit-elle. Elle ne devait pas être la seule à avoir assisté au crash et, à deux, ils pourraient secourir le pilote plus efficacement.

Elle fit de grands signes de la main pour attirer l'attention de l'autre motoneige. En vain.

Toutefois, ce second engin ralentit, le conducteur souleva la visière de son casque, posa sur le guidon ce qui ressemblait à un fusil et visa une tache sombre dans la neige à proximité des flammes qui entouraient l'hélico.

Emma plissa les yeux, le fixant intensément pour comprendre ce qu'il faisait. Un coup de feu retentit, et elle tressaillit. La forme dans la neige se déplaçait.

Tout en gardant son fusil posé sur le guidon, le conducteur de la seconde motoneige se rassit et avança lentement en direction de cette forme : c'était un homme qui rampait.

Emma poussa un gémissement d'horreur.

Ce type tirait sur un homme au sol !

N'écoutant que son instinct, elle accéléra et fonça droit sur la seconde motoneige. Elle arrivait de biais et, si le conducteur ne tournait pas la tête, il ne la verrait pas.

Elle n'avait pas d'arme, elle ne disposait que de sa motoneige et de sa présence d'esprit, mais l'homme au sol, lui, n'avait aucune chance si elle n'intervenait pas.

Elle n'avait pas d'autre plan que foncer sur ce type au fusil en espérant le mettre en déroute.

Celui-ci comprit qu'elle venait droit sur lui seulement quand elle fut à une vingtaine de mètres. Il se tourna et pointa alors son fusil sur elle.

Elle accéléra à fond. Il fit feu et une balle siffla près d'elle. Au dernier moment, elle donna un coup de guidon pour ne pas percuter la motoneige de face. Elle tapa contre le flanc gauche et la secousse suffit à faire gicler le fusil des mains du conducteur.

Elle ralentit et donna un brusque coup de guidon pour

faire pivoter son engin et être de nouveau face à l'autre motoneige.

Mais, désarmé, le conducteur était déjà reparti dans la direction opposée et s'éloignait de l'hélicoptère en feu et de l'homme au sol.

Elle le suivit du regard quelques secondes pour s'assurer qu'il ne reviendrait pas puis se dirigea vers l'homme qu'elle devait secourir.

Elle s'arrêta à côté de lui et coupa le moteur.

L'homme était allongé à plat ventre dans la neige, seulement vêtu de sous-vêtements thermiques et avec une méchante éraflure à l'épaule gauche.

Elle se pencha sur lui et tendit la main pour le retourner.

Mais il fut tellement rapide qu'elle n'eut pas le temps de comprendre ce qui s'était passé. L'homme avait fait volte-face, lui avait saisi le poignet et elle se retrouva à son tour à plat ventre dans la neige, les mains dans le dos, immobilisée.

Elle ne pouvait plus s'échapper.

— Lâchez-moi ! s'exclama-t-elle.

Mais elle avait le visage dans la neige et son cri fut étouffé.

Elle se tortilla pour se retourner mais l'homme lui posa le coude au milieu du dos et la maintint à plat ventre.

— Pourquoi avez-vous tiré sur mon hélicoptère ? lui demanda-t-il, d'une voix menaçante mais vaguement familière.

— Ce n'est pas moi, protesta-t-elle, c'est l'autre type qui s'est enfui !

Il se mit à la palper : son dos, ses jambes, son ventre. Quand il atteignit ses seins, il se figea.

— Hé, bas les pattes ! protesta-t-elle de nouveau.

Il la saisit par les épaules et la fit rouler sur le dos. Elle se retrouva face à de grands yeux d'un vert profond qui la fixaient.

— Dante ?

— Emma ?

Il secoua la tête, l'air abasourdi.

— Mais qu'est-ce que vous fichez ici ?

2

— Eh bien, vous vous doutez que je ne suis pas venue pique-niquer, répliqua-t-elle avec une once de sarcasme.

Dante observa la jolie professeure qu'il avait rencontrée quand il avait décidé de reprendre quelques cours à l'université, pour éventuellement passer un master.

Elle le regardait également, de ses beaux yeux couleur chocolat.

— Que vous est-il arrivé ? s'enquit-elle. Pourquoi ce type vous tirait dessus ?

— Je n'en sais rien. Vous avez vu son visage ?

— Non, tout s'est passé trop vite et de toute façon il n'a pas complètement ôté son casque. Quand je l'ai repéré, je croyais qu'il venait lui aussi à votre secours. Ensuite, je l'ai vu vous tirer dessus. J'ai foncé tout droit, j'ai percuté sa motoneige et il a perdu son arme. Puis il s'est enfui.

— Vous avez pris de très gros risques, Emma. Vous n'auriez pas dû vous mettre en danger.

— J'aurais dû faire quoi alors ? Le regarder vous tuer sans réagir ?

Dante poussa un soupir.

— Heureusement, il n'a pas retourné son arme contre

vous. Je vous dois une fière chandelle, merci de votre intervention.

Il se remit laborieusement debout et tendit la main à Emma pour l'aider à se relever.

— Ce type a tiré une roquette pour abattre mon hélico et, si vous n'étiez pas arrivée, il aurait terminé le boulot, ajouta-t-il.

Une bourrasque glacée le fit frissonner. Il ne portait que des sous-vêtements de survie. et serra les dents pour ne pas trembler plus encore.

Emma secoua la neige de son pantalon et de sa doudoune.

— Où sont vos vêtements ?

— Je suis tombé dans une flaque de carburant quand je me suis extirpé de l'hélico et j'ai dû me débarrasser de ma combinaison pour ne pas brûler vif, expliqua-t-il en tournant les yeux vers les flammes. Nous ne devons pas rester là : si les flammes atteignent le réservoir, il pourrait y avoir une explosion.

Il monta sur la motoneige.

— Prenez ma doudoune car vous devez être gelé, proposa Emma.

Déjà, elle descendait la fermeture Eclair.

Il leva la main pour l'arrêter.

— Gardez-la. Je peux encore tenir un petit moment et c'est inutile que nous soyons deux à avoir froid.

De la tête, il l'invita à s'installer devant lui.

— Je ne sais pas d'où vous venez mais j'espère qu'il y fait plus chaud.

Elle afficha une moue contrariée mais ne discuta pas. De toute façon, ce n'était pas le moment de perdre du temps, songea Dante.

Tandis qu'elle pressait le bouton de démarrage, il lui passa les bras autour de la taille et se serra contre son dos pour se protéger du vent.

Mais, malgré la chaleur qu'Emma dégageait, la morsure du froid était intense et, à peine avaient-ils parcouru cinquante mètres qu'il claquait des dents. Quand ils eurent atteint le sommet de la colline qui dominait le lieu du crash, il ne sentait plus ses doigts.

Au loin, il y avait une tente, une camionnette et une caravane fixée à l'arrière. Il fut impatient de l'atteindre et de pouvoir se mettre au chaud.

Emma se gara à côté de la caravane et s'empressa de descendre. Puis elle l'invita à passer un bras autour de ses épaules, l'aidant à y entrer. Il ne faisait pas beaucoup plus chaud qu'à l'extérieur mais, au moins, ils étaient à l'abri du vent. La caravane était meublée d'un lit, d'un évier, d'un petit réfrigérateur et d'un coin salle de bains.

— Asseyez-vous, dit Emma en se dirigeant vers le lit.

Elle lui ôta ses bottes, lui posa une couverture et un édredon sur les jambes, puis lui tendit un gant de toilette sec.

— Maintenez-le contre votre épaule car vous saignez.

— Oui, madame, répondit-il avec un sourire.

Elle fronça les sourcils.

— Restez là, je vais mettre le groupe électrogène en marche.

Elle ouvrit la porte et une bourrasque d'air froid s'engouffra à l'intérieur.

— Soyez prudente, l'avertit-il entre deux claquements de dents.

— Promis, fit-elle avant de refermer derrière elle.

Il resserra la couverture autour de lui. Un sentiment de culpabilité l'envahissait : *il* aurait dû sortir, pas Emma.

Au bout de cinq minutes, comme elle ne revenait toujours pas, il se leva, la couverture sur les épaules, et décida d'aller la rejoindre.

Il tendait la main pour atteindre la poignée quand la porte s'ouvrit en grand.

Emma sursauta. Elle ne s'attendait certainement pas à se retrouver face à lui. Ses cheveux noirs étaient constellés de flocons de neige.

— Le groupe électrogène est en panne.

— Je vais aller y jeter un œil.

Elle fit non de la tête et referma la porte.

— C'est inutile.

— Pourquoi ?

— L'arrivée de fioul est fichue.

Elle brandit le tuyau percé et lui fit signe de rejoindre le lit.

— Retournez sous les couvertures. Nous avons quand même une petite gazinière pour nous réchauffer. Ce ne serait pas prudent de la laisser marcher toute la nuit mais je vais l'allumer un moment.

— Pourquoi ne pas partir, tout simplement ?

— Il fait presque nuit et il commence à neiger fort. Je pouvais tout juste voir ma main devant mon visage. Par ici, c'est déjà dur de trouver son chemin en plein jour, alors je ne me sens pas prête à me lancer de nuit par blizzard.

— Je dois alerter ma base, annonça-t-il. Avez-vous une radio ou un téléphone portable ?

— J'ai un portable, oui, mais, par ici, il n'y a pas de réseau.

Il étouffa un juron : il tremblait de tous ses membres, avait mal à la tête et voyait légèrement trouble.

— Il faut que je rentre.

— Demain. Maintenant, retournez au lit avant de vous effondrer. Je suis assez costaude mais pas suffisamment pour porter un grand balaise comme vous.

Dante laissa Emma l'aider à rejoindre le lit et à s'allonger. Quand elle rabattit la couverture sur lui, il lui attrapa la main et y déposa un léger baiser. Leurs regards se croisèrent.

— Merci de m'avoir sauvé la vie.

Elle rougit et détourna les yeux.

— Vous en auriez fait autant pour moi.

— Sauf que je vous imagine mal vous faire abattre en hélicoptère. Il me semble que vous préférez garder les deux pieds sur la terre ferme. Vous êtes paléontologue, non ?

Elle acquiesça.

— Ce n'est pas un peu tard pour travailler sur un site de fouilles ? Je pensais qu'il avait été fermé à la fin de l'été.

Elle haussa les épaules.

— Officiellement, oui, mais l'automne a été tellement clément cette année que j'ai continué de venir tous les week-ends.

— Jusqu'à aujourd'hui ?

— Eh bien, comme il a neigé il y a quelques jours et qu'une nouvelle tempête était annoncée, je me suis dit qu'il fallait que je vienne démonter ma tente et la ranger pour l'hiver.

— Je suppose que vous n'avez pas eu le temps de le faire ?

Elle lui adressa un petit sourire.

— Une chute d'hélicoptère m'a quelque peu distraite.

— Encore merci d'avoir sacrifié votre tente pour moi.

Elle eut de nouveau le rouge aux joues et tourna la tête.

— Je vais nettoyer votre blessure à l'épaule et vous poser un pansement.

Elle humecta un gant de toilette et revint à son chevet. Doucement, elle releva la manche de son maillot de corps en Thermolactyl et nettoya la plaie.

— Ce n'est qu'une égratignure, lâcha-t-il.

Elle lui retourna unc moue désapprobatrice.

Quand elle eut terminé de nettoyer le sang séché, elle appliqua une solution antiseptique puis posa un pansement.

— L'entaille n'est pas profonde mais mieux vaut ne pas risquer qu'elle s'infecte.

Elle s'assura que le pansement était bien en place et se releva. Elle était de plus en plus rouge, remarqua-t-il.

— Si vous le souhaitez, je peux vous préparer un thé, proposa-t-elle.

Il la contempla. Qu'elle rougisse aussi facilement était très touchant.

— Vous n'avez pas de café ?

— Non, désolée mais je ne pensais pas avoir un invité.

— Ça ne fait rien. Du thé, ce sera très bien, déclara Dante en observant l'intérieur de la caravane. Venir seule dans des endroits aussi isolés, ça ne vous fait pas peur ?

Elle sortit deux mugs d'un placard.

— Peur de quoi ? Personne d'autre ne vient ici, je suis tranquille.

— Et si vous vous blessiez ?

Elle haussa les épaules.

— C'est un risque à courir.

— Nous sommes tout près de la frontière, on ne sait jamais qui peut passer par là.

— J'ai une arme, rétorqua Emma qui sortit d'un tiroir un revolver à l'allure ancienne.

Dante sourit.

— Vous appelez cela une arme ?

— Bien sûr que oui, répliqua-t-elle, manifestement vexée.

— Une antiquité, plutôt.

— C'est un colt de calibre .45, un revolver à six coups, pour être précis.

Dante acquiesça, impressionné.

— Vous connaissez bien vos antiquités.

Elle releva le menton.

— Et je suis une très bonne tireuse.

— Excusez-moi d'avoir douté de vos capacités à vous défendre.

Dehors, le vent avait encore forci, au point de faire légèrement osciller la caravane, nota Dante.

Emma craqua une allumette pour allumer un des deux brûleurs de la gazinière. La flamme produisit une lumière bleutée dans le petit espace où il faisait de plus en plus sombre. Elle remplit une bouilloire d'eau et la posa sur le feu.

— J'ai du chili en boîte, du thon et des biscuits secs. Encore une fois, je n'avais pas prévu de rester plus de deux nuits. Je pensais partir avant la tempête.

Dante hocha la tête. Malgré ses émotions, il avait faim.

— Je ne veux pas vous priver de nourriture.

Elle le regarda.

— Voyons, si je n'avais pas suffisamment pour deux, je ne vous proposerais pas à manger.

— Alors merci.

Elle ouvrit deux boîtes de chili, en versa le contenu dans une casserole qu'elle posa sur le second brûleur.

Rapidement, un parfum de sauce tomate et d'épices embauma l'atmosphère. Emma se déplaçait avec grâce, elle ne faisait pas de mouvements inutiles et le balancement de ses hanches tandis qu'elle allait de la gazinière à l'évier était très sexy, songea-t-il.

Pourtant, Emma semblait avant tout une fille sérieuse et trop occupée pour penser à autre chose qu'à son travail. Ils étaient sortis une fois ensemble et il s'était dit qu'il n'y avait pas lieu de remettre cela.

Il repoussa la couverture et tenta de se lever.

— Je devrais vous aider.

Mais il n'avait pas encore récupéré et une sensation de froid le saisit.

— Ne bougez pas, dit-elle en levant la main. Il n'y a pas beaucoup de place. A deux, nous ne ferions que nous gêner. Et puis, je m'en sors très bien toute seule.

Elle ôta sa doudoune et la pendit à un crochet au mur.

— Laissez-moi au moins mettre le couvert, insista-t-il. Euh, où est la table ? ajouta-t-il en la cherchant des yeux.

Emma lui sourit.

— Sous le lit… Vous êtes allongé dessus.

Il secoua la tête.

— Mais si vous ne voulez pas que je bouge, où allons-nous manger ?

— *Sur* le lit, répondit-elle sans se départir de son sourire. Ce sera un peu comme un pique-nique.

— Vous mangez toujours au lit ?

Il imagina Emma vêtue d'une simple nuisette en train de grignoter entre les draps et, alors qu'il était déjà émoustillé, il fut cette fois véritablement excité. Il chercha à repousser ces images, en vain. La jolie professeure aux cheveux noirs et aux yeux chocolat était en train de le faire craquer. Elle n'avait certainement aucune conscience d'être aussi sexy, et cette innocence ne la rendait que plus attirante.

— Comme je vous l'ai dit, d'habitude, je suis seule dans la caravane, donc je mange où j'ai envie. En été, j'adore installer un petit tabouret dehors en guise de table et prendre le petit déjeuner en regardant le soleil se lever sur le site de fouilles.

Il rêva aux reflets rougeoyants que le soleil levant devait produire dans ses cheveux.

— Ce doit être très beau, en effet.

Il se redressa et tendit les bras pour ouvrir un placard.

— Où sont les assiettes et les couverts ?

Elle était tout près de lui et un parfum de rose vint lui chatouiller les narines. Les flammes de la gazinière faisaient briller ses cheveux et, même si ses épais vêtements dissimulaient ses formes, il avait un souvenir précis de sa jolie silhouette. Quand il assistait à ses cours à l'université, il avait eu tout loisir de l'admirer.

Il remit en place une mèche de ses cheveux derrière son oreille et murmura :

— Pourquoi sommes-nous sortis ensemble une seule fois ?

Elle baissa la tête.

— Pour obtenir un second rendez-vous, il faut en faire la demande.

Il la prit par les épaules et attendit qu'elle relève les yeux.

— Je ne vous ai jamais rappelée, j'ai disparu du jour au lendemain, reconnut-il d'une voix contrite.

— Oh ! Ce n'est pas grave. Après tout, nous sommes seulement allés boire un café.

Dante déglutit. Il s'en souvenait très bien. C'était peu de temps avant un épisode de dépression sévère. Un de ses anciens compagnons d'armes avait perdu la vie. Une fois encore, il s'en était voulu : aurait-il pu changer le cours des choses s'il n'avait pas quitté l'armée ?

Il avait perdu Samantha, puis un ami proche. Sa souffrance, son sentiment d'impuissance avaient failli avoir raison de lui et, pendant quelque temps, il avait eu du mal à trouver la force de se lever le matin.

— Je suis désolé.

Il lui caressa le visage et inclina la tête avec l'intention de lui donner un petit baiser sur la joue. Mais quand il effleura accidentellement sa bouche, il perdit tout contrôle et, cédant à son instinct, l'embrassa avec passion.

Quand il releva la tête, il eut envie de la déshabiller.

Elle avait les yeux écarquillés, ses lèvres étaient gonflées tant il l'avait embrassée fort, et le rose lui était monté aux joues.

Il ferma les yeux, se força à redevenir raisonnable.

— Pardon, je n'aurais pas dû faire cela.

— Je ne…, commença-t-elle.

Le sifflement de la bouilloire l'interrompit.

Emma se retourna, attrapa la poignée du récipient d'une main et se passa l'autre sur les lèvres.

Il sortit deux coupelles du placard, deux cuillères du tiroir et prit soin de ne pas la serrer de trop près.

Dehors, le vent soufflait toujours aussi fort et le froid s'immisçait à l'intérieur.

Emma versa l'eau dans les mugs. Elle tremblait.

Dante se maudit de son impulsivité et se fit la promesse de se tenir tranquille.

Depuis sa démission de l'armée, il n'avait plus songé à se réinvestir dans une relation. Il était revenu dans le Dakota du Nord avec pour seule intention de reprendre ses marques. Mais le retour à la vie civile n'avait pas été facile. Chaque fois qu'il était dans la rue et qu'un bruit survenait, il avait le réflexe de se recroqueviller et de regarder autour de lui, craignant que des assaillants ne débarquent.

En l'occurrence, c'était ce qui venait de se passer dans la montagne et, cette fois, il ne s'y était pas attendu.

Emma déposa un sachet de thé dans chaque mug, attendit qu'ils aient infusé puis les retira et les laissa dans le petit évier.

— Désolée, je n'ai ni lait ni citron, dit-elle en lui tendant une des deux tasses. Du sucre ?

Il s'obligea à regarder ailleurs. Ses lèvres lui donnaient trop envie de l'embrasser.

— Non, merci, je le préfère nature.

Quand il lui prit des mains le mug qu'elle lui destinait, leurs doigts s'effleurèrent et une décharge électrique le traversa. Il recula, un peu trop vite, et se renversa du thé sur la main. La légère brûlure le ramena à la réalité.

Emma répartit le chili dans les deux coupelles et lui en tendit une.

— Qui peut bien avoir abattu votre hélicoptère ?

Elle prit sa coupelle à deux mains et souffla sur le contenu.

— Je n'en ai aucune idée.

— Avez-vous récemment mis fin à un trafic à la frontière ?

Il fit non de la tête.

— Je doute qu'il y ait un rapport. L'homme qui m'a tiré dessus était armé d'un lance-roquettes, ce qui n'est pas rien. D'ailleurs, je me demande comment il a pu se le procurer.

— Et comment a-t-il su que vous seriez dans les parages ?

— J'étais là parce qu'un appel avait été passé à ma base pour signaler un franchissement de la frontière. Je suppose que c'était un piège et que c'est cet homme qui a passé l'appel lui-même.

— Il pourrait s'agir de quelqu'un qui en veut au service de surveillance des frontières.

— Oui, possible. J'aimerais bien parler à mon supérieur. La base doit se demander ce qui m'est arrivé. Un hélicoptère et un pilote disparu, c'est grave.

— Vous pensez qu'ils ont envoyé des secours ?

— Par ce temps, j'en doute.

— Espérons que la météo sera plus clémente demain matin, dit-elle en remuant son chili. Si personne ne vient à votre recherche, nous partirons dès que possible et nous ferons un arrêt dans une ferme du secteur pour que vous puissiez appeler votre base.

Il acquiesça.

— La perte d'un hélicoptère va être dure à digérer. Ce n'est pas un jouet qu'on remplace facilement.

— Peut-être mais je pense que c'est encore plus compliqué de remplacer un pilote expérimenté, répliqua Emma prenant une bouchée qu'elle mâcha lentement.

Dante haussa les épaules. De toute façon, ils devaient patienter jusqu'au lendemain. Mais…

— Il fait de plus en plus froid dehors.

— J'ai plein de couvertures, le rassura-t-elle. En revanche, il n'y a qu'un seul lit, et comme le générateur est en panne il va nous falloir partager la chaleur, ajouta-t-elle en baissant les yeux.

Elle semblait ennuyée par cette perspective. Dante leva les mains.

— Je suis vraiment désolé pour ce baiser et je vous promets de me tenir tranquille.

Avant même qu'il ait terminé de parler, Emma secoua la tête.

— Il va vraiment faire très froid et la seule façon de tenir, c'est de partager notre chaleur corporelle.

Dante déglutit. A cette seule perspective, il réagissait déjà physiquement.

Il posa sa coupelle vide dans l'évier et empila la seconde dessus.

— Nous sommes adultes, nous n'avons aucune raison de nous sentir gênés, déclara-t-il.

Il pensait exactement le contraire.

3

Le cœur battant, Emma regarda le lit. Si la nuit ne promettait pas d'être aussi froide, elle l'aurait passée sur le tabouret pliant.

Elle n'avait pas peur de Dante, plutôt d'elle-même lorsqu'elle se retrouverait pressée contre le corps puissant de cet homme séduisant.

Quand elle était au lycée, elle était trop timide et trop gourde pour s'intéresser aux garçons. Elle s'était concentrée sur ses études. Ses camarades de classe échangeaient des baisers volés derrière les bâtiments entre deux cours, tandis qu'elle jouait du cor dans la fanfare du lycée et, à la maison, ne sortait jamais de ses livres.

Ça ne s'était pas beaucoup amélioré à la faculté. Par chance, sa camarade de chambre à la cité universitaire avait remarqué qu'elle pouvait être jolie si elle s'en donnait les moyens et lui avait prodigué des conseils vestimentaires, ainsi qu'en coiffure et maquillage. Un jour, elle lui avait même arrangé un rendez-vous avec un garçon mais, quand celui-ci avait voulu lui prendre la main, elle avait paniqué et pris ses jambes à son cou.

Bilan des courses : elle n'avait rien appris de l'amour, ni au lycée, ni à l'université.

Dehors, le vent soufflait, des courants d'air pénétraient dans la caravane et la faisaient frissonner. Avec des mains tremblantes, elle descendit sa combinaison de survie et s'assit au bord du lit pour ôter ses bottes. Puis elle se glissa sous les couvertures, toujours vêtue de ses sous-vêtements thermiques et de son col roulé, et se recroquevilla à l'autre bout du lit.

Quel homme pourrait avoir envie d'une femme couverte de la tête aux pieds ? Et tant mieux ! Si par malheur il découvrait qu'à vingt-six ans elle était encore vierge, elle mourrait de honte.

Elle resta allongée sur le dos, les couvertures remontées jusqu'au menton, les yeux grands ouverts. La gazinière était toujours allumée.

— Il faudra que vous coupiez le feu avant que nous nous endormions, dit-elle.

Peut-être que dans le noir elle se sentirait moins mal.

Dante tendit le bras pour tourner le bouton du gaz. La flamme s'éteignit et ils se retrouvèrent dans l'obscurité complète.

Elle serrait tellement fort les couvertures qu'elles se tendirent et le matelas ondula sous le poids de Dante.

— Ne vous inquiétez pas, je vous promets de ne pas vous toucher.

Mince, songea Emma. Il était tellement attirant. Et si elle avait envie qu'il la touche, justement ?

Mais que pourrait-il se passer ? Elle était tellement inexpérimentée qu'il ne lui faudrait pas longtemps pour comprendre… Après le jour où ils étaient allés boire un café ensemble, il ne l'avait pas rappelée. Cette fois-ci, ce serait pareil.

Il s'allongea à côté d'elle et l'effleura de l'épaule et de la cuisse.

Elle tressaillit, puis le froid la saisit, malgré les trois couvertures, son pull et ses sous-vêtements de survie.

— C'est absurde, remarqua-t-il. Si nous ne trouvons pas un moyen de nous réchauffer, nous ne tiendrons pas la nuit entière.

Il roula de côté et passa un bras autour d'elle.

— Qu'est-ce… Qu'est-ce que vous faites ? gémit-elle.

— Nous sommes tous deux habillés, et cela ne nous réchauffe pas. La seule façon d'y remédier est de partager notre chaleur.

— C'est ce que nous faisions.

— Pas suffisamment.

Il la fit rouler de côté, se colla tout contre elle, épousant sa silhouette, et garda un bras autour de sa taille.

— C'est mieux ?

Elle était tellement remuée que ses oreilles bourdonnaient. Elle n'entendait presque plus rien. Toutefois, elle acquiesça.

— Oui, c'est mieux.

Beaucoup mieux. Beaucoup trop.

Elle était allongée dans l'obscurité, serrée contre un homme qui lui plaisait énormément. La panique et le triomphe se disputaient en elle : enfin, elle était une femme à part entière.

— Tâchons de dormir et espérons que, demain matin, la tempête sera loin, conclut-il.

Dormir ? Est-ce qu'il plaisantait ? L'ensemble de son corps était en fusion, elle se liquéfiait presque. Au moindre mouvement, des frissons d'excitation la parcouraient !

Le souffle de Dante effleura sa nuque et elle repensa au baiser qu'il lui avait donné un peu plus tôt. L'embrasserait-il de nouveau ?

Si elle se retournait pour lui faire face, serait-il tenté ? Oserait-elle le faire ?

— Vous sentez bon. On dirait un parfum de roses.

Son torse, plaqué contre son dos, se souleva doucement. Il la serra un peu plus fort.

— Ce doit être mon shampoing. On me l'a offert.

A peine eut-elle terminé qu'elle se maudit. Ne pouvait-elle se contenter de le remercier de son compliment, comme n'importe quelle autre femme ?

— Est-ce que je vous rends nerveuse ? lui demanda-t-il.

— Je n'ai pas l'habitude qu'un homme me… serre contre lui.

— Vous êtes sérieuse ?

Il changea de position et ses cuisses se collèrent un peu plus aux siennes.

— Eh bien les hommes que vous fréquentez ne savent pas ce qu'ils perdent.

Elle se mordit la lèvre inférieure.

— Je ne suis pas très douée dans ce domaine.

— Laissez-vous aller, détendez-vous, vous n'avez rien d'autre à faire, c'est parfaitement naturel, lui dit-il tout bas à l'oreille.

Ses paroles provoquèrent l'effet inverse. Son cœur battait si fort qu'elle se mit à respirer bouche ouverte et de manière saccadée.

Elle bougea la main et effleura la sienne.

— Vous avez le bout des doigts gelés, Emma.

Elle retira sa main.

— Désolée.

— Vous n'y êtes pour rien. Laissez-moi vous réchauffer.

Il chercha à tâtons son bras, remonta jusqu'à sa main et prit ses doigts dans les siens.

— Glissez votre main sous vos vêtements, comme ceci.

Il lui fit passer la main sous son pull et son Thermolactyl pour qu'elle la pose à plat contre sa peau.

— Vous êtes très crispée. Vous avez toujours froid ? s'enquit-il en se rapprochant encore d'elle.

— Oui, mentit-elle.

Intérieurement, elle était en feu et chaque fois qu'il bougeait, une onde d'excitation la parcourait.

Il laissa sa main autour de ses doigts et effleura son ventre.

— C'est vraiment la première fois que vous vous retrouvez serrée contre un homme dans un lit ?

Elle douta de pouvoir garder une voix normale et se contenta d'acquiescer de la tête.

— Cela signifie que vous n'avez pas encore rencontré l'homme de votre vie, reprit-il.

Elle ne répondit pas et s'efforça de s'habituer à sa présence tout contre elle.

Puisque la gazinière était éteinte, la température dans la caravane devait encore avoir baissé. Dante glissa un peu plus sa main sous ses vêtements.

— Si vous voulez que j'arrête, dites-le-moi.

Oh non, surtout pas ! Si elle avait osé lui avouer ce qu'elle désirait, elle lui aurait demandé de monter plus haut, de caresser ses seins. Un nouveau frisson d'excitation la fit tressaillir.

— Vous avez encore froid ?

— Oui.

Cette fois, ce n'était qu'un demi-mensonge. Toutes les parties de son corps en contact avec le sien se réchauffaient. En revanche, c'était l'inverse pour celles qui ne l'étaient pas.

— A vrai dire, partager sa chaleur corporelle fonctionne mieux si l'on est peau contre peau.

— Je sais, répondit-elle spontanément.

Une fois encore, elle se tança. Allait-il considérer que c'était une invitation à aller plus loin ?

— Je ne sais pas vous, mais moi, je ne me vois pas tenir toute la nuit comme ça. Si nous voulons vraiment avoir chaud, mieux vaudrait faire ce qu'il faut.

Il ôta la main de son ventre et roula sur le dos.

Immédiatement, le froid la saisit et elle roula elle aussi sur le dos pour remonter les couvertures.

Dante se redressa et repoussa les couvertures.

— Que faites-vous ? lui demanda-t-elle, grelottante.

— J'enlève tout.

A ses mouvements, il retirait ses sous-vêtements de survie pour les rouler en boule et les glisser à ses pieds. Il y eut ensuite un autre bruit d'étoffe : il retirait son caleçon, comprit-elle.

— A votre tour.

Sans hésiter, il saisit les extrémités de son pull et le tira pour le lui ôter.

— Mais vous êtes fou, il fait trop froid ! protesta-t-elle en portant les mains à son col.

Manifestement, il était déterminé et elle ne put l'empêcher d'arriver à ses fins.

— Soyez raisonnable. Si cela vous rassure, considérez-moi comme une grosse couverture chauffante.

Il s'attaqua à ses sous-vêtements thermiques, les roula également en boule et les fourra à ses pieds.

Quand elle n'eut plus qu'un soutien-gorge et une petite culotte en coton, elle ne put contrôler ses tremblements.

— Je… j'avais plus chaud avant que vous m'enleviez tout, dit-elle en claquant des dents.

— N'ayez crainte, vous allez bientôt avoir plus chaud. Venez là.

Il tira les couvertures sur eux et la prit dans ses bras, écrasant ses seins de son torse.

Ils respirèrent à l'unisson et le contact de leur peau contribua à chasser ses frissons. Mais elle ne parvenait pas à cesser de trembler car c'était la première fois de sa vie qu'elle se retrouvait quasiment nue avec un homme. Elle avait le souffle court et ne savait pas quoi faire de ses mains. Si elle les posait contre son torse, cela mettrait trop d'espace entre eux et elle reprendrait instantanément froid. Elle les laissa donc le long de son corps, mais très vite le bout de ses doigts s'engourdit. Quand elle voulut les poser sur son ventre, elle effleura la virilité de Dante. Elle tressaillit mais n'eut pas la force de retirer ses mains.

— J'espère que vous savez ce que vous faites, l'avertit-il, car il n'en faudrait pas beaucoup pour que je n'arrive pas à me retenir.

— Je croyais que vous n'étiez qu'une couverture chauffante…

En elle montait une énergie qui la galvanisait et lui donnait une assurance inédite.

De toute évidence, Dante la désirait alors que jamais elle n'aurait osé y croire.

L'espace de quelques secondes, elle oublia ses complexes et son inhibition : elle céda à son envie de le caresser.

Il se crispa brièvement et sa respiration s'accéléra.

L'adrénaline la stimulait tellement qu'elle en oublia la température glaciale et ne pensa plus qu'à ce qu'elle faisait et à ce qui risquait de se passer.

Dante poussa un gémissement.

— Vous êtes consciente de ce que vous me faites endurer ?

— Je crois, oui, répondit-elle.

A mesure qu'elle continuait à le caresser, elle était de plus en plus moite, prête à l'accueillir.

— Je ne vous ai pas incitée à vous déshabiller pour profiter de vous, Emma.

Elle se figea.

— Est-ce que, moi, je profite de vous ?

— Oh ! Je vous jure que non.

— Soyez franc avec moi, insista-t-elle. Un seul mot et je m'arrête.

— Et vous, êtes-vous sûre d'avoir envie d'aller jusqu'au bout ? lui demanda-t-il en laissant descendre une main le long de son dos.

Elle éclata de rire. L'obscurité lui donnait du courage.

— Jamais je n'ai été aussi sûre de moi, répliqua-t-elle.

Elle avait néanmoins besoin qu'il chasse un doute de son esprit.

— Peut-être que vous ne le souhaitez pas ? Après tout, vous avez été blessé.

— Non, je ne pense qu'à cela depuis que je vous ai volé ce baiser.

Il glissa les doigts sous l'élastique de sa petite culotte et la fit descendre. Elle battit des jambes pour s'en débarrasser. Le sexe de Dante frôla ses cuisses, tout près de son intimité. Bientôt, il serait en elle. Ce serait sa première fois. Sa première fois, avec un homme séduisant et d'une délicatesse infinie. Qu'aurait-elle pu demander de plus ? Enfin, peut-être parviendrait-elle à vaincre ses complexes et sa timidité.

— Allons-nous vraiment le faire ? demanda-t-elle.

Elle lui posait la question car elle avait peur de rêver et de se réveiller.

Il eut un petit rire.

— Vous n'avez qu'un mot à prononcer.

Elle prit une grande inspiration.

— Venez, s'il vous plaît.

Dante roula de côté pour venir sur elle et se pressa contre son intimité.

Mais il ne la pénétra pas immédiatement. Il commença par lui donner un baiser, un baiser tendre et sensuel que, cette fois, elle lui rendit.

Elle lui caressa les cheveux, puis il l'aida à retirer son soutien-gorge.

Il l'embrassa dans le cou, descendit vers ses seins et lui excita les tétons de sa langue, l'un après l'autre.

Il descendit encore, embrassa chaque centimètre de son corps et atteignit son bas-ventre . Elle retint son souffle.

Il caressa alors la partie la plus sensible de son anatomie.

— Oh ! Mon Dieu ! s'exclama-t-elle.

Elle bougea les hanches pour l'inciter à continuer ses caresses. Des vagues de plaisir déferlèrent sur elle et, alors qu'elle pensait en avoir éprouvé plus qu'elle n'en aurait espéré, il la couvrit de son corps et vint en elle.

Il eut alors une hésitation, s'immobilisa et elle enroula les jambes autour de ses hanches pour l'inciter à continuer.

— Je vous en supplie, ne vous arrêtez pas.

— Mais…

— Continuez, c'est tout. S'il vous plaît, le coupa-t-elle en se serrant plus fort contre lui.

Il la pénétra complètement.

Elle poussa un petit cri et il eut le réflexe de se retirer légèrement.

— Ça va ?

Elle partit d'un rire joyeux.

— Oh oui, mais ça irait encore mieux si vous ne vous arrêtiez pas.

Lentement, il se remit à aller et venir.

Il était tellement doux, tellement délicat qu'elle n'eut pas mal et se délecta sans retenue du lien qui les unissait. Alors c'était ça. La sensation de ne faire plus qu'un avec un homme !

Elle était heureuse et se mit à accompagner chacun de ses mouvements pour que le plaisir soit encore plus fort.

Après un long moment d'extase, il accéléra, puis s'immobilisa brutalement et se répandit en elle. Quelques secondes plus tard, il se retira, roula de côté, la prit dans ses bras et l'enveloppa de sa chaleur.

Elle se laissa aller, enivrée de plaisir et du réconfort de son étreinte.

— Jamais je n'aurais cru que ce serait aussi bon.

Dante resta silencieux quelques secondes.

— Vous avez crié. Pourquoi ?

Elle en fut confuse.

— Vraiment ?

Il la tint un long moment sans parler.

— Vous étiez vierge, n'est-ce pas ?

Comme elle ne répondait pas, il ajouta :

— Pourquoi vous ne me l'avez pas dit ?

Elle lui posa une main sur le torse.

— J'étais gênée. Et puis, de toute façon, quelle importance ?

— Nous ne l'aurions pas fait, répondit-il en lui caressant doucement le dos.

— Est-ce que vous regrettez ?

— Non.

La spontanéité de sa réponse la rassura et la fit sourire. Elle se détendit.

— Moi non plus. On donne beaucoup trop d'importance à la virginité.

— Alors pourquoi êtes-vous — étiez-vous — toujours vierge ?

— Je vous l'ai dit, les relations, ce n'est pas mon fort. Je n'ai jamais été capable d'aller plus loin qu'un premier rendez-vous.

Il agita la tête de droite à gauche.

— C'est vraiment incroyable.

Puis il lui donna un baiser, et ils restèrent enlacés ainsi. Elle n'avait plus froid.

Après un moment, il confia :

— Je dois vous avertir que moi non plus je ne suis pas très doué pour les relations. Je ne peux rien vous promettre.

— Je comprends.

Elle eut néanmoins un petit pincement au cœur. Mais qu'espérait-elle ? Sexe et amour n'allaient pas toujours de pair. Même s'ils avaient partagé un moment très fort, cela ne signifiait pas automatiquement qu'il éprouvait des sentiments pour elle.

Ellc lui avait offcrt sa virginité. Cependant, elle n'avait pas le droit d'attendre qu'il tombe amoureux d'elle.

— N'ayez crainte, je ne vous harcèlerai pas. Moi non plus de toute façon, je ne peux pas vous faire de promesses. Mais je vous suis reconnaissante de m'avoir aidée à vaincre mes complexes. A l'avenir, je serai moins gourde.

Elle regretta immédiatement ses propos. Qu'allait-il penser d'elle ? Qu'elle comptait se mettre à voler d'un homme à un autre ?

Elle avait beau lui avoir assuré ne rien attendre de lui, une ardente envie de refaire l'amour la tenaillait. Quand ils auraient rejoint la civilisation, peut-être lui demanderait-il de nouveau de sortir avec lui.

Elle soupira intérieurement. Etait-ce bien réaliste ?

4

Dante se plaqua contre l'épave de son hélicoptère. Son copilote était toujours sanglé à son siège, inerte. Il n'avait pas survécu à l'impact.

Au loin, il y avait un village, et une silhouette semblait s'approcher d'eux. Là. C'était l'homme qu'il avait repéré au dernier moment, trop tard, et qui était armé d'un fusil-mitrailleur.

Il resta à couvert, sortit son arme et la pointa vers l'homme, attendant qu'il bouge.

Il y eut alors un bruit de moteur. Un vieux camion rouillé fit son apparition. Il était rempli de soldats armés.

Seul, sans renforts, il était en fâcheuse posture. S'il voulait survivre, il devait faire mouche à chaque tir et ne pas gâcher une seule balle.

Le camion avança vers lui puis s'arrêta net. Les soldats sautèrent au sol de chaque côté. Il fit feu, mais les soldats continuèrent à se rapprocher. Ils étaient trop nombreux, jamais il ne pourrait les arrêter tous. Après plusieurs tirs, son chargeur fut vide.

Des hommes s'emparèrent de lui, le mirent debout en vociférant.

— Dante !

Comment pouvaient-ils savoir son nom ? Il se débattit pour se libérer.

— Dante, réveillez-vous !

Il ouvrit les yeux. Une faible lumière filtrait à travers la fenêtre d'une caravane.

— Dante ? répéta une douce voix féminine.

Tout lui revint.

— Emma ? dit-il d'une voix rauque.

Elle était penchée sur lui, son corps nu contre le sien. Ses seins lui effleuraient doucement le torse, et un parfum de roses s'en dégageait.

Il lui fallut un moment pour se calmer complètement et oublier son cauchemar. Il n'était pas prisonnier de soldats hostiles dans un pays étranger, il était dans une caravane, à la frontière avec le Canada.

Une trace rouge sur la joue d'Emma attira son attention.

— Que vous est-il arrivé ? demanda-t-il en lui passant lentement le pouce sur la joue.

Elle lui adressa un sourire entendu.

— Vous avez fait un mauvais rêve.

— Et c'est moi qui vous ai fait ça ?

Il en eut le cœur serré et se redressa sur les coudes.

— Oh ! Emma, je suis vraiment confus.

— Ce n'est rien, je n'ai pas mal, lui assura-t-elle en se posant la main sur la joue. En revanche, le grondement de moteur que j'entends dehors me préoccupe beaucoup.

Il tendit l'oreille. En effet, il y avait un bruit de moteur qui se rapprochait.

Il repoussa les couvertures.

— Levez-vous et habillez-vous.

— Pourquoi ? s'enquit-elle en sortant du lit.

— Rien ne dit que le type qui a abattu mon hélico hier n'est pas de retour.

— Mon Dieu !

Elle attrapa son pull, l'enfila prestement puis passa sa combinaison de survie et ses bottes.

Dante n'avait que ses sous-vêtements thermiques et ses bottes à mettre.

Il tendit la main vers la porte et tourna la poignée, mais elle ne s'ouvrit pas.

— Il y a un verrou ?

— Oui, mais de l'intérieur, elle devrait s'ouvrir.

Il essaya de nouveau.

Au même moment, la caravane fut secouée. Dante partit en arrière et percuta l'évier.

Emma retomba sur le lit.

— Qu'est-ce qui se passe ?

— La porte est bloquée et quelqu'un a fait démarrer votre camionnette sans détacher la caravane. Accrochez-vous !

Le terrain accidenté secouait la caravane dans tous les sens.

— Il roule en marche arrière ! s'exclama Emma. S'il continue, nous allons basculer dans la fosse du chantier de fouilles !

Elle batailla pour se remettre debout et se dirigea vers la porte. Une nouvelle secousse lui fit taper du front contre la paroi.

Elle s'accrocha à deux mains à la poignée de la porte.

— Nous devons l'arrêter.

Dante la rejoignit.

— Ecartez-vous !

Il la saisit par les épaules pour la faire reculer, s'accrocha à ce qu'il pouvait et prit son élan pour frapper la porte du talon. Il y était allé tellement fort qu'il en eut mal. Mais la porte n'avait pas bougé.

Il recommença. En vain.

Emma s'accrocha à l'évier et leva le volet.

— Oh ! Mon Dieu, nous allons tomber…

La caravane s'inclina, tout ce qui n'était pas fixé bascula. Elle se retrouva quasiment à la verticale et percuta le fond de la fosse. Il y eut un bruit de tôle froissée et de verre brisé, l'air froid s'immisça à l'intérieur.

Dante se retrouva sur le matelas.

— Emma ? appela-t-il.

— Ça va, répondit-elle en agitant la main de dessous le matelas. Mais je suis coincée.

A l'extérieur, il y eut un nouveau bruit de moteur puis un claquement de portière. L'avant de la caravane s'affaissa, et des débris tombèrent sur eux. Dante roula de côté et se protégea avec l'extrémité du matelas.

Quand le calme revint, il était bloqué entre le matelas et la paroi. Il y eut un grincement métallique, comme si la caravane était sur le point de se disloquer.

— Dante ? cria Emma.

— Je vais essayer de soulever le matelas.

Il s'appuya contre la paroi et repoussa le matelas.

— Vous pouvez vous dégager ?

— Je vais essayer.

Emma tendit la main, tâtonna, s'accrocha au rebord de l'évier et se hissa.

Une fois qu'elle fut dégagée, Dante laissa retomber le matelas et crapahuta pour remonter dessus en prenant soin de ne pas heurter la tôle froissée.

Le pare-chocs de la camionnette avait fait un trou

dans la paroi. Celui qui avait fait basculer la caravane dans la fosse y avait donc fait tomber aussi le véhicule pour qu'il les écrase. Si par malheur celui-ci bougeait ne serait-ce que de quelques centimètres, ils se retrouveraient irrémédiablement coincés dessous.

Dante approcha au maximum de cette brèche dans la paroi. Le froid le frappa en plein visage, mais il l'ignora. Il prêta l'oreille.

— Le type est parti ? murmura Emma.

Un vrombissement déchira l'air. Certainement celui d'une motoneige, jugea Dante.

— J'ai comme l'impression qu'il s'en va.

Pour autant, ils étaient loin d'être sortis d'affaire. Les grincements métalliques reprirent de plus belle. Petit à petit, la caravane ployait sous le poids de la camionnette.

La porte était inaccessible. Pourtant, ils ne devaient pas perdre de temps.

— Il faut qu'on sorte.

— Comment ? s'exclama Emma.

Dante plia les jambes puis les lança en avant pour se débarrasser des morceaux de verre qui tenaient encore à la fenêtre. Puis il termina à l'aide d'un oreiller pour qu'ils ne se blessent pas en sortant.

— Passez la première, dit-il.

— Pour que vous soyez écrasé ensuite ? répliqua Emma en secouant la tête. Hors de question. Si vous, vous parvenez à sortir, ce ne sera pas un souci pour moi, vous êtes beaucoup plus grand.

— Sauf que si je reste coincé, aucun de nous deux ne pourra sortir. Si vous passez la première et que moi je reste bloqué, vous pourrez aller chercher de l'aide.

Emma hésita.

— D'accord. Mais vous ne resterez pas coincé.

Elle se glissa sans difficulté par la fenêtre et roula au sol.

— A vous, maintenant, lui lança-t-elle. Et essayez de récupérer des vêtements et des couvertures, si possible.

Dante roula en boule deux couvertures qui se trouvaient à portée de main et les jeta par la fenêtre. La doudoune d'Emma dépassait du fatras. Il s'en empara également.

Soudain, il y eut un grincement.

— La camionnette bouge ! l'alerta Emma. Sortez !

Dante se tortilla pour atteindre la fenêtre. Il doutait de pouvoir passer mais engagea une épaule et ramena la seconde au maximum contre lui. Le rebord de la fenêtre frottait contre ses côtes mais il ne s'arrêta pas.

— Posez les mains sur mes épaules, lui proposa Emma.

Elle lui saisit les bras et le tira de toutes ses forces. Il passa les hanches, puis les jambes, au moment où la caravane pliait comme un accordéon. Ils roulèrent au sol tandis que le poids de la camionnette terminait de comprimer la caravane.

Dante se releva et aida Emma à faire de même. Ils observèrent tous deux les débris en dessous.

Emma se serra contre lui.

— A quelques secondes près…

Il lui passa un bras autour des épaules pour la réconforter.

— Nous sommes sortis. C'est tout ce qui compte.

— Mais qui a bien pu faire ça ?

— Je l'ignore mais je vous promets de le découvrir.

Emma retint un soupir. Dans son souvenir, le site de fouilles n'était pas si loin de la route. Mais c'était la première fois qu'elle devait faire le trajet dans la neige. Elle avait les doigts de pieds gelés et sa doudoune peinait à la protéger du vent glacial. Pour autant, elle ne pouvait pas se plaindre : Dante devait se contenter de ses sous-vêtements thermiques et d'une couverture jetée sur les épaules.

La camionnette était évidemment hors d'usage mais elle avait espéré qu'ils pourraient se servir de la motoneige. La veille, elle l'avait laissée garée à côté de la caravane. Sauf que leur agresseur avait percé le réservoir et arraché les câbles de transmission. Pour atteindre la route et trouver de l'aide, ils se voyaient forcés de couvrir près d'un kilomètre et demi à pied dans cinquante centimètres de poudreuse. Pire, comme la campagne du Dakota du Nord était très peu peuplée, plusieurs heures, voire plusieurs jours pouvaient s'écouler avant qu'un véhicule ne passe sur cette route.

Elle était fatiguée, elle avait froid et faim, mais parvint néanmoins à sourire. Au moins, elle ne mourrait pas sans avoir fait l'amour avec un homme.

— Ça va ? demanda-t-elle à Dante. Si vous voulez, on peut s'arrêter un moment à l'abri d'un rocher pour que vous puissiez vous réchauffer.

— Je vais bien, dit-il.

Les deux couvertures sur ses épaules lui protégeaient le haut du corps. En revanche, ses jambes étaient exposées.

— Nous devrions continuer à avancer.

Il luttait pour ne pas claquer des dents, remarqua Emma. Elle passa un bras autour de lui et fit de son mieux pour le protéger au maximum du vent car, s'ils ne trouvaient pas rapidement de l'aide, il finirait immanquablement en hypothermie.

Elle l'observa de la tête aux pieds. Il était musclé, dégageait une impression de force et ne montrait aucune faiblesse. Pourtant, il devait souffrir le martyre.

La tempête était passée, le soleil de retour, mais le vent soufflait constamment et semblait descendre directement du pôle Nord.

Quand, enfin, ils atteignirent la route, elle fut soulagée. La couche de neige était tellement dense qu'elle avait craint de s'être trompée de direction.

— Où allons-nous ? lui demanda Dante.

Elle inspecta les alentours.

— Si je ne m'abuse, le ranch le plus proche est à un kilomètre au nord.

Une violente bourrasque les frappa et elle fut transie de froid.

— Tenez.

Dante ôta une couverture de ses épaules et la lui tendit.

— Non, je n'en veux pas, répliqua-t-elle fermement. J'ai suffisamment chaud, vous en avez bien plus besoin que moi.

— Je suis habitué à tenir par de telles conditions. J'ai grandi dans les Badlands.

— Je me fiche de savoir où vous avez grandi. Si vous vous retrouvez en hypothermie, je ne pourrai pas vous porter, insista-t-elle en se redressant le plus possible pour avoir les yeux à peu près à hauteur des siens. Reprenez-la.

Il sourit et remit la couverture sur ses épaules.

— Alors allons-y. Je suis impatient de prendre mon café du matin.

Il serra les couvertures autour de lui et repartit.

Emma dut hâter le pas pour revenir à sa hauteur. Elle n'arrivait toujours pas à y croire : il lui avait offert une de ses couvertures alors qu'elle avait une combinaison complète et lui presque rien. Quel entêté !

Néanmoins, sa sollicitude et la force qu'il dégageait l'impressionnaient.

Elle avait de nombreuses questions en tête mais devrait attendre qu'ils soient à l'abri, au chaud, pour les lui poser.

Elle voulait consacrer toute son énergie à soutenir le rythme. Le soleil était haut dans le ciel et son reflet sur la neige lui donnait mal aux yeux. Elle baissa la tête et fixa les traces de pas de Dante. Même quand elle le laissait prendre un peu d'avance pour récupérer, elle restait dans son sillage.

Après une marche sans fin et alors qu'elle avait l'esprit tellement engourdi de froid qu'elle n'arrivait même plus à réfléchir, elle leva les yeux et faillit pousser un cri de joie.

Au loin, un fin panache de fumée se détachait du paysage immaculé. Là où il y avait de la fumée, il y avait un feu, et donc de la chaleur. Son moral remonta et elle trouva l'énergie pour hâter le pas, le regard fixé devant elle. La forme d'un bâtiment d'habitation finit par apparaître.

Mais alors qu'ils n'étaient plus qu'à une cinquantaine de mètres de la maison, elle fit un pas de travers et s'affala dans la neige.

Avant même qu'elle ait esquissé le moindre mouvement pour se relever, Dante la prenait dans ses bras et la portait.

— Po… posez-moi, articula-t-elle avec difficulté.

— Chut, répondit-il en la tenant fermement contre lui sans s'arrêter.

Elle n'eut d'autre choix que passer les bras autour de son cou et se laisser faire.

Arrivé devant la porte, il frappa.

Il y eut un bruit de pas à l'intérieur puis la lourde porte de bois s'ouvrit.

— Mon Dieu ! s'exclama un vieil homme vêtu d'une chemise en flanelle, d'un jean et de grosses chaussettes en laine.

— Nous avons besoin d'aide, monsieur, dit Dante.

— Olaf, ne reste pas planté là, laisse-les entrer et ferme la porte, intervint une vieille dame. Entrez, entrez.

L'homme s'écarta et, d'un geste, les invita à l'intérieur.

Avant même que la porte fût refermée, Emma avait déjà plus chaud.

— Nous avons réussi, dit-elle, les larmes aux yeux tant elle était fatiguée et rassurée à la fois.

— Venez, allongez-la devant la cheminée, intima la vieille dame à Dante.

Au passage, elle poussa un golden retriever et désigna le canapé.

— A cause de la tempête, nous n'avons plus d'électricité depuis la nuit dernière, expliqua-t-elle. Alors, nous campons dans le salon et nous restons près du feu. Nous avons un groupe électrogène mais nous ne l'utilisons qu'en cas d'urgence.

Emma faillit en éclater de rire. Il ne devait pas y avoir grand monde qui jugeait que se retrouver sans électricité par une telle température n'était pas une situation d'urgence. Mais dans le Dakota du Nord, les gens de la campagne étaient endurcis et ne devaient pas souvent s'affoler.

Dante la posa doucement sur le canapé et lui ôta sa doudoune.

— Laissez-moi faire, intervint la dame. Allez plutôt

vous asseoir près du feu, vous êtes congelé. Je m'appelle Marge, apprit-elle à Emma, et voici mon mari, Olaf.

Elle l'observa et fronça les sourcils.

— On ne se serait pas déjà rencontrées ? Votre visage me semble familier.

— Je crois que nous nous sommes vues cet été, répondit-elle en s'efforçant de sourire. Je m'appelle Emma Jennings, je travaille pour le département de paléontologie de l'université. Jusqu'à hier, je travaillais encore sur le site de fouilles, pas très loin d'ici.

— Je croyais que les fouilles avaient été interrompues depuis septembre, fit remarquer Olaf.

Emma haussa les épaules.

— Comme l'automne a été très doux, j'ai continué à venir les week-ends. Et là, je souhaitais effectuer une dernière journée de fouilles et plier mon matériel avant le gel.

— Et la tempête vous a surpris, en déduisit Marge. Vous avez eu de la chance de ne pas mourir de froid.

Elle continuait à lui enlever sa doudoune.

— Je… je peux l'ôter toute seule, lui assura Emma.

— Ne bougez pas, vous avez les mains glacées. Réchauffez-les pour laisser circuler le sang.

Elle jeta un regard à Dante par-dessus son épaule.

— Et lui, que faisait-il dehors en sous-vêtements ? Que s'est-il passé exactement ?

Olaf prit les couvertures de Dante et lui en donna des sèches à la place.

— Votre camionnette est restée coincée dans la neige ?

Emma leva les yeux vers Dante, ne sachant trop quoi leur dire, car elle ne voulait pas les effrayer.

Dante lui retourna un signe de tête et prit le relais :

— Je m'appelle Dante Thunder Horse, je suis pilote d'hélicoptère au sein du service de surveillance des frontières à Grand Forks. Mon appareil a été abattu hier pas très loin d'ici.

Olaf écarquilla les yeux mais ne répondit pas.

Dante reprit la parole. Quand il eut terminé son récit, Olaf passa la main dans ses cheveux gris et secoua la tête, abasourdi.

— Si même dans le Dakota du Nord, nous sommes en danger, il y a du souci à se faire.

— Ça vous dérange si j'utilise votre téléphone ? demanda Dante. Je dois prévenir ma base que je suis en vie.

Marge tendit une couverture à Emma.

— Donne-lui le téléphone, Olaf.

Celui-ci s'exécuta.

Dante composa le numéro, porta le téléphone à son oreille et fronça les sourcils.

— Je n'ai pas de tonalité.

— Evidemment ! s'exclama Olaf. Je suis bête ! Sans électricité, le téléphone ne peut pas fonctionner. Mais nous en avons un autre dans la cuisine qui a peut-être encore un peu d'autonomie.

Une minute plus tard, il était de retour.

— Pas de tonalité non plus. Je suppose que la tempête d'hier soir a fait tomber des poteaux télégraphiques.

— Je dois rentrer à Grand Forks sans tarder, lança Dante. A l'heure qu'il est, ma base a certainement lancé des recherches.

— Je peux vous emmener à Devil's Lake, reprit Olaf, mais pas plus loin. Sinon, je ne serai pas de retour auprès de Marge avant la tombée de la nuit.

— Ne t'inquiète pas pour moi, je peux me débrouiller seule, l'assura Marge.

— Nous ne voulons pas vous causer de soucis, déclara Emma.

— En effet, renchérit Dante. Si vous pouvez nous conduire à Devil's Lake, ce sera très bien. Là-bas, nous trouverons sûrement quelqu'un pour nous conduire à Grand Forks.

— D'accord, fit Olaf. Je vous conduirais bien jusqu'à Grand Forks moi-même. Mais, avec cette neige et ma femme toute seule ici qui doit s'occuper du feu pour qu'il ne gèle pas à l'intérieur de la maison…

— Nous comprenons et nous vous sommes déjà très reconnaissants, le rassura Dante. Devil's Lake, ça nous convient.

— Bien, je vais sortir la camionnette de la grange, répondit Olaf en se dirigeant vers l'arrière de la maison. Marge, va chercher des vêtements pour monsieur, il ne peut tout de même pas rester aussi peu vêtu jusqu'à Grand Forks.

Marge les laissa seuls dans le salon et revint quelques instants plus tard avec un jean, une vieille doudoune et une chemise en flanelle.

— Ces affaires étaient à mon fils. Il est un peu plus grand que son père, elles devraient donc vous aller.

— Je vous les rapporterai dès que possible.

— Ne vous inquiétez pas. Il y en a d'autres dans son armoire et, de toute façon, il vient rarement ici en hiver. D'habitude, c'est nous qui allons lui rendre visite en janvier et février. Il vit en Floride avec sa famille. A cette période de l'année, il fait un peu meilleur qu'ici, ajouta-t-elle avec un sourire entendu.

Dante lui retourna son sourire et accepta les vêtements.

— Si vous souhaitez aller vous habiller, la salle de bains est au bout du couloir, dit Marge en pointant la direction.

Dante disparut quelques minutes puis réapparut vêtu d'un jean un peu large à la taille et trop court aux jambes, nota Emma. Il était également serré dans la chemise, mais ne se plaignit pas. Il devait déjà être heureux de porter autre chose que de simples sous-vêtements thermiques.

Il enfila la doudoune et remonta la fermeture à glissière.

— Je vais aider Olaf à sortir la camionnette.

— Non, ne bougez pas, répliqua Marge. Vous avez suffisamment souffert du froid, continuez à vous réchauffer quelques minutes supplémentaires.

— Je vais bien, ne vous inquiétez pas.

Il tourna la tête vers Emma.

— Je reviens vous chercher dès que nous sommes prêts à partir.

Emma en fut émue. Il lui avait adressé un simple regard qui ne signifiait rien de particulier mais, quand il posait les yeux sur elle, elle était toujours touchée.

Elle resta seule avec Marge. Elle aurait voulu avoir la force de sortir aussi mais l'idée de se retrouver de nouveau dans l'air glacial lui sapait d'avance toute énergie. Comment Dante faisait-il pour être aussi endurant ?

— C'est un homme en acier trempé que vous avez là, fit Marge.

Emma voulut lui expliquer qu'ils n'étaient pas ensemble mais elle se ravisa. Peu importait ce que Marge croyait, c'était sans conséquences et, qu'elle pense que Dante était son compagnon ne lui déplaisait pas.

— Depuis combien de temps êtes-vous avec lui ? demanda soudain Marge.

Finalement, elle aurait mieux fait de tout lui dire spontanément…

— Pas très longtemps, répondit-elle évasivement.

C'était la réponse la plus proche de la vérité, non ?

Marge sourit.

— Tous les deux, vous formez un beau couple. Avez-vous besoin d'une doudoune supplémentaire ? Dans la camionnette, Olaf laisse toujours des couvertures et un sac de couchage au cas où nous resterions bloqués quelque part. N'hésitez pas à vous en servir. Quand on prend froid, il faut parfois du temps pour s'en remettre. Je parle d'expérience.

Emma acquiesça. Elle connaissait la rigueur des hivers du Dakota du Nord.

— J'ai mis mon Camping-gaz en route pour faire chauffer de l'eau, reprit Marge. Si vous n'êtes pas trop pressés, je peux vous concocter un petit déjeuner tout simple.

— Merci, mais ce n'est vraiment pas la peine de vous donner tant de mal, déclara Emma.

Néanmoins, elle en avait l'eau à la bouche.

Marge eut un petit rire.

— Oh ! Ça ne m'ennuie pas du tout, au contraire. Vous savez, par ici, nous recevons rarement de la visite. Je vais préparer un petit quelque chose.

Au bruit de vaisselle sortie du placard et de poêles posées sur le feu ne tarda pas à succéder un délicieux parfum de bacon grillé. Quand Dante et Olaf revinrent dans la maison, Emma en salivait et elle repoussa sa couverture pour se lever.

— Tout est prêt, déclara Dante.

— Tant mieux, répliqua Marge. Alors, venez manger un morceau avec Olaf et moi. Mieux vaut partir avec l'estomac plein.

Marge déposa des assiettes et une cafetière fumante sur la table.

— C'est vraiment gentil de votre part, dit Emma en s'asseyant.

Elle posa les yeux sur les œufs brouillés et les tranches de bacon devant elle.

— Je sens que je vais me souvenir longtemps de ce petit déjeuner.

— Merci beaucoup, vous êtes un ange, dit Dante à Marge en lui donnant l'accolade avant de s'asseoir à son tour.

Leur hôtesse en eut le rouge aux joues.

— Avec un simple réchaud, Marge peut faire des miracles, déclara fièrement Olaf.

Marge lui fit un signe entendu.

— En fait, Olaf m'a épousée seulement parce que je suis une cuisinière correcte.

— C'était aussi la plus jolie fille du comté.

Emma sourit, attendrie. Olaf et Marge s'aimaient beaucoup, cela ne faisait aucun doute.

— Depuis combien de temps vivez-vous ensemble ?

Olaf inclina la tête et réfléchit.

— Ça fait combien, Marge, trente ans ? Plus ?

— Plutôt pas loin de quarante.

— Tant que ça ? Je n'arrive plus à compter car tu ne changes pas.

— Espèce de menteur.

Emma échangea un regard complice avec Dante.

L'ambiance chaleureuse et le délicieux petit déjeuner lui redonnaient de l'énergie. Elle se sentait bien.

C'était vraiment une drôle de journée, se dit-elle au moment de prendre congé. Ils venaient de passer un moment très agréable alors que, quelques heures plus tôt, on avait tenté de les tuer, Dante et elle.

D'ailleurs, le long du trajet jusqu'à Devil's Lake, de sombres pensées revinrent l'assaillir. Celui qui avait abattu l'hélicoptère de Dante avait voulu à tout prix finir le boulot. De toute évidence, ils pouvaient craindre une nouvelle tentative.

5

A Devil's Lake, Dante put enfin appeler sa base. La standardiste se montra soulagée de le savoir en vie :

— Plusieurs hélicoptères ont été envoyés sur la zone où l'on vous a localisé pour la dernière fois, mais la neige avait presque tout recouvert et on n'a repéré l'épave qu'il y a peu de temps.

La standardiste le mit ensuite en ligne avec Jim Kramer, son supérieur.

— Bon sang, Thunder Horse, où étais-tu ?

Dante éclata de rire.

— Je faisais une petite randonnée.

— Tu nous as fichu une belle trouille, oui !

— Ça fait plaisir de savoir que vous vous êtes inquiétés.

Dante faisait partie de l'équipe de surveillance des frontières depuis plusieurs années, ses collègues et lui étaient très proches. Quand un membre de l'équipe avait un souci, tout le monde faisait corps autour de lui.

— En tout cas, tout s'est bien terminé, je suis en vie et en bonne santé.

— Heureux de l'entendre, répliqua Jim. Mais que s'est-il passé ?

— Un type a abattu mon hélico au lance-roquettes.

— Quoi ?

— Ecoutez, je suis à Devil's Lake, là. La tempête a fait chuter pas mal de lignes à haute tension et de poteaux télégraphiques. Je vais chercher un routier qui passerait par Grand Forks. A mon retour, je vous ferai un rapport détaillé.

— D'accord, mais je vais te faire gagner du temps. Biacowski est parti à ta recherche. Je vais le contacter et lui dire de venir te chercher.

— Je veux bien s'il a de la place pour deux passagers.

— Que veux-tu dire ?

— Si j'ai pu réchapper à l'accident et survivre au froid et à la tempête de la nuit dernière, c'est grâce à une personne qui travaille à l'université de Grand Forks.

— Tu la remercieras de ma part. Je suis vraiment soulagé que tu ailles bien.

— Merci, je n'y manquerai pas.

Après avoir fixé un lieu de rendez-vous où Biacowski viendrait les prendre, Dante raccrocha. Quand il revint à la camionnette, Emma embrassait Olaf, qui s'apprêtait à repartir.

Un sentiment qui ressemblait étrangement à de la jalousie le gagna. Il n'avait pourtant rien à craindre d'Olaf mais qu'Emma soit aussi chaleureuse avec le vieil homme le contrariait d'autant plus qu'elle gardait ses distances avec lui depuis qu'ils avaient rejoint la civilisation.

Il lâcha un soupir. Quand Samantha était encore en vie, il lui suffisait de voir un homme lui dire bonjour pour éprouver de la jalousie. Chaquc fois, cela la faisait rire et elle lui disait qu'il fallait vraiment qu'il se fasse une raison. Il lui avait promis de se maîtriser mais il n'y était jamais complètement parvenu.

Ce n'était pas une jalousie possessive, plutôt l'expression d'une peur de la perdre, tant il l'aimait. Et, hélas, sa peur était devenue réalité. Elle ne l'avait pas quitté, elle était partie définitivement, dans des circonstances dramatiques.

Il observa Emma : elle n'avait pas beaucoup de points communs avec Samantha. Cette dernière avait des cheveux blonds lisses et des yeux gris tandis qu'Emma était une petite brune aux cheveux bouclés et aux yeux noirs.

Samantha était capitaine dans l'armée, milieu éminemment machiste, et elle avait une confiance en elle très affirmée alors qu'Emma semblait introvertie et craindre les hommes. Cependant, elle n'avait pas hésité à foncer avec sa motoneige sur l'homme armé qui voulait sa mort, se rappela Dante. Malgré leurs différences, toutes deux étaient des femmes de caractère.

Le regard d'Emma croisa le sien et elle lui sourit. Elle n'était pas aussi sexy que Samantha mais elle dégageait une douceur et une sérénité qui l'apaisaient et l'excitaient à la fois. Son cœur battit un peu plus fort et il eut envie de se retrouver de nouveau blotti sous les couvertures avec elle. Elle lui avait fait un cadeau très spécial, un cadeau qu'elle ne pourrait jamais lui reprendre. Dommage qu'il ne soit pas prêt pour se lancer dans une véritable relation. Elle en aurait valu la peine.

Elle se mit à rosir, remarqua-t-il. Probablement avait-elle lu dans ses pensées…

Le vrombissement familier d'un hélicoptère en approche le sauva de l'embarras. C'était presque une musique, une douce musique.

Avec un pincement au cœur, il repensa à son appareil qui n'était plus qu'une épave sous la neige. Un hélicoptère, ça coûtait beaucoup d'argent, il fallait en prendre soin et ça ne se remplaçait pas du jour au lendemain. Il avait songé plusieurs fois à ce qu'il aurait pu faire pour éviter le crash, mais il ne pouvait pas revenir en arrière.

Biacowski passa au-dessus d'eux, leur fit signe et se posa dans un champ ouvert aux abords de Devil's Lake.

Olaf les conduisit suffisamment près pour qu'ils puissent rejoindre l'hélico à pied.

Emma l'embrassa encore une fois et le remercia chaleureusement.

Dante lui serra la main.

— Un grand merci à votre épouse et à vous pour tout ce que vous avez fait.

— Je vous en prie, c'était un plaisir. J'espère que vous reviendrez nous voir un de ces jours. Dans de meilleures circonstances, si possible, ajouta-t-il en riant.

Emma lui retourna son sourire.

— Nous essaierons, c'est promis.

Tous deux se dirigèrent vers l'appareil, penchés en avant car les pales tournaient toujours. Dante aida Emma à monter à l'arrière et à boucler ses sangles puis lui tendit un casque équipé d'un micro pour qu'elle puisse communiquer avec le pilote et lui.

Enfin, il s'installa à son tour à l'avant et posa lui aussi son casque sur ses oreilles.

Biacowski lui adressa un regard sévère.

— Ne me fais plus jamais aussi peur.

— Désolé de t'avoir donné des émotions, répondit Dante avec un petit rire. Mais si tu n'avais pas été malade, ça aurait pu être pire, car je doute qu'Emma aurait pu nous secourir tous deux.

Biacowski se retourna et leva le pouce.

— Un grand merci à vous, Emma. Je vous suis redevable.

Elle acquiesça timidement.

— C'est même tout le service qui vous doit une fière chandelle. Dante est un de nos meilleurs pilotes.

Emma plaça le micro devant sa bouche :

— Je suis heureuse d'avoir été utile.

Biacowski se pencha vers Dante.

— Où l'as-tu trouvée ? Elle est mignonne, dis donc.

Dante jeta un regard à Emma, car elle pouvait entendre tout ce que Biacowski disait.

— C'est plutôt elle qui m'a trouvé, pas l'inverse.

— Dès que nous serons arrivés, je veux que tu me racontes tout.

— Promis. Je te demande seulement de nous faire rentrer au plus vite car la journée a été longue.

Il se renfonça dans son siège. Une petite sieste ne lui ferait pas de mal, pensa-t-il.

Discrètement, il se retourna : Emma n'était pas loin non plus de s'endormir. La chute de la caravane dans la fosse puis la randonnée forcée dans la neige l'avaient épuisée et c'était compréhensible.

Il ferma les yeux mais le bruit des rotors lui donnait tellement envie de prendre les commandes qu'il fut incapable de s'endormir. Il renonça à son projet de sieste et inspecta le paysage blanc en dessous. A tout moment, il s'attendait à ce qu'un homme surgisse en motoneige avec un lance-roquettes.

Il était nerveux et ne parvint à se détendre qu'à l'approche de Grand Forks.

Biacowski effectua un premier survol de la base puis, avec dextérité, se posa sur une piste disponible.

Avant même que les pales aient complètement cessé de tourner, Dante aida Emma à défaire ses sangles.

— Dès que j'aurai fait mon rapport à mon chef, je vous reconduirai chez vous, lui annonça-t-il. Ça ne vous ennuie pas de patienter un moment ?

— Je peux très bien rentrer en taxi, répondit-elle. Ne vous inquiétez pas pour moi.

— En fait, je pense que mon chef souhaitera également entendre votre témoignage. Vous avez vu l'homme qui a abattu mon hélico.

— Oui, mais pas en détail.

— Tout ce que vous pourrez donner comme précisions sera utile.

Il lui tendit la main pour l'aider à descendre puis, en compagnie de Biacowski, ils se dirigèrent vers les bâtiments.

Jim Kramer les accueillit à la porte de son bureau, les pria d'entrer et leur proposa un café.

— Vous êtes sûrs que vous ne feriez pas mieux d'aller à l'hôpital ? leur demanda-t-il en les observant avec inquiétude. Vous n'avez pas très bonne mine, excusez-moi de vous le dire.

Dante croisa le regard d'Emma et soupira.

— Nous avons eu une journée éprouvante.

Il raconta tout ce qui s'était passé au cours des dernières vingt-quatre heures puis son chef posa quelques questions à Emma.

— Pourriez-vous décrire plus ou moins précisément cet homme en motoneige ?

Elle fit non de la tête.

— Je peux seulement affirmer qu'il avait les cheveux

noirs. Tout s'est passé très vite et je voulais avant tout l'empêcher de s'en prendre à Dante.

Kramer fit le tour de son bureau pour serrer la main d'Emma.

— Bien sûr. Je vous remercie d'avoir sauvé la vie d'un de mes meilleurs éléments. Dante est surtout un type bien qui nous aurait énormément manqué.

Gêné par ses louanges, Dante changea de position. Il était d'autant plus embarrassé qu'il s'en voulait de ne pas avoir réussi à éviter le crash.

— Ce qui me préoccupe, confia-t-il, c'est que le type qui a descendu mon hélico est revenu finir le boulot. Deux fois. Et je crains qu'il ne récidive quand il apprendra que sa seconde tentative a également échoué. Et s'il pense qu'Emma pourrait l'identifier, il risque de s'en prendre à elle.

Kramer s'appuya contre son bureau et se passa la main sur le menton.

— Tu as raison. J'imagine que je pourrais assigner un homme à sa protection.

Emma se redressa.

— Non, je n'ai pas besoin qu'on me protège. Je peux me débrouiller toute seule.

Kramer secoua la tête.

— Le type qui s'en est pris à Dante doit certainement savoir qu'agresser un agent du service des frontières est un crime d'Etat. Il ne va pas courir le risque d'être identifié.

Dante se pencha vers Emma et lui prit la main.

— Laissez-nous assigner un homme à votre protection. Au moins pendant quelque temps.

Emma pinça les lèvres.

— Non, merci. Les vacances de Noël viennent de

débuter, je ne reprendrai pas le travail avant quelques semaines. D'ici là, je serai prudente. Je refuse que vous mobilisiez des moyens pour ma seule personne.

Kramer se tourna vers Dante.

— Je ne peux pas la forcer à accepter de l'aide.

Dante croisa le regard d'Emma. A son expression obstinée, elle ne supportait pas qu'on décide à sa place. Toutefois, il lui devait la vie et il était hors de question qu'on s'en prenne à elle.

— J'ai pas mal de congés en retard, il me semble.

— C'est vrai, admit Kramer.

— Je comptais passer un peu de temps avec ma famille au ranch Thunder Horse pendant les fêtes. Si vous n'y voyez pas d'inconvénient, j'aimerais utiliser ces congés dès à présent pour rester avec Emma… Le temps qu'on découvre qui a osé abattre un hélicoptère et tenté de nous tuer.

— Ai-je mon mot à dire ? intervint Emma.

Dante lui retourna un sourire malicieux.

— Seulement si c'est pour donner votre accord.

— Non, désolée, rétorqua-t-elle en se levant. J'aime être seule et je n'ai pas envie qu'on s'occupe de moi comme si j'étais une enfant en bas âge.

Dante avait toujours eu de l'admiration pour les femmes indépendantes à fort caractère, mais il restait déterminé à la convaincre. Il se leva à son tour.

— Si cela peut vous rassurer, vous ne saurez même pas que je suis dans les parages. Je resterai dans ma voiture à proximité de l'endroit où vous habitez.

Avant même d'avoir terminé sa phrase, il comprit son erreur.

— Quoi ? s'écria Emma. Vous allez m'épier comme un déséquilibré qui me suivrait partout ?

Jim Kramer partit d'un petit rire.

— Ecoutez, je vais vous laisser accorder vos violons, moi j'ai d'autres réunions. Passez à l'infirmerie pour qu'on s'assure que tout va bien et, ensuite, vous pouvez y aller. Dante, je ne vous revois pas avant le jour de l'An... Alors, d'ici là, tâchez de rester au chaud. On annonce que, dès cette nuit, la température pourrait descendre jusqu'à moins quinze.

— Je vous assure que nous n'avons pas l'intention de passer la nuit dans le froid, répondit Dante. Même si on peut y trouver des avantages...

Kramer leur dit au revoir puis quitta son bureau.

Dante se tourna alors vers Emma : elle était rouge de confusion.

— Je ne veux pas vous priver de vos vacances en famille, marmonna-t-elle.

Dante eut envie de sourire mais se retint. Manifestement, son allusion à ce qui s'était passé entre eux la nuit précédente avait gêné Emma et elle cherchait à changer de sujet. Il en fut légèrement amusé.

— Je vous promets d'aller voir ma famille quand même.

— Il n'y a pas de « quand même ». C'est avec vos proches que vous devez passer vos vacances, pas avec moi.

— Et si ça me plaît d'être avec vous ?

Elle le toisa.

— Et si moi, je n'aime pas être avec vous ?

Son regard brillait de colère et elle lui plaisait tout autant ainsi que quand elle se montrait timide et douce. Il prit ses mains entre les siennes.

— Vous êtes sincère ?

— Vous avez dit vous-même que vous ne pouviez m'offrir aucune garantie, alors ne commencez pas à avoir pitié de moi.

— Je n'ai pas pitié de vous, je m'inquiète pour vous.

— Je peux me débrouiller toute seule. Je le fais depuis des années.

— Je comprends très bien, répliqua-t-il d'un ton conciliant en lui passant doucement les pouces sur le dessus des mains. Vous êtes indépendante et débrouillarde, c'est entendu. Mais, jusqu'à ce matin, a-t-on déjà cherché à vous tuer ?

Elle ouvrit la bouche mais ne trouva pas de réponse.

— Non, répondit-il pour elle. Moi, j'ai déjà vécu cette situation et ça ne m'amuse vraiment pas. Je vous jure que, dans des cas comme ça, se retrouver seul, ce n'est vraiment pas bon.

— Pour autant, je n'ai pas besoin que vous deveniez mon garde du corps.

— Emma, de quoi avez-vous peur exactement ? Du type qui s'en est pris à nous ou de moi ?

— Ni de lui ni de vous, rétorqua-t-elle en baissant les yeux. C'est de moi que j'ai peur.

Son expression malheureuse lui serra le cœur.

— Pourquoi ?

Elle releva la tête, regarda dans le vide et resta silencieuse un long moment. Puis elle déclara :

— Cela fait trop longtemps que je vis seule et que je m'accroche à mon indépendance. Devoir compter sur quelqu'un d'autre me fait paniquer.

Visiblement, elle ne disait pas tout, songea Dante. Dans le passé, elle avait dû être blessée.

— Devoir compter sur les autres, ce n'est pas forcément

négatif. En plus, ce ne sera que temporaire. Une fois que ce type aura été arrêté, tout redeviendra comme avant.

Elle ne répliqua pas : son obstination commençait probablement à flancher. Il décida d'insister.

— En plus, vous m'avez sauvé la vie deux fois.

Il porta une de ses mains à ses lèvres et y déposa un petit baiser.

— J'ai une dette envers vous et si vous ne m'autorisez pas à vous protéger pendant un petit moment, je me sentirai toujours redevable. Oseriez-vous me laisser vivre avec ce poids sur la conscience ? Ma virilité en prendrait un sacré coup.

Elle fronça les sourcils.

— Vous ne me devez rien. Et votre… virilité ne risque rien non plus.

Sa gêne évidente lui rappela la sensation de son corps délicat contre le sien et, comme elle se mit à rougir, il ne devait pas être le seul à y repenser.

— S'il vous plaît. Laissez-moi jouer les gardes du corps. Vous ne le regretterez pas.

Elle soupira.

— Vous croyez réellement que je suis en danger ? Moi, alors que j'ai une vie des plus ennuyeuses ? Comment pourrais-je constituer une menace ?

— Vous avez vu ce type, voilà tout.

— Oui, mais il pense certainement que nous sommes tous deux morts dans la caravane.

— Il finira par apprendre que nous nous en sommes sortis.

— Mais j'ai à peine vu son visage, je ne sais pas à quoi il ressemble.

— Il n'en sait rien. Pour lui, l'important, ce sera que

nous sommes toujours en vie et que nous pourrions l'identifier.

Emma poussa un nouveau soupir.

— D'accord, je vous autorise à garder un œil sur moi, mais seulement pour quelques jours. Je suis sûre que l'enquête ne tardera pas à aboutir et que le coupable sera arrêté.

Satisfait, Dante lui sourit. Il n'était pas aussi optimiste qu'elle et faisait peut-être du zèle. Mais la protéger était de son devoir. S'il lui arrivait malheur, il ne se le pardonnerait jamais.

La base était à plusieurs kilomètres de la ville. Quand ils sortirent du bâtiment, une bourrasque les saisit et Emma serra sa doudoune autour d'elle.

— Comment rejoignons-nous Grand Forks ? s'enquit-elle.

Dante indiqua le parking.

— Ma Jeep est garée là-bas.

Il faisait tellement froid qu'elle claquait des dents.

— Votre voiture n'est pas équipée de sièges chauffants, par hasard ?

De sa poche, il sortit sa clé, récupérée au vestiaire de la base, et actionna le déverrouillage des portières.

— Eh bien figurez-vous que si.

— Dieu merci.

— Mieux encore, elle dispose d'un thermostat intégré et le chauffage doit déjà s'être mis en marche.

Alors qu'ils approchaient d'une grosse Jeep noire, un ronronnement de moteur surprit Emma.

— C'est celle-ci ?

— Tout juste. Je sais qu'elle est un peu tape-à-l'œil mais j'ai toujours aimé conduire et j'avais envie d'une voiture bien équipée. J'ai économisé pour me l'offrir depuis que j'ai quitté l'armée.

— Dans l'armée, vous étiez déjà pilote d'hélicoptère ?

Il acquiesça sans un mot.

Elle s'interrogea : avait-il gardé des séquelles de ses années militaires ? Souffrait-il de stress post-traumatique ?

La nuit précédente, elle l'avait réveillé en plein cauchemar. Sur le moment, elle avait cru que c'était lié à la chute de l'hélicoptère. Mais il y avait peut-être autre chose. Il lui avait confié qu'on avait déjà essayé de le tuer. Avait-il vu des hommes mourir sous ses yeux ?

Le ciel était gris, le vent soufflait. Elle hâta le pas pour rejoindre la Jeep, monta et apprécia la relative chaleur qui régnait déjà à l'intérieur.

Dante monta lui aussi et démarra.

Le trajet jusqu'à Grand Forks se fit en silence. Quand il tourna à gauche alors qu'il aurait fallu prendre à droite pour aller chez elle, elle se rappela ne pas lui avoir précisé où elle habitait.

— Je vis dans le quartier de l'université.

— Et moi dans le sud de la ville, répondit-il en lui jetant un regard. Je me suis dit que nous pourrions passer chez moi en premier pour prendre quelques vêtements de rechange et des affaires dont j'aurai besoin.

— Comment ça ?

— Pour pouvoir rester avec vous.

— Avec moi ?

— Oui, je pensais que c'était réglé. Pendant quelques jours, je suis votre garde du corps.

— Mais cela ne signifie pas que vous devez rester avec moi en permanence.

— Comment suis-je censé assurer votre protection si je ne suis pas au même endroit que vous ?

— Mais…

Elle se mordit la lèvre inférieure.

— C'est que mon appartement est vraiment petit.

Imaginer Dante chez elle, même si ce n'était que pour quelques jours, lui faisait perdre ses moyens. Et ils n'étaient même pas encore arrivés…

— Si vous le souhaitez, nous pouvons nous installer chez moi. Mais je pensais que vous vous sentiriez mieux chez vous.

Elle chercha quoi dire. Elle n'était plus dans ses repères. Elle menait une existence ordonnée que rien ne venait jamais troubler. Depuis que l'hélicoptère de Dante avait chuté, c'était le chaos. Au sens propre.

— Nous resterons chez moi, dit-elle finalement. Mais c'est tout. Vous dormirez sur le canapé.

Il ne répondit pas et garda les yeux sur la route. Mais un petit sourire étirait ses lèvres.

S'il souriait franchement, elle ne résisterait pas, elle en était bien consciente. Il avait beaucoup trop de charme et de charisme pour qu'une pauvre petite professeure d'université à la vie bien rangée lui tienne tête.

Je suis fichue.

Dante tourna la tête.

— Pardon ? Vous avez parlé ?

— Non, non… Je n'ai rien dit du tout, bafouilla-t-elle.

Il fallait qu'elle se reprenne. Certes, ils avaient fait l'amour ensemble, mais cela ne signifiait pas qu'ils allaient remettre ça dès qu'ils auraient franchi la porte de son appartement ! Il l'avait avertie qu'il ne souhaitait pas se lancer dans une relation.

Elle ne devait pas trop s'attacher et tomber amoureuse de lui. Sinon, elle ne parviendrait pas à gérer ses émotions.

Mieux valait qu'elle garde ses distances pour ne pas risquer d'avoir le cœur brisé.

Mais comment allait-elle s'y prendre alors qu'elle vivait dans un deux-pièces ?

6

— Si vous voulez, je vous attends dans la voiture pendant que vous allez chercher vos affaires, proposa Emma à Dante.

Il était en train de se garer devant chez lui.

— Désolé, répondit-il en inclinant la tête, mais je ferais un piètre garde du corps si, à la première occasion, je vous laissais hors de ma vue. Accompagnez-moi.

Quand elle pénétra dans l'appartement, Emma fut décontenancée. Même si elle avait partagé un moment intime avec Dante et qu'il s'était montré d'une grande gentillesse, elle ne le connaissait pas très bien et elle avait espéré que l'endroit où il vivait lui en apprendrait un peu plus. Hélas, son intérieur était aussi austère et impersonnel qu'un cabinet médical.

Dante se dirigea vers la cuisine et saisit un téléphone sans fil.

— Il faut que j'appelle ma famille au cas où ils auraient entendu parler de l'accident.

Il alla dans la chambre en téléphonant. Apparemment, il était tombé sur un répondeur car il déclara :

— Maman, c'est moi. Si par hasard tu as entendu aux infos qu'un hélico du service des frontières s'est écrasé, rassure-toi, je vais bien. C'était mon appareil mais je ne suis pas blessé. Rappelle-moi dès que tu pourras, je t'embrasse.

Tandis qu'il commençait à rassembler des affaires, Emma détailla le salon et la cuisine.

Il n'y avait pas beaucoup de meubles. Un canapé en cuir, un fauteuil, une table basse et un poste de télévision occupaient l'espace. Au mur, il y avait en tout et pour tout deux photos encadrées. La première représentait une famille : Dante posait manifestement avec ses trois frères, sa mère et son père.

Elle s'approcha. Dante affichait un large sourire et semblait heureux. Elle aurait aimé le rencontrer à cette époque, songea-t-elle avec amertume, car cette insouciance semblait l'avoir quitté depuis.

— Dante, cette photo au mur, c'est vous avec votre famille, n'est-ce pas ?

— Oui, confirma-t-il depuis la chambre.

— Quand a-t-elle été prise ?

— Il y a quatre ans. Mon père était encore en vie.

Son père était décédé. Un détail de plus qu'elle apprenait sur lui.

— Désolée.

— Je vous en prie, répondit-il.

Dans la chambre, des tiroirs s'ouvraient puis se refermaient. Elle contempla la seconde photo. Dante posait en tenue de pilote de l'armée en compagnie de deux hommes et d'une femme. Il avait un bras autour des épaules de celle-ci. Elle avait les cheveux attachés et souriait largement. Elle était blonde, les yeux clairs. Elle était très jolie, avec une expression à la fois avenante et déterminée. Elle semblait à son aise au milieu des hommes.

Emma avait toujours eu de l'admiration pour les femmes qui parvenaient à s'imposer dans l'armée. Elle-même n'en aurait pas été capable.

Elle se concentra sur Dante, sur son bras passé autour des épaules de cette femme. Elle avait représenté beaucoup pour lui, c'était évident.

— Que faites-vous ? lui demanda soudain Dante.

Elle sursauta. Elle était tellement happée par sa contemplation des photos qu'elle ne l'avait pas entendu revenir dans la pièce. Il avait passé un jean et une chemise propres et portait un sac sur l'épaule. Avec des vêtements à sa taille, il était encore plus sexy.

Elle culpabilisa d'avoir détaillé ces photos pour en savoir plus sur sa vie privée. Mais elle n'allait pas faire comme si de rien n'était, car elle voulait en apprendre davantage sur l'homme avec lequel elle avait fait l'amour.

— Qui est-ce ?

Il hésita puis fit quelques pas pour se poster à côté d'elle et regarder la photo.

— Une fille que j'ai bien connue.

Elle tourna la tête pour observer son expression.

— Elle est très jolie.

Dante regardait fixement la photo et semblait perdu dans ses souvenirs.

— Grâce à Samantha, mes années dans l'armée ont été plus douces.

La blessure dans sa voix la bouleversa. Néanmoins, elle ne put se retenir d'ajouter :

— Elle a un très beau sourire.

Il acquiesça.

— Tout le monde appréciait Samantha.

Elle continua à l'observer.

— Est-ce que vous l'aimiez ?

Il tourna vivement la tête.

— Quoi ?

— Est-ce que vous l'aimiez ? répéta-t-elle.

— Oui.

— Et vous l'aimez toujours ? lui demanda-t-elle doucement.

Il pinça les lèvres, son regard devint impénétrable.

— Oui.

Elle inspecta de nouveau la pièce. Rien dans l'appartement n'indiquait la présence d'une femme. Et d'ailleurs, s'il avait été encore avec elle, il n'y aurait pas eu cette nuit d'amour dans la caravane, songea Emma.

— Que lui est-il arrivé ? osa-t-elle s'enquérir.

— Elle a perdu la vie dans un accident de la route. Au cours d'une mission.

Elle eut le cœur lourd. La découvrir en photo, si belle et rayonnante, et apprendre qu'elle n'était plus de ce monde la secouait, même si elle ne l'avait pas connue.

— C'est terrible.

— Ouais, dit-il sèchement, comme s'il ne voulait surtout pas s'étendre sur le sujet. Vous êtes prête ?

Elle acquiesça.

— Je suis vraiment désolée. J'ai l'impression qu'elle comptait beaucoup pour vous.

— En effet.

Elle comprit sa propre tristesse. Le sort de cette femme la touchait, mais elle prenait également conscience d'autre chose : elle ne parviendrait jamais à la remplacer. Comment le pourrait-elle ? Samantha était superbe, et un regard suffisait pour comprendre que c'était une femme sûre d'elle avec énormément de personnalité.

Soudain, Emma eut le moral très bas. Dante lui avait fait l'amour mais avait découvert qu'elle était tellement peu intéressante qu'elle était encore vierge.

La honte lui fit baisser la tête.

— Allons-y ! lança-t-il.

Mais au moment de sortir, elle s'arrêta net.

— Vous savez, je préférerais vraiment que vous me raccompagniez chez moi et que vous oubliiez votre projet de me servir de garde du corps.

Dante fronça les sourcils.

— Pourquoi revenez-vous encore sur la question ? Je pensais que nous étions d'accord. Je vais rester quelques jours avec vous. Je vous promets de me faire discret et de ne pas vous gêner.

Même s'il se montrait discret, pensait-il vraiment qu'elle pourrait oublier sa présence ? Il était tellement beau et imposant que ce serait mission impossible. Et ce serait également douloureux car, désormais, elle savait que son cœur appartenait à une femme qui n'était plus là mais qu'il n'oublierait jamais.

Elle ne devait garder à l'esprit qu'une chose : il ne souhaitait pas la protéger pour se rapprocher d'elle. Comment pourrait-il en avoir envie après avoir connu une femme comme Samantha ? Ce qui s'était passé la nuit précédente était anecdotique, ça ne serait pas arrivé s'ils n'avaient pas eu besoin de se réchauffer.

Elle redressa les épaules et acquiesça.

— Vous avez raison, ce n'est que pour quelques jours. Ensuite, vous irez voir votre famille, et moi je recommencerai à préparer mes cours pour la rentrée.

Et, comme d'habitude, elle passerait Noël toute seule. Quelle vie pathétique…

Depuis la mort de sa mère, elle n'avait plus parlé à son père. Tous les ans, elle redoutait Noël. Cette année ne ferait pas exception.

Dante posa son sac dans le coffre de sa Jeep puis lui ouvrit la portière. Elle prit soin de ne pas l'effleurer en montant. Quand il était près d'elle, elle était déjà sensible à sa présence, alors autant ne pas en rajouter. Elle ne lui avait peut-être pas laissé un souvenir impérissable, mais elle, elle n'était pas près d'oublier que c'était le premier homme à lui avoir fait découvrir le plaisir physique. Son pied glissa sur le montant de la Jeep et elle bascula.

Dante referma ses bras puissants autour d'elle pour l'empêcher de tomber et la serra contre son buste.

Emma déglutit avec peine. Dante la tenait juste en dessous des seins, lui communiquant sa chaleur.

Un instant, elle oublia la réalité et se mit à rêver : il la tenait contre lui parce qu'il en avait envie.

Puis elle recouvra ses esprits et, à peine eut-elle repris son équilibre qu'elle voulut sortir de ses bras.

— Doucement, lui dit-il. Quand il gèle, le marchepied peut devenir glissant.

C'est maintenant qu'il me le dit…

— Tout va bien. Désormais, je ferai attention. Excusez-moi.

— Ne vous excusez pas, je voulais seulement m'assurer que vous ne vous étiez pas fait mal.

Elle monta, tandis que Dante avait toujours une main sur son dos pour éviter qu'elle glisse de nouveau.

Contrariée par sa maladresse et sa réaction, elle s'enfonça dans son siège et baissa les yeux tandis qu'il s'installait au volant. Elle lui expliqua rapidement comment se rendre chez elle puis se tut.

Elle fit de son mieux pour fixer la route mais elle n'arrivait pas à se retenir de lui jeter un coup d'œil de temps en temps. Il avait un profil ciselé, typique des Amérindiens, des pommettes hautes et la mâchoire large.

A plusieurs reprises, il observa ses rétroviseurs en fronçant les sourcils.

— Qu'est-ce qui ne va pas ? finit-elle par lui demander alors qu'ils approchaient de sa résidence.

Au carrefour avec sa rue, il passa tout droit au lieu de bifurquer. Elle se tourna vers lui.

— Vous avez raté ma rue, dit-elle.

— Je l'ai fait exprès. Je n'en jurerais pas mais j'ai l'impression qu'on nous suit.

Emma se retourna légèrement.

— Ici à Grand Forks ?

— Je sais bien que c'est une petite ville et qu'il n'est pas surprenant que deux voitures empruntent le même trajet… Mais le même véhicule est derrière nous depuis que nous sommes partis de chez moi.

Quelques instants plus tard, il se détendit.

— Ça va, il a tourné.

Il effectua un grand tour du quartier, puis revint dans sa rue.

— Je suis peut-être trop méfiant mais je préfère prendre trop de précautions que pas assez.

Il entra dans le parking et se gara tout au fond, sur une place de stationnement qui n'était pas visible depuis la rue.

Il prenait son rôle de garde du corps trop à cœur, jugea Emma, mais elle ne dit rien. Ils étaient à Grand Forks, dans le Dakota du Nord, pas à Chicago ou Houston.

Dès qu'il eut coupé le moteur, elle déboucla sa ceinture

et descendit sans poser le pied sur la marche pour éviter une nouvelle glissade.

— J'habite au deuxième étage.

Elle passa la première dans l'escalier et, arrivée sur le palier, se pencha pour récupérer son double de clé dissimulé sous un pot de fleurs.

— Vous ne devriez pas laisser une clé de chez vous ici. N'importe qui pourrait s'introduire dans votre appartement.

— Cela fait des années que je vis seule et il ne m'est jamais rien arrivé.

— Je sais, mais ce n'est pas prudent.

— A vrai dire, étant donné que mon sac est resté dans la caravane, je suis heureuse d'avoir un double ici. D'autant plus que, le week-end, le concierge est très difficile à joindre.

Elle déverrouilla la porte, ouvrit et alluma.

Son appartement était tel qu'elle l'avait laissé. Après toutes les péripéties qu'ils avaient traversées, c'était presque bizarre. Mais rassurant aussi.

— Posez votre sac près du canapé, dit-elle à Dante. Je suis désolée mais je n'ai pas beaucoup de provisions. Je comptais faire des courses en rentrant.

— Nous irons quand vous le souhaiterez.

— Il faut d'abord que j'appelle ma compagnie d'assurances pour ma camionnette. Et je suppose que je devrais également signaler ce qui s'est passé à la police.

Elle secoua la tête avec impuissance.

— Je ne suis même pas certaine de ce que je dois faire.

— Je vous conduirai au poste de police pour que vous fassiez une déposition. A l'heure qu'il est, mon chef s'est certainement mis en rapport avec les autorités. Tout devrait aller assez vite et une enquête ne tardera pas à être ouverte. D'autant que, compte tenu de la gravité des faits, les fédéraux et la sécurité intérieure seront sur le coup.

Emma en eut des frissons.

— Nous sommes dans le Dakota du Nord, quand même, pas dans un pays en guerre.

Dante eut une mine sombre.

— Oui, mais depuis quelques années, au moindre incident sur le sol américain, on ne fait plus dans la dentelle.

— C'est difficile d'accepter l'idée qu'on ne peut plus se sentir en sécurité nulle part.

Sur le parking, une alarme de voiture se déclencha et la fit sursauter. Elle eut un rire nerveux.

— Décidément, je suis encore sous le choc, il n'en faut pas beaucoup pour me faire réagir.

Dante traversa la pièce pour regarder par la fenêtre.

— C'est ma Jeep. Je parie que quelqu'un a posé la main dessus. L'alarme est hypersensible et ça suffit à la déclencher.

Emma le rejoignit à la fenêtre. Les feux de détresse de la Jeep clignotaient et l'alarme continuait à gémir.

Dante sortit sa clé de sa poche, la pointa sur son véhicule et l'actionna. Le silence revint instantanément.

Emma voulut s'éloigner de la fenêtre mais Dante fit pareil au même instant et leurs visages se retrouvèrent à quelques centimètres l'un de l'autre.

— C'est mieux, non ? lui dit-il avec un sourire.

Elle répondit d'un signe de tête. Elle n'arrivait plus à prononcer la moindre parole et contempla ses lèvres. Des lèvres qui lui avaient donné des baisers tellement sensuels !

Il leva la main et lui caressa la joue.

— Je vous promets de vous protéger du mieux possible.

Puis il se pencha en avant et effleura sa bouche.

Emma laissa échapper un long soupir et fit un pas en avant, comme si une force irrépressible l'attirait vers lui.

Il passa une main dans son dos, laissa descendre l'autre sur sa nuque pour la tenir contre lui et l'embrassa franchement.

Sa langue prit possession de sa bouche ; elle en eut le souffle coupé.

Puis sa main dans son dos glissa sous son pull et caressa sa peau.

Emma aurait voulu ne plus rien porter du tout, être nue contre lui. Elle avait beau ne pas être experte en amour, son instinct…

Dehors, une portière de voiture claqua et la sortit de ses songes.

Dante releva la tête et regarda de nouveau par la fenêtre.

— Pardon. Je vous ai promis de me faire discret et, à peine arrivé chez vous, voilà que je vous embrasse. Je suis vraiment désolé.

— Ce n'est rien.

Leur baiser avait été délicieux, mais elle n'allait pas le dire et prendre le risque d'apparaître naïve ou faible, même si, de tout son être, elle avait envie qu'il la prenne encore une fois dans ses bras.

Dante retira ses mains et les fourra dans ses poches.

Elle n'osa pas bouger et suivit son regard. Sur le parking, une voiture sortait de la place de stationnement juste à côté de sa Jeep.

Emma se crispa. Le conducteur braquait trop sèchement alors qu'il n'était pas complètement sorti de sa place.

— Il va accrocher votre Jeep, dit-elle.

Elle ouvrit la fenêtre pour crier au conducteur de s'arrêter.

Mais, avant qu'elle ait pu ouvrir la bouche, il y eut une explosion.

Emma recula brusquement, bascula en arrière et entraîna Dante dans sa chute. Elle lui tomba dessus si brutalement qu'il fut sonné.

Quand il retrouva ses esprits, il se leva et se précipita dans l'escalier pour descendre au parking. Le capot de sa Jeep était soulevé, la tôle froissée et le pare-brise côté passager cassé.

La voiture qui était stationnée juste à côté avait été repoussée de l'autre côté du parking par l'explosion, le conducteur était affalé sur son volant et de la fumée s'échappait du moteur.

Dante courut jusqu'à la voiture et voulut ouvrir la portière, mais elle était verrouillée. Il tapa à la vitre, appela pour attirer l'attention du conducteur, mais l'homme était inconscient.

Très vite, des flammes commencèrent à sortir du moteur.

Aux abois, Dante fureta de tous côtés, à la recherche de quelque chose pour briser la vitre et extirper l'homme du véhicule. Mais la neige avait tout recouvert et rien ne pouvait lui être utile.

Des pas le firent alors se retourner : Emma courait vers lui.

— Tenez, prenez ceci, lui dit-elle en lui tendant un marteau.

Il lui retourna un petit sourire. Décidément, dans les situations d'urgence, on pouvait compter sur elle.

Il contourna la voiture pour briser la vitre côté passager

et ne pas risquer de blesser le conducteur. Il dut s'y reprendre à plusieurs fois pour pouvoir passer la main et presser le déverrouillage automatique des portières sans se blesser.

Emma ouvrit côté conducteur et s'empressa de déboucler la ceinture de sécurité qui retenait l'homme sur son siège.

Des flammes de plus en plus hautes montaient du capot, Dante en avait chaud au visage.

— Reculez ! cria-t-il à Emma.

Celle-ci l'ignora et saisit l'homme au volant par le bras.

— Nous devons le sortir de là.

Dante arriva à côté d'elle. Elle s'écarta pour le laisser prendre l'individu dans ses bras et le porter sur son épaule. Il se retourna et partit en courant.

— Allez, vite, ne restez pas là ! lui lança-t-il.

Elle courut elle aussi. Avec l'homme sur son épaule et le sol glissant, Dante était ralenti et il eut tout juste le temps d'atteindre l'entrée de l'immeuble avant que la voiture ne se transforme en brasier. Tous les propriétaires des autres appartements étaient dans le couloir, affolés.

Emma fit signe à une femme qui se tenait devant sa porte, bouche bée.

— Lisa, appelez le 911 !

Les yeux écarquillés, celle-ci acquiesça, disparut dans son appartement puis en ressortit un portable collé à l'oreille. Elle s'exprimait d'une voix agitée pour expliquer la situation à son interlocuteur.

— Appuyez-vous sur moi, proposa Emma à Dante.

Elle passa un bras autour de ses épaules pour l'aider à avancer tandis qu'il tenait toujours l'homme inconscient contre lui.

L'aide d'Emma fut bienvenue mais Dante s'efforça néanmoins de ne pas trop peser sur elle.

— Nous devrions l'emmener au chaud, déclara Emma en désignant l'appartement de la jeune femme qui appelait les secours.

Celle-ci s'écarta pour les laisser entrer.

Dante tira l'homme jusqu'au canapé, l'allongea puis se redressa.

— Il nous faut des couvertures, annonça Emma.

Lisa, la propriétaire de l'appartement, toujours au téléphone, désigna le couloir.

— Une ambulance et les pompiers sont en chemin, dit-elle. La standardiste me demande de rester en ligne jusqu'à leur arrivée. Vous trouverez des couvertures dans le placard du couloir.

— J'y vais, déclara Emma.

Elle revint quelques instants plus tard avec deux épaisses couvertures.

Dehors, il y eut un bruit de sirènes en approche et, peu après, la résidence fut encerclée par des véhicules d'urgence. Les pompiers bondirent de leur camion et vinrent rapidement à bout de l'incendie de la voiture.

Deux brancardiers déplièrent une civière dans l'appartement et s'empressèrent de transporter le conducteur blessé jusqu'à l'ambulance.

Quand la police eut terminé de prendre les dépositions et qu'une dépanneuse eut évacué l'épave calcinée, la nuit était tombée.

Emma remercia sa voisine pour son aide puis remonta à son appartement en compagnie de Dante.

Celui-ci referma la porte derrière lui et s'appuya dessus.

Elle le regarda, les traits tirés et les yeux inquiets.

— Si vous étiez monté dans votre Jeep…

— Je serais mort. Et si vous aviez été avec moi, vous auriez péri également ou vous auriez au moins été gravement blessée.

Il poussa un soupir.

— J'espère que le conducteur de la voiture qui a déclenché l'explosion s'en sortira.

— Moi aussi, je le souhaite de tout cœur, répondit Emma en se passant nerveusement la main dans les cheveux, les yeux humides.

Dante en eut le cœur serré. Il ouvrit les bras et elle ne se fit pas prier pour se blottir contre lui. Il la tint longuement sans rien dire.

— Nous ne sommes pas en sécurité ici, dit-il enfin.

Elle se redressa pour le fixer de ses yeux anxieux.

— Mais où irions-nous ? Nous n'avons nulle part où aller.

— Bien sûr que si, répliqua-t-il. Préparez vos affaires, nous allons au ranch Thunder Horse. Nous partirons demain matin à la première heure.

7

Dans son lit, Emma était allongée sur le dos, les yeux grand ouverts. Elle aurait dû être épuisée et, pourtant, elle ne parvenait pas à trouver le sommeil. Trop de pensées se bousculaient dans son esprit, des images des événements des dernières vingt-quatre heures repassaient en boucle devant ses yeux.

Si Dante n'avait pas été allongé non loin de là sur son canapé, elle aurait certainement succombé à une crise d'anxiété.

Elle avait beau être très indépendante, elle aurait donné cher pour s'allonger à côté de lui, se retrouver dans ses bras et être ainsi protégée de tout. Alors, peut-être serait-elle parvenue à s'endormir.

Mais non, elle se faisait des illusions. Si elle avait été allongée contre lui, elle n'aurait pas résisté à l'envie de le caresser, de savourer sa peau et son corps vigoureux.

Elle n'en pouvait plus d'être toute seule dans son grand lit alors qu'il était dans la pièce à côté. Elle repoussa la couverture et s'assit.

Une large silhouette se dessina alors dans l'encadrement de la porte.

— Vous non plus vous n'arrivez pas à dormir ? lui demanda-t-il.

La faible lumière qui filtrait à travers les volets le faisait paraître encore plus imposant qu'au naturel et incroyablement sexy. D'autant qu'il était seulement vêtu d'un caleçon.

Elle déglutit.

— Non, je ne cesse de repenser à tout ce qui nous est arrivé.

— Moi aussi.

Il vint s'asseoir au bord du lit.

— Dès que je ferme les yeux, je me mets à cogiter.

— Vous auriez pu mourir. A quatre reprises.

— Et vous auriez pu perdre la vie presque autant de fois.

Elle renifla de dédain.

— Je me fais l'impression d'être une poule mouillée.

Dante s'installa sur le lit et la prit dans ses bras.

— Vous voulez bien ?

Elle se laissa faire et, très vite, elle eut chaud et fut en sécurité.

— Moi je trouve qu'au contraire vous êtes extrêmement courageuse. Vous n'avez pas hésité à risquer votre vie pour me sauver quand vous avez foncé sur le type qui a abattu mon hélico.

Emma ne considérait pas son attitude comme courageuse.

— Je n'ai pas réfléchi. Pour moi, c'était évident que je ne pouvais pas rester sans rien faire.

— Sauf que la plupart des gens n'auraient rien fait, justement, ou en tout cas hésité. Et ce n'est pas tout. Plus tard, quand la caravane est tombée dans la fosse, vous avez gardé votre sang-froid, vous êtes sortie très vite pour que j'aie moi aussi le temps de passer par la fenêtre et vous m'avez aidé à y parvenir. Je doute fort que, sans vous, j'aurais réussi.

— Bien sûr que si, protesta-t-elle.

Il continua sans l'écouter.

— Vous avez marché dans un froid glacial sans vous plaindre une seule fois, alors que je voyais bien que vous aviez du mal.

Elle émit un grognement.

— Et j'ai fini par m'effondrer avant que nous arrivions à la maison.

— Disons plutôt que vous m'avez offert l'occasion de jouer les héros. Je n'ai eu à vous porter que sur quelques mètres mais, quand Olaf a ouvert la porte, je l'ai impressionné, dit-il avec un petit rire.

Elle posa la joue contre son buste, osa également le toucher et suivre sa respiration sous sa paume.

— Continuez, Dante. Pour le moment, je ne suis toujours pas convaincue.

Il remua pour étendre les jambes sur le lit et reprit :

— Après l'explosion de ma voiture et alors que l'autre véhicule était en feu, vous avez risqué votre vie pour tenter de faire sortir le conducteur. Non, franchement, vous êtes tout sauf une poule mouillée. Je dirais même que vous m'impressionnez.

Autant que Samantha ? faillit-elle lui demander. Mais elle se retint. Samantha n'était plus de ce monde : se comparer à elle était indécent. Et en parler ferait souffrir Dante, elle en était persuadée.

Elle resta silencieuse et se blottit contre lui.

— Dormez, Emma. Si vous voulez, je resterai éveillé jusqu'au matin pour monter la garde.

— Non, vous devez dormir aussi. Demain, nous aurons

de la route à faire et je parie que vous avez l'intention de conduire sur la plus grande partie du trajet.

— N'ayez crainte, j'ai l'habitude de rester éveillé très longtemps.

— Je n'en doute pas. Mais moi, je n'en suis pas capable et je suis sûre que nous pouvons dormir tranquilles tous les deux. De toute façon, j'ai le sommeil léger : au moindre bruit étrange, je vous préviendrai.

— Oui, je suppose que nous ne risquons rien. Voulez-vous que je retourne sur le canapé ?

— Non, dit-elle en appuyant plus fermement la main sur son torse. Je vous promets de me tenir tranquille.

Il eut un petit rire.

— Très bien. Mais si vous vous montriez coquine, je ne serais pas contre non plus.

L'ardente envie de revivre leur nuit dans la caravane la tenaillait. Elle songea à prendre l'initiative et l'embrasser, mais finalement s'abstint.

Dante soupira puis changea de position.

— Dormez. La journée a été longue et demain sera également chargé.

— Espérons quand même que ce sera moins éprouvant. J'ai eu mon lot d'émotions fortes pour un moment.

— Moi aussi.

Elle resta longuement blottie dans ses bras sans s'assoupir puis, quand il se mit à respirer plus fort et plus régulièrement, elle se détendit, même si elle était un peu déçue qu'il n'ait rien tenté. Passer la nuit dans les bras de Dante devenait une habitude à laquelle elle se faisait beaucoup trop facilement.

Dante poussa un juron. Son hélicoptère avait été pris pour cible et touché, mais il était néanmoins parvenu à rejoindre sa base et à se poser sans dommages. Alors qu'il s'en félicitait, un de ses hommes à l'arrière déclara :

— Giddings est blessé. Il nous faut une ambulance au plus vite.

Il défit son harnais, se mit en rapport avec la tour de contrôle pour donner ses instructions puis descendit et contourna l'appareil pour se rendre au chevet de son équipier blessé.

Giddings s'était porté volontaire pour occuper le poste de mitrailleur. Il était très doué et leur avait plusieurs fois sauvé la mise.

Il n'avait que vingt-trois ans et, aux Etats-Unis, son épouse mettrait bientôt leur premier enfant au monde. Il était à moins d'un mois de rentrer au pays pour être là à sa naissance.

Dante se maudit. Jamais il n'aurait dû l'autoriser à participer à cette mission. Une vieille superstition voulait que, plus approchait le moment où un homme devait rentrer chez lui, plus le risque qu'il lui arrive malheur était grand.

Quand l'ambulance arriva, il insista pour accompagner Giddings à l'hôpital et rester avec lui jusqu'à avoir la certitude qu'il était hors de danger. Quand, enfin, il obtint un diagnostic rassurant et put rentrer au camp, il était tard.

Il décida néanmoins de passer voir Samantha. Vu l'heure, elle avait terminé son service et, après ce qui s'était passé, il avait besoin de passer du temps avec elle.

Elle partageait sa chambre avec le lieutenant Mandy Brashear et, d'habitude, il frappait toujours avant d'entrer mais quelqu'un pleurait derrière la porte : il se précipita à l'intérieur.

— Samantha ?

Il se retrouva face à Mandy, qui leva la tête et le regarda de ses yeux remplis de larmes.

— Oh ! Dante, dit-elle, oubliant le protocole qui voulait que, normalement, quand on s'adressait à un supérieur, on l'appelait par son grade et non par son prénom. Tu n'es pas au courant ?

Un mauvais pressentiment le saisit, et son cœur se serra.

— Que se passe-t-il ? Où est Samantha ? demanda-t-il en la cherchant des yeux, même s'il avait compris qu'elle n'était pas là.

— Oh ! Mon Dieu.

Mandy sanglota de plus belle et eut du mal à parler.

— Elle est allée à l'orphelinat aujourd'hui et… je… je n'arrive pas à y croire.

Mandy s'enfouit le visage dans les mains et pleura toutes les larmes de son corps.

Une terrible appréhension monta en lui. Il prit Mandy par les épaules pour qu'elle le regarde.

— Où est Samantha ?

— Elle était à l'hôpital quand je suis partie. Oh ! Dante… Elle… elle est morte.

Refusant d'y croire, il retourna à l'hôpital où il avait passé la moitié de l'après-midi, à attendre des nouvelles de Giddings. Bon dieu, il ignorait qu'au même moment, dans un autre service, Samantha avait rendu son dernier soupir !

Il eut tout juste le temps de l'apercevoir avant qu'on l'emmène. Il n'avait même pas pu lui dire au revoir.

— Dante, l'appela une voix féminine.

Celle de Samantha, crut-il un instant. Mais ce n'était pas le même timbre.

— Dante, réveillez-vous.

Une main le secouait doucement par l'épaule.

Il ouvrit les yeux, se retrouva face à Emma et battit des paupières.

Qu'est-ce qu'elle faisait là ?

Soudain, il comprit : il avait rêvé, il était dans le Dakota du Nord.

Il se redressa.

— Qu'est-ce qu'il y a ?

Emma lui sourit.

— Excusez-moi mais votre téléphone portable n'arrête pas de sonner depuis un quart d'heure.

Il secoua la tête pour s'éclaircir les idées puis se leva et se rendit dans le salon. Il ramassa son portable, qu'il avait laissé sur la table basse : sa mère l'avait appelé.

Il était 2 heures du matin. Jamais elle ne l'aurait contacté à une heure pareille, sauf en cas d'urgence. Il rappela, inquiet.

— Allô, maman ? Qu'est-ce qui ne va pas ?

— Oh ! Dieu merci, tu réponds enfin.

Sa mère poussa un long soupir avant de continuer.

— Pierce et Tuck ont eu un accident. Ils sont à l'hôpital de Bismarck.

Dante serra plus fort son téléphone. La dernière fois qu'il s'était rendu à l'hôpital de Bismarck, c'était après la chute de cheval de son père, qui lui avait coûté la vie. Et voilà que ses frères se retrouvaient là-bas.

— Comment est-ce arrivé ?

— Hier, ils revenaient de week-end. Pierce a perdu le contrôle de son véhicule. Apparemment, les freins ont lâché. Selon la police, ils roulaient vite car c'était avant la tempête. Ils sont sortis de la route et ont fait plusieurs tonneaux.

Sa mère eut du mal à terminer sa phrase. Elle était au bord des larmes.

Dante en eut l'estomac noué. Il aurait voulu être auprès d'elle pour la serrer dans ses bras et la réconforter. C'était une femme de tempérament et il en fallait beaucoup pour l'ébranler.

— Désolée, je ne peux pas…

Il y eut des grésillements, comme si sa mère avait laissé tomber le téléphone.

— Allô, maman ?

D'autres voix féminines résonnaient en fond.

— Maman !

— Dante, c'est Julia.

Julia était l'épouse de Tuck et la mère de Lily, leur petite fille.

— Tuck a été propulsé hors du véhicule et ne souffre que d'un léger traumatisme. En revanche, Pierce est resté coincé dans la voiture et, le temps que les secours parviennent à le sortir, la tempête avait débuté, si bien qu'ils ont mis un temps fou pour atteindre Bismarck.

— Bon sang.

Il avait beau avoir rejoint l'armée et passé plusieurs années à l'étranger, il était très attaché à sa famille. Qu'il ait failli perdre un de ses frères lui faisait très mal.

— Tuck ne risque plus rien, continua Julia, mais c'est plus compliqué pour Pierce. On sait qu'il a eu deux côtes cassées et un poumon perforé, ce qui lui a causé une hémorragie interne. Pour le moment, il est toujours inconscient. Les médecins le maintiennent dans un coma artificiel pour éviter qu'il souffre le temps de déterminer toute l'étendue de ses blessures.

Dante se pinça l'arête du nez entre deux doigts. Son propre accident ne comptait plus. Apparemment, sa mère n'avait même pas eu l'occasion d'écouter le message qu'il lui avait laissé sur le téléphone du ranch. Tant mieux. Il se chargerait d'appeler Sean McKendrick, le régisseur, pour lui demander d'effacer ce message. Il allait bien, alors il était inutile d'inquiéter davantage sa mère.

— Comment ma mère tient-elle le coup ?

— Plutôt bien, mais tu imagines que le choc est dur à encaisser. Nous savons que tu envisageais de venir au ranch la semaine prochaine mais, avec Pierce et Tuck à l'hôpital, Roxanne qui reste en permanence ici aussi et Maddox à l'autre bout du monde, les régisseurs des deux ranchs se retrouvent livrés à eux-mêmes. Alors nous nous disions que tu aurais peut-être envie d'être là plus tôt…

— J'arrive sans tarder, répliqua Dante en se levant.

— Merci beaucoup, dit Julia, qui semblait soulagée. Au fait, Dante…

Elle baissa la voix et parut marcher, comme si elle s'isolait avant de continuer.

— Ces derniers temps, il y a eu une série d'incidents étranges. Ta mère a affirmé que c'était seulement de la malchance, mais, Roxanne et moi, nous croyons qu'il s'agit d'opérations de sabotage tout à fait volontaires et nous craignons que cela empire. Ta mère a d'ailleurs fait appel à une société de sécurité pour qu'ils installent des caméras de surveillance.

— Pourquoi elle ne m'en a rien dit ?

— Tu sais comment elle est, elle refuse de vous appeler au secours à la moindre occasion. Néanmoins, elle avait besoin de se rassurer, d'où l'installation de ce système de sécurité.

Cette nouvelle était vraiment inquiétante, jugea Dante car, encore une fois, sa mère ne perdait pas facilement son sang-froid.

— Je vais venir directement à l'hôpital. Il me faudra environ cinq heures pour être là, donc je devrais arriver vers 7 heures.

— Ecoute, Dante, ne prends pas de risques inutiles, ce n'est vraiment pas le moment. Je préférerais que tu attendes un peu avant de prendre la route. Ce serait plus raisonnable.

— D'accord, alors je partirai au lever du jour. Je serai là à midi.

— Entendu. Je te laisse mais ne raccroche pas, ta mère souhaite te dire encore un mot.

Dante prit une longue inspiration et attendit que sa mère vienne au téléphone.

— Dante, tes frères vont s'en sortir.

— Je sais, maman. C'est surtout pour toi que je m'inquiète.

Elle balaya ses propos d'un claquement de langue.

— Oh ! Je ne suis pas née de la dernière pluie, ne crains rien pour moi. Et ne te précipite pas ici en te disant que tu dois absolument être là pour nous. Maddox revient la semaine prochaine, Pierce et Tuck vont se remettre. Pense également à toi, mon garçon.

— Promis. Je t'aime, maman.

— Moi aussi, je t'aime.

Une fois qu'il eut raccroché, Dante resta un long moment debout, à faire tourner son téléphone entre ses doigts. De nombreux souvenirs de moments partagés avec ses frères lui revinrent. Il se rappela notamment le jour où, ensemble, ils avaient traversé les prairies du ranch sur le dos de chevaux sauvages qu'ils avaient apprivoisés. Leur père était un Indien Lakota, et leur mère les avait encouragés à connaître cette culture.

Wakantanka, le « Grand Esprit », veillait sur eux. Mais où était passé ce Grand Esprit quand la voiture de ses frères avait quitté la route ?

Peut-être était-il là, après tout, sinon ils y auraient laissé leurs vies.

Une main sur son bras le sortit de ses songes.

— Qu'est-ce qui ne va pas ?

Emma se tenait à côté de lui, seulement vêtue d'une petite nuisette bleue. Sa peau pâle dessinait sa silhouette dans la faible lumière.

— Mes frères ont eu un accident.

Elle poussa un gémissement.

— Comment vont-ils ?

— Pour le moment, ils sont à l'hôpital.

— Vous devez vous rendre auprès d'eux.

— Nous partirons au petit matin. Nous passerons par Bismarck avant de nous rendre au ranch.

— Justement, je voulais vous demander où se situe exactement le ranch Thunder Horse.

— Dans les Badlands, au nord de Medora.

— Bien, répondit-elle avec un sourire. Alors je vais emporter ma combinaison polaire. Maintenant, vous avez besoin de dormir, la route est longue.

— Je n'y arriverai pas, répliqua-t-il en secouant la tête.

— Alors au minimum venez vous allonger à côté de moi. Ça vous reposera.

Elle lui prit la main pour le tirer vers la chambre et il se laissa faire, touché par le réconfort qu'elle lui apportait.

A peine fut-il allongé qu'elle vint se blottir contre lui et posa la joue sur son torse. Il resta immobile à fixer le plafond. Il pensait à ses frères et à sa mère, à son père qui n'était plus là.

— Cessez de cogiter, lui chuchota doucement Emma, tout contre sa peau.

Elle lui passa une main sur le torse et décrivit de petits cercles pour l'apaiser.

— Pensez à autre chose, ajouta-t-elle tandis que sa main descendait plus bas.

Il lui attrapa le poignet.

— Encore une fois, soyez bien consciente de ce que vous faites.

Elle leva la tête pour le regarder. Dans la lumière rasante, ses yeux brillaient.

— Je sais ce que je fais.

Il lâcha son poignet et elle descendit avec sa main sur son ventre puis sur son caleçon, alors qu'il était déjà en érection.

Il poussa un long soupir pour se maîtriser.

— Pourquoi faites-vous cela ?

Une désagréable pensée parasite s'était emparée de lui. Il la fit rouler sur le dos et lui emprisonna les poignets.

Elle lui retourna un regard surpris, les yeux écarquillés.

— Avez-vous plus ou moins pitié de moi ?

Emma secoua négativement la tête avec véhémence.

— Non. Pas du tout.

— Pourquoi, alors ?

— Je suis désolée, je n'aurais pas dû me montrer aussi entreprenante.

Elle battit des paupières.

— Je comprends très bien que je ne vous intéresse pas tant que ça, je suis tellement…

— Tellement quoi ?

— Inexpérimentée, finit-elle avec une expression blessée.

Il était allongé sur elle et bougea un peu les hanches pour qu'elle sente son érection.

— Vous trouvez que je n'ai pas l'air intéressé ? Mais vous, que cherchez-vous ? Car je n'ai vraiment pas besoin qu'on ait pitié de moi.

Elle détourna le regard, elle devait être rouge de confusion, devina-t-il.

— Disons que j'étais curieuse, murmura-t-elle.

— Curieuse ?

— Oui, je ne sais pas. Curieuse de savoir si la seconde fois serait aussi forte que la première, peut-être…

Elle le fixa de nouveau de ses grands yeux et il se détendit d'un coup.

Lentement, il se pencha en avant pour lui donner un petit baiser. Elle avait les lèvres douces mais, chaque fois qu'il l'embrassait, il y avait comme une hésitation, une timidité dans son attitude. Avec Samantha, c'était autre chose. Elle était tel un fauve indomptable et jamais rassasié. Toutes deux étaient aussi différentes que la nuit et le jour.

Samantha l'avait attiré parce qu'elle avait une capacité à mordre la vie à pleines dents, alors qu'Emma était toujours un peu en retrait, comme si elle attendait qu'on lui montre ce qu'était la vie, justement.

Il libéra ses mains et lui écrasa les lèvres. Il montrait plus d'ardeur à cause du désir intense qui courait en lui, mais aussi parce qu'il était en colère d'avoir une fois de plus pensé à Samantha. De toutes ses forces, il avait essayé de refermer ce chapitre de son existence, d'oublier ce qu'il avait perdu avec elle et de ne pas considérer que, sans elle, la vie devenait une longue traversée du désert.

La discrète et sérieuse Emma avait été la première femme à laquelle il avait proposé d'aller prendre un café après la mort de Samantha. Mais, ensuite, il n'avait pas voulu la revoir : ç'aurait été comme trahir Samantha.

Pourtant, il devait se confronter à la réalité : Samantha était partie pour toujours, tandis qu'Emma se tenait là, manifestement prête à s'offrir à lui. Il s'était laissé aller à l'embrasser, et elle n'avait rien fait pour l'en dissuader.

Aussi, il continua et l'embrassa dans le cou, délicatement : sous ses lèvres, son pouls battait très fort.

Elle fit courir ses doigts sur lui : ses cheveux, sa nuque, ses épaules. Comme pour l'inviter à descendre vers ses seins gonflés de désir sous le fin tissu de sa nuisette.

Il en saisit l'extrémité, la lui ôta et la jeta négligemment.

Dans la faible lumière, elle semblait encore plus frêle et délicate, et ses petits seins dressés constituaient une tentation irrésistible.

Il les prit dans sa bouche, l'un après l'autre. Elle eut un tressaillement et s'arqua pour s'offrir plus encore à ses baisers. Il ne se fit pas prier.

Lentement, il laissa descendre sa main sur son ventre. Jusqu'à son intimité. Elle poussa alors un halètement, entre le plaisir et la peur.

Il voulut retirer sa main, mais elle la couvrit de la sienne, l'incitant à continuer ses caresses.

Elle avait beau être « inexpérimentée », elle apprenait vite et n'hésitait pas à lui montrer ce qu'elle aimait.

Rapidement, sa respiration devint plus courte, ses gémissements plus fréquents et elle se mit à bouger les hanches.

— Oh ! Dante ! s'exclama-t-elle en atteignant l'orgasme.

Elle se laissa retomber sur le matelas et respira bouche ouverte.

— Indescriptible, dit-elle.

Il l'embrassa tendrement puis s'allongea à côté d'elle.

— Attendez, fit-elle, visiblement gênée. Et vous ?

— N'ayez crainte, vous donner du plaisir est amplement suffisant pour moi.

Elle ne parut pas convaincue.

— Mais…

Il lui passa une main sur le visage pour l'apaiser.

— Je vous assure, Emma. Dormez maintenant, car je sens que demain sera encore une longue et difficile journée.

Emma se détendit et se lova contre Dante. Elle aurait aimé lui donner autant de plaisir qu'elle en avait pris, mais elle n'osa pas insister davantage.

Elle baignait dans une douce chaleur, elle devait profiter de ce moment. D'autant que, quand tout serait terminé, ils ne continueraient pas forcément à se voir.

Mais, tant qu'elle serait avec lui, elle prendrait tout ce qu'il lui offrirait. Et tant pis si ce n'était pas très raccord avec l'image de jeune femme libre et indépendante qu'elle aurait voulu donner. En vérité, elle souffrait de la solitude et elle avait un immense besoin d'affection. Elle devait donc se forger autant de bons moments et de bons souvenirs que possible avec lui.

De toute façon, chaque fois qu'elle rencontrait un

homme qui lui plaisait, il ne souhaitait pas s'engager dans une relation. Vivre seule semblait être son destin.

Elle écarta cette dernière pensée et ferma les yeux. Demain était un autre jour et, si elle voulait avoir les idées claires, mieux valait dormir.

8

Dante jeta un regard à Emma tandis qu'elle changeait de position sur le siège du SUV qu'il avait loué. Depuis qu'ils étaient partis, elle n'avait pas dit grand-chose et ses yeux affichaient de tristes cernes. Elle avait eu beau dormir un peu, ils n'avaient pas eu de véritable nuit de sommeil au cours des dernières quarante-huit heures.

Quant à lui, sa nuque était raide et son corps parcouru d'ecchymoses et de courbatures depuis l'accident d'hélico et la chute de la caravane.

Il avait insisté pour disposer d'un véhicule à quatre roues motrices. Les chemins du ranch étaient déjà difficilement praticables en été ; alors, en hiver, jamais une voiture à deux roues motrices n'aurait pu les emprunter.

Sa compagnie d'assurances s'occupait de déterminer les circonstances exactes de la destruction de sa Jeep et lui ferait savoir de quelle somme il pourrait disposer pour la remplacer. De son côté, le bureau d'enquête du ministère des Transports se chargeait de reconstituer le fil des événements de son accident d'hélicoptère, tandis que le FBI assisterait la police de l'Etat puisqu'il y avait eu destruction de matériel fédéral et atteinte à l'intégrité physique d'un agent d'un service gouvernemental.

Pierce et Tuck faisaient justement partie du FBI et le lieu

de l'accident dépendait de leur juridiction. Evidemment, ils ne pouvaient mener l'enquête eux-mêmes mais leurs collègues les tiendraient au courant.

Jusque-là, aucune organisation, personne n'avait revendiqué l'attaque de l'hélico.

Dante avait eu brièvement son chef au téléphone : pour le moment, l'examen des débris n'avait rien donné. En outre, la tempête avait recouvert les traces de la motoneige de l'agresseur et il n'avait pas été possible d'effectuer de relevés ni de déterminer dans quelle direction il s'était enfui. Par ailleurs, un nouvel épisode neigeux était annoncé dans les prochaines vingt-quatre heures.

L'hiver avait mis du temps à démarrer, mais ne relâcherait certainement pas son étreinte sur le Dakota du Nord avant fin avril, songea Dante. Emma s'était assoupie peu après leur départ et avait dormi pendant plus d'une heure. De gros efforts avaient été faits pour que les principaux axes entre Grand Forks et Fargo, puis entre Fargo et Bismarck soient dégagés. A quelques endroits, la chaussée était glissante et il avait dû se montrer prudent mais, la plupart du temps, il avait pu rouler à bonne allure. Le vent était néanmoins assez fort et, de temps en temps, une bourrasque l'obligeait à serrer le volant pour maintenir la trajectoire.

Quand ils arrivèrent à l'hôpital de Bismarck, le ciel était gris et menaçant. Dante décida de ne pas rester longtemps dans l'établissement. Sinon, ils ne pourraient pas repartir.

Il se gara sur le parking, se préparant au pire. Le long de la route, la connexion au réseau sur son portable avait été limitée, voire inexistante.

A l'approche de Bismarck, il avait consulté son

téléphone, mais il n'avait pas reçu d'appels et on ne lui avait pas laissé de messages. Pas de nouvelles, bonnes nouvelles, s'était-il dit pour se rassurer.

Il coupa le moteur, descendit de voiture et s'étira pour détendre ses muscles crispés.

Emma s'était réveillée, elle était elle aussi descendue et remontait le col de sa doudoune.

Ils se dirigèrent vers l'entrée de l'hôpital. Emma lui prit la main et la serra.

— Si vos frères sont aussi solides que vous, alors je ne doute pas qu'ils s'en sortiront.

Il serra également sa main, heureux de sa présence. Il se rappelait où se trouvait le service de soins intensifs, car son père y avait été conduit après son accident. Il y était décédé d'ailleurs.

L'odeur âcre de désinfectant lui fit revenir en tête ces mauvais souvenirs.

Quand ils sortirent de l'ascenseur, il était midi pile. Dante trouva immédiatement sa mère, Julia et Roxanne, en conversation avec un homme en blouse blanche.

Il hâta le pas, sans lâcher la main d'Emma.

— Quelles sont les nouvelles ? Comment va Pierce ? demanda-t-il sans attendre.

Sa mère se retourna, et quand elle le vit, son visage s'illumina.

— Dante !

Elle se précipita vers lui et le serra fort dans ses bras. Cela lui fit du bien. Après un moment, il recula d'un pas pour lui faire face.

— Comment va Pierce ? s'enquit-il de nouveau.

— Oh ! Dante, fit-elle seulement en essuyant une larme qui avait coulé sur sa joue.

Il redouta le pire.

Roxanne s'avança et passa un bras autour des épaules de sa mère.

— Il s'est réveillé, dit-elle avec un sourire. Il a repris brièvement connaissance et le médecin assure que c'est bon signe.

Elle se mordit la lèvre inférieure et une larme coula également sur sa joue.

C'était la première fois que Roxanne pleurait devant lui, s'aperçut Dante. Il en fut bouleversé.

— Alors il va se remettre ?

Le médecin s'avança vers eux.

— Tout indique qu'il récupère lentement mais sûrement. Nous devons encore le garder en observation mais, si son état continue à s'améliorer, il pourra rentrer chez lui prochainement.

— C'est un miracle, déclara sa mère. J'ai vu des images de la voiture aux infos. C'est vraiment incroyable qu'il soit en vie.

— Et où est Tuck ?

— On me demande ? lança Tuck, qui était juste derrière, deux gobelets de café dans les mains.

Il boitait, il avait quelques égratignures sur le visage mais, en dehors de cela, il semblait globalement en forme, se rassura Dante.

Tuck lui tendit un des deux gobelets.

— Tu as l'air d'en avoir davantage besoin que moi, dit-il. J'ai quelques bleus, un genou un peu enflé mais je survivrai. Et toi, qu'est-ce qu'il t'est arrivé ?

Dante avait oublié sa vilaine égratignure à la tempe. Il haussa les épaules.

— Oh ! Ce n'est rien, je me suis cogné dans ma porte d'entrée.

Sa mère l'observa en plissant les yeux. On ne trompait pas facilement Amelia Thunder Horse. Quand il mentait, elle s'en apercevait toujours. Elle parut sur le point de le lui faire remarquer mais se tourna alors vers Emma, qui était restée discrètement en retrait. Amelia haussa les sourcils et lui demanda poliment :

— Etes-vous avec Dante ou bien attendez-vous de pouvoir parler au médecin ?

Emma s'apprêta à répondre, mais Dante intervint avant qu'elle puisse le faire :

— Maman, je te présente Emma Jennings.

S'il lui expliquait comment ils s'étaient retrouvés ensemble, il ne ferait qu'ajouter des soucis supplémentaires, ce qu'il ne voulait pas. Il ajouta :

— Emma est ma fiancée. Elle est venue passer Noël avec nous. J'espère que tu n'y vois pas d'inconvénient.

Tous écarquillèrent les yeux et la plus abasourdie parut Emma. Mais elle se reprit très vite et esquissa un timide sourire.

Amelia s'avança et la prit par les épaules.

— Eh bien c'est une surprise, mais une bonne surprise. Après toutes ces émotions, c'est… fantastique.

Julia donna à son tour l'accolade à Emma.

— Je suis Julia, l'épouse de Tuck. Félicitations à vous deux.

— Et moi, je suis Tuck, un des frères de Dante, se présenta celui-ci en saluant Emma. Comment se fait-il que tu ne nous aies jamais parlé d'elle ? demanda-t-il à son frère.

Roxanne intervint avant qu'il ait le temps de répondre.

— Enchantée, je suis Roxanne, l'épouse de Pierce.

Emma marmonna des remerciements. Elle semblait un peu perdue et avait les pommettes roses.

La mère de Dante essuya une nouvelle larme.

— Excusez-moi de montrer autant d'émotion. Mais c'est tellement soudain !

Dante passa un bras autour de la taille d'Emma pour l'attirer à lui.

— Je sais. Nous nous sommes décidés très vite. Mais nous étions certains de prendre la bonne décision. N'est-ce pas, Emma ?

Elle leva les yeux pour croiser son regard et acquiesça.

— Oui, c'est vrai.

Elle se tourna de nouveau vers la famille de Dante et ajouta :

— J'espère que ma venue à l'improviste ne vous contrarie pas.

Amelia lui sourit.

— Absolument pas. Il y a largement assez de place pour tout le monde au ranch et je suis ravie que Dante vous ait rencontrée. Depuis qu'il a quitté l'armée, je m'inquiète beaucoup pour lui, vous savez.

— Maman, répliqua Dante sur le ton de la réprimande. Je vais bien et mon boulot au service de surveillance des frontières me plaît beaucoup, je te l'ai déjà dit.

— Et maintenant tu as Emma, répliqua sa mère dans un soupir. Bientôt, tous mes fils seront mariés, heureux, et je suis sûre que je ne tarderai pas à être de nouveau grand-mère.

Derrière eux, les portes de l'ascenseur s'ouvrirent et le shérif William Yost, du comté de Billings, en sortit, se dirigeant à grands pas vers Amelia. Il la prit dans ses bras.

— Amelia, ma chérie, je suis venu dès que j'ai pu me libérer.

Que le shérif se comporte de manière aussi familière avec sa mère contraria Dante. Il se crispa.

Tuck, lui, serra les poings et fit un pas en avant.

— Qu'est-ce qu'il fiche ici ?

Amelia lui retourna un regard irrité.

— Tout va bien. William est venu parce que je l'ai appelé. Il collabore avec le shérif du comté de Burleigh et la police de l'Etat pour déterminer les causes de l'accident.

Dante fronça les sourcils.

— Je croyais que les freins de la voiture de Pierce avaient lâché.

Amelia observa Tuck, qui prit la parole :

— Nous avons demandé que la voiture soit examinée par des techniciens de la police scientifique. Un mécanicien a jeté un premier coup d'œil aux freins et il a déclaré sans hésiter que les câbles avaient été sectionnés.

— Quand ?

— Ça, nous n'en savons rien, répliqua Tuck qui se passa une main sur la nuque, révélant les éraflures sur son bras.

— J'ai parlé au mécanicien en personne, intervint le shérif. Les câbles n'avaient pas été sectionnés jusqu'au bout, la fuite de liquide de frein a donc été progressive.

— Ouais, c'est pour cela qu'on ne s'est pas rendu compte tout de suite qu'il y avait un souci, reprit Tuck. Quand nous avons compris, il était déjà trop tard, on ne pouvait plus rien faire.

Tuck tourna la tête vers le bureau des infirmières, d'où quelqu'un venait de sortir.

Une infirmière se dirigea vers eux.

— S'il vous plaît, si vous souhaitez continuer à parler, allez dans la salle d'attente mais ne restez pas dans le couloir, vous dérangez les autres patients.

Le petit groupe obtempéra.

— Où est Lily ? demanda Dante à Tuck et Julia.

— Quand le chef de Tuck a appris la nouvelle, sa femme et lui sont venus à l'hôpital, répondit Julia. Ils sont repartis avec Lily et s'en occupent. Tuck et moi, nous étions d'ailleurs sur le point de retourner la chercher. Nous comptions rentrer ensuite au ranch. Mais puisque tu es là…

— Emma et moi, nous allons également au ranch, précisa Dante.

— Dans ce cas, ne traînez pas si vous voulez éviter la neige, les avertit le shérif. On attend jusqu'à dix centimètres supplémentaires.

Tuck posa le bras sur les épaules de Julia.

— Si vous allez au ranch maintenant, j'aimerais rester encore un peu ici au cas où Pierce se réveillerait de nouveau.

Dante acquiesça. Il observa brièvement le shérif puis se tourna de nouveau vers son frère.

— Si tu restes, je me sentirai mieux. Je m'occuperai de vérifier que tout va bien chez nous ainsi qu'au ranch Carmichael.

Le ranch Carmichael jouxtait le ranch Thunder Horse. Il appartenait à la famille de Roxanne, l'épouse de Pierce, et ce dernier y donnait un coup de main quand il n'était pas en service au FBI. Au ranch Thunder Horse, d'habitude, c'était Maddox qui gérait le quotidien.

— Merci, dit Roxanne. Moi aussi je reste.

— Je m'en doutais.

Amelia prit Dante dans ses bras et l'embrassa.

— Sois prudent sur la route, je ne supporterais pas qu'il arrive malheur à un autre de mes fils.

Dante lui déposa un baiser sur le front.

— C'est promis. Ne vous souciez que de Pierce. Emma et moi, nous nous débrouillerons en attendant votre retour.

Il ajouta dans la foulée :

— J'aimerais quand même passer voir Pierce avant de partir.

— Il n'a droit qu'à un seul visiteur à la fois et seulement pour quelques minutes, rappela Amelia.

Elle adressa un sourire d'excuse à Emma.

— Restez avec nous pendant que Dante va voir son frère.

Dante laissa Emma entre les mains de sa mère, se dirigea vers la chambre qu'elle lui avait indiquée et poussa la porte.

Pierce était allongé, immobile, et sa large stature occupait tout le lit. De nombreux tuyaux le reliaient à des moniteurs, il avait le teint plus pâle qu'à l'habitude et des coupures au visage.

Dante avait plusieurs fois rendu visite à des soldats blessés dans un état plus grave, mais quc son frère soit sur un lit d'hôpital avec tous ces moniteurs qui produisaient de petits sons réguliers lui donna un coup au cœur. Ils avaicnt déjà perdu leur père. Cela n'aurait pas dû se produire.

Son propre accident d'hélicoptère devenait soudain une simple péripétie, d'autant qu'il en était sorti indemne. Pierce était fort et, avec l'aide de Wakantanka, le « Grand

Esprit », il se remettrait. Mais une petite prière ne pourrait pas faire de mal.

Dante ferma les yeux et leva la tête.

— *Wakan tanan, kici un wakina chelee*, récita-t-il doucement.

Ces paroles, que ses ancêtres psalmodiaient avant lui, lui sortirent droit du cœur.

— Que le Grand Esprit te bénisse, Thunder Horse.

Emma quitta l'hôpital avec Dante, encore étourdie par les paroles de félicitations de sa famille. Quand ils furent dehors, elle mit sa capuche pour se protéger du vent et attendit qu'ils soient à l'abri dans le SUV pour s'exprimer.

— C'était quoi, cette histoire ?

Dante mit le moteur en route et quitta sa place de stationnement.

— Quelle histoire ?

Elle bouillait de colère.

— Alors maintenant je suis votre fiancée ?

En même temps, elle s'interrogeait : pourquoi ce mensonge la mettait-il à ce point en rage ? Peut-être parce que la famille de Dante avait accueilli la nouvelle avec chaleur et enthousiasme… Imaginer leur désillusion quand il faudrait leur annoncer qu'ils n'étaient pas fiancés la dépitait.

Dante pinça les lèvres et lui jeta un bref regard.

— Je suis désolé. Je voulais à tout prix éviter d'inquiéter davantage ma mère et c'est la seule explication qui m'est venue en tête pour justifier votre présence.

— Vous auriez pu trouver autre chose qui prête moins à conséquence !

— Rassurez-vous, une fois que Pierce sera rétabli et

que ma mère aura cessé de s'inquiéter pour lui, ce sera beaucoup plus facile de lui dire la vérité.

— Mentir à votre famille me déplaît. A votre mère en particulier.

— Et moi je n'aime pas la voir pleurer, répliqua-t-il doucement.

Emma se rappela le visage mouillé de larmes d'Amelia Thunder Horse. Instantanément, toute colère la quitta. Effectivement, si Dante avait parlé à sa mère de l'accident d'hélicoptère, Amelia aurait eu de quoi faire une dépression nerveuse.

— Je suppose que vous avez fait pour le mieux, soupira-t-elle. C'est vrai que votre mère vit des moments difficiles et, moi non plus, je n'ai pas envie de lui causer des soucis supplémentaires.

Dante tendit le bras pour lui prendre la main et la serra quelques secondes.

Elle baissa les yeux sur ses doigts qui tenaient les siens. Aussitôt, son cœur se serra.

— Vous avez une famille très attachante.

— Ouais.

— Vos frères et vous, vous vous êtes toujours bien entendus ?

— Ils feraient n'importe quoi pour moi et inversement. Et vous, vous avez des frères et sœurs ?

— Non.

— Et vos parents ?

— Ils ne sont plus là.

Sa formulation était juste. Sa mère était morte et elle ignorait où était son père.

— Désolé.

— Ce n'est rien. J'ai l'habitude de la solitude.

— Personne ne devrait se retrouver seul pendant les fêtes.

Elle haussa les épaules.

— Ça ne me dérange pas.

Ça, en revanche, c'était un mensonge au premier degré. Elle détestait les fêtes de fin d'année précisément parce qu'elle les passait toute seule. Ce n'était pas bien grave, se répétait-elle. Mais que les autres prennent des vacances et effectuent des préparatifs pour les fêtes lui pesait. Elle avait apprécié de passer ses week-ends sur le site de fouilles. Gratter le sol lui occupait l'esprit et elle ne se retrouvait pas seule dans son appartement.

Le reste du trajet se fit en silence.

Quand le ranch apparut, les premiers flocons commençaient à voleter. En quelques minutes, ils se firent plus nombreux, plus denses, et quand Dante se gara devant la maison, il neigeait à plein temps et le vent s'était levé.

— Allez-y, entrez, lui intima Dante.

Le vent arctique le contraignait à parler fort.

— Je vais aller voir le régisseur et les animaux dans l'écurie.

— Non, je vous accompagne, protesta Emma.

Elle remonta à fond sa fermeture à glissière, mit sa capuche et se fourra les mains dans les poches. Le vent lui piqua les joues et lui fit battre des paupières, des flocons se collèrent à ses cils.

— Vous feriez mieux d'aller vous mettre au chaud à l'intérieur, je peux tout faire seul.

— Laissez-moi vous accompagner, s'il vous plaît, j'ai besoin de me dégourdir les jambes.

— Par ce temps ?

— N’oubliez pas que je suis moi aussi du Dakota du Nord, répliqua-t-elle avec un sourire.

Ils se dirigèrent vers l’écurie à l’arrière de la maison. Plusieurs chevaux étaient dans le corral et leur dos était déjà couvert d’une fine pellicule blanche. A leur approche, ils trottèrent vers la barrière. Dante l’ouvrit et saisit le licou d’une jument alezan.

— Vous pensez pouvoir la tirer à l’intérieur ? lui demanda-t-il.

Emma ne connaissait rien aux chevaux mais conduire la jument dans l’écurie ne devrait pas être trop compliqué. Elle acquiesça, tendit la main et prit le harnais.

La jument se mit à encenser avec une telle énergie qu’elle faillit la soulever du sol. Elle serra les dents, s’accrocha de toutes ses forces au harnais et se dirigea vers la porte de l’écurie.

Dante la doubla en tirant un grand cheval noir qui lui aussi faisait de la résistance.

Par chance, quand elle le vit passer la porte, la jument le suivit docilement.

Une fois à l’intérieur, à l’abri du vent, la jument se calma et marcha au pas.

— Vous pouvez la lâcher, elle va rejoindre sa stalle toute seule, l’informa Dante. Je vais chercher les deux autres.

— Que puis-je faire d’autre ?

— Remplissez deux seaux de fourrage, répondit-il en désignant le coin de l’écurie où étaient disposés deux containers.

Emma lut sur le premier :

FOURRAGE

Puis sur le second :

BLÉ

Elle saisit deux seaux posés sur l'étagère au-dessus des containers et les remplit de fourrage. Elle ne savait pas très bien de quoi le mélange était fait, mais une odeur de mélasse s'en échappait. Les chevaux qui étaient déjà dans leur stalle se mirent à hennir et à claquer des sabots avec impatience.

La porte se rouvrit et Dante pénétra dans l'écurie avec deux grands chevaux. Il les tira vers les stalles puis revint prendre les deux seaux qu'elle avait remplis. Il passa de stalle en stalle pour donner à manger à tous les chevaux puis alla reposer les deux seaux.

— Je n'ai pas vu la camionnette du régisseur, dehors. J'espère qu'il ne va pas tarder, car il commence à neiger vraiment fort.

Il leva les yeux vers elle et lui tendit la main.

— Prête ? lui demanda-t-il.

Elle acquiesça et prit sa main. Le vent était très violent et Dante dut batailler pour pousser la porte.

Une fois qu'ils furent sortis, il ferma l'écurie et ils partirent en petite foulée vers la maison.

Les flocons étaient de plus en plus épais et la maison disparaissait presque derrière.

Dante guida Emma dans la bourrasque.

A la porte, il essaya la poignée. La porte était verrouillée. Il ôta un gant, chercha dans sa poche, en sortit son trousseau de clés et ouvrit. Il actionna de nouveau la poignée et l'invita à entrer la première. Il la suivit sans tarder et claqua la porte derrière lui.

Emma se retrouva dans une vaste cuisine avec une

grande table à une extrémité et une grosse cuisinière à gaz à l'autre. Des rideaux rouges bordaient la fenêtre au-dessus de l'évier et donnaient une touche de gaieté et de chaleur à la pièce.

Au moment d'ôter sa capuche, elle se figea, humant l'air. Dante eut le même réflexe et tordit le nez.

— Ça sent le gaz, remarqua Emma.

Quand il commença à ôter sa parka, Emma l'arrêta d'un geste.

— Ne bougez pas !

Il s'immobilisa, les mains sur les pans de sa parka.

— Vous sentez ? Si vous enlevez votre parka, l'électricité statique risque de provoquer une étincelle. C'est ce qui arrive chaque fois que j'ôte ma capuche.

— Bien vu, répliqua-t-il. Sortez, je m'occupe de tout.

— Non, je ne sortirai pas sans vous.

— Si nous restons ensemble à l'intérieur et qu'il arrive quoi que ce soit, aucun de nous deux ne sera en mesure d'appeler les secours. Ne discutez pas, sortez de la maison.

Il retourna à la porte pour l'ouvrir en prenant soin de garder les bras écartés pour éviter tout frottement de tissu.

Emma pinça les lèvres, contrariée.

— D'accord, mais faites attention. Ce serait dommage qu'il arrive un accident à mon tout nouveau fiancé avant même qu'il ait pu m'offrir une bague.

Elle avait voulu plaisanter, mais la nervosité lui brisait presque la voix.

Elle sortit.

Dante laissa la porte ouverte, le vent s'y engouffra et poussa des flocons sur le sol en ardoise.

Emma se recroquevilla pour se protéger du froid tandis

que Dante fermait prudemment tous les boutons de gaz de la cuisinière et du four. Puis il vérifia la conduite.

Ensuite, il se redressa et disparut dans le couloir.

Quand il revint, elle claquait des dents et commençait à se transformer en bonhomme de neige.

— Tout est en ordre. J'ai laissé les fenêtres et les autres portes entrouvertes pour faire circuler l'air.

Elle entra dans la maison. Elle avait beau être à l'abri du vent, sa doudoune était glacée et elle tremblait toujours. Dehors, les nuages étaient tellement denses qu'il faisait déjà presque nuit.

Dante épousseta les flocons sur sa doudoune et lui frotta vigoureusement les épaules pour la réchauffer.

— Par prudence, nous allons laisser la maison s'aérer quelques minutes avant de nous installer pour de bon.

Elle se serra contre lui et posa la joue contre sa chemise de flanelle.

Il prit ses mains dans les siennes et les glissa sous sa parka pour les réchauffer.

— Ça va mieux ? lui demanda-t-il après quelques minutes.

Elle acquiesça de la tête car elle n'était pas encore certaine de pouvoir parler sans chevroter.

Enfin, Dante fit de nouveau le tour de la maison pour refermer les fenêtres et balaya la neige sur le pas de la porte de la cuisine.

Elle eut la velléité d'enlever sa doudoune, mais il l'en dissuada d'un geste.

— Attendez que la température remonte avant de vous dévêtir.

Elle obtempéra, fourra ses mains dans ses poches et observa la pièce.

— Vous avez trouvé d'où venait la fuite ?

— Un des boutons de la cuisinière était resté ouvert, répondit-il avec une expression inquiète.

Elle croisa son regard. Quelqu'un avait abattu l'hélicoptère de Dante, on avait fait basculer sa caravane dans une fosse, les frères de Dante avaient été victimes d'un accident de la route parce qu'on avait sectionné les câbles de frein de leur voiture, et voilà que le gaz était resté ouvert dans la maison. Pouvaient-ils croire à une coïncidence ?

— Ce genre de négligence arrive souvent ?

— Jamais. D'ailleurs, c'est ma mère qui a insisté pour avoir une cuisinière à gaz, mon père n'était pas trop pour. Nous étions enfants à l'époque et il redoutait un accident. Il ne s'est laissé convaincre que parce que ma mère lui avait promis d'être très prudente. Elle vérifiait en permanence que tout était bien fermé et elle a gardé cette habitude.

— Et vous croyez qu'elle aurait pu oublier de fermer ce bouton parce qu'elle est partie à l'hôpital en urgence quand elle a appris l'accident de vos frères ?

— Ce n'est pas impossible mais ça me paraît très peu probable.

— Et donc, qu'en déduisez-vous ?

— Je ne veux pas tirer de conclusions hâtives mais, hier au téléphone, Julia m'a appris que ma mère avait fait appel à une société de sécurité pour faire installer des caméras suite à une série d'incidents étranges.

De la tête, il désigna un coin de la pièce.

— Apparemment, la société a commencé le travail mais les caméras ne sont pas encore en place.

Elle suivit son regard : des câbles pendaient dans un angle.

Dante quitta la cuisine et traversa la maison.

Elle lui emboîta le pas. Dans chaque pièce, des câbles avaient été installés.

— De quelle nature étaient ces incidents bizarres ? lui demanda-t-elle, tout en observant la décoration chaleureuse des lieux.

— Je l'ignore. Je crois que Julia ne voulait pas trop en dire car ma mère était près d'elle. Je comptais en apprendre plus en interrogeant le régisseur.

— Mais il n'est pas là.

Dante hocha la tête. Il avait de nombreuses questions à poser à Maddox. Mais où était celui-ci ?

Quand Maddox avait commencé à voyager plus fréquemment après son mariage, sa mère et lui avaient embauché Sean McKendrick pour qu'il s'occupe du ranch en son absence. Sa mère faisait beaucoup de travail mais, pour une femme seule, gérer un ranch était trop lourd. Sean s'était montré très compétent avec le bétail et les chevaux, et il savait également se muer en menuisier quand c'était nécessaire. C'était un homme sympathique qui semblait très attaché au Dakota du Nord.

Dante retourna dans le salon et s'arrêta devant le répondeur téléphonique. La diode indiquant qu'il y avait des messages en attente clignotait.

Il pressa le bouton d'écoute :

« Maman, c'est moi. Si par hasard tu as entendu aux infos qu'un hélico du service des frontières s'était écrasé, rassure-toi, je vais bien. C'était mon appareil mais je ne suis pas blessé. Rappelle-moi dès que tu le pourras, je t'embrasse. »

Il effaça le message.

— C'est une bonne chose que vous soyez rentré à la maison le premier, dit Emma. Sinon, il y aurait eu encore plus d'agitation.

Dante écouta le second message :

« Amelia, C'est Sean. J'ai dû me rendre en urgence à Medora pour aller chercher du matériel. Si vous rentrez avant moi, merci de vous charger de rentrer les chevaux avant qu'il se mette à neiger. »

Il effaça également ce message et écouta le dernier :

« C'est encore Sean. Le moteur de la camionnette fait des siennes et je doute d'être de retour avant la tempête. Je vais prendre une chambre d'hôtel pour la nuit et je rentre demain à la première heure. Je vais appeler le ranch Carmichael pour demander si quelqu'un de chez eux peut passer s'occuper des chevaux. »

Quelques instants plus tard, le téléphone sonna.

— Dante Thunder Horse, allô ?

— Ah, Dante, heureux de savoir que vous êtes à la maison. C'est Jim Rausch, du ranch Carmichael. J'ai eu un coup de fil de Sean me prévenant qu'il est coincé à Medora et que des chevaux chez vous ont besoin d'être rentrés.

— Oui, mais c'est bon, les chevaux sont à l'abri, le rassura Dante. Et de votre côté, tout va bien ?

— Oui, les bêtes sont rentrées et tout est bouclé. J'ai l'impression qu'il va neiger jusque tard cette nuit. Vous êtes tous à la maison ? Et comment va Pierce ?

— Non, le reste de ma famille est encore à Bismarck. Pierce est toujours à l'hôpital. Son état s'améliore, il a repris brièvement connaissance et le médecin affirme que c'est bon signe.

— Tant mieux. Et Tuck ?

— Il est un peu sonné mais, lui, il est debout.

— Bien. J'ai vu aux infos que votre hélicoptère était tombé mais, si vous êtes là, c'est que ça va, j'imagine ?

— Oui, ça va. J'avais laissé un message à ma mère pour la rassurer mais, avec l'accident de Tuck et Pierce, elle ne l'a pas écouté et elle n'a pas vu les infos. J'ai donc effacé le message et je ne lui ai pas parlé de ce qui m'était arrivé. Elle a déjà suffisamment de soucis comme ça.

— Oh oui, d'autant que ça fait un petit moment qu'elle a des ennuis.

— Il semblerait, en effet. Vous pouvez m'en dire un peu plus ?

Le ranch Thunder Horse et le ranch Carmichael étaient voisins et, comme Roxanne, la femme de Pierce, vivait au ranch Carmichael, tout finissait par se savoir très vite.

— Eh bien, depuis quelque temps, les incidents se succèdent. Il y a d'abord eu la porte de l'écurie qui est sortie de ses gonds et a failli écraser votre frère Maddox en chutant. Trois jours plus tard, la paille dans la grange a pris feu. Heureusement, Sean est intervenu rapidement et il n'y a pas eu de dommages, mais ce n'est pas passé loin.

— Et vous êtes au courant que ma mère a demandé l'installation d'un système de sécurité complet ?

— Oui, c'est le fils du shérif Yost qui dirige la société à laquelle votre mère s'est adressée. Mais, selon Roxanne, le boulot n'est pas terminé.

— Non, loin de là.

— Roxanne m'a également dit que Maddox comptait écourter son séjour à l'étranger pour rentrer plus tôt que prévu. Votre mère a essayé de le convaincre que ce n'était pas la peine mais, pour être honnête, tout le monde est soulagé de sa décision. Cette succession d'incidents nous inquiète et, si on ajoute à cela votre accident et celui de vos frères, ça commence à faire beaucoup.

Dante n'en pensait pas moins.

— Oui, c'est inquiétant. Merci beaucoup pour ces précieux renseignements.

— De rien et, encore une fois, je suis heureux de vous savoir là. Si vous avez besoin de quoi que ce soit, n'hésitez pas.

— Merci, Jim.

Dante salua son interlocuteur, raccrocha et tourna la tête vers Emma.

— Je suis désolé de devoir vous le dire mais je commence à croire qu'en me sauvant la vie, vous vous êtes retrouvée dans un bazar dont moi-même je ne soupçonnais pas l'ampleur.

9

Emma insista pour passer la nuit sur le canapé du salon. Se retrouver seule dans cette vaste maison avec Dante la mettait mal à l'aise. Sa rencontre avec la famille, dans la journée, lui avait donné envie d'en faire partie, et ça c'était très dangereux.

Car la famille, ça ne lui avait jamais porté chance. Son père avait quitté sa mère et totalement cessé de s'occuper d'elle quand elle était encore toute petite et, dès ses douze ans, elle avait été seule quasiment en permanence.

Très tôt, elle avait appris à faire la cuisine et à laver son linge et celui de sa mère, car celle-ci, pour payer ses frais de scolarité, cumulait un emploi de jour et un travail de nuit.

Peu après qu'elle eut obtenu son diplôme au lycée, sa mère était tombée malade, infectée par un staphylocoque doré qu'elle avait attrapé à la clinique où elle faisait le ménage. Deux semaines plus tard, elle était morte.

A dix-huit ans, Emma s'était retrouvée complètement livrée à elle-même. Cette période avait été la pire de son existence et, régulièrement, elle fondait en larmes, accablée par son sort. Elle aurait alors donné cher pour avoir une épaule sur laquelle se reposer.

Afin de payer ses études, elle faisait la vaisselle le

soir dans un restaurant puis, après avoir décroché son diplôme de premier cycle, elle était devenue l'assistante d'un professeur et s'était inscrite en master. Elle l'avait obtenu brillamment, ce qui lui avait valu de retenir l'attention du directeur du département de géologie, qui lui avait proposé un poste de maître de conférences. Elle l'avait accepté et, en même temps, avait poursuivi ses études pour obtenir son doctorat, déterminée à ne jamais se retrouver démunie et au besoin cumuler les petits boulots pour s'en sortir, contrairement à sa mère.

En définitive, la famille, pour elle, c'était un concept relativement abstrait alors que, pour Dante, c'était manifestement l'inverse. Il avait bien de la chance.

Le matin suivant, il la réveilla en allant s'occuper des bêtes. Aussi, elle s'habilla et prépara le petit déjeuner. Le réfrigérateur était plein et contenait de quoi nourrir une armée entière. Dans la cuisine, il y avait également un gros congélateur, tout aussi plein.

Le ranch était à l'écart de tout et sans doute fallait-il s'organiser pour ne pas avoir à faire de courses en ville trop régulièrement, surtout l'hiver, période à laquelle les routes de la région pouvaient être impraticables plusieurs jours d'affilée.

Elle cassa six œufs, les battit, coupa oignons et tomates, fit revenir le tout avec des olives noires et versa les œufs dessus pour faire une omelette.

Elle remplissait deux assiettes quand la porte s'ouvrit. Un courant d'air glacé pénétra dans la cuisine.

— Oh ! Mais ça sent divinement bon, déclara Dante.

Elle saisit la cafetière, se retourna et en versa une tasse.

— Installez-vous, le petit déjeuner est prêt.

— Super, merci beaucoup.

Dante se frotta les pieds sur le paillasson pour décoller la neige de ses bottes et huma l'air.

— Je préfère cette odeur à celle du gaz.

Il sourit et ôta sa parka, son écharpe, ses gants et sa cagoule.

— C'est vraiment gentil de votre part d'avoir tout préparé mais ne vous sentez surtout pas obligée de me faire la cuisine. Un des principes que notre mère nous a inculqués, à mes frères et moi, c'est que nous devions être capables de cuisiner et de faire la vaisselle nous-mêmes. Comme elle n'a eu que des garçons, pour elle, c'était d'autant plus important.

— Eh bien, je la féliciterai. Mais si j'ai tout préparé, c'est seulement parce que ça me donnait quelque chose à faire. Et puis, cuisiner pour un ou pour deux, ça ne fait pas beaucoup de différence.

— Encore merci.

Il tira une chaise pour elle et attendit qu'elle soit installée pour s'asseoir à son tour. Puis il serra son mug de café pour se réchauffer les mains.

— Ça fait vraiment du bien.

Ses compliments la touchèrent.

— Avez-vous eu d'autres nouvelles de votre frère ?

— Oui, en fait ma mère a appelé tard hier soir, mais vous dormiez déjà. Pierce s'est réveillé et a demandé à manger.

Il sourit et ajouta :

— C'est très bon signe. S'il demande à manger, cela signifie qu'il ne va pas tarder à se remettre complètement.

Emma poussa un soupir de soulagement. Enfin une bonne nouvelle. Elle ne connaissait pas le frère de Dante mais elle savait ce que perdre un proche signifiait et elle ne souhaitait à personne de vivre cette expérience.

— Je suis contente.

— On espère que le médecin lui permettra de quitter l'hôpital dans la journée.

— Aussi rapidement ?

— Oui, il n'est déjà plus dans le service de soins intensifs et, en général, quand un patient est en bonne voie, on ne met pas longtemps avant de le laisser sortir.

— Bien. Tant mieux.

— J'ai également pu parler à Tuck et je lui ai expliqué ce qui nous était arrivé.

Emma releva brusquement la tête.

— Alors il sait que nous ne sommes pas fiancés ?

— Non, ça, je ne lui ai pas dit. Ce sera déjà suffisamment dur d'éviter que ma mère apprenne que mon hélico s'est écrasé, donc je ne veux pas risquer qu'elle découvre cela également et qu'elle soit déçue.

— Mais maintenant que votre frère est hors de danger, ne serait-ce pas le moment de lui avouer la vérité ?

C'était la voix de la raison qui s'exprimait ainsi mais, à vrai dire, elle n'en avait aucune envie. La perspective lui nouait l'estomac et, soudain, elle n'eut plus faim.

— Non, laissons passer Noël, trancha Dante. Et puis, tout n'est pas réglé, nous devons déterminer l'origine et la raison de cette succession d'accidents et d'agressions. Une fois que ce sera fait, ma mère sera plus à même d'accepter la vérité. Maddox et son épouse, Katya, vont bientôt rentrer et il n'est pas impossible qu'ils annoncent à ma mère l'arrivée prochaine d'un bébé. Si c'est le cas, elle sera moins déçue de savoir que nous ne sommes pas réellement fiancés.

— Mais votre belle-sœur est enceinte, vous en êtes certain ?

— Non, mais je sais qu'ils veulent un enfant et je ne serais pas surpris qu'ils aient attendu leur retour pour nous apprendre la nouvelle, répliqua-t-il avec un sourire. Quant à Tuck, il travaille pour le FBI et il va mettre des enquêteurs sur la trace du type qui a abattu mon hélico, détruit votre caravane et placé des explosifs sur ma Jeep.

Emma esquissa un petit sourire.

— C'est pratique d'avoir un frère au FBI.

— C'est encore plus pratique d'en avoir deux, rétorqua Dante. Pierce est lui aussi agent du FBI.

— Deux agents du FBI, un agent du service de surveillance des frontières. Et votre autre frère, il est agent secret, peut-être ?

— Non, c'est le seul de nous quatre à être resté entièrement fidèle au ranch.

— Et pourtant il n'est pas là.

— Non, Katya, son épouse, est originaire d'Europe de l'Est.

Il fit un grand geste de la main et reprit :

— Les circonstances de leur rencontre, leur mariage, c'est une longue histoire, et je parie qu'ils seront ravis de vous la raconter eux-mêmes quand ils seront là. En ce moment, ils sont auprès de sa famille à elle.

— Vous avez une famille très intéressante, Dante. Vous parvenez à prendre des nouvelles de tout le monde régulièrement ?

— Oui, surtout par l'intermédiaire de ma mère. C'est elle qui constitue en quelque sorte le trait d'union entre nous tous.

Emma hocha la tête. Elle n'avait fait que croiser Amelia

Thunder Horse, mais celle-ci semblait être une femme ouverte, aimante et qui souhaitait par-dessus tout que ses enfants et ses proches soient heureux.

Elle en eut le cœur serré et des larmes d'émotion lui piquèrent les yeux. Il fallait qu'elle change de sujet avant de se mettre à pleurer pour de bon.

— Il a beaucoup neigé ?

— Oui, mais tout de même pas autant qu'annoncé. Nous devrions pouvoir aller jusqu'à Medora, chercher Sean, le régisseur. Et éventuellement en profiter pour faire quelques courses.

— Oh ! Avec ce qu'il y a dans le réfrigérateur et le congélateur, on peut tenir un siège.

Dante éclata de rire.

— Attendez de voir ce que sont capables d'avaler les hommes de la famille Thunder Horse.

— J'ai l'impression que vous êtes tous des grands costauds, donc je peux imaginer.

Dante l'aida à débarrasser et à ranger la cuisine. Effectivement, sa mère l'avait bien éduqué, songea Emma. Il lui arrivait de l'effleurer, de la bousculer légèrement et, chaque fois, il avait un geste pour la retenir ou s'excuser.

Mais c'était seulement parce qu'il voulait aller vite. Rien d'autre, conclut-elle. Dante Thunder Horse était un homme très séduisant et il n'aurait aucun mal à trouver une femme plus intéressante qu'une petite prof timide comme elle.

Quand ils eurent terminé la vaisselle, elle avait le rouge aux joues et il suffisait qu'il passe près d'elle pour qu'elle réagisse physiquement.

— Je vais me brosser les dents et, ensuite, je serai prête à partir, annonça-t-elle.

Elle s'enferma dans la salle de bains et considéra son reflet dans le miroir. Elle avait les joues roses, les yeux pétillants, et même ses cheveux paraissaient plus brillants qu'à l'habitude. Que lui arrivait-il ? Elle devait se reprendre et ne pas se faire d'illusions : à la fin des vacances, tout serait terminé.

Pourtant, sa voix intérieure l'enjoignait de profiter au maximum de ces quelques jours avec Dante et sa famille. Quel mal cela pourrait-il faire ?

— Beaucoup de mal, murmura-t-elle à son reflet.

A elle.

Egalement à la mère de Dante quand ils lui apprendraient la vérité. Même si, comme toute mère aimante, elle se rangerait à la décision de son fils. Amelia comprendrait qu'une prof de campagne n'était pas faite pour lui, pas à la hauteur.

Encore une fois, Emma repensa à la chaleur et à la tendresse de cette femme.

Franchement, quel mal pourrait-il y avoir, ne serait-ce que pour quelques jours, à faire semblant d'appartenir à la famille ? Cela permettrait à Amelia de passer les fêtes sans stress supplémentaire et, elle, elle aurait Dante pour la protéger. Exceptionnellement, elle ne se retrouverait pas toute seule à Noël.

Elle se brossa les dents et se fit le serment de garder la tête froide, de ne pas se bercer de faux espoirs envers un homme qui était encore amoureux d'une femme décédée.

Elle s'éclaboussa le visage avec de l'eau froide puis s'essuya, prit une grande inspiration, ressortit de la salle de bains d'un pas décidé et buta contre une montagne de muscles.

Elle fut tellement surprise qu'elle faillit tomber, mais Dante la saisit par les épaules.

— Ça va ?

Elle eut le souffle court, elle était dans tous ses états. Elle venait de prendre des résolutions et, quelques secondes plus tard, elles avaient déjà volé en éclats.

— Oui, oui, ça va, merci.

Son cœur battait la chamade. Elle se redressa et recula d'un pas.

— Je m'apprêtais à frapper à la porte de la salle de bains pour savoir si vous y étiez prête, expliqua Dante.

— Oui, je suis prête. Je n'ai plus qu'à enfiler ma doudoune.

Et à reprendre mes esprits.

— Vous devriez mettre votre combinaison complète, lui conseilla Dante. Il fait très froid et le vent souffle toujours.

— Entendu.

Elle passa dans le salon, où elle avait laissé son sac, en sortit sa combinaison, l'enfila par-dessus ses vêtements et mit ses bottes. Si elle avait espéré avoir l'air un brin sexy, c'était raté. Elle ressemblait au bonhomme Michelin.

— Voilà, on peut y aller, dit-elle en le rejoignant.

Elle était ridicule et affreuse.

Un sourire étira les lèvres de Dante, qui leva la main et la lui passa sur la joue.

— On vous a déjà dit que vous étiez mignonne, tout emmitouflée comme l'héroïne d'*Un conte de Noël* ?

Elle le dévisagea, aussi incrédule qu'étonnée par l'éclat de son regard. Quand il se pencha pour lui donner un petit baiser, elle crut tomber à la renverse.

— Vous m'avez manqué, la nuit dernière, lui chuchota-t-il.

Avant même qu'elle ait assimilé ce commentaire, il se dirigeait vers la porte. Il l'ouvrit et un froid mordant pénétra dans la maison. Il tint la porte et se tourna vers elle pour l'inviter à sortir.

Elle s'exécuta, encore perplexe. Pourquoi l'avait-il embrassée, et qu'avait-il sous-entendu ?

A cause de la neige, il leur fallut deux fois plus longtemps que d'habitude pour rejoindre Medora. En outre, Dante ne connaissait pas très bien le SUV de location et ne souhaitait prendre aucun risque. Ils devaient arriver à destination sans dommages.

Peut-être quelqu'un pourrait-il l'éclairer sur ce qui se passait au ranch Thunder Horse. D'autres ranchs de la région étaient-ils également victimes d'accidents suspects ?

A Medora, Dante se gara sur le parking du *diner*, car c'était peu ou prou le seul endroit où passer le temps.

Il aida Emma à descendre et tous deux entrèrent dans l'établissement. Il repéra immédiatement le régisseur : Sean était assis à une table avec une tasse de café, face à un bavard patenté. Hank Barkley, le propriétaire du magasin de matériel agricole, savait en effet tout sur tout le monde et ne se privait pas de le colporter.

Quand Sean le vit approcher, il se leva aussitôt et lui serra la main.

— Heureux de vous revoir en un seul morceau. Il paraît que Pierce va mieux lui aussi.

Dante sourit. Inutile de demander qui le lui avait appris.

Hank se leva également pour le saluer.

— Je suis venu tenir compagnie à Sean. On a tous eu très peur pour vos frères, vous savez.

Le regard de Hank se posa sur Emma. L'air curieux, il demanda :

— Je ne crois pas connaître la jeune femme qui vous accompagne.

— Je vous présente Emma Jennings. On peut se joindre à vous ?

— Bien sûr. Nous ne faisions que discuter pour passer le temps, répondit Hank.

— Oui, et si ça continue, c'est tout ce que nous pourrons faire en attendant le printemps, renchérit Sean qui regarda par la fenêtre. Je doute que toute cette neige fonde complètement avant avril.

Emma ôta sa doudoune et s'installa sur la banquette, Dante s'assit à côté d'elle. Sa jambe effleura la sienne, et ce contact, même à travers son épais pantalon, lui procura un frisson. Il n'en fallait vraiment pas beaucoup pour qu'Emma éveille ses sens et sa libido. La nuit précédente, se retrouver seul dans son lit alors qu'elle était dans la pièce à côté l'avait mis au supplice. Il avait peu dormi et, chaque fois qu'il était parvenu à s'assoupir, il avait rêvé qu'il faisait l'amour avec elle. De tels fantasmes le torturaient : avait-il le droit d'oublier ainsi Samantha ? Rien que l'idée lui déplaisait.

— Tout est en ordre, au ranch ? lui demanda Sean, qui le sortit de ses pensées.

Dante acquiesça.

— Oui, je suis passé voir les bêtes juste avant notre départ.

— Bien. Mack, le garagiste, a dit que, pour la camionnette, il doit commander une pièce et qu'il ne l'aura pas avant un ou deux jours.

— Dans ce cas, nous avons bien fait de venir vous chercher.

Dante leva les yeux au moment où Florence Metzger, la propriétaire du *diner*, passait près d'eux.

— Dante Thunder Horse, ça fait plaisir de te voir, déclara celle-ci en se penchant pour l'embrasser.

Elle se redressa et tourna la tête vers Emma, sans masquer son intérêt.

— Est-ce ta petite fiancée ?

Emma fit des yeux tout ronds.

Dante lui posa une main sur le genou, un sourire aux lèvres.

— Comment peux-tu savoir que nous sommes fiancés ?

Florence se posa une main sur la hanche.

— Figure-toi que mon cousin travaille à l'hôpital de Bismarck.

Sean eut un petit rire.

— Moi aussi, j'étais au courant. C'est Hank qui me l'a dit.

Celui-ci se redressa avec fierté.

— Je l'ai appris par l'intermédiaire de Small, l'agent de police, qui lui-même le savait par le shérif Yost.

— Donc, j'imagine que toute la ville est au courant, déclara Dante en se tournant vers Emma.

Elle était pâle et se mordait la lèvre inférieure.

Dante lui passa un bras autour des épaules, puis lui donna un petit baiser sur la joue.

— La réponse à la question de Florence est oui. Je vous présente Emma Jennings, de Grand Forks. Ma fiancée.

Hank, Florence et Sean leur présentèrent tous trois leurs félicitations.

— C'est merveilleux, s'exclama Florence avec enthousiasme. Puis-je voir la bague ? On dit toujours que la bague qu'un homme a offerte à sa fiancée en dit beaucoup sur lui.

A ces mots, Emma devint livide, remarqua Dante. Lui-même était décontenancé. Il n'avait absolument pas pensé à cela.

— Chut, Florence, tu vas gâcher la surprise, lui dit-il en appuyant ses paroles d'un clin d'œil entendu.

Florence fronça les sourcils puis, après quelques secondes de réflexion, se plaqua une main sur la bouche.

— Oh ! Mais oui, suis-je bête, nous sommes à quelques jours de Noël…

C'était passé près mais le désastre avait été évité. Dante prit la main d'Emma dans la sienne.

— Assez parlé de nous. Quelles sont les nouvelles par ici ?

Hank et Florence ne se firent pas prier pour raconter les derniers événements survenus dans la petite communauté. Frank et Eliza Miller attendaient un nouvel enfant : leur cinquième ! Jess Blount et Emily Sanders s'étaient mariés deux mois plus tôt et eux aussi allaient prochainement avoir un bébé. Vera Bradley était décédée, ses deux filles se disputaient son héritage.

Dante écoutait poliment. Tous les noms lui étaient plus ou moins familiers.

A une autre table, un client fit signe à Florence.

— Il faut que je retourne travailler. Appelez-moi si vous avez besoin de moi.

Elle se hâta d'aller servir du café et prendre d'autres commandes.

Dante s'adressa à Hank :

— Et comment vont les affaires en ville ? Y a-t-il des magasins qui ont fermé, de nouveaux arrivants ?

Hank hocha la tête :

— Les Taylor ont enfin réussi à vendre leur quincaillerie à un couple de Fargo. La scierie a définitivement fermé peu de temps avant Halloween. Quant à l'ancien hôtel, un promoteur de Minneapolis l'a racheté pour le rénover.

Il marqua une pause puis reprit :

— Je suppose que c'est à cause de ces chercheurs de pétrole qui prospectent dans la région depuis quelques mois : ils tentent de racheter des terres.

— Ce sont les mêmes que l'été dernier ?

— Oui, mais pas seulement : maintenant, il y en a d'autres.

Sean fronça les sourcils.

— Votre mère ne vous en a pas parlé, Dante ? Ils sont passés plusieurs fois au ranch, il y en a un en particulier qui se montre très insistant, un dénommé Langley. Il a le chic pour débarquer sans prévenir à n'importe quelle heure. Votre mère a beau lui répéter qu'elle n'a pas l'intention de vendre ses terres, il revient à la charge. C'est en partie à cause de lui et de ses collègues qu'elle a souhaité faire installer un système de vidéosurveillance et une alarme.

Dante posa les coudes sur la table et se pencha en avant :

— Pensez-vous que ces types puissent être derrière les accidents qui se sont produits au ranch ? Qu'ils pourraient chercher à effrayer ma mère pour la persuader de vendre ?

Sean croisa les bras.

— Pour convaincre votre mère de vendre, il en faudrait davantage que l'effrayer. Elle a un sacré tempérament et ne se laisse pas intimider.

— Certes. Mais maintenant que Maddox voyage

fréquemment, elle se retrouve plus souvent seule à s'occuper du ranch et c'est une lourde responsabilité.

Sean parut quelque peu vexé par cette remarque.

— J'essaie d'être là aussi souvent que possible. Peut-être que je devrais insister pour qu'elle m'accompagne quand je dois aller en ville. Ça ne me dérangerait pas, au contraire. Quant à ces accidents, rien ne prouve que ce ne sont pas de simples accidents, justement. La porte de la grange n'était pas de première jeunesse et vous savez quc, par ici, les vents sont très violents. Quant au foin, il était tout frais quand nous l'avons rentré, il n'est pas impossible que l'incendie se soit déclaré spontanément.

Dante en était bien conscient : un feu de foin frais était un accident relativement fréquent. D'ailleurs, habituellement, ils le laissaient sécher avant de le mettre en balles. Mais, cette année, ils avaient dû se dépêcher car, peu après la période des foins, de fortes pluies avaient été annoncées.

— Vous avez raison... Mais tout de même, deux événements de ce type en une semaine...

Il laissa sa phrase en suspens pour indiquer son scepticisme.

Le régisseur haussa les épaules.

— Dans les deux cas, le shérif n'a découvert aucun élément suspect. Tout ce qu'on peut dire, c'est qu'on a eu de la chance qu'il n'y ait pas de blessés.

— Vous n'avez remarqué ni empreintes ni traces de pas ?

— La nuit précédant la chute de la porte, il avait plu, et si quelqu'un avait desserré les gonds, il l'avait fait avant qu'il pleuve. Après, la pluie a fait disparaître toutes traces de pas.

— Et le jour de l'incendie, vous n'avez remarqué personne sur le domaine du ranch ?

Sean pinça les lèvres.

— Eh bien, votre mère avait un rendez-vous et n'était pas là. Quant à moi, au moment où l'incendie s'est déclaré, je rentrais tout juste de la coopérative.

Dante leva la main.

— Attendez, comment ça : ma mère avait un rendez-vous ?

Sean n'osa pas répondre mais Hank, lui, ne s'en priva pas :

— Cela fait un moment que le shérif Yost courtise votre mère, si je puis dire. Je l'ai même entendu dire un jour qu'il voulait l'épouser, et il a prétendu à Florence qu'avant même qu'elle rencontre votre père il était déjà amoureux d'elle.

— Mais je ne pensais pas que ma mère était sensible à son charme, avoua Dante.

— Eh bien, il faut reconnaître à Yost qu'il sait se montrer à la fois patient et tenace.

Sean émit un grognement.

— Moi, je me demande ce que votre mère lui trouve. Elle mérite mieux que lui.

Le ton de voix du régisseur intrigua Dante. Il semblait presque jaloux.

Emma, qui depuis le début de la conversation était restée silencieuse, se redressa et intervint :

— Les prospecteurs de pétrole sont toujours en ville ?

— Oui, certains, précisa Hank. Ils ont pris leurs quartiers dans l'aile de l'hôtel qui a déjà été rénovée.

— Et que savez-vous du système de sécurité au ranch ? voulut savoir Dante. Il ne semble pas encore installé.

Sean fit la moue.

— Je sais seulement que Ryan, le fils du shérif Yost, a commencé les travaux il y a une quinzaine de jours. Mais il n'avait pas encore reçu l'ensemble des caméras, si j'ai bien compris.

— J'ignorais que Ryan était de retour dans la région. Sa mère était partie vivre avec lui dans la réserve Rosebud après avoir divorcé de Yost, non ?

Hank se frotta les mains.

— J'ai eu l'occasion de discuter avec Ryan. Il m'a dit avoir quitté la réserve à ses dix-huit ans. Il a fait son service militaire puis il s'est engagé et il est resté dans l'armée pendant quatre ans. A la fin de son contrat, il n'a pas rempilé, il a cherché du travail et s'est fait embaucher dans une société d'installation de systèmes de sécurité du Dakota du Nord. C'est à ce moment-là qu'il est revenu. Il y a un an, son patron a pris sa retraite et il s'est vu proposer d'ouvrir et diriger une franchise de la société. En gros, son secteur, c'est tout ce qui s'étend à l'ouest de Bismarck.

— Ses bureaux sont situés en dehors de Medora ?

— Oui, mais de toute façon il est très souvent sur la route. Il a même racheté un vieil avion pour gagner du temps sur certains déplacements. Il a son brevet de pilote.

— Tout indique qu'il s'en est plutôt bien sorti, dit Sean. Tous les gamins de la réserve ne peuvent pas en dire autant.

Dante en savait quelque chose. Son arrière-grand-père avait quitté la réserve dès qu'il avait été en âge de le faire. Il était très attaché à ses racines Lakota mais il avait compris que, s'il voulait s'ouvrir des perspectives, pour lui et sa famille, il devait tenter sa chance ailleurs.

— Ryan n'a pas beaucoup de points communs avec Yost, poursuivit Hank. Il était plus attaché à sa mère. Quand elle a divorcé, elle est partie du jour au lendemain vivre avec lui dans la réserve, et Ryan ne revenait jamais voir son père.

— Et vous savez ce que fait Ryan en attendant de recevoir les caméras qu'il doit installer au ranch ?

— Il a un chantier à Bismarck, je crois, répondit Hank. Il va rentrer en fin de journée, il a lui aussi pris une chambre à l'hôtel.

Dante se rassit au fond de la banquette et réfléchit quelques secondes à tout ce qu'il venait d'apprendre.

— Bien, merci pour ce tour d'horizon. Vous ne voyez rien d'autre d'intéressant à ajouter ?

Sean sourit.

— Ce serait plutôt à vous de nous raconter ce qui vous est arrivé. La télé a diffusé des images de l'hélicoptère qui est tombé. Vous êtes conscient que votre mère ne va pas tarder à être au courant, n'est-ce pas ?

— Sans doute. Mais, comme je suis là, au moins, elle ne se fera pas de mauvais sang et elle ne s'attardera pas trop sur cet accident.

— Je n'en suis pas si sûr. Elle serait même capable d'appeler votre patron pour lui dire que vous ne devez plus remonter dans un hélico.

Elle en serait bien capable en effet, Dante n'en doutait pas. Elle n'avait jamais apprécié que ses fils choisissent des métiers dangereux. Néanmoins, elle avait respecté leur choix.

Dante se leva et tendit la main à Emma.

— Bien, j'ai quelques visites à effectuer avant de repartir.

— Puis-je vous être utile ? proposa Sean qui se leva également.

— Si vous avez besoin de fourrage, chargez les sacs dans le coffre de mon SUV. Emma et moi, nous reviendrons vite et, ensuite, nous pourrons prendre la route du ranch.

— Avoir un peu de fourrage d'avance, ce ne serait pas inutile, confirma Sean.

Dante acquiesça et lui tendit ses clés. Puis il salua Hank pendant qu'Emma remettait sa doudoune.

— Heureux de vous avoir revu, Hank.

Florence n'était pas loin et il lui fit signe.

— Salut, Florence, à bientôt.

— A bientôt, j'espère, oui, répondit-elle avec un sourire.

Il tendit la main à Emma, qui l'accepta et traversa le *diner.* Au moment de pousser la porte, son portable sonna. Il s'arrêta pour prendre la communication. C'était sa mère.

— Salut maman. Comment va Pierce ?

— Il est déjà autorisé à sortir, c'est incroyable. J'ai demandé au médecin si c'était bien raisonnable et il m'a répondu que Pierce ne tenait déjà plus en place et récupérerait mieux à la maison. Nous venons de prendre la route, je pense que nous serons au ranch dans l'après-midi, si du moins les routes sont praticables jusqu'au bout.

— Qui est au volant ? demanda Dante.

En effet, Pierce détestait ne pas conduire quand il montait dans une voiture, et Dante le savait très bien.

— Roxanne, répondit sa mère avec un petit rire. Pierce avait beau savoir qu'il n'était pas en état de conduire, elle a dû lui faire la leçon pour qu'il se tienne tranquille.

— Et Tuck ?

— Il va rentrer aussi, mais un peu plus tard. Il souhaitait faire un saut au bureau avant de prendre la route. Il va venir avec Julia et Lily et ils resteront jusqu'à la fin des vacances.

— Et comment rentrez-vous puisque la voiture de Pierce n'est plus en état ?

— Nous avons loué un véhicule pour deux semaines.

— J'espère que vous avez vérifié les freins avant de partir !

Sa mère émit un grognement.

— Tu ne crois pas si bien dire. Tuck a passé une heure les mains dans le moteur puis sous la voiture pour vérifier que tout était en ordre.

— Tant mieux. Je veux absolument avoir toute ma famille autour de moi pour Noël.

— Moi aussi, et ce sera merveilleux. D'autant qu'avec Emma, la famille va encore s'agrandir !

Dante ne répondit pas. Pourquoi gâcher le Noël de sa mère ? Elle semblait tellement heureuse qu'il ne soit plus seul !

Il échangea encore quelques paroles avec elle puis raccrocha.

Il jeta alors un regard à Emma : elle avait relevé son col pour affronter le froid. De longues mèches brunes entouraient son visage. Elle était vraiment mignonne ainsi, mais ne le savait probablement pas.

Elle tourna la tête, sentant peut-être son regard sur elle.

— Quoi ? fit-elle.

— Rien. Je me disais seulement que j'étais vraiment heureux que vous ayez accepté de venir avec moi. Et j'espère que vous apprécierez ma famille autant qu'eux vous apprécient.

Elle battit des paupières et prit un air timide.
— Vous croyez vraiment qu'ils m'aiment bien ?
— Oui, je suis affirmatif.
Il lui prit la main et, ensemble, ils marchèrent jusqu'à l'hôtel. La façade en était pimpante, mais à l'intérieur il restait encore beaucoup à faire.
— Bonjour, puis-je vous aider ? leur demanda sans enthousiasme la jeune femme à la réception.
— Pouvez-vous me dire si Ryan Yost est dans sa chambre ? s'enquit Dante.
— Non, répliqua la réceptionniste sans hésiter. Mais je dispose de chambres libres. Souhaitez-vous en prendre une ?
Dante lui adressa un grand sourire charmeur.
— Peut-être.

10

La réceptionniste devint rouge de plaisir et battit des paupières, remarqua Emma. Elle aussi, quand Dante lui adressait ce genre de sourire, elle fondait complètement.

Sur la photo où il posait à côté de Samantha, il arborait cette séduisante expression. Elle aurait voulu être capable de raviver chez lui le bonheur qu'il éprouvait avant la disparition de la femme dont il était amoureux. Etre aimée sans retenue par un homme tel que Dante, ce devait être tellement merveilleux !

Dante s'appuya sur le comptoir et se pencha en direction de la réceptionniste.

Il lut le badge qu'elle avait épinglé à son chemisier.

— Vous vous appelez Nicole, c'est bien ça ?

Elle acquiesça.

— Oui, c'est ça.

— Un joli prénom pour une jolie fille.

La dénommée Nicole écarta une mèche de cheveux blonds de son visage.

— Merci.

— Moi, je suis…

Nicole leva la main pour l'interrompre.

— Attendez, laissez-moi deviner. Vous faites partie

de la famille Thunder Horse. Vous ressemblez beaucoup à Maddox.

Dante inclina la tête.

— Gagné, Maddox est mon frère. Moi, je m'appelle Dante.

Il se tourna vers Emma.

— Et ma compagne s'appelle Emma. Nous sommes tous deux des amis de Ryan. Cela fait bien longtemps que nous ne l'avons pas revu et nous aurions aimé lui dirc bonjour.

— Ah, d'accord, je vois, répondit la réceptionniste qui se détendit et sourit à son tour. Il habite ici, chambre 207, depuis qu'elle a été refaite. Mais, pour le moment, il est absent ; en partant ce matin, il a dit qu'il serait de retour aux environs de midi.

— Très bien, c'est tout ce que nous désirions savoir, répliqua Dante. Avez-vous un stylo et un post-it pour que nous puissions lui laisser un petit mot sur sa porte ?

Elle s'empressa de lui fournir le tout.

— Avez-vous besoin d'autre chose ?

— Non, je vous remercie, c'est parfait, répliqua-t-il en lui adressant un clin d'œil complice.

Il se redressa et regarda autour de lui.

— L'escalier est au fond, derrière les plantes vertes, indiqua Nicole en pointant du doigt le fond du hall. C'est au deuxième étage, seconde porte à droite.

— Merci.

De nouveau, il se tourna vers Emma :

— Tu veux bien m'attendre ici, chérie ? J'en ai pour une minute.

Qu'il l'appelle « chérie » la toucha, mais elle se ressaisit aussitôt : ce n'était qu'un jeu.

— Oui, vas-y, je t'attends.

Nicole regarda Dante traverser le hall puis, quand il eut disparu, retourna son attention sur Emma. Elle lui fit une petite moue dédaigneuse.

— J'aurais parié que c'était un Thunder Horse. Voilà une famille que tout le monde connaît dans la région. En revanche, vous, vous ne devez pas être d'ici.

Emma acquiesça.

— Non, je vis à Grand Forks. Je…

Elle hésita à se désigner comme la fiancée de Dante. Mentir était toujours une épreuve.

— Je suis en visite chez les Thunder Horse.

Nicole fronça les sourcils.

— Il paraît qu'un des frères Thunder Horse s'est fiancé récemment. S'agit-il de Dante ? Et vous êtes sa fiancée ? ajouta-t-elle en plissant les yeux.

Décidément, les nouvelles se répandaient très vite dans cette petite ville.

— Euh… oui, c'est moi, reconnut-elle.

Elle devait montrer plus d'assurance, songea-t-elle simultanément. Aussi, elle redressa les épaules et continua :

— Tout s'est passé très vite. Quand il m'a demandée en mariage, je ne m'y attendais pas du tout. Et j'ai toujours du mal à me faire à cette idée.

Elle s'efforça de sourire pour apparaître comme une heureuse future mariée.

— J'étais tellement ébahie que je ne savais pas quoi répondre.

— Eh bien apparemment vous avez répondu oui, rétorqua Nicole sur un ton ouvertement jaloux.

Elle posa le regard sur les mains d'Emma.

— Tiens, vous n'avez pas de bague de fiançailles ? Quel dommage…

Emma rougit et fourra les mains dans ses poches.

— Non, pas encore. Mais Noël approche, ajouta-t-elle sur un ton entendu.

Evidemment, une fois les vacances terminées, tout serait oublié. Elle le savait pertinemment. Mais, pour le moment, elle avait le droit de faire comme si Dante était bel et bien son fiancé et de mettre en tête à cette réceptionniste qu'il était inutile d'espérer.

Deux ouvriers pénétrèrent alors dans le hall en portant un rouleau de moquette.

Nicole se leva et alla leur ouvrir la porte.

Deux autres hommes, en costume et imperméable, s'avancèrent vers la réception. L'un d'entre eux sourit à Emma.

— Enchanté, lui dit-il, je suis Monty Langley, et mon collègue s'appelle Theron Price. Il ne me semble pas vous avoir déjà vue. Vous êtes ?

— Emma Jennings, répondit-elle, sur la défensive.

— Emma…, répéta le dénommé Langley en la détaillant de la tête aux pieds.

Cette fois, elle fut heureuse d'être emmitouflée dans sa combinaison et haussa les sourcils : elle n'appréciait guère de telles manières.

— Vous prenez une chambre ? lui demanda Langley.

— Non.

— Non ? Alors que diriez-vous d'aller prendre un verre ? Je suis sûr qu'il doit y avoir un bar quelque part.

— Non, merci, rétorqua-t-elle sèchement.

— Dommage. Et moi qui pensais qu'une éclaircie venait enfin égayer ce trou à rats…

— Eh bien vous vous êtes trompé, dit-elle en se détournant à moitié.

Langley plissa les yeux puis s'adressa à son collègue :

— Allez, viens Theron, j'ai une bouteille de whisky dans ma chambre.

Tandis qu'il se dirigeait vers le couloir au fond du vestibule, il jeta un dernier regard par-dessus son épaule et déclara :

— Et on dit que dans le Dakota du Nord, les gens sont accueillants…

— Avec ceux qui le méritent, pas avec les goujats, marmonna Emma.

— J'ai entendu, précisa Langley avant de s'éloigner définitivement.

Une fois que les deux hommes furent hors de vue, Emma s'empressa de monter l'escalier jusqu'au deuxième étage.

Elle ne trouva pas Dante.

Aussi, elle avança jusqu'à la chambre 207 : la porte en était entrouverte.

Elle la poussa doucement et entra.

— Dante ? chuchota-t-elle.

Il faisait sombre dans la pièce car les rideaux étaient tirés. Des vêtements traînaient sur le lit et la poubelle débordait de canettes de soda. Une main se posa alors sur sa bouche et elle fut attirée contre un torse vigoureux.

D'instinct, elle leva les bras, s'apprêtant à asséner un coup de coude à son agresseur.

— Chut, fit une voix tout contre son oreille.

C'était Dante et elle se figea. Il ôta sa main de sa bouche.

— Ne faites pas de bruit, j'ai presque fini, chuchota-t-il

— Mais qu'est-ce que vous fichez ?

— Je jette un coup d'œil.

Avait-il perdu la tête ?

— N'est-ce pas une effraction ?

— Seulement si on se fait prendre. De toute façon, la porte n'était pas fermée à clé.

— Oui, mais quand même. Et si la réceptionniste vous avait surpris ? Ou pire, si Ryan Yost était arrivé ?

— Ce n'est pas le cas…

— Mais ça aurait pu se produire. Deux types sont entrés dans l'hôtel. Je suppose qu'il s'agit des prospecteurs de pétrole.

— Vraiment ? Peut-être qu'on devrait aller leur dire un mot.

— Je n'en ai aucune envie. L'un d'eux, un certain Langley, m'a fait du gringue.

Dante lui posa un doigt sous le menton.

— Cela prouve qu'il a bon goût.

— Nous devrions partir.

— C'est ce que nous allons faire.

Il s'assura qu'il n'y avait personne dans le couloir puis tira Emma derrière lui. Quand elle fut sortie, il referma et colla un post-it sur la porte.

Elle n'eut pas le temps de le lire car il la poussa vers l'escalier.

Langley et Price n'étaient pas ressortis de leur chambre et, au rez-de-chaussée, Nicole était toujours en conversation avec les ouvriers.

Un homme au teint mat, à la coupe de cheveux militaire et au regard perçant, poussa la porte pour entrer alors qu'ils allaient sortir.

Il s'arrêta face à eux et fixa son attention sur Dante.

— Excusez-moi, vous êtes bien un des frères Thunder Horse, non ?

Il tendit la main et ajouta :

— Je suis Ryan Yost.

Emma en eut des frissons. Deux minutes plus tôt, ils étaient dans sa chambre. Ils étaient passés à un cheveu de se faire prendre.

Dante serra la main de cet homme et lui sourit, l'air parfaitement détendu. Comment parvenait-il à se montrer aussi détaché ? se demanda Emma.

— Cela fait un bail qu'on ne s'est pas vus, lança-t-il. La dernière fois, tu devais encore être à l'école primaire.

Ryan acquiesça et fit une moue qui semblait indiquer que cette période ne lui rappelait pas que de bons souvenirs.

— Ouais, c'était peu de temps avant le divorce de mes parents et que je parte vivre dans la réserve avec ma mère. Vous êtes de retour dans la région pour de bon ?

Dante secoua négativement la tête.

— Non, je suis en visite dans ma famille pour les fêtes.

— Oui, bien sûr, répliqua Ryan qui regarda autour de lui. Est-ce que par hasard vous me cherchiez ?

— En fait, oui. Ma mère souhaitait savoir quand tu comptais terminer l'installation du système de sécurité au ranch.

— Ah, d'accord. J'attends toujours les caméras que j'ai commandées. Je pensais les recevoir aujourd'hui mais il y a un peu de retard. J'espère les recevoir demain et venir les poser dans la foulée.

— Parfait. Je le lui dirai.

— J'ai été étonné qu'elle souhaite faire installer un système de sécurité, confia Ryan. Dans le secteur, la plupart des gens ne ferment même pas leur porte à clé.

— Les temps changent, lâcha Dante.

— Ouais. En même temps, d'une certaine façon, c'est bon pour mes affaires.

— J'imagine.

Dante regarda vers la sortie.

— Bien, nous allons te laisser. Nous nous verrons demain au ranch.

Ryan fit un pas de côté pour les laisser passer.

— Comptez sur moi.

Dehors, le froid était toujours aussi mordant et Emma remonta son col.

— Pouvez-vous m'expliquer à quoi vous jouez ? demanda-t-elle à Dante.

— Je veux découvrir qui s'en prend au ranch.

— Vous pensez que ça peut être Ryan Yost ?

— Je n'en sais rien. Je souhaitais lui parler et, comme la porte de sa chambre n'était pas fermée, j'y ai jeté un coup d'œil pour me faire une idée sur notre homme.

— Mais, si j'ai bien compris, vous le connaissiez déjà.

— Oui et non. Il est un peu plus jeune que moi et nous fréquentions la même école quand nous étions gamins. Mais il a quitté la région quand il avait une dizaine d'années et je ne l'avais pas revu depuis.

Dante lui prit la main et ils se dirigèrent vers le SUV, toujours garé sur le parking du *diner*.

Sean les y attendait déjà et faisait les cent pas pour se réchauffer.

— C'est bon, on peut y aller ? leur demanda-t-il quand il les vit.

— Oui, répondit Dante en tendant la main. Je vais conduire.

Sean lui lança les clés et Dante déverrouilla les portières.

Emma s'installa à l'avant, Sean sur la banquette arrière et Dante prit le volant.

Le long du trajet, Sean donna quelques précisions supplémentaires à Dante sur la vie du ranch :

— Les chevaux sauvages ont pris leurs quartiers dans le canyon. J'ai repéré une jument qui boitait. Il me semble que c'est celle que votre frère a baptisée Sweet Jessie. J'aimerais bien faire un tour là-bas dans la journée si possible et, éventuellement, la ramener si elle a besoin de soins.

— Elle a eu un poulain au printemps dernier, non ?

— Oui. Il est déjà très autonome mais c'est la jument qui m'inquiète.

— Je pourrais peut-être vous donner un coup de main.

Dante tourna la tête vers Emma.

— Tu es déjà montée à cheval ?

— Non, désolée. Mais il ne fait pas un peu froid pour ça ?

Dante eut un petit sourire.

— Les propriétaires de ranchs du Dakota du Nord ne s'arrêtent jamais. Les animaux sont toujours leur priorité.

— Je comprends. J'aimerais bien venir, dit-elle malgré son appréhension. Est-ce dur de monter à cheval pour la première fois ?

Sur la banquette arrière, Sean éclata de rire. Dante se contenta de sourire.

— L'hiver n'est pas la meilleure période pour apprendre. Si tu veux nous accompagner, nous pouvons y aller en motoneige. Sean, lui, devra prendre un cheval pour ramener Sweet Jessie si elle a besoin d'être soignée.

Sembler aussi gourde contraria Emma.

— Je ne veux pas vous ralentir.

— Ne t'inquiète pas, la rassura Dante. En motoneige, nous atteindrons plus rapidement le canyon, et si nous constatons qu'il faut ramener la jument, à l'arrivée de Sean nous lui aurons déjà posé un harnais pour qu'il puisse la tirer.

Tranquillisée, Emma acquiesça.

— D'accord. Si je ne vous gêne pas, j'aimerais vraiment y aller.

Quand ils arrivèrent au ranch, elle était plus détendue. Sean et Dante discutaient de ce qui devait être fait avant l'arrivée d'un nouvel épisode neigeux.

— Ah, la famille est de retour, déclara Dante avec enthousiasme au moment de se garer devant la maison.

Il y avait déjà trois véhicules, nota Emma : un SUV flambant neuf, une grosse camionnette équipée de pneus cloutés et un SUV blanc qui arborait le macaron du shérif du comté de Billings.

De nouveau, Emma eut le trac.

— On dirait que le shérif est revenu avec eux, dit Sean en descendant de voiture.

— Qu'est-ce qu'il fiche ici ? marmonna Dante avec un air renfrogné.

Il s'approcha d'elle, la prit par le coude et se pencha :

— N'ayez crainte, ma famille ne mord pas.

— Les membres de votre famille ne me font pas peur, je suis seulement mal à l'aise parce que nous les menons en bateau.

— Pour eux, nous sommes fiancés, je ne vois pas l'intérêt de les détromper.

— Mais c'est un mensonge.

Dante s'arrêta pour lui faire face et lui prit la main.

— Si cela peut vous faire plaisir, nous leur dirons que

nous avons décidé de nous donner du temps pour mieux nous connaître avant d'envisager autre chose.

Emma poussa un soupir.

— Merci. Je me sentirais beaucoup mieux, en effet.

Dante lui prit le bras et se dirigea avec elle vers la porte.

A ce moment-là, le shérif Yost sortit de la maison.

— Heureux que vous soyez là, Dante, lança-t-il.

— Merci, shérif. Moi aussi, je suis content d'être à la maison.

— J'étais seulement passé pour m'assurer que votre mère était bien rentrée.

Il mit son chapeau, qu'il avait à la main, et ajouta :

— Bien, il est temps pour moi de retourner travailler.

Dante s'écarta pour le laisser passer, avec une satisfaction à peine dissimulée.

Le shérif monta en voiture, démarra et s'éloigna.

— Je n'ai pas confiance en ce type, lâcha Dante.

— Pourquoi ?

— Je ne sais pas. Question d'instinct.

Il haussa les épaules.

— Allez, venez, allons rejoindre tout le monde.

Mais avant même qu'ils aient poussé la porte, Tuck l'ouvrit en grand.

— Dante, viens-là, mon vieux.

Il le serra dans ses bras et expliqua :

— Hier, j'étais encore un peu à côté de mes pompes et je ne t'ai pas vraiment félicité pour vos fiançailles. Julia et moi, nous sommes vraiment heureux de cette bonne nouvelle.

— A ce propos…, commença Dante.

Il n'eut pas le temps de continuer. Julia apparut à son tour et tira Emma à l'intérieur.

— La mère de Dante et Tuck est dans tous ses états tellement elle est ravie. Cette nouvelle l'a sacrément aidée à tenir le coup la nuit dernière car elle se faisait encore du souci pour Pierce. C'est grâce à vous deux qu'elle est parvenue à surmonter cette épreuve.

Emma se mordit la lèvre inférieure. Elle ne savait plus quoi dire.

— En parlant de Pierce et de maman, où sont-ils ? intervint Dante. Emma et moi, nous voulions leur parler.

Roxanne émergea alors du couloir. Elle avait l'air fatiguée mais heureuse.

— Ta mère était tellement excitée d'avoir tous ses enfants à la maison qu'il m'a fallu redoubler d'efforts pour la convaincre que l'on pouvait préparer à manger nous-mêmes et qu'elle ferait mieux d'aller se reposer. Finalement, après avoir aidé Pierce à se mettre au lit, elle est allée s'allonger, elle aussi.

— Préparez-vous ! les avertit Julia. A son réveil, elle va vous bombarder de questions. Elle veut savoir comment vous vous êtes rencontrés, ce qui vous a décidés à vous fiancer, et j'en passe… Quant à Pierce, lorsque nous avons été en mesure de lui apprendre la nouvelle, il voulait quitter l'hôpital sans délai pour te réprimander de ne pas nous avoir prévenus plus tôt.

Emma écoutait en silence, le cœur gros. Ces fiançailles n'étaient qu'un écran de fumée, mais elle n'avait pas la force de le leur annoncer.

— A propos de nos fiançailles, ce n'est pas ce que vous pensez…, tenta de nouveau Dante.

Julia, Tuck et Roxanne le regardaient avec un grand sourire et attendaient qu'il continue.

Emma lui prit la main.

— Ce que Dante essaie de vous dire, c'est que nous avons pris notre décision tellement vite que nous n'avons même pas songé à prévenir quiconque, ni même à nous procurer une bague.

— Pas de bague ? répéta Roxanne en croisant les bras. Enfin, Dante, quand on demande une femme en mariage, on y met les formes !

Dante baissa les yeux sur Emma, le regard plein d'interrogations.

— Allez, raconte-leur comment tu m'as fait ta demande, Dante, l'encouragea Emma.

Julia tapa des mains.

— Oh oui, c'est tellement romantique.

Dante battit des paupières.

— Euh, en fait, nous nous connaissions très peu, mais j'ai tout de suite compris qu'Emma était faite pour moi.

Emma faillit en renifler de dédain. Il lui avait effectivement proposé d'aller boire un café mais, après, il avait disparu de la circulation et ne l'avait jamais rappelée. Elle se sentait un peu coupable mais elle était néanmoins curieuse de savoir quelle histoire il allait inventer.

— Allez, continue, l'incita Tuck, on veut tout savoir.

— Franchement, il n'y a pas grand-chose à ajouter. Nous étions ensemble, on discutait amicalement et, soudain, pour moi, c'était clair, il fallait que je lui demande de m'épouser.

— Tu es sérieux ? lui demanda Roxanne. J'espère que tu y as mis un brin de solennité.

Dante serra nerveusement le col de sa chemise entre deux doigts.

— Euh, eh bien, je… non. En fait, je…

— Il m'a demandé si je voulais l'épouser, sans la

moindre hésitation, le coupa Emma qui lui prit la main. C'était spontané, j'ai compris qu'il n'avait même pas songé à me faire sa demande auparavant.

Le cœur battant, elle porta sa main à sa joue.

— Je n'aurais pas pu rêver demande plus romantique.

C'était la vérité car jamais elle n'avait envisagé que quiconque, et encore moins Dante, la demande un jour en mariage. D'ailleurs, en réalité, il ne le ferait pas.

— C'est ça, l'amour, déclara Julia dans un soupir. C'est le cœur qui s'exprime.

— Oui, c'est vrai, renchérit Dante, qui donna un petit baiser sur la joue à Emma.

— Allez, je t'en prie, embrasse-la pour de vrai, intervint Tuck.

— Oui, Dante, fais-le, que l'on comprenne pourquoi elle a répondu oui sans hésiter ! lança Roxanne.

Dante se crispa nettement, remarqua Emma.

Quant à elle, elle avait les joues en feu.

— Oh non, nous ne sommes pas très démonstratifs, vous savez.

— Faisons une exception, répliqua Dante.

Il la prit dans ses bras et l'embrassa avec passion.

Elle n'osa d'abord pas répondre à son ardeur mais, petit à petit, elle se détendit et se laissa aller au contact sensuel de ses lèvres et à la chaleur de son corps contre le sien.

Elle oublia qu'ils n'étaient pas seuls, se hissa sur la pointe des pieds et s'abandonna à son baiser.

— Hem, fit Tuck. C'est bon, là, je crois qu'on est convaincus.

— Quel baiser ! intervint Julia, manifestement émue.

Dante garda le front pressé contre celui d'Emma durant de longues secondes.

— Ça va ? lui chuchota-t-il.

Elle acquiesça, encore sous le charme.

Enfin, Dante se redressa et se frotta les mains.

— Bien. Emma, Sean et moi, nous comptions nous rendre au canyon pour aller voir comment se porte Sweet Jessie.

— Je vous accompagne, dit Tuck.

— Tu te remets à peine d'un accident de la route, rappela Dante. Reste tranquille aujourd'hui.

Tuck haussa les sourcils.

— Parce que toi, tu n'as pas besoin de te remettre ?

— Il n'a pas tort, renchérit Julia à voix basse. Ils ont encore parlé du crash de ton hélicoptère aux infos.

Roxanne dévisagea Dante et ajouta :

— Dans le journal, il était aussi question de l'explosion d'une Jeep à Grand Forks, qui a fait un blessé. La description du véhicule nous a fait penser à la tienne. Tu n'as rien à nous dire à ce sujet ?

Emma déglutit. Le frère et les belles-sœurs de Dante étaient perspicaces : ils ne tarderaient pas à découvrir dans quelles circonstances Dante et elle s'étaient retrouvés ensemble. Fatalement, ils comprendraient qu'ils n'étaient pas fiancés.

Devant le silence de Dante, Roxanne devina la vérité.

— C'était bien ta Jeep, n'est-ce pas ? C'est pour ça que tu es venu avec une voiture de location !

Dante leva la main.

— Du calme. C'était un accident. Emma et moi en sommes sortis sans la moindre égratignure.

— Mais c'est toi qui étais visé et ça aurait pu mal tourner, commenta Tuck.

— Je préférerais que maman ne sache rien du crash

de l'hélico ni de cette explosion. Elle a déjà été suffisamment malmenée.

Julia pinça les lèvres.

— Nous aurons beau ne pas en parler, elle l'apprendra rapidement. Elle se tient au courant de l'actualité. En plus, elle est beaucoup plus forte que tu ne le penses.

— Ecoute, trancha Tuck. Nous sommes tous d'accord pour ne rien lui dire. Mais si elle l'apprend et que c'est elle qui nous en parle, nous ne nierons pas.

Dante soupira.

— Entendu.

— Bien, pour en revenir aux chevaux, intervint Roxanne, vous voulez que je vous donne un coup de main ?

— Moi je viendrais volontiers, renchérit Julia, mais les chevaux, ce n'est pas trop mon truc. En plus, Lily fait la sieste et j'aimerais être là à son réveil.

— Ne vous tracassez pas : à trois, nous nous en sortirons, leur assura Dante.

Il se tourna vers Roxanne et ajouta :

— Si Pierce se réveille, il demandera à te parler, alors reste là.

— Ne perdez pas de temps et revenez avant la tombée de la nuit, les avertit Tuck. La température risque de descendre aux alentours de moins vingt, ce soir.

— Très bien. Si nous ne sommes pas revenus à temps, envoyez quelqu'un nous chercher, déclara Dante en prenant la main d'Emma.

— Nous n'y manquerons pas.

Ils traversèrent la cuisine puis sortirent. Sean se dirigea vers l'écurie tandis qu'eux deux se rendaient au vestiaire à côté du garage. Dante vérifia qu'Emma était assez couverte.

— A l'arrière d'une motoneige, on a encore plus froid, rappela-t-il.

— N'ayez crainte, j'ai l'air fragile mais je suis capable de résister.

Néanmoins, il lui noua une écharpe en laine autour du cou et lui donna une seconde paire de gants à enfiler ainsi qu'un casque. Puis il disparut dans le garage et, quelques secondes plus tard, il y eut un bruit de moteur qu'on mettait en marche.

Elle ressortit du vestiaire : Dante émergeait du garage sur une motoneige rouge profilée. De la tête, il lui fit signe de monter. Elle obtempéra, passa les bras autour de sa taille et se serra contre son dos. Elle aimait être avec lui, quelles que soient les circonstances et la température. Quand ils étaient ensemble, elle pouvait être elle-même.

11

Dantc démarra au moment où Sean tirait son cheval pour le faire sortir de l'écurie. C'était le début d'après-midi et le ciel était chargé. Encore une fois, il neigerait en fin de journée, songea Dante. Au moins, cela dissuaderait un éventuel saboteur de venir causer des dégâts supplémentaires au ranch.

Traverser les prairies des Badlands lui fit du bien et lui permit d'évacuer la tension des derniers jours. Il n'y avait plus que lui, le ciel immense et la femme hypersexy avec les bras autour de sa taille. Il en arrivait presque à oublier son ancienne vie dans l'armée, Samantha et les hommes de son unité.

Il chassa la culpabilité que lui procurait cette réflexion. D'autant qu'il avait besoin de concentration. Le froid était là pour le lui rappeler. Il devait faire attention à l'heure et à l'environnement autour d'eux. Si jamais ils se retrouvaient coincés quelque part par cette température alors que la nuit approchait, on risquait de ne pas les retrouver avant le lendemain matin. Et la nuit serait longue à passer…

Il leur fallut une bonne demi-heure pour atteindre le canyon. Emma devait commencer à avoir les mains et les pieds engourdis, malgré ses deux paires de gants et ses bottes. Il l'aurait bien laissée à la maison mais il souhaitait garder un œil sur elle. Certes, il avait confiance en sa famille mais tous avaient déjà fort à faire et, de toute façon, Emma aurait certainement insisté pour l'accompagner.

Il longea un moment le canyon et s'arrêta à l'entrée du chemin qui permettait d'y descendre. Il coupa le moteur de la motoneige.

— A partir d'ici, nous continuons à pied.

Emma passa une jambe par-dessus l'engin pour se lever, vacilla et se rassit.

Dante se leva et se posta face à elle.

— Vous sentez encore vos pieds ?

— Il faut que je les fasse remuer un peu avant de marcher mais, maintenant que nous nous sommes arrêtés, ça va mieux.

— Au retour, je vous laisserai piloter. La motoneige est équipée de poignées et de cale-pieds chauffants.

— C'est maintenant que vous me le dites, répliqua-t-elle avec un sourire. Non, je plaisante, ne vous inquiétez pas, ça va.

Elle ôta son casque, le posa sur le siège de la motoneige et mit sa capuche.

— Et maintenant ?

— Nous allons descendre dans le canyon pour trouver les chevaux.

Il baissa les yeux sur le chemin puis reporta son attention sur elle.

— J'aurais dû vous prévenir que nous aurions également à marcher dans la neige. Si vous préférez, vous pouvez rester là et attendre Sean.

— Je suis plus résistante que j'en ai l'air, je vous l'ai déjà dit. Allez, je vous suis.

Sa détermination, sa volonté de ne pas être une gêne lui plaisaient. Elle avait vraiment du répondant face à toutes sortes de situations. Toutefois, le chemin pour descendre dans le canyon était très pentu et, par temps de neige, difficile à négocier sans glisser. Si jamais elle n'arrivait pas à suivre, il l'aiderait à remonter.

Pourtant, ils arrivèrent en bas sans encombre et tombèrent nez à nez avec les poneys qui devaient avoir été attirés par le bruit de la motoneige.

Un peu plus loin, le reste du troupeau approchait, mené par Sweet Jessie. Elle s'appuyait effectivement plus que d'habitude sur sa jambe avant droite, remarqua Dante.

Derrière elle, son poulain suivait.

Le regard d'Emma s'agrandit.

— Qu'ils sont beaux ! Ils sont à vous ?

— Non, ce sont des chevaux sauvages, ils n'appartiennent à personne.

— Alors pourquoi venir s'occuper d'eux ?

— C'est une tradition familiale. Nous nous chargeons également d'effectuer les comptages annuels de population et de transmettre les chiffres au bureau d'administration du territoire. Et quand un cheval est malade, dans la mesure du possible, nous le soignons.

Il enleva un gant et sortit de sa poche quelques carottes qu'il avait prises au passage. Il en donna quelques-unes à Emma.

— Tenez, tendez-les à la jument.

— Elle ne risque pas de me mordre ?

— Il est possible qu'elle se méfie mais gardez bien la paume ouverte et elle ne vous fera rien.

Emma tendit le bras et ouvrit la main, comme il le lui avait dit.

Dante remit son gant et passa les mains dans son dos pour cacher les carottes qu'il tenait.

Sweet Jessie s'approcha au petit trot puis s'arrêta à une dizaine de mètres d'eux.

— Pourquoi s'est-elle arrêtée ?

— Parce qu'elle ne vous connaît pas, répondit-il à voix basse pour ne pas effrayer les animaux. Laissez-lui le temps de comprendre que vous ne lui voulez pas de mal.

— Elle est beaucoup plus grande que moi, je ne vois pas comment je pourrais représenter une menace pour elle.

— Pourtant, je vous assure que les hommes représentent bel et bien une menace pour les chevaux sauvages.

Sweet Jessie avança pas à pas, tendant le cou. Quand elle fut tout près, elle leva la tête et attrapa les carottes.

Emma poussa un petit soupir et sourit à Dante.

Un rayon de soleil avait percé à travers les nuages et vint se poser sur elle. Ses cheveux noirs encadraient son visage, prenaient de beaux reflets, et son regard brillait d'un éclat nouveau. Cette vision le bouleversa.

Emma était vraiment très belle. Elle était pleine d'énergie, à la fois fragile, innocente et forte. Au mépris du danger, elle lui avait sauvé la vie puis lui avait offert sa virginité.

Cédant à ses émotions, il s'approcha d'elle.

Son sourire s'effaça, elle battit des paupières et redressa légèrement la tête pour recevoir son baiser.

Dante en eut brusquement conscience : il n'était pas loin de succomber complètement à une femme qu'il ne connaissait qu'à peine.

Il l'embrassa doucement, puis se fit plus pressant, plus

ardent à mesure que son désir s'intensifiait. Malgré le froid, il regretta leurs épais vêtements qui constituaient une barrière entre leurs deux corps.

Soudain, Emma fut poussée en avant et la magie du moment se brisa.

Sweet Jessie n'avait pas eu le temps de manger toutes les carottes qu'Emma avait dans la main et, impatiente, elle l'avait poussée du museau pour les rappeler à son bon souvenir.

Dante releva la tête et éclata de rire. Il s'écarta pour qu'Emma termine de nourrir la jument.

Tandis que Sweet Jessie attrapait les dernières carottes, il tendit la main pour saisir le licou effiloché qu'elle avait autour du col.

Quand elle eut terminé de manger, la jument secoua la tête pour tenter de se libérer.

— Vous devriez vous reculer, conseilla Dante à Emma.

Elle s'exécuta et le regarda faire avec un peu d'appréhension dans les yeux. Sweet Jessie continua de se débattre quelques instants, mais Dante tint bon et, finalement, la jument se calma et se laissa faire.

Il lui passa affectueusement la main sur le dos.

— Emma, pourriez-vous me passer la corde ? lui demanda-t-il en s'efforçant de parler d'un ton calme et apaisant.

Elle ramassa la corde posée au sol et la lui tendit.

Il passa le mousqueton dans l'anneau du licou d'un geste rapide et assuré.

— Allez ma belle, on va regarder de plus près ce qui t'arrive.

Il appliqua son épaule contre la jument et poussa pour qu'elle s'appuie sur sa bonne jambe.

Celle-ci commença par résister mais, comme il appuyait plus franchement, elle bascula son poids sur sa jambe droite et le laissa soulever sa jambe blessée.

Il l'inspecta : elle avait, juste au-dessus du sabot, une entaille qui s'était infectée. Il fallait nettoyer et panser la plaie. Sweet Jessie devrait rester au repos jusqu'à ce que la blessure se referme.

— Est-ce grave ? s'enquit Emma.

— Si nous ne faisons rien, il est possible que la blessure cicatrise d'elle-même.

— Et si ce n'est pas le cas ? insista-t-elle avec une mine inquiète.

— L'infection risque de se propager et de lui être fatale.

— Alors nous la ramenons au ranch ?

— Oui, Sean le fera à son arrivée.

Sur ce, Dante se redressa et leva la tête vers le chemin.

— Passez la première, je vais tirer Sweet Jessie derrière moi. Si elle panique, elle risque de partir au galop et ça pourrait être dangereux.

— D'accord.

Emma tourna les talons et remonta le chemin à pas rapides. Néanmoins, elle prenait soin de vérifier où elle posait les pieds pour ne pas déraper. A intervalles réguliers, elle se retournait également pour s'assurer que Dante était bien derrière elle.

Il tenait fermement la corde dans une main et tirait la jument pour l'aider à monter.

A mi-chemin, Emma commença à être essoufflée, mais elle avait encore suffisamment de forces pour ne pas avoir à s'arrêter.

Elle fixa son regard sur le bout du chemin et fit un nouveau pas.

Il y eut alors une déflagration qui déchira l'atmosphère. Des cailloux se mirent à rouler et à dévaler la pente. Puis des plaques de neige et des rochers se détachèrent, comme si la colline s'écroulait.

— Un glissement de terrain ! cria-t-elle en se retournant.

Sweet Jessie eut un mouvement de recul et faillit faire tomber Dante. Il lâcha la corde et posa un genou à terre.

Des cailloux se mirent à dévaler le chemin et Emma n'eut pas le temps de s'écarter. Quand ils l'atteignirent, elle fut déséquilibrée, chuta et se mit, elle aussi, à descendre la pente. Elle roulait, heurtait des cailloux, des rochers, elle eut mal aux bras, aux jambes, et ce ne fut que lorsqu'elle se retrouva à une dizaine de mètres du canyon qu'elle put s'arrêter.

Des graviers continuaient à rouler autour d'elle mais elle ne risquait plus rien. Elle bougea les orteils, plia les genoux et les coudes : non, elle n'avait rien de cassé. Tout semblait en ordre et elle se redressa sur son séant.

— Emma !

Elle tourna la tête.

Contrairement à elle, Dante avait eu le temps de s'écarter et d'éviter la chute. Mais il accourait vers elle à toute vitesse et elle redouta qu'il provoque un nouveau glissement de terrain.

— Ça va, ça va, lança-t-elle pour le rassurer.

Sa doudoune et sa combinaison l'avaient protégée. Si elle avait été vêtue plus légèrement, elle aurait certainement été blessée.

Elle prit appui sur une main pour se relever. Cela lui fit tout de même un peu mal.

— Ne bougez pas, lui intima Dante.

Elle l'ignora et se mit debout, car elle n'avait rien

de grave, elle le sentait. Elle aurait quelques bleus, sa cheville la faisait légèrement souffrir, mais elle était en un seul morceau.

Dante arriva à sa hauteur, le visage grave.

— Vous n'auriez pas dû vous lever.

Il la prit dans ses bras.

— Dieu merci vous êtes en vie.

Il la tint longuement contre lui, un peu trop fort même car elle était quand même contusionnée.

— Doucement, Dante, j'ai les côtes sensibles.

— Les côtes sensibles, rien de plus ?

Il eut un petit rire, desserra son étreinte, la prit par les épaules et la regarda en souriant. Il lui passa la main sur le visage, épousseta ses vêtements puis lui donna un petit baiser.

— Vous m'avez fait une belle frayeur.

Elle rit également, soulagée que cet épisode se termine bien.

— Je vous ai fait peur, vraiment ? Alors vous imaginez ce que j'ai ressenti. Où est Sweet Jessie ? s'enquit-elle en inspectant les alentours.

— Je crains qu'elle ne soit déjà loin.

Il tourna la tête vers le chemin et fronça les sourcils.

— J'aimerais bien savoir ce qui a déclenché ce glissement de terrain.

Dante balaya du regard le canyon et le flanc de la colline. Rien d'anormal. La déflagration indiquait que quelqu'un devait avoir provoqué une petite explosion qui avait entraîné la chute de cailloux et de rochers. Emma aurait pu y laisser la vie.

Il serra la mâchoire, en colère.

Puis il passa un bras autour de la taille d'Emma et l'invita à se diriger à l'abri d'un gros rocher saillant.

— Je vais chercher la motoneige.

— Mais comment allez-vous descendre jusqu'ici ?

— Il y a un autre chemin plus large qui permet d'accéder au canyon. Je ne voulais pas l'emprunter pour éviter que le bruit du moteur effraie les chevaux.

— Mais maintenant, ils ont été effrayés de toute façon…

— Absolument. Vous vous sentez la force de rester seule quelques minutes ?

Elle acquiesça.

Toutefois, elle commençait à trembler de froid, remarqua Dante. Il devait la reconduire au ranch sans tarder. Elle avait beau ne pas être sérieusement blessée, elle devait avoir mal partout et être secouée. La laisser seule, même l'espace de quelques minutes, lui coûtait, mais il ne lui faudrait pas plus longtemps pour revenir en motoneige que pour l'aider à remonter le chemin.

— Allez-y, ne vous en faites pas pour moi, insista-t-elle.

Elle mit sa capuche, serra les bras autour de son buste et lui sourit.

Il partit sans attendre et monta aussi vite que possible.

Il grimpa la pente bouche ouverte pour reprendre son souffle.

Arrivé au sommet de la colline qui surplombait le canyon, il scruta les environs, au cas où le responsable du glissement de terrain serait encore là.

Mais il n'y avait rien ni personne à l'exception de la motoneige. Il la rejoignit, redoutant un piège ou un sabotage.

Au moment de s'installer sur le siège, il s'arrêta net.

Des fils sortaient du capot. Avec d'infinies précautions, il le souleva : un bloc qui ressemblait à de la terre glaise avait été déposé dessous et deux câbles, plantés dedans, étaient raccordés au starter.

Il connaissait ce type d'explosifs, il en avait déjà vu, mais pas sur un véhicule à moteur.

Il avait donc deux options : abandonner la motoneige et attendre l'arrivée de Sean à cheval, mais cela signifierait qu'Emma repartirait avec Sean et que lui resterait sur place, attendant que Sean revienne le chercher. Il faisait déjà froid, la température allait encore chuter et il y avait peu de chances que tous ces allers-retours puissent se faire avant la tombée de la nuit.

La seconde option consistait à désamorcer les explosifs pour pouvoir utiliser la motoneige. Il observa le mécanisme. Apparemment, c'était l'impulsion électrique du starter qui était censée déclencher l'explosion. Normalement, s'il ôtait le câble relié au starter, il n'y aurait plus de risques.

Cependant, il n'était pas expert en explosifs et, s'il ne prenait pas garde, ce pourrait en être fini de lui.

Il leva la tête. Sean n'arrivait toujours pas.

Dante envoya une brève prière à Wakantanka, saisit le câble et tira. Rien ne se produisit. Il laissa échapper un long soupir de soulagement.

Tout doucement, pour ne pas secouer le pain de plastic, il le souleva, s'éloigna de la motoneige et le déposa au sol. Puis il retourna vers son engin et chercha d'éventuelles traces dans la neige.

Une autre motoneige, aux sillons différents de la sienne, était passée par là. Il y avait également une tache sombre sur la neige. Il se pencha, la toucha du doigt et le porta à son nez pour le renifler : de l'huile. Cette seconde motoneige perdait de l'huile.

Pressé d'aller chercher Emma, il ne poussa pas plus loin son inspection. Il vérifia que d'autres explosifs n'étaient pas dissimulés ailleurs sur sa motoneige, puis l'enfourcha et actionna la mise en route. Le moteur démarra du premier coup.

Il prit sans attendre la direction du second chemin qui descendait vers le canyon.

Emma était toujours recroquevillée à l'abri du rocher où il l'avait laissée. Elle était pâle et ses lèvres commençaient à bleuir.

— Venez, ma belle, lui dit-il en l'aidant à s'installer sur le siège. Ça va aller ?

— Je vais faire de mon mieux, répondit-elle en claquant des dents.

Il remonta lentement pour s'assurer qu'elle se tenait bien à lui.

Quand ils atteignirent le sommet, Sweet Jessie apparut : elle était finalement montée aussi.

Dante s'arrêta près d'elle, descendit et attacha la corde de l'animal à l'arrière de la motoneige. Puis il repartit, à petite vitesse pour que Sweet Jessie puisse suivre malgré sa jambe blessée, et prit la direction du ranch.

Un quart d'heure plus tard, il commença à neiger. Face à eux, Sean approchait à cheval.

Dante lui fit un résumé des événements puis lui passa le licou de la jument pour qu'il la ramène et, sans attendre, repartit, plus vite cette fois.

Emma était collée contre lui.

A leur arrivée, il se gara juste devant la maison.

Il prit Emma dans ses bras et la porta à l'intérieur.

Tuck vint à leur rencontre.

— Il me semblait bien avoir entendu la motoneige. Mais que s'est-il passé ? demanda-t-il en les observant tous les deux.

— Nous avons eu des ennuis, répondit Dante. Je t'expliquerai une fois qu'Emma sera installée près du feu. Maman est levée ?

— Dante ? intervint sa mère avant que son frère ait le temps de répondre. Mon Dieu, qu'est-il arrivé à Emma ? Elle est tombée de la motoneige ?

— Non, elle a chuté dans le canyon à cause d'un glissement de terrain. Appelez le shérif.

12

Emma devait avoir à moitié perdu connaissance car, quand elle reprit ses esprits, elle baignait dans une douce chaleur et était dans les bras de Dante. Sa famille les entourait. Embarrassée d'être le centre de l'attention, elle se débattit mollement pour que Dante la pose au sol.

— Je peux tenir debout toute seule, insista-t-elle. Pose-moi s'il te plaît.

— Non, pas question, répliqua-t-il.

— Tu veux l'allonger sur le canapé ? lui demanda sa mère.

— Non, il faut lui trouver un endroit plus confortable, elle a quand même dévalé toute la pente jusqu'au canyon.

— Ouh là, et sans se briser les os ? Eh bien, c'est une dure à cuire, dit Tuck. Emma, vous êtes faite pour vivre ici.

— Merci, répliqua Emma, touchée.

— Attendons un peu avant d'affirmer qu'elle n'a rien de cassé, rétorqua Dante avec prudence.

— Non, ça va, insista Emma. Pose-moi, je peux marcher.

Cette fois-ci, ce fut la mère de Dante qui intervint :

— Emma, ma chérie, vous faites partie de la famille et vous êtes blessée. Laissez-nous prendre soin de vous.

— J'ai seulement quelques bleus, ne vous inquiétez pas pour moi. Pierce a davantage besoin de vous.

— On parle de moi ?

Pierce apparut au bout du couloir, une poche de glace pressée contre son front.

— Pierce, qu'est-ce que tu fais debout ? lui demanda Roxanne sur le ton de la réprimande.

Elle se dirigea vers lui et le prit par le coude pour l'inciter à retourner s'allonger.

— Je vais bien, il n'y a plus que cette bosse sur le front qui me fasse mal.

Il souleva sa poche de glace et révéla une bosse de la taille d'un œuf de pigeon. Il avait également quelques égratignures sur le visage et un œil au beurre noir, nota Emma.

Elle eut de l'empathie pour lui car, à peu de chose près, elle était dans le même état.

— Si tu me poses, je vais prendre une douche et ensuite je me couche, dit-elle à Dante.

— Porte-la à la salle de bains, je l'aiderai à ôter sa combinaison et je lui ferai couler un bain chaud, proposa sa mère.

Emma ne put retenir un sourire : la perspective d'un bain chaud ressemblait au paradis.

— Je m'en occuperai moi-même, déclara Dante.

— Alors je vais sortir la pommade à l'arnica, répliqua sa mère avant de tourner les talons.

Tous s'écartèrent pour laisser passer Dante, qui la tenait toujours dans ses bras. Trop épuisée pour continuer à protester, Emma se laissa faire et ferma les yeux.

— Je vais vous poser, dit Dante quelques instants plus tard. Vous vous sentez capable de tenir debout ?

Elle rouvrit les yeux. Ils étaient dans une grande salle de bains carrelée, face à un miroir. Elle surprit son reflet et poussa un grognement.

— J'ai une mine affreuse.

Dante eut un petit rire.

— Vous avez dévalé le flanc d'une colline, je vous rappelle, alors ne soyez pas trop dure envers vous-même.

Elle soupira.

— Tout de même, j'aimerais avoir meilleur aspect.

— Eh bien moi, je vous trouve très bien. Attendez, laissez-moi vous aider à défaire votre doudoune.

Il descendit la fermeture Eclair et la lui ôta doucement.

— Ça va, vous n'avez pas mal ?

Elle sourit.

— Non, tout va bien.

Elle voulut descendre la fermeture de sa combinaison mais elle avait les doigts encore engourdis.

— Laissez-moi faire.

Il descendit la fermeture et lui ôta sa combinaison. Elle portait encore un jean et des sous-vêtements thermiques.

Elle éclata de rire.

— Franchement, quatre épaisseurs de vêtements, il n'y a pas plus sexy !

Il l'aida à faire descendre son jean.

— Dans certaines circonstances, je trouve une femme en sous-vêtements thermiques très sexy, répondit-il tandis qu'il était agenouillé pour lui enlever complètement son jean.

Comme pour le lui prouver, il lui passa doucement ses mains sur les jambes et remonta. Il se releva mais garda les mains sur ses hanches.

— Vous êtes prête à enlever le reste ?

Une poussée d'adrénaline la stimula brusquement.

— Vous préférez une douche ou un bain ? lui demanda-t-il.

Elle tourna les yeux vers la baignoire : ils n'y tiendraient pas à deux.

— Une douche, répondit-elle.

Elle leva les bras pour ôter son Thermolactyl et grimaça car ses côtes étaient sensibles.

Dante ouvrit le robinet de la douche puis régla la température de l'eau. Il lui retira ensuite son legging, elle se retrouva en soutien-gorge et petite culotte. Il l'observa de la tête aux pieds.

— Oh ! Ma chérie, vous avez vraiment dégusté.

Ce n'était pas ce qu'elle aurait aimé entendre car ses paroles ne faisaient que souligner qu'elle n'était pas belle à voir.

Toutefois, il se pencha en avant et déposa un baiser sur son épaule, où elle avait un vilain bleu. Puis il fit de même avec son bras et juste au-dessus de ses seins.

— Ça ne me fait pas mal, dit-elle.

Il se figea et releva la tête. Elle s'en voulut de sa rebuffade.

— Pardon, fit-il. J'aimerais continuer à vous embrasser partout, mais vous avez besoin de prendre une douche et de vous reposer.

— Non, non, ça va, je vous assure.

Elle voulut dégrafer seule son soutien-gorge et passa les mains dans son dos. Mais le geste lui arracha un soupir de douleur.

Dante l'incita à se retourner et lui défit son soutien-gorge. Elle le laissa tomber le long de ses bras.

— Prenez une douche avec moi, osa-t-elle dire tout bas

Il lui prit le visage entre ses mains.

— Pas ce soir. J'aurais trop peur de vous faire mal. Je pense même que ce serait mieux si vous alliez passer quelques radios à Bismarck.

Elle secoua la tête.

— J'ai seulement des contusions.

Il lui retourna un regard sévère puis plissa les yeux.

— Vous êtes très attirante, vous le savez ?

Elle fit non de la tête.

— Mais vous avez passé un sale moment. Alors douchez-vous pour vous détendre, je vais vous chercher des vêtements, dit-il en se dirigeant vers la porte.

Elle enleva sa petite culotte avant qu'il ne soit sorti, mais cela ne le fit pas revenir sur sa décision. Il sortit de la pièce et ferma la porte derrière lui.

Déconfite mais trop fatiguée pour insister, elle entra sous le jet d'eau, tira le rideau de la douche et laissa l'eau chaude la régénérer.

Quand elle sortit pour se sécher, elle découvrit un pyjama en flanelle posé à côté du lavabo. Le haut était deux fois trop grand pour elle. Elle le porta à son visage et inspira. Il était imprégné du même parfum que Dante. Elle l'enfila et comprit pourquoi il n'y avait pas de pantalon : la chemise lui arrivait presque aux genoux. On avait également laissé une petite culotte à elle et sa brosse à cheveux. Elle se recoiffa et sortit.

Il y avait plusieurs portes le long du couloir. Elle ne se sentait pas suffisamment en confiance pour apparaître devant l'ensemble de la famille avec seulement une grande chemise de pyjama mais ne savait pas où aller.

— Ah, vous êtes sortie, intervint alors Amelia qui

s'avança vers elle. Venez, je vous accompagne à votre chambre. Vous devez être épuisée.

Emma la suivit sans un mot, heureuse de ne pas se retrouver face à tout le monde. Effectivement, se détendre dans un lit chaud et douillet lui ferait un bien fou.

Et ce serait encore meilleur si Dante était allongé à côté d'elle et la tenait contre lui…

Amelia ouvrit grand la seconde porte du couloir et l'invita à entrer. Elle se retrouva dans une chambre avec un grand lit garni d'un bon oreiller de plume, d'un édredon et de chaudes couvertures qui n'attendaient plus qu'elle.

— Allez-y, je vous en prie. Il y a un tube de pommade à l'arnica sur la table de nuit ainsi qu'un verre d'eau et deux analgésiques si jamais vous avez trop mal.

— Merci beaucoup.

Elle entra dans le lit et posa la tête sur l'oreiller.

Amelia ramena les couvertures sur elle et écarta une mèche de cheveux humides de son visage.

— Pour votre première visite au ranch, on peut dire que vous êtes gâtée. Mais ne vous faites pas de mauvais sang, je vous jure que, d'habitude, par ici, c'est plus calme.

Emma posa la main sur celle d'Amelia, touchée par sa sollicitude. Sa mère lui manquait, et Amelia lui rappelait combien c'était bon d'avoir quelqu'un pour veiller sur vous. Si elle n'y prenait pas garde, il ne lui en faudrait pas beaucoup pour s'y habituer.

— Je vous crois sur parole et je suis sûre que le ranch est un endroit merveilleux.

— Tant mieux. Allez, reposez-vous.

— Madame Thunder Horse ?

— Amelia. Toutes mes belles-filles m'appellent par mon prénom.

Une pointe de culpabilité lui serra la gorge. Elle déglutit.

— Où est Dante ?

— Sean est rentré avec Sweet Jessie, Dante et Tuck sont allés l'aider à soigner sa jambe blessée.

— Ah, parfait.

— Ils ne devraient pas en avoir pour très longtemps.

Amelia éteignit la lumière principale et laissa allumée la lampe de chevet.

— Si vous avez besoin de quoi que ce soit, n'hésitez pas à appeler.

— Merci, madame Thunder Horse.

Elle sourit.

— Amelia. C'est beaucoup plus facile à dire que « madame Thunder Horse ».

Emma acquiesça.

Quand elle fut seule, elle s'appliqua un peu de pommade et regretta de ne pas se sentir assez bien pour se rendre à l'écurie alors que les trois hommes prenaient soin de la jument.

Elle était certainement dans la chambre de Dante. Les draps avaient le même parfum que celui qui lui collait à la peau, et la décoration était plutôt masculine.

Elle remarqua plusieurs photos sur le mur opposé, sur lesquelles Dante apparaissait en compagnie de ses frères, à différents âges. Sur l'une d'elles, les quatre garçons posaient en exhibant fièrement leurs prises après une partie de pêche.

Sur une autre, Dante était en uniforme, les épaules droites, les cheveux courts, avec le drapeau américain en fond. Il semblait fier et était tellement séduisant que regarder ce cliché fit battre son cœur un peu plus fort.

Après quelques minutes, ses paupières devinrent lourdes.

Juste avant de s'endormir, une question la tarauda : où Dante dormirait-il à son retour ?

Quand Dante put enfin rentrer, il était plus de 22 heures. Le shérif était venu, et Dante lui avait parlé de l'explosion, du glissement de terrain ainsi que des explosifs découverts sur sa motoneige. Après le départ de Yost, il s'était occupé de soigner Sweet Jessie avec Tuck et Sean.

La tâche s'était avérée plus complexe que prévu car la jument, effrayée de se retrouver dans un box, était très agitée. Ils avaient été obligés de lui administrer un calmant pour pouvoir nettoyer et panser la plaie. Quand elle avait recouvré ses esprits, ils l'avaient nourrie et s'étaient assurés qu'elle ne cherchait pas à se débarrasser de son pansement.

S'occuper de la jument avait permis à Dante de ne pas ressasser les événements de la journée.

Mais dès qu'il eut quitté l'écurie, tout lui revint en rafale. L'image d'Emma qui dévalait la pente au milieu des cailloux et des rochers le hantait.

Il entra dans la maison par la cuisine.

Sa mère l'attendait avec une assiette pleine et un mug fumant.

— Emma dort dans ton lit, alors mange un morceau et ensuite tu pourras aller te doucher. Moi, je te laisse : j'ai à faire dans le salon.

Tuck et Sean arrivèrent peu après et s'installèrent avec lui à la table. Il leur refit un récit détaillé des événements et leur parla des explosifs qu'il avait laissés dans la nature. A l'arrivée du shérif, il faisait déjà nuit et il neigeait. Ce n'était donc pas le moment de partir à la recherche de ces explosifs, mais Yost leur avait affirmé qu'il prendrait contact avec la police de l'Etat pour bénéficier du concours d'un chien. Si tout se passait bien, ils mettraient la main dessus avant que quelqu'un ne se blesse.

— Tu veux que je mette les experts du FBI sur le coup ? lui proposa Tuck.

Dante réfléchit à cette suggestion.

— Pourquoi pas. Tu penses qu'ils sauront déterminer la provenance de ce pain de plastic ?

— S'il reste des traces de l'emballage, oui. Sinon, il y a peu de chances.

Dante secoua la tête.

— Je ne crois pas qu'il restait un morceau d'emballage autour.

— Eh bien, on pourra peut-être relever des empreintes sur le pain de plastic ou le détonateur.

— Et sinon, tes collègues se sont renseignés sur les types dont je t'ai donné les noms ?

— Oui, ils enquêtent sur Monty Langley et Theron Price, les deux prospecteurs de pétrole dont Hank a parlé. Je leur ai également demandé de procéder à une enquête de routine sur Ryan Yost, le fils du shérif. Mais ils ne m'ont pas encore rappelé.

— Yost a un avion, rappela Dante. Demande-leur d'éplucher les plans de vol au départ et à l'arrivée de Grand Forks.

Il prit son mug de café.

— Nous devons découvrir qui est derrière ces événements avant que ça tourne mal. Je crois que c'est clair que quelqu'un en a après les Thunder Horse.

Tuck acquiesça.

— Et hélas, Emma est pour ainsi dire une victime collatérale.

C'était précisément ce qui inquiétait Dante.

— Qui d'autre est susceptible de se retrouver pris dans la tourmente ?

— Je n'en sais rien mais je m'inquiète pour Julia et Lily autant que toi pour Emma. Je ne cesse de me demander si je ne ferais pas mieux de les envoyer loin d'ici le temps que ça se calme.

— Et votre mère ? intervint Sean. Elle est également en danger.

A cet instant, Amelia revint dans la cuisine.

— Qui est en danger ?

Sean se leva pour offrir son siège.

— Asseyez-vous, je vous en prie.

Elle s'installa en lui souriant.

— Merci, vous êtes un véritable gentleman.

Sean lui retourna un clin d'œil.

— Seulement avec les jolies femmes.

A la grande surprise de Dante, sa mère rougit comme une adolescente. Elle paraissait vingt ans de moins.

Immédiatement, elle se mêla à la conversation :

— Etiez-vous en train de parler des événements de ces derniers jours ?

— Oui, précisément, répondit Tuck, et nous pensons que ce serait mieux si les filles et toi, vous quittiez le ranch le temps que cette histoire soit réglée.

Elle leur adressa à tous trois un regard désapprobateur.

— Non, je n'en ferai rien. Ici, c'est chez moi. Personne ne m'en chassera.

— Amelia, nous souhaitons seulement éviter de vous exposer au danger, argumenta Sean. Pour une raison qui, pour le moment nous échappe, il semblerait que les garçons de la famille soient visés. Mais si les filles et vous, vous restez, vous risquez de subir les conséquences d'une nouvelle tentative.

— Dans ce cas je crois que nous seules sommes à même de décider si nous souhaitons rester ou pas, répliqua fermement Amelia en levant la tête, comme pour les mettre au défi de la contredire. J'ai passé plus de la moitié de mon existence dans ce ranch. On aura beau m'offrir de l'argent pour que je le vende ou me faire peur pour que je parte, je n'en ferai rien. Cette petite parcelle de paradis, c'est l'héritage de mes fils. C'est pour eux que leur père et moi, nous avons tant travaillé.

— Rien n'est assez précieux pour que nous risquions de te perdre, maman, intervint Dante. Ou de perdre Emma.

— Ou bien Julia et Lily, renchérit Tuck.

— Et Roxanne, ajouta Sean.

— Je ne vais nulle part, persista Amelia. Alors que comptez-vous faire, maintenant ?

Dante eut un petit rire.

— Nous avons hérité de l'orgueil de papa, mais notre détermination sans faille, c'est à toi que nous la devons, maman.

— J'espère bien. Moi, je ne supporte pas qu'on s'en prenne à vous. Il faut que cela s'arrête. Si seulement nous avions une idée de qui est derrière ces événements.

— Et de ses motivations.

Dante se leva de table.

— Bien, je vais prendre une douche puis vérifier qu'Emma dort. Vous pensez qu'on devrait mettre en place des tours de garde pendant la nuit ?

Sean acquiesça.

— Oui, c'est plus prudent. Je prends le premier. Vous

avez déjà eu des moments difficiles ces derniers jours, alors allez vous reposer.

Dante jeta un regard à sa mère : avait-elle compris l'allusion qui avait échappé à Sean ?

Amelia croisa les bras.

— Si par hasard tu te demandes si je suis au courant pour ton accident d'hélicoptère, la réponse est oui. Je l'ai su peu après ton passage à l'hôpital. Tu te doutais bien que ça ne pourrait pas rester éternellement secret.

— Je n'ose même pas imaginer quels autres « secrets » tu connais.

— J'en sais plus que tu ne le penses. J'ai beau vieillir, quand un de mes fils omet de me dire quelque chose, je le sens.

Elle lui adressa un petit sourire crispé.

— Alors y a-t-il autre chose que tu souhaiterais me confier ? ajouta-t-elle en le fixant droit dans les yeux.

Dante fut tout près de lui avouer la vérité sur Emma et lui mais il se retint de toutes ses forces. Les deux seules personnes qui connaissaient la vérité, c'était précisément Emma et lui. Il n'y avait donc aucun risque que sa mère l'apprenne de la bouche de quelqu'un d'autre.

— Non, maman, je n'ai rien d'autre à te dire.

Elle renifla de dédain et plissa légèrement les yeux.

— Allez, va te coucher. Je vais tenir compagnie à Sean un moment. De toute façon, je suis trop agitée pour dormir.

Dante quitta la cuisine et se dirigea vers sa chambre. Il entrouvrit doucement la porte. Emma était assoupie. Dans son grand lit, elle semblait tellement petite et fragile ! Elle ne méritait pas qu'on lui fasse du mal. Sa chute de l'après-midi aurait pu lui être fatale.

Elle avait la joue posée sur la main et elle avait roulé les manches de cette chemise de pyjama beaucoup trop grande pour elle. Pourtant, elle était encore plus sexy que si elle avait été en Bikini.

Le désir monta en lui. Mais il ne l'assouvirait pas.

Alors il referma la porte et se rendit à la salle de bains. Il se déshabilla et entra sous la douche. Puis, après s'être rapidement séché, il se roula une serviette autour de la taille et retourna à sa chambre.

Il lui arrivait de dormir sans rien mais, pour ne pas risquer d'embarrasser Emma, il passa un pantalon de pyjama. Il se pencha sur elle : sa respiration était calme et régulière.

Elle poussa un gémissement, roula sur le dos, ouvrit les yeux et battit des paupières. Après quelques secondes, son regard se fixa sur lui.

— Vous venez vous coucher ?

— Je vais aller dormir sur le canapé.

— Non, s'il vous plaît, venez, l'invita-t-elle en passant les bras autour de son cou.

Elle était tellement tentante qu'il ne résista pas à l'envie de lui donner un petit baiser.

— Restez, insista-t-elle.

Se retrouver allongé à côté d'elle sans rien faire serait une torture, mais il ne parvint pas à refuser.

— D'accord, mais seulement jusqu'à ce que vous vous rendormiez.

— Non, la nuit entière.

Elle se tortilla pour lui laisser de la place.

A peine fut-il entré sous les draps qu'elle vint se blottir contre lui et poser la tête au creux de son épaule.

Puis elle poussa un soupir de bien-être et ferma les

yeux. A peine une minute plus tard, elle était de nouveau assoupie.

Il resta longuement sans bouger, à la contempler dans la faible lumière de la petite lampe de chevet qu'elle avait laissée allumée.

Ses longs cheveux bruns encadraient son visage. Elle était belle, mais une égratignure sur son front rappelait ce qui s'était passé.

Elle lui avait sauvé la vie et, en récompense, elle n'avait fait que mettre sa propre vie en danger. C'était injuste. Le lendemain, il prendrait des mesures pour qu'elle soit en sécurité. Peut-être le FBI disposait-il d'une maison sécurisée où elle pourrait rester quelque temps.

Quand le saboteur aurait été arrêté, il reprendrait sa vie d'agent de surveillance des frontières et, de temps en temps, il l'inviterait à prendre un café avec lui. Si elle osait encore le voir.

Avec tous les événements des derniers jours, il n'avait pas beaucoup pensé à Samantha. Emma avait occupé quasiment tout l'espace de ses pensées.

Peut-être était-il temps de se le dire une bonne fois pour toutes : Samantha n'était plus là et la vie continuait.

Emma gémit et se tortilla, comme si elle faisait un cauchemar.

Il la serra plus fort et déposa un baiser sur son front.

— Tout va bien, vous êtes en sécurité, lui murmura-t-il.

Elle se colla contre lui et recouvra son calme, un petit sourire aux lèvres.

Il finit par s'endormir en la tenant dans ses bras, implorant le Grand Esprit de veiller sur elle.

13

Le lendemain matin, les rayons du soleil qui filtraient par la fenêtre réveillèrent Emma. Avant même d'ouvrir complètement les yeux, elle tendit la main pour toucher Dante.

Mais il n'y avait plus personne à côté d'elle. Toutefois, il ne devait pas être levé depuis longtemps car les draps étaient encore chauds.

Elle roula sur le dos et fit la grimace. Elle avait des bleus et des courbatures partout.

Elle repoussa quand même les couvertures et se leva, les muscles encore raides. On avait apporté son sac et elle y chercha des vêtements à passer. Elle sortit un pull rouge, un jean et les enfila.

Elle se brossa ensuite les cheveux et les attacha avec un élastique. Puis elle sortit dans le couloir et passa rapidement à la salle de bains pour se laver le visage et se brosser les dents.

Quand elle sortit, elle prêta l'oreille. Au bruit des conversations, elle se dirigea vers la cuisine. Tout le monde y était rassemblé. Amelia se tenait debout devant la cuisinière, occupée à préparer des œufs brouillés.

— Bonjour Emma, je vous en prie, asseyez-vous. Nous étions justement en train de parler de ce qui s'est passé hier et de ce que nous devrions faire aujourd'hui. Votre avis nous intéresse.

Roxanne était assise à côté de Pierce, les bras croisés, la mine renfrognée.

— Pour ma part, il est hors de question que je parte, alors oubliez tout de suite cette idée.

— Je ne pars pas non plus, renchérit Julia.

Lily était installée dans sa chaise, à côté d'elle, et mangeait une compote.

— Mais qui doit partir ? demanda Emma, un peu perdue.

— Pas nous ! s'exclamèrent en chœur Amelia, Julia et Roxanne.

Emma sourit timidement.

— Je suis désolée mais je ne sais pas de quoi vous parlez.

Dante se leva pour lui laisser sa chaise.

Pierce prit la parole :

— Nous avons suggéré que ce serait mieux si nos épouses, notre mère et vous, vous quittiez le ranch jusqu'à ce que nous ayons déterminé qui s'en prend à mes frères et moi.

Amelia remplit une assiette d'œufs brouillés et la posa devant Emma.

— Ces messieurs pensent être généreux en nous proposant d'aller faire les boutiques pendant qu'ils se chargent de trouver qui les attaque et pourquoi.

Emma tourna la tête vers Dante.

— C'est vrai ?

Dante fronça les sourcils.

— Non. En tout cas, nous n'avons pas posé le problème en ces termes. Cependant, c'est vrai qu'il n'est pas prudent pour ma mère, mes belles-sœurs et toi de rester au ranch pour le moment.

Emma écarquilla les yeux.

— Alors tu crois que nous allons gentiment préparer nos affaires et partir parce que vous, les hommes, vous pensez que c'est mieux pour nous ?

Dante eut une expression gênée.

— Eh bien, en gros, oui.

Emma se retint de sourire. Dante était très craquant quand il se retrouvait pris en faute. Ses frères arboraient d'ailleurs exactement la même expression.

— Et vous ne nous laissez même pas décider par nous-mêmes ?

— C'est la seule façon de nous assurer qu'il ne vous arrivera rien, riposta Dante.

— Etant donné qu'ici je suis votre invitée, je me plierai à votre volonté. Mais je tiens à vous faire savoir ce que je pense de la méthode.

Elle s'exprimait avec calme et conviction, et tout le monde l'observait et l'écoutait. Elle croisa les bras, leva la tête et ajouta :

— Je la trouve lamentable.

Les femmes de la famille applaudirent à l'unisson.

Roxanne renchérit :

— Je suis complètement d'accord avec Emma : décider de nous forcer à quitter le ranch pour nous protéger est lamentable. Alors, une fois pour toutes, mettez-vous dans la tête que nous ne bougerons pas d'ici.

— Et si l'une d'entre vous est blessée ? demanda Pierce. Je vous rappelle que c'est un coup de chance que Tuck et moi soyons encore en vie après notre accident.

— Nous sommes prêtes à courir le risque, répliqua

Amelia. Encore une fois, vous n'avez pas à décider pour nous. Je suis autant capable que vous de tenir un fusil et je suis prête à défendre ma propriété.

Emma observa Amelia. Elle l'imaginait très bien avec un fusil entre les mains.

Elle se tourna vers Dante et déclara :

— Encore une fois, moi, je ne suis qu'une invitée. Si tu veux que je parte, je retournerai chez moi à Grand Forks.

Dante prit une expression contrariée.

— Non. Le type qui a abattu mon hélico sait que tu l'as vu. Il est capable d'aller à Grand Forks pour s'en prendre à toi et éliminer tout témoin.

— Je n'irai pas ailleurs. C'est à prendre ou à laisser.

— Je suis toujours à la tête de cette famille, intervint Amelia. Si Emma souhaite rester, elle reste.

Emma sourit, touchée. Mais si Dante insistait pour qu'elle parte, elle obéirait. C'était à cause de lui qu'elle était là et, même si elle appréciait l'attitude d'Amelia, elle n'oserait pas rester contre la volonté de Dante.

Le téléphone fixé au mur sonna.

Tuck se tourna, s'empara du combiné sans fil et passa dans la pièce à côté.

Dante tira une chaise et s'assit à côté d'elle.

— Tu devrais manger. Tu as déjà sauté le dîner hier soir.

Emma prit sa fourchette et se mit à manger. A son étonnement, elle avait très faim.

— Comment te sens-tu, ce matin ? s'enquit Dante.

— Ça va. Je suis un peu moulue mais c'est normal.

Elle piqua une seconde bouchée.

— Ce serait quand même plus prudent qu'un médecin t'examine.

Elle prit le temps d'avaler pour ne pas parler la bouche pleine.

— Non, ce n'est vraiment pas la peine.

Elle termina son assiette en silence. Que Dante insiste autant pour l'emmener voir un médecin aurait pu l'agacer mais elle n'avait pas l'habitude qu'on s'inquiète pour elle et ce n'était pas désagréable. Vivre seule, sans personne pour vous réconforter, n'était pas toujours facile.

Tuck revint dans la pièce et reposa le téléphone sur sa base.

— C'était mon partenaire au FBI. Il a terminé son enquête de routine sur Langley, Price et Ryan Yost.

Il marqua une pause, fronça légèrement les sourcils et tourna la tête vers sa mère.

— Price n'a pas de casier judiciaire, Langley a fait l'objet d'une plainte pour violences de la part d'une femme il y a deux ans. Mais la plainte a été retirée.

— Ces deux-là sont venus me voir ensemble il y a deux semaines, précisa Amelia. Je leur ai fait comprendre que je ne souhaitais pas discuter d'une éventuelle vente de terres ou de droits de prospection.

— Et ils sont partis sans faire d'histoires ? demanda Dante.

— Oui. Mais Langley est revenu le lendemain, seul. Il m'a demandé de réfléchir à la possibilité de signer un bail de location temporaire de certaines terres. Selon lui, une grosse société est persuadée qu'il y a du pétrole sous certains terrains et souhaite l'extraire.

Roxanne acquiesça.

— J'ai eu droit à la même chose. Je me suis renseignée. L'industrie pétrolière est en plein boom dans le Dakota du Nord depuis la découverte d'une immense nappe qui s'étend de la frontière canadienne à Bismarck. Ce n'est pas la première fois que des prospecteurs passent nous voir.

— Maddox s'est occupé d'eux l'été dernier, reprit Amelia. Mais comme depuis il s'est beaucoup absenté, ces types ont dû se mettre en tête que ce serait plus facile de me convaincre.

Julia éclata de rire.

— Ça prouve qu'ils ne savent pas à qui ils ont affaire.

Amelia sourit.

— Il faut que je voie mon avocat pour faire apparaître noir sur blanc que mes fils sont les copropriétaires du ranch. Comme ça, il sera impossible pour un seul d'entre nous d'accepter une proposition sans l'accord des autres.

— Je doute que l'un d'entre nous veuille voir le ranch vendu, ni en totalité ni en partie, dit Dante. Ici, nous sommes chez nous, nous devons préserver cet héritage.

Sa mère lui posa la main sur l'épaule.

— Exactement.

Tuck s'éclaircit la voix.

— Maman, tu sais ce que nous pensons du shérif Yost.

— Je sais que vous ne le portez pas dans votre cœur, oui, répliqua Amelia. Pourquoi ?

— Eh bien, ce ne sont pas vraiment nos affaires mais quelles relations entretiens-tu exactement avec lui ?

Amelia détourna le regard.

— Il m'a invitée à dîner un soir et il s'est montré charmant.

Emma observa la réaction des frères Thunder Horse. De toute évidence, ils ne faisaient pas confiance au shérif et le voir fréquenter leur mère les contrariait.

— Et ce ne sont pas vos affaires, vous l'avez dit vous-même, reprit Amelia. J'apprécie d'être encore traitée comme une femme, et pas seulement comme une maman ou une grand-mère.

Elle sourit à Lily, qui avait de la compote un peu partout sur le visage.

Dante et ses frères regardèrent Amelia comme si elle avait perdu la tête. A leur expression, Emma se retint d'éclater de rire. Pour eux, c'était leur maman, et rien d'autre.

Mais Amelia était encore très belle et avait des désirs et des besoins de femme. Emma le comprenait parfaitement.

— Bien sûr que tu es une femme, répondit Tuck, et ça ne m'ennuie pas que tu sortes avec un homme. Ça fera bientôt trois ans que papa n'est plus là. Mais notre souci, c'est Yost. Et mon partenaire a également enquêté sur son fils.

— C'est à lui que j'ai demandé d'installer un système de sécurité, rappela Amelia.

Tuck fixa sa mère droit dans les yeux.

— Tu lui fais confiance ?

Amelia fronça les sourcils.

— Je fais confiance à son père.

Pierce renifla de dédain et marmonna quelques mots incompréhensibles.

— Avant de rejoindre l'armée, quand il était mineur, Ryan a eu des démêlés avec la justice, reprit Tuck.

— Je sais tout cela. Mais sa société dit le plus grand bien de lui. Je n'ai pas fait appel à lui seulement parce que c'est le fils de William.

Tuck leva les mains en signe d'apaisement.

— D'accord. Je voulais seulement m'assurer que tu te montrais prudente avec les gens que tu laisses entrer ici.

— Je le suis. Personne n'est mieux placée que moi

pour savoir qu'une femme seule qui vit dans un ranch au milieu de nulle part constitue une cible idéale pour des gens malhonnêtes. Surtout quand Maddox est à l'étranger. C'est d'ailleurs pour ça que votre frère a engagé Sean. Je suis très heureuse qu'il soit là.

Sean acquiesça.

— Etre apprécié par une aussi jolie femme, c'est un plaisir, déclara-t-il.

Tous les regards se tournèrent vers lui.

Il leva les mains.

— Je dis les choses comme elles sont. Mais maintenant je me tais.

Il s'appuya dos contre le mur, le visage cramoisi.

Amelia baissa les yeux mais ne put retenir un petit sourire.

— As-tu trouvé autre chose sur Ryan susceptible de m'inquiéter ? demanda-t-elle à Tuck.

Tuck secoua négativement la tête. Il semblait déçu.

— Pas encore.

— Dans ce cas, fiche-lui la paix, rétorqua Amelia avec un regard appuyé. J'aimerais que ce système de sécurité soit installé le plus tôt possible.

Elle posa une manique sur la poignée du four et remit son chemisier en place.

— Bien, maintenant, si vous le voulez bien, je vais avoir besoin des filles. Pas pour les emmener faire du shopping mais pour qu'elles m'aident à trier les affaires que je souhaite donner aux œuvres caritatives.

Emma se leva, porta son assiette à l'évier, la lava et la posa dans l'égouttoir. Puis elle rejoignit Amelia et ses belles-filles. Elles étaient dans une pièce imposante avec un grand lit et une petite cheminée où crépitait un bon feu. Un vaste placard était ouvert et Amelia était assise au sol devant une malle qui contenait des photographies et toutes sortes de carnets.

— Tu devrais venir voir ça, lui dit Julia en l'invitant à s'approcher. Dante à cinq ans. Il était mignon, non ?

Elle lui tendit la photo d'un petit garçon aux cheveux qui lui tombaient sur les épaules.

— Pendant l'été, je laissais les garçons porter les cheveux longs, déclara Amelia. Ils avaient l'impression d'être des Indiens au temps de la conquête de l'Ouest, ajouta-t-elle avec un petit rire. Ils passaient la majeure partie de la journée torse et pieds nus, à faire du cheval et à aider leur père du mieux qu'ils le pouvaient.

Elle tendit une autre photo à Julia.

— Ça, c'est Tuck à dix ans. Il était sec comme un coucou.

Julia éclata de rire.

— En effet, je ne l'ai jamais vu aussi mince.

Amelia sortit une autre pile de photos.

— Ils étaient tellement actifs qu'ils avaient beau manger, ils ne prenaient pas un gramme.

Elle jeta un rapide coup d'œil aux clichés puis les passa à Roxanne.

— Il y a énormément de photos où on les voit pêcher et monter à cheval. Nous passions la plus grande partie de l'été à camper dans le canyon. La journée, nous faisions le compte des chevaux sauvages et, le soir, on regardait les constellations.

Emma appréciait d'apprendre quelle vie Dante et ses frères menaient quand ils vivaient au ranch. Elle aussi adorait vivre dehors. L'été, elle était toujours sur un chantier de fouilles, à gratter le sol. Le soir venu, elle s'allongeait et contemplait les étoiles pendant des heures, rêveuse.

Roxanne observa une photo de plus près.

— Est-ce votre mari quand il était jeune ? Il ressemble beaucoup à Pierce.

Emma, Amelia et Julia se penchèrent toutes trois en même temps sur la photo. Effectivement, songea Emma, l'homme qui prenait la pose ressemblait à Pierce et il était en compagnie d'une jeune femme aux cheveux noirs et aux pommettes hautes, traits distinctifs des Indiens Lakota.

— Oui, c'est John. La jeune femme à côté de lui vivait dans la réserve. Plus tard, elle a épousé William Yost. C'est la mère de Ryan, dont nous parlions tout à l'heure. Elle s'appelait Mika, il me semble.

Emma fixa son attention sur la jeune femme aux yeux sombres.

— Elle est jolie.

— Oui, c'est vrai, reconnut Amelia. Je me demande bien comment John a pu craquer pour moi et pas pour elle, ajouta-t-elle en riant.

— Mais vous aussi, vous êtes belle, et en plus John avait compris que vous aviez un grand cœur, lui dit Julia en lui passant un bras autour des épaules. Je suis très fière de faire partie de votre famille.

Amelia parut touchée et lui donna un baiser.

— Même si j'adore mes fils, j'aurais bien aimé avoir des filles. Mais avec vous toutes, je suis comblée.

Roxanne prit la main d'Amelia.

— Nous aussi, on vous aime.

Emma resta silencieuse car elle ne se sentait pas le

droit de dire quoi que ce soit, même si elle appréciait déjà énormément Amelia. Elle continua à observer la photo.

Le destin était étonnant tout de même. Le mari d'Amelia posait avec la mère de l'homme qu'elle avait engagé pour travailler chez elle.

Amelia soupira.

— Bien, il faut que je fasse le tri parmi tout cela.

Julia désigna les piles de photos.

— Vous ne comptez pas toucher aux photos, n'est-ce pas ?

— Non, bien sûr que non, répliqua Amelia qui leva les yeux vers les vêtements dans le placard. En revanche, il y a beaucoup d'affaires que je peux donner. Je n'ai jamais fait le tri parmi les vêtements de John.

Elle passa la main sur les jeans et les chemises en flanelle.

— Même avec une simple salopette de travail, il trouvait le moyen d'être élégant. Je l'aimerai toujours. Mais maintenant qu'il est parti depuis trois ans, il est temps pour moi d'aller de l'avant.

— Vous êtes encore jeune, vous méritez d'être heureuse, fit remarquer Julia.

— C'est vrai, ce n'est pas moi qui fais fausse route ? J'ai le droit de rencontrer un autre homme et de l'aimer ?

Elle eut un petit rire et contempla l'autre côté du placard.

— Pour être cohérente, je ferais bien de me débarrasser de mes vieux vêtements également. Ils me rappellent trop ma vie avec John. Si je veux prendre un nouveau départ, je devrais commencer par renouveler ma garde-robe.

— Bien dit. Alors allons-y, déclara Roxanne qui sortit une première robe. Vous la gardez ou vous la donnez ?

Amelia sourit.

— Je la portais le jour où John m'a emmenée voir une comédie musicale à Minneapolis. Il n'aimait pas vraiment cela mais il savait que ça me faisait plaisir.

Roxanne haussa les sourcils.

— Elle part ou elle reste ?

Amelia soupira et fit un petit signe de tête résolu.

— Elle s'en va.

Elle sortit d'autres robes qu'elle donna à Julia, et celle-ci les posa dans un fauteuil.

Amelia plongea ensuite au fond du placard et en sortit une housse, derrière de vieux manteaux.

Roxanne se pencha en avant pour l'aider.

— Attendez, laissez-moi faire.

Elle sortit la housse et la posa sur le lit.

Emma la suivit, intriguée.

— Maintenant que tous mes enfants sont mariés ou sur le point de l'être, voilà que j'exhibe des souvenirs de mon propre mariage, dit Amelia qui émergea du placard avec une boîte à chapeaux légèrement jaunie par le temps.

Julia s'assit sur le lit et poussa la housse pour qu'Amelia puisse poser la boîte à chapeaux.

— Depuis combien de temps connaissiez-vous John quand vous vous êtes mariée ? voulut-elle savoir.

— Deux semaines, répondit Amelia. Nous nous sommes rencontrés lors de la soirée de clôture du festival de comédie musicale de Medora. J'étais une des chanteuses du spectacle. Il a attendu que tout le monde soit parti pour venir me voir.

— J'ai du mal à imaginer John assis pour regarder un spectacle, dit Roxanne avec un sourire. Je crois que je ne l'ai jamais vu autrement qu'à cheval. Les chevaux et le ranch, c'était vraiment toute sa vie.

— Eh bien cette fois-ci, il avait fait une exception. Il m'a demandée en mariage au bout d'une semaine, alors que j'étais censée retourner à Bismarck pour entrer à l'université. Une semaine plus tard, nous étions à Las Vegas. Et il m'a apporté cette robe au moment de nous marier dans une petite chapelle du Strip, termina-t-elle en ouvrant la housse.

Elle en sortit une robe de mariée en dentelle et satin, au col bordé de petites perles toutes simples. Une robe parfaite, pensa Emma.

Elle en eut le cœur serré.

— J'adore cette robe, déclara Julia. J'en viendrais presque à vouloir me marier une seconde fois avec Tuck pour la porter.

— Vous deviez être ravissante dans cette robe, ajouta Roxanne en passant la main sur le tissu délicat. Elle est vraiment très belle.

Amelia la contempla avec un sourire.

— J'espérais qu'un jour, j'aurais une fille qui se marierait dans cette robe, confia-t-elle en riant.

— Mais vous avez eu quatre fils, intervint Emma. D'ailleurs, ils ont eu de la chance de grandir ensemble. Moi qui suis fille unique, ça m'a beaucoup manqué de ne pas avoir de frères et sœurs.

— Oui. Mes garçons se chamaillaient de temps en temps mais ils ont toujours été soudés.

Amelia sortit complètement la robe de la housse et la tint devant elle.

— Nous faisons à peu près la même taille et, à votre âge, même si vous aurez du mal à le croire, je n'étais pas plus grosse que vous.

Elle sourit à Emma, les yeux humides.

— Si vous acceptiez de la porter quand vous vous marierez avec Dante, je serais très honorée.

Emma leva les mains, bouleversée.

— Non, non, je ne peux pas.

Amelia posa la robe.

— Evidemment, vous avez certainement l'idée de porter une robe totalement différente pour votre mariage. Pardonnez-moi, je ne suis qu'une vieille idiote sentimentale.

La mère de Dante était tout sauf une vieille idiote et Emma ne supportait pas de lui faire de la peine.

— Non, moi aussi je trouve cette robe très belle. Mais c'est que…

Que pouvait-elle dire ? Qu'elle lui avait menti depuis le début et n'avait jamais eu le projet d'épouser son fils ?

— … je n'avais même pas encore réfléchi à la robe que je porterai.

Elle esquissa un faible sourire.

— Mais je ne pourrais rêver mieux qu'une robe comme celle-ci.

— Essaie-la, lui suggéra Julia. Roxanne et moi, on aimerait bien te voir avec. N'est-ce pas ?

— Oui, bien sûr, renchérit Roxanne. Allez, vas-y, et si tu ne veux pas te changer devant nous, tu peux tirer la porte du placard. Il est tellement grand qu'il y a assez de place pour y tenir debout.

Avant même qu'elle puisse protester, Amelia lui tendait la robe pour l'inviter à la passer.

— Avez-vous besoin d'aide pour l'enfiler ?

— Non, ça va aller.

Elle avait surtout besoin d'aide pour se sortir du pétrin dans lequel elle s'était mise. Puisque les trois femmes attendaient de la voir dans cette robe, elle ne pouvait plus reculer.

Elle ôta son jean et son pull, dégrafa son soutien-gorge et mit la robe.

La sensation du satin était très agréable, la robe très légère.

Elle remonta la fermeture Eclair à l'arrière, un peu inquiète de l'effet produit car elle allait se retrouver quasiment dos nu.

En tout cas, cette robe aurait pu être faite pour elle. Elle épousait à la perfection ses hanches et ses seins. Sur le revers de la porte du placard, il y avait un grand miroir. Quand elle aperçut son reflet, elle fut émue aux larmes.

Jamais elle n'avait porté une tenue aussi belle.

— Dépêche-toi, nous sommes impatientes, appela Julia.

Dévorée par la culpabilité, elle poussa la porte et sortit.

Quand les trois femmes la virent, elles en restèrent bouche bée.

Amelia porta une main à sa bouche, des larmes coulèrent sur ses joues.

— Emma…, fit-elle d'une voix étranglée par l'émotion.

— Tu es magnifique, remarqua Julia.

— Attendez.

Amelia ouvrit la boîte à chapeaux et en sortit un voile de mariée en tulle. Elle le remit en forme et le déposa devant le visage d'Emma, puis la prit par les épaules pour la tourner vers le miroir.

Emma crut être face à une étrangère. Vêtue en mariée, les cheveux libres sur ses épaules, le voile devant son visage, elle avait envie de pleurer.

— Ce n'est pas moi qui décide mais, à mon avis, tu n'as plus besoin de chercher une robe, commenta

Roxanne. Si elle avait été faite sur mesure pour toi, elle ne te serait pas mieux allée.

La mère de Dante la prit dans ses bras.

— Mon fils a de la chance de vous avoir rencontrée.

Que pouvait-elle répondre à cela ? Rien.

— Elle vous plaît ? lui demanda Amelia en la tenant par les épaules. Si ce n'est pas le cas n'ayez pas peur de me le dire, je ne vous en voudrai pas.

Emma posa les yeux sur la robe et acquiesça.

— Je l'adore.

Elle était tellement bouleversée et gênée qu'elle ne pouvait pas rester là.

— Je suis désolée mais je crois que ma chute d'hier m'a davantage secouée que je le pensais. J'aimerais aller m'allonger si ça ne vous ennuie pas.

— Non, bien sûr, répondit Amelia. Mais c'est moi qui devrais m'excuser, ce n'était pas le jour pour vous faire trier mes placards. Attendez, laissez-moi vous aider.

Elle descendit la fermeture à glissière de la robe et, une fois cela fait, Emma s'empressa de retourner dans le placard pour enlever la robe et remettre ses vêtements.

Quand elle ressortit, les trois femmes étaient occupées à plier les affaires destinées aux œuvres caritatives. Elle posa la robe et le voile sur le lit et passa une dernière fois la main sur le tissu, le cœur lourd et plein de regrets.

— Excusez-moi, je vais me reposer.

Elle regagna la chambre où elle avait passé la nuit et se glissa dans le lit. Le parfum de Dante imprégnait encore les couvertures. Des souvenirs lui revinrent à la mémoire : lorsqu'il l'avait aidée à sortir de la caravane dans la fosse, quand il avait soigné Sweet Jessie dans le canyon… Ou encore quand il avait préféré risquer sa vie que la laisser trop longtemps dans le froid.

Il lui suffisait de songer à ses bras autour d'elle, à sa douceur quand ils avaient fait l'amour pour frémir de tout son être.

Dans la robe de mariée de sa mère, pour la première fois de sa vie, elle s'était sentie belle. Mais elle n'était pas la fiancée de Dante, elle avait menti à sa mère et à toute sa famille, tellement généreuse avec elle. Quand ils apprendraient la vérité, tous lui en voudraient énormément.

Des larmes coulèrent sur ses joues. Bien sûr, elle s'était fait la leçon pour ne pas s'attacher à Dante, mais c'était un échec total. Elle était tombée amoureuse de lui. Irrémédiablement.

Alors que Dante, lui, était encore amoureux de la femme qu'il avait perdue tragiquement. Dès le départ, il lui avait fait comprendre qu'une nouvelle relation ne l'intéressait pas. Il n'était pas prêt.

Elle se roula en boule, s'enfouit le visage dans l'oreiller et pleura à chaudes larmes.

Après un long moment, elle se fit la promesse de s'en aller à la première occasion. Elle ne pouvait plus rester là, alors qu'elle aimait Dante, qu'elle aimait sa famille, mais ne pouvait rien espérer sinon une fin pleine de tristesse et de rancœur. Mieux valait qu'elle coupe les liens au plus vite pour avoir une chance de se remettre de sa déception.

14

Dante s'occupa avec Pierce, Tuck et Sean de nourrir les chevaux et de soigner Sweet Jessie. Sa blessure cicatrisait bien et la jument était déjà impatiente de galoper à l'air libre. Toutefois, tous furent d'accord pour la garder au chaud quelques jours supplémentaires.

Dante lui donna du fourrage, de l'eau et lui brossa le crin.

Quand ils ressortirent de l'écurie, un véhicule était garé devant la maison. Après ce qui s'était passé, Dante devenait méfiant. Il ne connaissait pas cette voiture et personne n'avait annoncé sa venue auparavant. Il pressa le pas et entra dans la maison par la porte de la cuisine.

A l'intérieur, il suivit le bruit des voix. Roxanne, sa mère et Julia étaient en compagnie d'un jeune homme aux cheveux noirs.

Julia se tourna vers lui.

— Dante, tu te souviens de Ryan Yost, non ?

Il acquiesça.

— Oui, d'autant que nous nous sommes croisés hier.

Ryan, qui tenait une caisse, la passa dans sa main gauche et lui tendit l'autre pour le saluer.

— Bonjour, Dante.

— Bonjour, Ryan, répondit-il en lui serrant la main.

Celui-ci brandit la caisse qu'il tenait.

— J'ai reçu les caméras, comme je l'espérais.

Amelia l'invita à se mettre à l'aise.

— On vous laisse travailler et si vous avez besoin de quoi que ce soit, dites-le-nous.

— Merci, madame. Je pense que j'ai tout ce qu'il me faut sauf un escabeau.

— Je vais en chercher un, intervint Sean, qui tourna les talons.

Deux minutes plus tard, il était de retour.

Dante décida de ne pas bouger tandis que Ryan travaillait : il installa l'escabeau, raccorda une caméra aux câbles dans le coin de la pièce puis la fixa au mur.

Tuck vint parler à Dante.

— Pierce et Sean vont rester là, alors je me disais qu'on pourrait aller à Medora pour poser quelques questions à ces prospecteurs. Qu'en penses-tu ?

Dante acquiesça.

— Oui, d'accord. Laisse-moi une minute, je vais voir comment va Emma.

Tandis qu'il traversait le couloir, sa mère l'arrêta.

— Au fait, ce soir, les cow-boys lancent les festivités de Noël à Medora. D'habitude, nous y allons tous et je me disais que ça plairait à Emma.

— Oui, tu as raison, ça devrait lui plaire, répondit Dante avec un sourire. Tuck et moi, nous nous rendons justement à Medora. Alors, si tu veux, on peut se rejoindre là-bas.

— Oui, bonne idée.

Il se rendit dans la chambre où Emma dormait. Il s'approcha sur la pointe des pieds et se pencha sur elle. Elle avait le visage humide, comme si elle avait pleuré.

Mais pourquoi aurait-elle pleuré ? Ses blessures étaient-elles plus sérieuses qu'elle ne le pensait ? Avait-elle eu mal ? Ou bien avait-elle envie de rentrer chez elle ?

Il eut le cœur serré. Il ne savait pas ce qui avait provoqué ses larmes mais il avait envie de tout faire pour la réconforter. Il écarta une mèche de cheveux de son visage et se pencha pour lui déposer un baiser sur le front.

Au dernier moment, Emma sursauta et tourna la tête. Leurs lèvres s'effleurèrent.

— Je vais à Medora avec Tuck. Nous aimerions parler aux prospecteurs. Plus tard, le reste de la famille doit nous rejoindre pour le début des festivités de Noël. Vous viendrez ?

— Mmm.

Il l'embrassa de nouveau, plus longuement cette fois.

Elle lui rendit son baiser avec un mélange de tendresse et de vigueur.

Quand, à contrecœur, il y mit fin, elle le regarda avec un éclat de tristesse dans les yeux.

— Faites attention, lui dit-elle.

— Vous aussi, répondit-il en lui caressant le visage du revers de la main. A plus tard.

— Au revoir, Dante.

Il quitta la chambre, contrarié. Il aurait mieux fait de rester toute la journée avec Emma, à la tenir contre lui. Non seulement il n'avait pas beaucoup pensé à Samantha depuis qu'Emma était entrée dans sa vie, mais son sentiment de culpabilité commençait à se dissiper. Samantha aurait certainement voulu qu'il soit heureux, pas qu'il continue à vivre dans le regret de ce qui n'arriverait jamais. Il commençait à le comprendre.

Avec Emma, il recouvrait foi en l'avenir.

Quand il retourna dans la cuisine pour attendre que son frère soit prêt à partir, sa mère vint lui parler :

— C'est vraiment quelqu'un de bien, tu sais.

— Qui, Emma ? Oh oui, je sais.

— Alors ne la laisse pas sortir de ta vie.

Il fixa sa mère droit dans les yeux, interloqué.

— Pourquoi le ferais-je ?

Sa mère lui retourna un regard entendu.

— Combien de fois as-tu réussi à me mentir sans que je m'en aperçoive, Dante ?

Il réfléchit quelques secondes.

— Pas une seule fois, il me semble.

— Exactement. Et, l'autre jour à l'hôpital, quand tu nous as annoncé qu'Emma était ta fiancée, j'ai immédiatement compris que tu mentais.

— Je suis désolé, maman. Je n'aurais pas dû agir ainsi. Mais comme nous ne savions pas encore comment l'état de Pierce évoluerait, je ne voulais pas t'inquiéter davantage.

— A vrai dire, je suis contente que tu l'aies fait, car cela t'a donné le temps de mieux la connaître et de comprendre ce qu'elle représentait réellement pour toi.

— Maman, nous avons passé seulement quelques jours ensemble. C'est trop peu pour savoir si nous sommes vraiment faits l'un pour l'autre.

Sa mère secoua négativement la tête.

— Ton père et moi, nous n'avons pas eu besoin de davantage de temps. Nous avons tout de suite compris que nous resterions ensemble. Il m'a demandée en mariage au bout d'une semaine et, à sa mort, trente ans plus tard, nous nous aimions comme au premier jour.

— Mon problème, c'est que je ne pensais pas que je pourrais de nouveau tomber amoureux.

— Samantha appartient à une période de ta vie. Avec Emma, tu ouvres un nouveau chapitre.

— J'aimerai toujours Samantha.

— Dante, tu as suffisamment de place dans ton cœur. Tu n'as pas à cesser de l'aimer, comme moi je n'arrêterai jamais d'aimer ton père. Mais cela ne signifie pas que tu ne peux pas aimer une autre personne. Moi, j'espère toujours rencontrer l'amour, je refuse de me dire que je suis trop vieille, que tout cela est derrière moi. Evidemment, je vous ai, tes frères et toi, mais vous avez votre propre vie et moi, je veux avoir la mienne.

Il lui prit la main, ému.

— Tu mérites d'aimer de nouveau.

— Tout comme toi.

Il prit sa mère dans ses bras et la serra contre lui.

— S'il te plaît, dis-moi que tu ne penses pas au shérif Yost.

Elle éclata de rire.

— Je mentirais si j'affirmais ne pas avoir pensé à lui mais désormais je ne sais plus.

Sean fit alors son apparition.

— J'ai préparé du café, quelqu'un en veut ?

Amelia sourit à son fils.

— J'ai plusieurs options, tu sais.

Dante lui sourit en retour et rejoignit Sean dans la cuisine pour prendre une tasse de café avant de partir.

Tuck apparut quelques minutes plus tard.

— Tu es prêt, Dante ? On prend ma voiture. Et on ferait mieux de se dépêcher si nous voulons avoir une chance de parler à ces types avant que tout le monde arrive en ville pour les festivités.

Dante faillit tout reporter au lendemain tant il avait envie de retourner auprès d'Emma et de lui avouer…

Lui avouer quoi ?

Qu'il pourrait bien être en train de tomber amoureux d'elle ? Qu'il avait besoin d'un peu de temps pour s'en assurer ?

Il décida d'attendre le soir pour le lui dirc.

Emma s'était rendormie après le départ de Dante et elle se réveilla seulement quand Amelia passa la tête à la porte deux heures plus tard.

— Emma, si vous souhaitez toujours venir avec nous ce soir, il est temps de vous préparer. Nous comptons prendre la route dans une demi-heure environ.

— Je suis réveillée, répondit-elle en se redressant.

Elle avait mal un peu partout et le cœur lourd de devoir quitter le ranch. Les clés du SUV loué par Dante à Grand Forks étaient posées sur la table de nuit.

Si elle était réellement décidée à s'en aller, le moment était venu. Dante était en ville, le reste de la famille s'apprêtait à le rejoindre. Elle se leva, enfila sa combinaison et ses bottes.

Elle rassembla quelques affaires qu'elle fourra dans son sac à main, laissa son sac de voyage dans la chambre pour ne pas éveiller de soupçons et sortit dans le couloir.

— Ah, mais tu es déjà prête, déclara Julia qui traversait le couloir pour se rendre dans une autre chambre. Nous allons bientôt pouvoir y aller, nous attendions que Ryan ait terminé la pose des caméras.

— Ryan Yost est venu ?

— Oui, il est resté une bonne partie de l'après-midi, pendant que tu dormais. Il a installé la moitié des caméras et doit revenir demain pour terminer.

— Je n'ai absolument rien entendu.

— Nous lui avons demandé de commencer par les pièces à l'autre bout de la maison pour que le bruit ne vous dérange pas, Lily et toi.

A ce moment-là, un cri d'enfant se fit entendre.

— Quand on parle du loup… Je vais habiller Lily et ensuite on pourra partir.

Amelia sortit de sa chambre, vêtue d'un flamboyant pull rouge.

— J'ai reçu un coup de fil de Maddox. Katya, son épouse, et lui ont atterri il y a à peine une heure à Bismarck. Ils devraient arriver à temps à Medora pour le début de la fête.

Elle rayonnait.

— Tous mes enfants seront à la maison pour Noël.

Elle prit Emma dans ses bras.

— Je suis tellement heureuse que vous soyez là avec nous.

La culpabilité étreignit brusquement Emma.

— Merci pour tout ce que vous avez fait pour moi, répondit-elle en luttant pour retenir ses larmes. Dante m'a dit qu'il se rendait à Medora avec Tuck et que nous étions censés les retrouver sur place. Cela vous dérange si je pars un petit peu avant vous ? J'aimerais faire quelques courses avant la fermeture des magasins.

Amelia parut légèrement ennuyée.

— Etes-vous certaine que c'est bien prudent pour vous de partir seule après ce qui s'est passé ?

Emma s'efforça de lui retourner un sourire rassurant.

— Oui, n'ayez crainte. De toute façon, vous allez partir quelques minutes après moi donc, si jamais j'avais un souci sur la route, je n'aurais qu'à vous attendre.

— Si vous me laissez cinq minutes, je peux vous accompagner, insista Amelia. Je n'ai plus qu'à terminer de me maquiller et à prendre mon sac.

— Non, c'est inutile de vous presser, ça ne me dérange pas de partir seule.

Avant même que la mère de Dante puisse répliquer, elle lui donna un baiser sur la joue.

— Au revoir.

Elle tourna les talons, se dirigea vers la porte et rejoignit le SUV à grands pas.

Le moteur démarra du premier coup. C'était un signe. Elle prenait la bonne décision. Au fond d'elle, elle avait envie de rester et de devenir un membre à part entière de cette famille. Mais jamais elle ne réussirait à faire oublier à Dante le souvenir de Samantha et elle refusait de s'accrocher à une cause perdue.

Ils avaient échangé quelques baisers, ils avaient fait l'amour ensemble une fois mais ce n'était pas assez pour qu'il lui offre son cœur.

Elle enclencha la marche arrière, fit une manœuvre puis démarra pour remonter l'allée et rejoindre la route. Dans son rétroviseur, elle jeta un dernier regard au ranch et au panache de fumée qui montait de la cheminée.

Elle prit la direction de Medora mais, avant d'atteindre la ville, elle bifurquerait sur la nationale. Soit elle s'arrêterait à Bismarck pour y passer la nuit, soit elle se sentirait la force de rentrer directement à Grand Forks et arriverait à destination aux environs de minuit.

Il se mit à neiger et, petit à petit, les flocons devinrent

plus gros et se mirent à tomber plus fort, au point qu'elle commença à avoir du mal à distinguer la route devant elle. A proximité d'un croisement, le panneau stop n'apparut qu'au dernier moment et elle enfonça la pédale de frein.

Le SUV se mit en travers et glissa. Il s'en fallut de peu qu'elle finisse dans le fossé.

Le cœur battant, elle tourna le volant pour rétablir sa trajectoire. La silhouette d'un homme se dessinait au loin, sur le bord de la route.

Lorsqu'il se retrouva dans le faisceau des phares, il lui fit signe.

Elle descendit la vitre côté passager.

— Dieu merci vous vous êtes arrêtée, déclara l'homme qui se pencha à la fenêtre.

Elle l'identifia tout de suite. C'était Ryan Yost.

— Je commençais à croire que je devrais retourner au ranch à pied.

— Que vous est-il arrivé ? s'enquit Emma. Vous êtes tombé en panne ?

— J'ai mal négocié un virage et j'ai dérapé dans le fossé à environ cinq cents mètres d'ici. Quel fichu temps pour conduire !

— Vous voulez retourner au ranch ou aller à Medora ?

— Eh bien, je pensais retourner au ranch parce que c'est plus près mais si vous allez à Medora, ça m'arrangerait.

Elle actionna le déverrouillage des portières pour le laisser monter.

— Où se trouve le reste de la famille Thunder Horse ? demanda-t-il une fois qu'il fut installé sur le siège passager.

— Ils ont dû partir quelques minutes après moi, ils ne vont pas tarder.

— Dans ce cas, tournez tout de suite à gauche, répliqua Ryan.

— Pardon ? fit Emma, perplexe.

Elle scruta le chemin de terre qui croisait la route.

— Pourquoi ?

— Parce que je vous l'ordonne.

Interloquée, elle tourna la tête dans sa direction. Il serrait dans son poing un gros revolver noir et le braquait droit sur elle.

Elle frissonna.

— Obéissez. Il est temps que ce qui m'appartient de droit me revienne.

D'instinct, Emma refusa d'être une simple victime qui se laisse faire sans rien dire.

— Qu'entendez-vous par là ? Qu'est-ce qui vous revient de droit ? Certainement pas moi !

Elle s'efforçait de s'exprimer d'une voix assurée mais calme et, subrepticement, elle cherchait à saisir l'ouverture de portière avec sa main gauche.

Ryan eut un rire mauvais.

— Oh non, je ne parlais pas de vous. Mais j'ai compris que pour les atteindre, il fallait s'en prendre à ceux qu'ils aiment.

— Vous parlez des Thunder Horse ?

— Evidemment que je parle des Thunder Horse. Allez, démarrez et roulez suffisamment loin sur le chemin pour qu'on ne voie plus le véhicule depuis la route.

Elle n'avait d'autre choix qu'obtempérer mais elle avança prudemment.

— Plus vite ! vociféra Ryan en faisant un grand geste avec son arme pour l'inciter à accélérer.

Emma tenta alors sa chance. Elle lui donna un coup

de coude au visage, ouvrit la portière et se jeta dehors. Elle tomba sèchement sur le chemin gelé et roula sur elle-même pour s'éloigner.

Son bras gauche, sur lequel elle était tombée, lui fit mal mais elle conjura la douleur, se remit debout et courut aussi vite qu'elle le pouvait dans la neige.

Derrière elle, une portière claqua mais elle ne se retourna pas.

Quand elle atteignit la route en asphalte, à bout de souffle, elle dérapa et se retrouva sur le dos. Au loin, parmi les flocons, une lumière de phares approchait. Il fallait qu'elle se relève et fasse signe à cette voiture. Elle se remit debout mais, à peine se fut-elle redressée que des bras se refermèrent autour d'elle.

Elle fut plaquée au sol, à plat ventre cette fois-ci. Ryan pesait de tout son poids sur elle pour l'empêcher de bouger. Elle eut beau se débattre, elle ne pouvait plus rien faire. Il y eut un bruit de moteur qui approchait, il passa à leur hauteur puis s'éloigna. Elle chercha à crier, mais jamais on ne l'entendrait, elle le savait. Et puis, de toute façon, Ryan était armé, elle ne devait pas l'oublier. Plutôt que continuer à lutter, elle se laissa faire. Elle avait un autre plan. Mais encore fallait-il qu'elle reste en vie assez longtemps pour le mettre en application.

15

Dante se rendit directement avec Tuck à l'hôtel où résidaient les prospecteurs pétroliers. La dénommée Nicole était de service et arborait le même air blasé que la fois précédente.

— Tiens, les frères Thunder Horse. Vous venez encore voir Ryan ?

— Non, nous ne sommes pas là pour voir Ryan, répondit Dante. Nous aimerions parler à Monty Langley et Theron Price.

— Désolée, à moins que vous ayez rendez-vous, ils ont demandé à n'être dérangés sous aucun prétexte.

Tuck sortit sa carte du FBI.

— Quel est leur numéro de chambre ?

Nicole fixa la carte pendant plusieurs secondes.

— Je vois. Ils ont les chambres 109 et 110 au bout du couloir, dit-elle en désignant la direction d'un mouvement de tête.

Tuck et Dante tournèrent immédiatement les talons.

— Mais ils ne sont pas là, les rappela Nicole avant qu'ils ne soient trop loin.

— Vous avez une idée d'où ils peuvent être ?

— Pourquoi tenez-vous tant à le savoir ?

— C'est confidentiel.

— Ils sont rentrés il y a peu de temps d'une sortie en motoneige, expliqua Nicole, visiblement à contrecœur. D'habitude, à cette heure-là, ils vont manger au *diner*. Alors si j'étais vous, j'irais y faire un tour.

— Ce sont leurs propres motoneiges ? voulut savoir Dante.

— Oui, ils les laissent dans le petit hangar à l'arrière.

— Et comment peut-on entrer dans le hangar ?

Nicole haussa les épaules.

— Autant que je sache, ce n'est jamais fermé à clé.

Dante et Tuck contournèrent l'hôtel pour se rendre au hangar. Dante tira la porte qui n'était effectivement pas verrouillée. A l'intérieur se trouvaient deux motoneiges flambant neuves.

— Donc ils ont des motoneiges, déclara Tuck. Comme la plupart des gens de la région, tu me diras.

— Celle dont j'ai repéré la trace au canyon avait une chenille cassée et une fuite d'huile.

Dante observa la première motoneige sous toutes les coutures, Tuck fit de même avec l'autre.

Après quelques minutes, Tuck se redressa.

— Celle-ci est impeccable.

Il ne faisait pas très clair dans le petit hangar et Dante passa la main sur les chenilles, à la recherche d'un défaut. Une entaille arrêta ses doigts. Il passa de l'autre côté et se baissa. Il y avait une flaque. Il tendit la main et la toucha du bout des doigts. Pas de doute, c'était de l'huile.

— Une motoneige qui perd un peu d'huile et avec une chenille légèrement endommagée, c'est courant, l'avertit Tuck.

— Sans doute, mais je ne crois pas aux coïncidences, répliqua Dante en se relevant.

— Prochaine étape, le *diner* ? lui demanda Tuck.

— Et comment !

Tous deux retournèrent à la voiture, roulèrent quelques minutes et se garèrent devant l'établissement.

Hank et Florence étaient au bar, tandis que deux hommes attablés buvaient du café.

Dante se dirigea droit sur eux.

— Monty Langley et Theron Price ?

Le plus jeune des deux haussa les sourcils.

— C'est bien nous. Moi, je suis Monty Langley, pourquoi ?

— Où étiez-vous hier aux environs de 15 heures ?

— Pourquoi cette question ?

Tuck se posta devant son frère et brandit sa carte d'agent fédéral.

— Contentez-vous de répondre.

Langley leva les mains en signe d'apaisement.

— Hier, nous avons passé la plus grande partie de l'après-midi ici même en compagnie de M. Plessinger. Il nous a fallu plusieurs heures pour le convaincre de nous céder un droit de prospection sur ses terres.

Il baissa les bras et sourit.

— Seriez-vous également venus parler argent ?

— Certainement pas, rétorqua Dante.

Le second type, le dénommé Theron Price, fronça les sourcils.

— De quoi s'agit-il, alors ?

— Hier, quelqu'un a tenté de nous tuer, ma fiancée et moi, en déclenchant un glissement de terrain à l'aide d'explosifs. Un type d'explosifs auquel des gens qui ont des relations parmi les compagnies pétrolières pourraient facilement avoir accès.

Monty Langley se leva, l'air scandalisé.

— Dites donc, cow-boy, du calme. Je suis un homme d'affaires, pas un tueur. En plus, mon boulot consiste à décrocher des droits de prospection, pas à forer. Le pétrole, je le vois seulement quand je vais faire le plein de ma voiture à la pompe.

Florence intervint :

— Je peux me porter garante pour eux. Ils sont restés tout l'après-midi d'hier ici, à travailler ce pauvre Fred Plessinger au corps. Ils m'ont vidé deux cafetières.

Le portable de Tuck sonna. Il s'éloigna de quelques mètres pour répondre.

— Et où étiez-vous il y a quatre jours ? continua Dante. Etes-vous passés à Grand Forks ?

— Cela fait une semaine que nous sommes à Medora, répondit Price. Nous sommes censés rentrer à Minneapolis à la fin du mois, pas avant.

— En avez-vous la preuve ? insista Dante.

Langley sortit un petit agenda de sa poche et le lui tendit.

— Consultez nos rendez-vous. Toutes les personnes dont j'ai noté le nom pourront témoigner que nous sommes passés les voir aux jours et heures indiqués.

Dante ne mit pas longtemps à identifier plusieurs noms d'habitants du coin. Ces types ne lui plaisaient pas, mais leurs alibis semblaient solides. Il rendit son agenda à Langley.

— Bien. Désolé pour le dérangement.

— Nous avons entendu parler des événements récents qui ont touché votre famille, répliqua Langley. On dirait bien que quelqu'un a une dent contre vous. Avez-vous une bonne police d'assurances ? continua-t-il en sortant une carte de sa poche. J'ai un ami qui pourrait vous conseiller.

Dante ignora Langley et rejoignit son frère, qui était toujours au téléphone.

— Tu es sûr ? dit Tuck à son interlocuteur en se passant une main dans les cheveux. Très bien, merci, je m'en charge.

Il raccrocha et fit signe à Dante.

— Viens, il faut qu'on y aille.

— Qu'est-ce qui se passe ?

Tuck se dirigea à grands pas vers sa voiture, mâchoire serrée. Il attendit que tous deux soient montés pour répondre :

— C'était mon partenaire au FBI. Il a épluché la liste des avions qui ont atterri et décollé à Grand Forks et Bismarck. Le nom de Ryan Yost revient deux fois : il a atterri à Bismarck quarante-huit heures avant l'attaque contre ton hélico et a redécollé le lendemain pour atterrir à Grand Forks, soit la veille de ton accident. Et il a redécollé de Grand Forks deux jours après la chute de ton appareil.

Un mauvais pressentiment gagna Dante.

— Tout concorde. On a saboté les freins de votre voiture le jour où il s'est posé à Bismarck et, ensuite, il se serait rendu à Grand Forks pour s'attaquer à moi. Et voilà que maintenant il est à la maison.

— Pierce et Sean y sont aussi, répliqua Tuck d'un ton rassurant.

Toutefois, il démarra sur les chapeaux de roue, trahissant son inquiétude.

— Le problème, c'est que Pierce et Sean ne se méfient

pas, dit Dante, qui avait déjà son téléphone en main pour appeler le ranch.

Il colla son portable à son oreille. Au bout de cinq sonneries, il abandonna.

— Pas de réponse.

— Peut-être qu'ils sont déjà partis pour nous rejoindre.

Ils allaient s'engager sur la route qui quittait la ville quand un véhicule familier arriva dans le sens inverse.

— C'est la voiture de Pierce, non ? remarqua Dante.

Tuck fit des appels de phare. La voiture freina et s'arrêta à leur hauteur. Tuck descendit sa vitre.

— Où est Ryan Yost ? demanda-t-il à Pierce.

— Il est parti une bonne demi-heure avant nous, précisa son frère. J'imagine que, à l'heure qu'il est, il est rentré à l'hôtel, pourquoi ?

— Tout le monde est avec toi ?

Sa mère, qui était installée sur le siège passager, se pencha et répondit :

— Oui, nous sommes toutes là, à l'exception d'Emma. Elle est partie avant nous pour faire quelques courses avant de vous rejoindre. Elle n'est pas avec vous ?

Dante serra le poing. Personne ne savait où était Emma et tout désignait Ryan Yost comme le suspect numéro un des attaques contre leur famille.

Dans sa main, son portable vibra. C'était un message d'un numéro inconnu. Il l'ouvrit pour le lire :

Si tu veux revoir Emma vivante, viens au ranch. Seul.

Incrédule, Dante montra le message à Tuck, qui le lut et se tourna vers Pierce.

— On a un problème.

Pierce gara sa voiture, en descendit et traversa la route. Les trois frères lurent encore une fois le message.

— Il est au ranch avec Emma. Je dois y aller, déclara Dante.

— Mais qui est au ranch avec Emma ? demanda Pierce, l'air perdu.

— Ryan Yost.

Leur mère s'approcha d'eux.

— Qu'est-ce qui se passe ? Où est Emma ? Pourquoi avez-vous l'air aussi inquiets ?

Dante poussa un soupir. Rien ne servait d'édulcorer la réalité pour ménager sa mère.

— Nous pensons que Ryan Yost détient Emma. Je viens de recevoir ce message, dit-il en lui tendant le téléphone.

— Oh ! Mon Dieu, jamais je n'aurais dû la laisser partir seule ; j'aurais dû insister pour qu'elle nous attende.

— Si elle avait été avec vous, à l'heure qu'il est, vous seriez certainement tous les otages de Yost.

— Mais pourquoi ? leur demanda leur mère en les dévisageant tour à tour.

— Bonne question, et seul Ryan peut y répondre. Il faut que j'y aille, répéta Dante.

— Hors de question que tu y ailles seul, répliqua Tuck.

— Il le faut. Sinon, il risque de tuer Emma.

— Il risque de la tuer de toute façon. Laisse-nous t'accompagner. Gérer des situations de ce genre, c'est notre boulot à Pierce et moi, pas le tien.

— Je te rappelle que j'ai passé quelques années dans l'armée.

— Peut-être mais tu n'as pas été formé pour négocier avec un ravisseur.

— Je ne peux pas courir le moindre risque, protesta Dante.

— Nous venons avec toi, trancha Tuck, tandis que Pierce montait déjà à l'arrière. A notre arrivée au ranch, nous resterons cachés, Pierce et moi. Yost ne saura pas que nous sommes là mais nous te servirons de renforts.

— Et moi ? intervint leur mère.

— Maddox va arriver d'une minute à l'autre. Dès qu'il sera là, dis-lui de nous rejoindre au ranch. Et promets-moi de veiller sur Julia et Lily, maman, lui intima Tuck.

Amelia acquiesça.

— C'est promis. Et vous, promettez-moi de ne pas jouer aux héros et de ne pas vous faire tirer dessus.

— Promis, répondirent-ils tous trois à l'unisson.

— Vous voulez que j'alerte le bureau du shérif ? leur demanda Amelia.

— Non ! répliquèrent-ils d'une seule voix. Ryan est le fils du shérif, ce n'est pas le moment de l'impliquer.

— Compris.

Amelia recula pour les laisser partir, le visage grave.

Ils prirent la route du ranch et, en silence, Dante invoqua le Grand Esprit pour qu'il protège Emma.

16

Emma revint à elle et battit des paupières, éblouie par la lumière d'une lampe posée sur une table. Elle était désorientée et sa tempe droite lui faisait mal.

Elle se rappelait avoir cessé de se débattre quand Ryan l'avait immobilisée au sol et qu'une voiture était passée près d'eux. Ensuite, c'était le trou noir. Désormais, elle était dans le salon du ranch des Thunder Horse.

— On dirait que finalement vous allez être d'attaque pour assister au bouquet final, déclara une voix.

Elle tourna la tête, ce qui lui fit mal. Elle ferma les yeux quelques secondes pour laisser passer la douleur. Ryan Yost se tenait près d'une fenêtre et regardait dehors à travers les volets clos.

— Quelqu'un vient. J'espère qu'il s'agit de celui à qui j'ai expressément demandé de se présenter ici.

Il se frotta les mains.

— Aujourd'hui, l'heure de ma revanche a enfin sonné.

Emma se tortilla pour se redresser, mais elle avait les mains liées avec du gros sparadrap. Elle ramena les jambes sous elle pour se mettre en position assise. Heureusement, elle n'avait pas les pieds liés.

Elle observa de nouveau les lieux, à la recherche d'un objet coupant pour se libérer. En vain.

— Pourquoi faites-vous cela ?

— Je vais vous répondre. Pendant des années, mon père m'a détesté, a détesté ma mère et la vie que nous menions tous trois ensemble. Quand ma mère a fini par ne plus le supporter, elle m'a fait quitter l'école de Medora pour m'emmener vivre avec elle dans la réserve. Si j'y étais resté, j'y aurais moisi pour le restant de mes jours.

Emma avait une migraine atroce mais elle devait continuer à le faire parler. Peut-être parviendrait-elle à le raisonner. Elle en doutait fort mais elle devait essayer.

— Quel est le rapport avec les Thunder Horse ?

— Un soir où elle avait trop bu, ce qui lui arrivait souvent après notre retour dans la réserve car elle était dépressive, ma mère a laissé échapper un secret. Un secret qui m'a tout fait comprendre. William Yost, mon père, était amoureux de la femme qui a épousé John Thunder Horse, pas de ma mère.

— Et alors ?

— Et, de son côté, ma mère était amoureuse de John Thunder Horse. Ils se voyaient souvent jusqu'à ce que Thunder Horse rencontre sa future épouse. Et, à ce moment-là, ma mère était enceinte.

Emma réfléchit aux implications des propos de Ryan.

— Vous prétendez que John Thunder Horse était votre père ?

— Evidemment. Il a laissé tomber ma mère quand elle était enceinte. Et, par dépit, elle a épousé quelques mois plus tard l'homme qui s'est fait passer pour mon père.

Ryan se plaqua une main sur la poitrine.

— C'est moi qui aurais dû grandir au ranch Thunder Horse, et pas dans le trou à rats qu'était la réserve. Tout ce qui est à eux aurait dû être à moi !

— Mais comment pouvez-vous en être sûr ? Avez-vous fait des tests ADN ?

— Regardez-moi et osez me dire que je ne ressemble pas à un Thunder Horse !

Il s'approcha d'elle à grands pas et la prit par le bras pour l'obliger à le regarder.

— Je n'ai aucun trait commun avec William Yost.

— C'est parce que tu ressembles à ta mère ! tonna le shérif Yost.

Il venait d'arriver dans le salon, son arme à la main. Il referma la porte derrière lui.

— Ryan, qu'est-ce que tu fais ?

— Papa, répliqua Ryan d'un ton fielleux. Je suis tellement heureux que tu sois venu pour le *coming out* de ton *fils*. Je t'en prie, assieds-toi, nous attendons encore notre dernier invité.

Il y eut alors un bruit de pas de l'autre côté de la porte.

— Emma ! appela une voix.

— Dante, n'entre pas ! s'exclama-t-elle.

Ryan lui passa le bras autour du cou et la tint contre lui.

— Bouclez-la !

Dante ouvrit brusquement la porte. Son regard brillait de fureur.

— Ryan, lâche-la, elle ne t'a rien fait.

— Oh non, certainement pas. Il y a trop longtemps que j'attends ce moment.

— Qu'est-ce que tu veux ? Le ranch ? De l'argent ? Quoi ? lui demanda Dante qui avança de quelques pas.

— Ne bouge plus, lui ordonna Ryan, appliquant son revolver sur la tempe d'Emma. Un pas de plus et je la tue.

— Pourquoi fais-tu cela, fils ? lui demanda le shérif.

— Parce que je ne suis pas ton fils, justement.

— Qu'est-ce que tu racontes ?

— Ma mère m'a révélé son secret. Un secret que toi tu as toujours connu, je parie. Elle a eu une relation avec John Thunder Horse avant que tu l'épouses et avant que lui se marie avec Amelia. Quand tu t'es marié avec ma mère, elle était enceinte. Je suis né huit mois après votre mariage. Etonnant, non ?

Le shérif Yost leva la main.

— Doucement, Ryan. Où es-tu allé chercher cette histoire absurde ?

— Maman m'a tout avoué, je viens de te le dire. Tu l'as chassée de chez toi pour la renvoyer vivre dans la réserve. Si j'avais été ton fils, tu ne l'aurais pas laissée m'emmener sans rien faire.

Ryan eut un rictus de haine et poursuivit :

— Quand elle m'a dit que j'étais le fils de John Thunder Horse, tout est devenu parfaitement clair. Tu me détestais et tu en voulais à maman pour ce qu'elle avait fait.

Ryan resserra encore son étreinte sur Emma. Elle parvenait à peine à respirer et se débattit.

— Lâche Emma, l'implora Dante. Quoi qu'il ait pu se passer entre ta mère et ton père, elle n'y est pour rien.

— Non, je ne la lâcherai pas. Tes frères et toi, vous avez mené la vie que *moi* j'aurais dû avoir. Et pendant ce temps-là, je végétais dans un bungalow préfabriqué avec une mère qui buvait pour oublier son triste sort. Quand elle se mettait en colère, elle ne faisait que me répéter que, comparé à tes frères et toi, je ne valais rien.

— Ryan, intervint le shérif, j'ignore pourquoi ta mère t'a raconté tout cela mais ce n'est qu'un tissu de mensonges. J'ai essayé d'obtenir ta garde, mais le tribunal a refusé de s'opposer au conseil tribal. Car ta mère avait affirmé qu'elle souhaitait t'élever dans la tradition de tes ancêtres. Je n'ai rien pu faire, je n'avais aucun recours. Mais je t'aimais, je souhaitais que tu vives avec moi.

— Alors pourquoi tu nous as jetés dehors, maman et moi ?

— Je n'ai rien fait de tel.

Le shérif avança d'un pas supplémentaire.

— Tu dois me croire. Ta mère avait des problèmes. Elle avait des tendances mythomanes. Elle aimait John Thunder Horse mais ce n'était pas réciproque. Au départ, elle a fait comme si ce n'était pas important, mais je pense qu'en fait elle ne s'en est jamais remise. Quand je l'ai compris, nous étions déjà mariés. Et comme tu devais venir au monde quelques mois plus tard, je ne voulais pas la quitter.

— Mensonges ! Tu nous as fichus dehors !

— C'est ce qu'elle t'a raconté ? reprit calmement le shérif. C'est faux. C'est elle qui est partie, et elle t'a emmené pour me punir.

— Non, non, non, ne raconte pas de salades. Tu ne m'as jamais aimé, tu as fichu ma vie en l'air. Mais maintenant, c'est moi qui vais ruiner la tienne.

La main de Ryan qui tenait l'arme tremblait.

— Je veux que tu flingues Dante. Si tu ne le fais pas, c'est moi qui tue Emma.

— A quoi cela t'avancera-t-il que Dante soit mort ?

— Ça fera un Thunder Horse en moins et il sera mort de ta main. Amelia ne te pardonnera jamais d'avoir tué un de ses fils.

Ryan avait les yeux exorbités.

— Maintenant, tire, sinon elle meurt !

Dante se tourna vers le shérif.

— Obéissez. Tirez-moi dessus, c'est la seule façon d'épargner Emma. D'autant que s'il continue à la serrer aussi fort il va finir par l'étrangler.

— Non, je ne peux pas faire ça, rétorqua le shérif.

— Ecoutez, shérif, je ne vous ai jamais fait confiance et je ne crois pas que vous soyez assez bien pour ma mère. Alors si vous voulez me prouver que je me suis trompé sur vous, c'est maintenant. Tirez !

Dante leva les bras et jeta un regard à Emma. Elle était au bord de suffoquer.

— Allez !

Avec un peu de chance, le shérif ne ferait que le blesser, escomptait Dante. Si Ryan le croyait mort, peut-être relâcherait-il son étreinte sur Emma.

Le shérif leva son arme et visa.

— Que Dieu ait pitié de moi, dit-il avant de presser la détente.

Une violente douleur au bras frappa Dante et l'impact le fit tomber au sol.

A ce spectacle, Ryan lâcha Emma qui tomba à genoux et respira bouche ouverte.

Ryan pointa alors son arme sur son père.

— Et maintenant, à moi d'apparaître comme le héros qui a abattu l'homme qui a tiré sur le fils d'Amelia. Tu seras également accusé d'avoir posé les explosifs que j'ai installés tout autour de la maison.

Avant qu'il puisse faire feu, Dante tendit la jambe et le déséquilibra d'un balayage. Le coup partit mais la balle alla se ficher dans le plafond. Ryan tomba à plat dos et son arme lui gicla des mains. Emma eut le réflexe de donner un coup de pied dans le revolver pour qu'il soit hors de portée.

— Non, ne réduisez pas mes plans à néant ! s'exclama Ryan qui la saisit par les cheveux.

Dante serra les dents, se redressa et, de sa main valide, parvint à attraper Ryan par le cou et à l'immobiliser.

Tuck et Pierce se précipitèrent alors dans la pièce, suivis de Maddox et du reste de la famille.

Tuck immobilisa Ryan.

— Tiens-lui les bras, ordonna Dante. Il a affirmé avoir posé des explosifs autour de la maison et il pourrait avoir un détonateur sur lui.

Tuck fut prompt à saisir le message. Il passa les bras de Ryan dans son dos, le menotta puis lui fouilla les poches et en sortit un petit boîtier.

— Vous êtes en état d'arrestation. Vous avez le droit de garder le silence…

Tandis que Tuck terminait de réciter ses droits à Ryan, Dante s'efforça de se relever pour s'approcher d'Emma. Elle se tortillait dans tous les sens pour se lever malgré ses poignets liés.

Maddox s'approcha d'eux.

— C'est bon, Dante, je vais m'en occuper.

A l'aide d'un canif, il coupa les liens d'Emma.

Dès qu'elle fut libre, elle passa les bras autour des épaules de Dante.

— Mon Dieu, j'ai cru que tu étais mort. Pourquoi avoir ordonné au shérif de te tirer dessus ?

— Tu étais en train d'étouffer. Ryan était tellement dément qu'il ne se rendait même plus compte qu'il t'étranglait. S'il t'avait serrée ne serait-ce qu'une minute de plus, tu aurais perdu connaissance.

Quand il voulut bouger son bras, il fit une grimace de douleur.

— Je suis en train de mettre du sang sur tes vêtements, dit-il.

— Oh ! mais tu saignes, évidemment. Allonge-toi. Il faut appeler une ambulance ! lança-t-elle aux autres.

Pierce apparut avec une serviette à la main.

— Tenez, faites un garrot autour de la blessure pour stopper l'hémorragie.

Tuck appela le 911 et demanda une ambulance ainsi que la brigade de déminage.

Maddox aida Dante à retirer sa veste, puis Emma nettoya la blessure et confectionna le garrot.

— Emma…, souffla Dante en lui attrapant le poignet.

— Je te fais mal ?

— Si tu savais à quel point.

— Je suis désolée mais si je desserre, tu saigneras de nouveau.

Il eut un petit rire.

— Ce n'est pas mon bras qui va saigner, mais mon cœur.

— Je ne comprends pas.

— Grâce à toi, j'ai de nouveau des sentiments.

Il lui prit la main et la déposa sur son torse.

— Tu sens ? J'ai tellement eu peur pour toi que j'ai cru mourir.

Le regard d'Emma s'embua de larmes.

— Je suis désolée. Je ne veux pas te faire souffrir. Je sais combien Samantha a compté pour toi. J'étais partie de mon côté car j'avais l'intention de retourner à Grand Forks pour ne pas te donner l'impression que tu devais choisir entre elle et moi.

— Je comprends. Moi, je pensais que je ne pourrais

plus jamais aimer. Mais tu m'as sauvé la vie, au péril de la tienne.

— Je l'aurais fait de toute façon, je ne pouvais pas regarder cet homme t'abattre sans rien faire.

— Je sais et c'est ce qui me plaît en toi. Tu es altruiste, courageuse, généreuse. Et tellement belle !

— Oh non, je ne suis qu'une simple prof pas très douée pour les relations sociales.

— Non, tu as toutes les qualités que je viens d'énumérer, et il n'y a que toi qui n'en sois pas convaincue. Tu es la plus belle femme que je connaisse. Tu m'as fait comprendre que je n'avais pas à choisir. J'ai le droit de t'aimer sans pour autant trahir le souvenir de Samantha.

Emma eut un rire mêlé de sanglots d'émotion.

— Tu n'aurais pas parlé à ta mère, par hasard ?

— Elle est beaucoup plus intelligente que moi. Plus jamais je ne la sous-estimerai. Ni toi non plus.

Tuck remit Ryan debout et le tira vers la porte. Au même moment arrivèrent l'ambulance et une voiture de la police fédérale. Pour ne pas prendre de risques, tout le monde fut contraint de sortir.

On fit monter Ryan dans la voiture de police pour l'emmener à Bismarck, où il devrait répondre à une multitude de chefs d'inculpation.

Le shérif Yost, très affecté, insista néanmoins pour rester sur place et s'assurer que personne ne pénétrait dans la maison, sans doute entourée d'explosifs.

Dante laissa les infirmiers panser sa blessure mais refusa d'aller à l'hôpital.

— Je veux rester là pour être certain que ma fiancée ne va pas m'échapper, dit-il tandis qu'il était allongé sur une civière, la main d'Emma dans la sienne.

Celle-ci lui retourna un sourire teinté de tristesse.

— Tout est terminé, tu sais. Tu n'as plus à veiller sur moi. Je peux retourner à Grand Forks.

— C'est ce que tu veux ? lui demanda-t-il.

Elle baissa la tête et regarda ses chaussures.

— Tu m'as avertie que tu ne pouvais pas m'offrir de garanties sur notre avenir.

— Je sais, et j'ai eu tort.

Sa mère s'approcha et lui posa la main sur l'épaule.

— Dante.

— Une minute, maman, s'il te plaît.

— Non, j'insiste. Si tu veux vraiment bien faire les choses, prends ceci.

Elle retira un gant et enleva la bague en diamant qu'elle portait au doigt. La bague que son père lui avait offerte trente ans plus tôt quand il l'avait demandée en mariage, se souvint Dante. Elle la lui déposa dans la paume.

— Maintenant, tu peux y aller.

Dante observa la bague, bouleversé. Quand il releva la tête vers Emma, il savait quels mots prononcer.

Emma contemplait elle aussi la bague, les yeux humides.

— Je ne veux pas que tu aies pitié de moi, tu sais.

— Pitié ? Tu penses que je serais prêt à me mettre à genoux devant toi par pitié ? Emma, nous n'avons passé que quelques jours ensemble, mais pour moi ils compteront à jamais plus que des années entières. Tu m'as sauvé la vie, tu m'as montré que je devais regarder devant et il n'y a personne d'autre que toi avec qui je désire partager l'avenir. Veux-tu m'épouser ?

Emma se mit à trembler et s'assit.

— Tu le désires vraiment ?

— Oh oui, jamais je n'ai été aussi sûr de moi.

Il lui prit de nouveau la main.

— Epouse-moi.

Elle acquiesça, manifestement incapable de prononcer un mot.

Il lui passa la bague au doigt et son regard brilla de bonheur. Il se redressa, la serra contre lui de son bras valide.

— Maman, Pierce, Maddox, Tuck, je vous présente ma fiancée, la magnifique Emma Jennings. Nous allons nous marier.

— Je croyais que vous étiez déjà fiancés, déclara Pierce.

Dante lui sourit.

— Grand frère, tu devrais savoir que tout est dans la bague.

17

Emma se tenait dans l'entrée de la maison, vêtue de la ravissante robe de mariée d'Amelia, le cœur battant de trac. Quand les premières notes de la marche nuptiale de Mendelssohn retentirent, elle avança.

Maddox, vêtu d'un smoking seyant, lui offrit son bras et la conduisit dans le salon où Dante l'attendait en compagnie de ses frères sur sa droite, de leurs épouses sur sa gauche et, face à lui, d'un officier de l'état civil venu de Medora.

C'était le matin de Noël, le soleil brillait, comme pour lui promettre la plus belle journée de sa vie. Elle était tellement émue qu'elle en avait du mal à respirer. Tout s'était passé si vite. Toute la famille Thunder Horse s'était pliée en quatre pour que le mariage puisse avoir lieu sans délai.

Et le moment était venu. Elle allait devenir madame Thunder Horse.

Dante se tenait droit, superbe dans son smoking, ses cheveux noirs tirés en arrière, le regard étincelant quand il la vit approcher.

Amelia était assise au premier rang avec Sean à sa droite. Le reste des autres chaises étaient occupées par les invités. Dans un coin se dressait un imposant sapin de Noël dont la guirlande électrique clignotait gaiement.

Elle jeta un œil par la fenêtre : le paysage était couvert de neige. C'était un véritable Noël blanc, un vrai décor de conte de fées pour un jour inoubliable.

Elle s'avança vers Dante et, un instant, crut rêver. Allait-elle brusquement se réveiller dans son appartement, toute seule ?

Mais lorsque Dante lui sourit, avec dans le regard tellement de douceur et d'amour, elle fut rassurée : c'était la réalité.

Il lui tendit la main, qu'elle prit sans hésiter.

— Emma Jennings, voulez-vous prendre pour époux Dante Thunder Horse, l'aimer et l'honorer jusqu'à ce que la mort vous sépare ?

— Oui, je le veux, répondit-elle d'une voix claire et pleine de certitude.

— Et vous, Dante, souhaitez-vous prendre pour épouse…

Dante leva les mains et les joignit :

— Je veux prendre Emma pour épouse et je promets de l'aimer jusqu'à la fin de mes jours. Pouvons-nous faire court ? je n'en peux plus d'attendre pour embrasser ma nouvelle épouse…

Un éclat de rire parcourut l'assistance, et Dante la prit dans ses bras, l'embrassa passionnément devant tout le monde.

Quand il mit fin à leur baiser, elle n'avait plus de souffle mais sourit aux invités.

L'officier de l'état civil haussa les épaules.

— Ils ont dit oui. Mesdemoiselles, mesdames, messieurs, vous pouvez tous féliciter monsieur et madame

Thunder Horse. Que le Grand Esprit les bénisse et qu'ils soient heureux.

— C'est dit, la famille compte officiellement un nouveau membre, déclara Tuck.

— Oui, renchérit Maddox, et ça va continuer. Katya est enceinte.

Tuck émit un sifflement.

— Vous êtes sans arrêt tous les deux aux quatre coins du globe mais vous avez quand même trouvé le temps de faire un bébé, vous m'épatez ! Mais moi aussi j'ai une annonce à faire.

Il prit Lily dans ses bras et reprit :

— Lily va bientôt avoir une petite sœur. Julia est elle aussi enceinte !

Amelia se leva et porta les mains à sa bouche, comme abasourdie.

— Une nouvelle belle-fille et bientôt deux autres petits-enfants. Je suis comblée.

Tous se tournèrent vers Dante et Emma.

— Vous savez ce qu'il vous reste à faire si vous voulez que nos enfants grandissent tous ensemble, leur lança Tuck.

— Promis, on va y penser, répondit Dante.

De nouveau, il embrassa Emma.

Elle rayonnait, ivre de bonheur. Epouser Dante et faire partie d'une famille aussi merveilleuse était plus qu'elle n'aurait jamais espéré. Enfin la vie lui souriait.

Retrouvez prochainement, dans votre collection BLACK ROSE

Les ombres de l'aube, d'Amanda Stevens - N°629

LES DISPARUES DU LAC ECHO - 1/3

« Sophie a disparu ! » Tandis qu'il longe à grande vitesse la rive du Lac Echo, Tom se répète en boucle le coup de fil de Rae. Comme dans un cauchemar, des images d'autrefois lui reviennent : la lune était rousse, la nuit semblable à celle-ci. Et trois adolescentes de la région avaient disparu dans des circonstances mystérieuses. Comme Sophie, la nièce de Rae, son amie d'enfance...

Recherches en eaux troubles, de Janice Kay Johnson

Alors qu'il enquête sur une série de crimes, le lieutenant Daniel Deperro constate que les victimes ont deux points communs : primo, elles ont toutes été impliquées dans des affaires de maltraitance. Deusio, les jeunes qui ont subi leurs sévices ont été pris en charge par une femme, Lindsay Engle, une séduisante assistante sociale qui, pour de mystérieuses raisons, refuse de collaborer avec lui...

Seras-tu là pour moi ? de Lisa Childs - N°630

Débarrasse-toi du flic, ou tu peux dire adieu à ton gamin... Paniquée, Rae froisse la lettre qu'elle vient de découvrir sur son oreiller. Ainsi, la menace qu'elle sent peser sur elle et son bébé depuis qu'un corps a été retrouvé dans son jardin, se précise. Mais doit-elle pour autant obéir à l'auteur du sinistre message ? Doit-elle demander à Forrest, le séduisant policier qui les protège, de suspendre son enquête ?

Périlleuse alliance, d'Angi Morgan

« J'ai un service à te demander, chéri ! » Stupéfait, Wade Hamilton fixe la magnifique brune qui vient de s'asseoir à côté de lui dans le café où il est en train de boire une bière. Certes, il connaît Therese qu'il a rencontrée lors d'une de ses missions de Texas ranger... Mais pourquoi l'a-t-elle appelé « chéri » ? Et quel est donc ce « service » qu'il doit lui rendre et qui semble si urgent ?

Retrouvez prochainement,
dans votre collection

BLACK ROSE

La peur sur ton visage, d'Anna J. Stewart - N°631

Qui est la jolie inconnue que Leo a surprise, cachée dans sa grange ? Quel est le véritable nom de celle qu'il a surnommée « Jane » et qui, apparemment, a tout oublié de son passé et des circonstances qui l'ont conduite chez lui ? Tout ou presque... car, lorsque Leo lui propose de faire appel à la police pour l'aider à découvrir qui elle est, il voit une indicible terreur voiler son regard...

Le passé en embuscade, de B.J. Daniels

Tandis qu'il chevauche aux côtés de Jinx, Angus scrute les collines. Car il sait qu'à tout moment ils risquent de tomber dans une embuscade tendue par l'ex-mari de Jinx, un individu brutal prêt à tout pour se venger de celle qui l'a quitté. Il sait aussi qu'il fera tout pour protéger la femme farouche et indépendante qui l'a embauché pour mener son troupeau, et dont il est tombé amoureux au premier regard...

Une famille en danger, de Carla Cassidy - N°632

Marisa Perez a un principe : ne jamais s'attacher aux enfants dont elle a la garde. Une règle qui vacille lorsque Jack Cortland, célèbre musicien, lui confie ses fils, Mick et David. Comment pourrait-elle garder ses distances, face à ces deux petits garçons, déjà éplorés par la mort de leur mère et qui viennent d'être victimes d'une mystérieuse tentative d'enlèvement ?

Double identité, de Jenna Ryan

Le jour où un certain Marlowe Damon se présente chez elle, Shannon est immédiatement sur ses gardes. Qui est cet homme troublant, qui se prétend détective privé et a changé plusieurs fois de nom ? Travaille-t-il pour les dangereux criminels contre lesquels elle a témoigné ? Ou est-il là pour la protéger ?

HARLEQUIN BLACK ROSE